BEST 嚴選
奇幻基地出版

亞特蘭提斯進化二部曲

亞特蘭提斯・瘟疫

The Atlantis Plague

傑瑞・李鐸 著
李建興 譯

A. G. Riddle

獻給冒險支持無名作者的勇士們

台灣版獨家作者序

七萬年前，人類差點全數滅絕。當時位於現今印尼的超級火山托巴噴發，把火山灰噴上大氣層，遮蔽了全世界的陽光，使得氣溫遽降，全球火山寒冬持續長達幾個世紀，歐亞非三塊大陸上的動植物逐漸凋零死亡。

在東非的洞穴和灰燼覆蓋的草原上，我們的祖先大量死亡。然而，卻有少數的人僥倖得以存活下來。科學家認為托巴倖存者的數量少到僅剩一千對可交配的男女——任何物種都很難在這種嚴峻的情況下存續。當時，我們是地球上最年輕的原人物種，目前已知至少有三個其他的人種（包括尼安德塔人、佛羅勒斯人、丹尼索瓦人）早已領先我們存在了幾十萬年，數量也多得多，任何一個觀察家都會認為我們（智人）毫無指望。

但是，從托巴突變的灰燼中，我們居然勝出了。接下來一到兩萬年期間，我們的物種離開非洲，殖民到每個大陸（除了南極洲）。再接下來的兩萬年，我們是地球上唯一存活的原人。人類復興成了地球史上最大的傳奇，我們這個傑出物種在歷史的長路上反覆經歷了許多艱難困境，每次都能成功克服。

我們的故事——人類的起源，瀕臨滅絕的物種如何奮鬥並空前地征服全球——是史上最大的謎題。這個謎團正是「亞特蘭提斯進化三部曲」的核心。這套小說的重點是故事中角色們的自我發現與救贖之旅，但是劇情帶領讀著深入了解人類的科學與歷史，窺探人類如何演變至現狀的奧祕，同時也探索令人著迷與恐懼的神話：快速崩潰的先進文明亞特蘭提斯。

我投入了許多年的時間研究人類起源之謎，又用了幾年寫這三本小說，希望您會喜歡這系列作品。寫序的時候，小說已經銷售超過一百萬冊（在美國），並且正在籌拍電影，翻譯成十八種語言在全世界發行。但是您手上的版本對我而言永遠獨一無二：台灣是第一個相信《亞特蘭提斯・基因》這本書而購買翻譯版權的外國區域。因此，我特別感謝譚光磊先生、他的版權代理公司和奇幻基地對這套小說的遠見與信心，還有促成系列作品上市的不懈努力。

感謝您的閱讀，祝安好。

傑瑞・李鐸

主要人物表

研發小隊

凱特．華納（凱薩琳．華納）：遺傳學家，專門研究自閉症。

大衛．維爾：前鐘塔雅加達工作站負責人，現協助凱特尋找解藥。

張勝：前中國印瑪里研究首席科學家，現與凱特共同研發解藥。

亞瑟．詹納斯：演化生物學家與病毒專家，與凱特共同研發解藥。

亞當．蕭：英國SAS小隊的幹員，執行將凱特護送至英國的任務。

卡茂：前印瑪里休達任務基地幹員，現協助凱特尋找解藥。

永續組織

馬丁．葛雷：前印瑪里研究的負責人，凱特的養父，私下成立永續組織以對抗瘟疫。

保羅．布倫納：與馬丁長期合作研究瘟疫解藥。

印瑪里國際企業集團

杜利安．史隆：印瑪里集團的總監。

雷蒙．桑德斯：於杜利安不在的期間取得印瑪里集團指揮權，後被杜利安奪回。

科斯塔：原為桑德斯的助理，後成為杜利安的專屬助理。

亞歷山大·魯金：印瑪里休達任務基地負責人。

奈吉·切斯：印瑪里研究的核能工程師。

楔子

七萬年前
現今索馬利亞附近

女科學家睜開眼睛後搖搖頭，試圖想讓頭腦清醒一點。這艘船提前了她的甦醒程序。為什麼？甦醒流程通常比較緩慢，除非……管子裡的濃霧消散了一些，她看見牆上的紅燈閃爍——是警報。

管子緩緩地打開，冷風一股腦的衝進來，刺痛她的皮膚，驅散了殘餘的白霧。她踏出管子，踩在冷硬的金屬地板上，腳步蹣跚地走到控制站。幾波綠色與白色的火花迸出，好似彩色螢火蟲構成的噴泉，從控制面板噴出來吞沒了她的手。她動動手指，牆上螢幕隨即反應。沒錯——原本設定一萬年的冬眠提早五百年結束。她看看背後的兩支空管子，其中一支裡面是她的同伴。甦醒程序已經啟動。她迅速移動手指，希望中止程序，但為時已晚。

同伴的管子嘶嘶打開。

「怎麼了？」

「我不確定。」

她叫出世界地圖和一堆統計數字。「發生了人口警報，可能是滅絕事件。」

「來源呢？」

她把地圖移到一座被一大片黑煙籠罩的小島。

「赤道附近的超級火山，導致全球溫度驟降。」

「受影響的亞種是？」她的同伴走出管子，腳步踉蹌地走到控制站。

「只有一個，八四七二，在中央大陸上。」

「真令人失望，」他說，「他們原本很有潛力。」

「對，確實。」女科學家在面板前直起身子。「我想去看一下。」

她的同伴面露懷疑地看著她。

「只是去採一些樣本。」

四小時後，科學家們把龐大的船繞過這顆小星球半圈。在船上的無菌室內，女科學家扣上防護衣的最後一條帶子，固定好頭盔，站起來等待門打開。

她啟動頭盔裡的麥克風。「聲音檢查。」

「聲音已確認，」她的同伴說，「也收到畫面。妳可以離船了。」

門一打開，露出一處白色沙灘。走近二十呎後一看，沙灘覆蓋著厚厚一層灰燼，一路延伸到岩石山脊上。

女科學家抬頭看灰燼飛舞的昏暗天空。大氣中剩餘的灰燼終究會落地，陽光會重現，但是等到那時候，這顆星球上的許多居民，包括亞種八四七二皆藥石罔效。

她一路跋涉到山脊上，回頭看巨大的黑船，像隻超大的機械鯨魚擱淺在岸邊。這個世界陰暗寂靜，像她研究過的許多生命誕生前的行星。

「最接近的生命跡象紀錄在山脊的另一邊，方位二十五度。」

「收到。」女科學家稍微轉身，邁出輕快的步伐。

前方，她看到一個大洞穴，周圍岩石區域覆蓋的火山灰比海灘還厚。她繼續往洞穴前進，但腳步放慢，她的靴子在岩石和灰燼上容易打滑，彷彿走在鋪著碎羽毛的玻璃上。

抵達洞口之前，她感覺腳下踩到某種東西，不是灰燼或岩石，而是有骨有肉。是一條腿！女科學家退後幾步，讓頭盔裡的顯示器自動調整焦距。

「你看到沒有？」她問。

「有，請提高解析度。」

畫面逐漸對焦，有好幾十具屍體互相堆疊著一路到洞口，瘦弱焦黑的屍體和落在上面的灰燼與底下的岩石幾乎混為一體，好似錯節盤根的大型樹根。

令女科學家驚訝的是，屍體保存的非常完整。「很不尋常，沒有同類相食的跡象，這些倖存者互相認識，他們可能是有共同道德準則的同一個部落。我想他們應該是想去海邊尋找掩蔽和食物。」

她的同伴把顯示器切換成紅外線，確認他們全部死亡。他指示女科學家繼續前進。

她俯身抽出一個小圓筒。「現在採樣。」她把圓筒湊向最近的屍體等它收集DNA樣本。完成後，她起身用正式的語氣說：「阿爾發登陸艇，探勘科學日誌，正式條目：初步觀察證實亞種八四七二正遭遇滅絕等級的事件，推測原因是超級火山和後續的火山寒冬。該物種在日誌日期前演化了大約當地時間的十三萬年。目前正嘗試尋找最後的倖存者以採集樣本。」

她轉身走進洞穴，頭盔兩側的燈閃爍亮起，照亮裡面的情景。洞壁邊有成群倒臥的屍體，紅外線顯示毫無生命跡象。女科學家漫步深入洞穴，走了幾公尺後沒再發現屍體。她低頭一看，有條小路，是最近形成的嗎？她涉水深入洞內。

她看向前方岩壁，頭盔顯示器上出現一點模糊的深紅色亮光，是生命跡象。她繞過轉角，暗紅色擴散成琥珀色、橘色、藍色和綠色亮光，是倖存者。

女科學家迅速點擊掌上控制器，切換回普通顯示模式。倖存者是女性，她的肋骨不自然地突出，撐著她的黑色皮膚，彷彿輕輕吸一口氣就會刺穿。肋骨下方，腹部並不如女科學家預期的那麼凹陷。她又啟動紅外線證實她的懷疑，這個女人懷孕了。

她準備伸手拿另一個樣本圓筒時突然僵住。她聽見背後傳來一個聲音——沉重的腳步聲，像在岩石上拖著腳走路。

女科學家轉頭正好看見一個高大的男性倖存者舉步維艱地走進狹窄的空間。他比她看過的其餘男性屍體平均身高還要高出兩成，體格也更粗壯，難道是部落首領嗎？他的肋骨突出得更可怕，比女性倖存者的狀態還糟糕。他舉起手臂，遮住眼睛避開從女科學家頭盔射出的燈光。他手上拿著東西、猛然衝向女科學家，女科學家伸手拿出電擊棒狼狽退後，快速遠離那個女人。壯漢仍繼續逼近，女科學家啟動電擊棒，但壯漢並沒做出任何攻擊，而是突然轉向倒在女人身旁的洞壁上。他把手上的東西交給她——一小塊腥臭的腐肉。她猛咬一口，他閉上眼睛，把頭靠到岩壁上。

女科學家努力控制自己的呼吸。

她頭盔內同伴的聲音清脆又著急。「阿爾發登陸艇一號，我看到異常數據，妳有危險嗎？」

女科學家連忙點擊掌上控制器，關掉衣服內的感應器和攝影機。「沒有，登陸艇二號。」她停頓一下，「可能是防護衣故障，繼續進行收集亞種八四七二最後已知倖存者的樣本。」

她拿出圓筒，跪到壯漢身旁，把圓筒放到他右臂手肘內側。一接觸到，壯漢向她舉起另一隻手，放在女科學家的前臂上輕輕抓著，這是垂死的他唯一能做的掙扎。在他旁邊的女人已經把腐肉吃光，用幾乎毫無生機的眼睛望著她。這可能是最後一餐。

樣本筒發出滿載的嗶嗶聲，然後又響了一聲，但女科學家沒有拿開。她靜靜坐著，感覺不太對勁。壯漢放開她的前臂，仰起頭靠在岩壁上。女科學家還沒搞清楚怎麼回事，便一手舉起壯漢，把他扛在肩上，又將女人扛在另一側肩膀上。雖然防護衣的外骨骼能輕易支撐這些重量，但想在覆蓋灰塵的岩脊上保持平衡仍十分困難。

十分鐘後她越過沙灘，打開船艙門。進了船內，她把男女兩人放在擔架推車上，脫下防護衣，迅速把倖存者搬到控制室。她回頭看看背後，再集中精神開始工作。她執行了幾個模擬，準備調整演算法。

背後，有個聲音忽地大聲說：「妳在做什麼？」

女科學家驚訝地急忙轉身。她沒聽到開門聲。她的同伴站在門口觀察房間，他面露困惑，然後變為警戒。「妳——」

「我——」她快速思索後，說了唯一能說的理由，「我在進行實驗。」

第一部
祕密

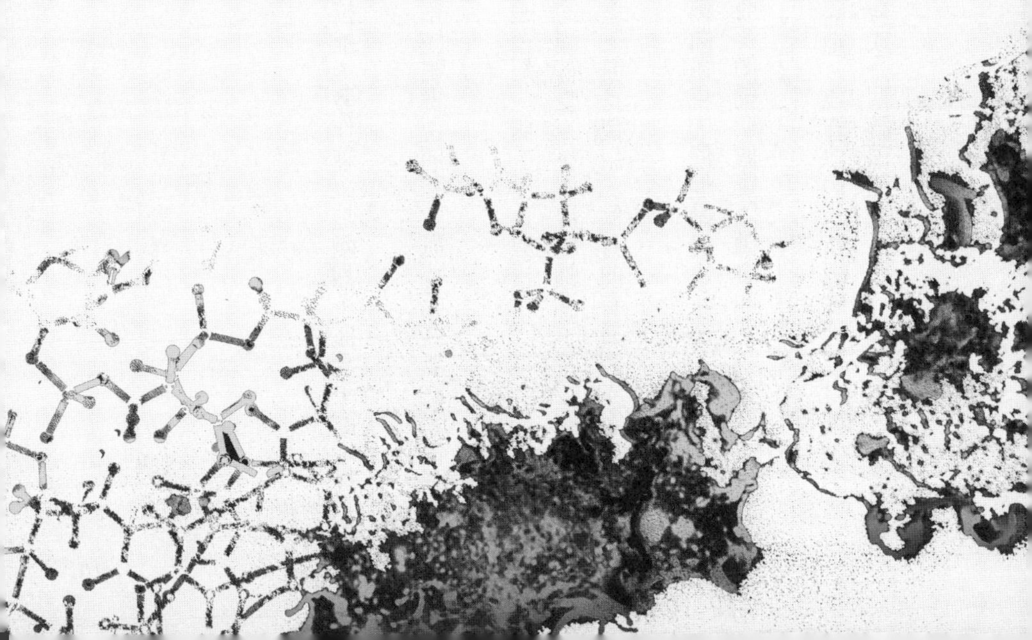

1

蘭花區
馬貝拉，西班牙

凱特・華納看著女人在臨時手術台上的綁帶下顫抖與拉扯，發作越來越劇烈，血液不斷地從她的口中和耳朵汩汩流出。

凱特無能為力，這是最讓她困擾的。即使是在醫學院和住院實習期間，凱特始終無法習慣眼睜睜看著病患死亡，她希望她永遠不會習慣。

她上前握住女人的左手，直到女人吐出最後一口氣，頭歪到一側，停止顫抖。

室內鴉雀無聲，只剩血液從手術台滴落在地面塑膠布的滴答聲。整個房間鋪滿了塑膠布，整座度假村只有這個房間最類似手術室——水療館裡的按摩室。凱特使用三個月前有錢觀光客用來享受的按摩床來進行她仍然不懂的實驗。

上方，電動馬達的低鳴打破寂靜，微型鏡頭離開女人轉向凱特，催促她提出報告。

凱特拉下口罩，輕輕地把女人的手放回她肚子上。「亞特蘭提斯瘟疫阿爾發四九三號測試：負面結果。馬貝拉二九一八號受測者。」凱特看看女人，努力構想名字。他們拒絕讓受測者具名，但凱特替他們每個人編了名字，反正他們無法因此處罰她。或許他們認為隱瞞姓名會讓她的工作好過一點，但實際上並沒有。沒有人應該失去名字，變成一個號碼死去。

凱特清清喉嚨，「受測者姓名瑪莉・羅梅洛。死亡時間：當地時間十五點十四分。可能死因……和這張手術台上先前的三十人一樣。」

凱特大聲脫下橡膠手套，丟在逐漸擴大的血泊旁的塑膠地面，轉身走向門口。天花板的擴音器沙沙作響。

「妳得做解剖。」

凱特看看鏡頭。「你自己做。」

「拜託，凱特。」

他們幾乎把凱特蒙在鼓裡，但她知道一點：他們需要她。她對亞特蘭提斯瘟疫免疫，是進行測試的最佳人選。自從被養父馬丁・葛雷帶來這裡，她已經配合了好幾週，漸漸想要答案。總是有人承諾，但是沒人告訴她任何事。

她清清喉嚨強勢地說：「我今天受夠了。」她拉開門。

「等等，我知道妳要答案。先採樣本，我們再談。」

凱特檢查在門外等待的金屬推車，和先前三十次一樣。她腦海浮現一個簡單念頭：籌碼。她拿了抽血工具，回到瑪莉身邊，把針頭插入她臂彎。心跳停止後總是比較費時。

針筒裝滿後，她拔出針頭走回推車，把針筒放進離心機。機器旋轉了幾分鐘，她背後的擴音器發出命令。她看看逐漸停下的離心機，拿起管子塞進口袋，快步走過走廊。

通常工作完成後她會去看看孩子們，但今天她得先做別的事。她走進自己的小房間躺到「床」上，這裡很像牢房，沒窗戶，牆上沒東西，只有類似中古世紀的鐵框床鋪加床墊。她猜想以前這應該是清潔人員的宿舍，凱特覺得不太人道。

她彎腰開始在黑暗中摸索床底下，終於，她抓到了那瓶伏特加。她從床頭櫃拿起紙杯，吹掉灰塵，倒了大半杯。

她放下酒瓶在床上伸懶腰，舉手過頭去敲按鈕打開收音機。這是她唯一能取得外界資訊的來源，但她不敢相信她聽到的。

收音機報導全世界因為一種奇蹟藥物「蘭花」已經擺脫了亞特蘭提斯瘟疫。全球疫情大爆發之後，工業化國家封鎖邊界、宣布戒嚴。她從來沒聽到有多少人死於傳染病。目前倖存的人口，都被送進蘭花區——人們在這些巨大營區裡求生，每天服用蘭花，這種能抑制瘟疫但無法完全治癒的藥物。

凱特十年來都在做臨床研究，最近專注於尋找自閉症療法。無論花多少錢或需求有多急迫，藥物都無法一夜之間研發出來，蘭花肯定是謊言。若是如此，外界的實況會是怎樣呢？

她只瞥見過幾次。三週前，馬丁從深埋在直布羅陀灣底下的巨大結構體驚險救出了她和自閉症實驗中的兩個男孩。凱特和孩子們是從南極洲地下兩哩深的類似設施逃到直布羅陀結構體——她現在認為那就是失落的亞特蘭提斯城。她的父親派崔克·皮爾斯掩護他們撤離直布羅陀並引爆兩顆核彈，摧毀了古代遺跡，把碎片飛散到海峽中，差點封死海峽。

馬丁在爆炸前幾分鐘用短程潛艇帶他們離開，潛艇的動力只夠勉強穿過碎片區抵達西班牙的馬貝拉——位於直布羅陀北方海岸約五十哩外的度假城鎮。他們在港口丟棄了潛艇，趁夜色掩護進入馬貝拉。馬丁說過這只是暫時的居留，凱特也沒留意，她只知道他們潛入了有人看守的設施，從此她和孩子們就被軟禁在水療館。

馬丁告訴凱特她可以對這裡的研究做點貢獻，設法找出亞特蘭提斯瘟疫的解藥。此後，除了送飯與傳達工作指示的人以外，就很少見到他或其他人。

她在手裡轉動儲血管，猜想這東西對他們來說為什麼這麼重要，何時會派人來拿，還有會派誰來？

她看看時鐘，下午的更新報導快開始了，她從沒錯過。她告訴自己必須知道外面發生了什麼事，但事實上她真正想聽到的是某人的消息：大衛．維爾。可是一直沒有相關報導，可能永遠不會有。想離開南極洲的墳墓只有兩條路——從南極洲的冰穴入口或透過傳送門到直布羅陀。她父親永遠封閉了直布羅陀的出口，而印瑪里部隊仍在南極洲守候，他們絕對不會讓大衛活著。收音機主播開口時，凱特努力甩掉這個念頭。

您現在收聽的是BBC。在亞特蘭提斯瘟疫爆發第七十八天，傳來了人類勝利之聲。在這個小時，我們帶來三則特別報導。首先，四名海洋油井操作人員在沒有糧食的情況下，在海上撐過了三天，最後在德州聖體市的蘭花區被安全救起。第二，記者雨果．哥登的特報，他參觀德國德勒斯登（注）郊外廣大的蘭花生產設施，破除了抗瘟疫藥物生產正在減緩的各種謠言。最後是皇家學會的四名傑出會員圓桌會談，預言可能幾週而非幾個月後就會出現瘟疫解藥。

接下來是來自巴西南部關於勇氣與堅毅的報導，當地的自由鬥士對抗印瑪里控制的阿根廷游擊隊，在昨天贏得決定性的勝利……

注 德國薩克森自由州的首府，是德國東部重要的文化、政治和經濟中心。

2

疾管局（CDC）
亞特蘭大，喬治亞州

保羅・布倫納博士揉揉酸澀的眼皮、坐回電腦前面。他已經有二十個小時沒闔眼，感覺昏昏沉沉，影響到工作。理智上，他知道自己需要休息，但是無法停止工作。電腦螢幕閃爍亮起，他決定先檢查郵件，再讓自己稍微睡一個小時。

一則新訊息。

他抓起滑鼠點擊，感到一股新的活力。

FROM：馬貝拉（OD一〇八）。
主旨：阿爾發四九三號結果（受測者MB二九一八號）。

訊息沒有內文，只有一段自動開始播放的影片。凱特・華納博士占滿他的螢幕，保羅在椅子上坐立不安。她有一種獨特的美，不知何故，光是看到凱特就讓他感覺很緊張。

亞特蘭提斯瘟疫，阿爾發四九三號測試，負面結果。

影片播完後，保羅拿起電話。「安排會議——他們所有人——對，現在。」

十五分鐘後，他坐在會議桌末端，望著面前的十二台螢幕，各自顯示著來自全世界各地不同研究人員的臉孔。

保羅站起來。「我剛收到阿爾發四九三號測試結果，是負面。我——」

科學家們爆出一堆疑問和指控。十一週前，疫情剛爆發時，這群人原本很冷靜、文明又專注。現在普遍的情緒是恐懼，而且貨真價實。

3

蘭花區
馬貝拉，西班牙

是同一個夢，凱特高興極了。她覺得自己幾乎可以控制它，像可以任意倒帶重看的影片，這是唯一還能帶給她喜悅的事。

夢中的她躺在直布羅陀柔軟的床上，在離岸邊僅僅幾步的別墅二樓。涼風吹進打開的門，把輕薄的白亞麻窗簾推進室內，再讓它落回牆上。微風與下方的海浪同步飄進飄出，配合她在床上舒緩悠長的呼吸。那是完美的一刻，一切都很和諧，彷彿全世界融為一顆心，同步跳動。

她仰躺望著天花板，不敢閉上眼睛。大衛俯臥著睡在她身旁，他健壯的手臂放在她肚子上，蓋住大半個疤痕。她想摸他的手臂，但她不想冒險，做任何可能結束夢境的動作。

她感覺那隻手臂稍微移動，但如此輕微的動作卻像地震大力搖晃，牆壁與天花板隨之塌陷打破了這場景，最後變成一片黑暗，變回她在馬貝拉這間陰暗狹窄的「牢房」。超大床鋪的柔軟舒適消失無蹤，她又躺在窄床的僵硬床墊上。但是……那隻手臂還在，不是大衛的，是另一隻手臂，在緩緩移動、撫摸她的肚子。凱特僵住，那隻手貼著她、摸索她的口袋，想要拿走儲血管，她抓住小偷的手腕用盡全力扭轉。

一個男子痛苦哀嚎，凱特立刻起身拉了頭上電燈的拉繩開關，低頭一看。

是馬丁。

「原來他們派你來。」

她的養父掙扎著站起來，他早已年過六十，這幾個月讓他更明顯地衰老。他面容憔悴，但口氣很溫柔，像個和藹可親的祖父。「妳知道嗎，有時候妳太戲劇化了，凱特。」

「我不是那種會摸黑闖入別人房間搜身的人。」她舉起管子，「你們為什麼需要這個？這裡發生了什麼事？」

馬丁揉揉發疼的手腕瞇著眼睛看她，彷彿室內左右晃蕩的唯一燈泡太刺眼。他轉身拿起角落小桌上的一個袋子交給她。「戴上。」

凱特翻來覆去細看。這根本不是袋子——是鬆軟的白色遮陽帽。馬丁一定是從哪個馬貝拉度假客遺留的東西中借來的。

「為什麼？」凱特問。

「妳不能相信我嗎？」

「顯然不能。」她指指床上。

馬丁的語氣平淡、冷酷又現實。「為了遮妳的臉。這棟建築外面有警衛，如果他們看到妳會把妳關起來，甚至更糟，當場殺死。」語畢，他走出房間。

凱特遲疑片刻，然後一手抓著帽子跟上他。「等等。他們為什麼要殺我？你要帶我去哪裡？」

「妳不是要答案？」

「對。」她猶豫地說，「但是在我們走之前，我想去看看孩子們。」

馬丁看看她，點頭答應。

凱特將小孩房間的房門打開一條縫，發現他們正在做占了百分之九十九時間的事：在牆上寫字。對大多數七八歲男孩來說，塗鴉應該是恐龍或士兵，但阿迪和瑟亞創作了幾乎占滿整面牆的公式和數學符號。

這兩個印尼兒童仍然表現出許多自閉症的典型特徵：他們完全沉溺在自己的作品中，兩個人都沒發現凱特進來了。阿迪搖搖晃晃地坐在他放到桌面的椅子上，向上伸手，正往牆上最後的空白處寫字。

凱特跑過去把他抱下椅子。阿迪在空中揮舞鉛筆、用凱特聽不懂的話抗議。她把椅子搬回書桌旁邊。

她蹲下抓著阿迪的兩肩。「阿迪，我不是說過：不要堆家具或站在上面。」

「因為我們沒空間了。」

她轉向馬丁。「幫他們弄些能寫字的東西。」

他不解地看著她。

「我說真的。」

馬丁轉身離開，凱特的心思回到孩子們身上。「你們餓嗎？」

「剛才他們拿了三明治來。」

「你們在寫什麼？」

「不能告訴妳，凱特。」

凱特假裝嚴肅地點頭。「是喔，最高機密。」

馬丁回來，遞給她兩本黃色便條紙。

凱特伸手抓住瑟亞的手臂確保他會聽她講話，她舉起便條紙。「從現在起，你們用這個寫，懂嗎？」

兩個孩子乖巧地點點頭收下便條紙。他們翻閱檢查每一頁的記號，直到滿意之後，才走回他們的書桌，爬上椅子，繼續默默地塗寫。

凱特和馬丁不發一語地退出房間，馬丁帶著她穿過走廊。「妳認為放任他們繼續這樣好嗎？」馬丁問。

「他們沒表現出來，事實上他們很害怕又困惑。他們喜歡數學，能讓他們暫時分心。」

「對，但讓他們那麼沉迷不太健康吧？不會讓他們惡化嗎？」

凱特停下腳步。「什麼惡化？」

「現況啊，凱特——」

「世界上最成功的人都是執迷於某個東西——世界需要的事物。孩子們發現了他們喜愛的建設性事物，對他們來說是好事。」

「我只是說……如果我們得搬家，會造成他們的困擾。」

「我們要搬家嗎？」

馬丁嘆一口氣，移開目光。「把帽子戴上。」他帶她經過另一條走廊，在盡頭的門刷卡。他打開門，陽光差點刺瞎凱特的眼睛，她舉起手努力想跟上馬丁。

慢慢地，視野逐漸清晰。他們剛走出在渡假村邊緣，位於岸邊的一棟平房建築。在她右邊，三座白色粉刷的度假大樓高聳在茂密的熱帶樹木和精心維護的園區上空。炫目的度假飯店和周圍二十呎高的鐵刺圍籬形成強烈對比，這裡看起來好像是用度假村改裝的監獄。圍籬是為了阻擋人進來還是出去？或許兩者皆是。

每走一步，空中瀰漫的氣味似乎更加刺鼻。那是什麼？疾病或死亡的味道？或許吧，但還有別的。凱特環顧高樓周圍的地面尋找來源。一排白色長形帳篷遮蔽下的桌邊有人拿刀子在工作，處理某種東西。是魚，不過那只是氣味的一部分。

「這是哪裡？」

「馬貝拉蘭花猶太村。」

「蘭花區？」

「裡面的人稱作猶太村，但是沒錯。」

凱特戴好帽子、慢跑跟上馬丁。一看到這裡和圍籬立刻讓她決定聽從馬丁的話。

她回頭看看水療館，牆壁和屋頂都覆蓋著灰暗的鑲板。凱特最先想到鑲板材料的是鉛，這幅景像看起來好怪——位於海邊鉛板包覆的矮小灰暗建築，躲在亮晶晶的白色高樓陰影下。

他們走過小徑時，凱特又瞥見這個營區更多部分。每棟建築物、每個樓層都有幾個人站著，看向玻璃門外面，但是陽台上一個人也沒有。她馬上找到原因：每道門的金屬框都有鋸齒狀銀色疤痕，門都被焊死了。

「你要帶我去哪裡？」

馬丁指指前方的平房建築。「去醫院。」所謂的「醫院」顯然原本是度假村內海灘旁的一棟大餐廳。

在營區另一頭，一支吵鬧的柴油卡車隊低吼著在大門前停車。凱特停下看了一會兒。卡車很破舊，後面的貨物被飛揚的綠色帆布遮住，帶頭的司機向衛兵喊叫，鐵鍊大門打開讓車隊通過。

凱特發現大門兩側的守衛塔上掛著藍旗。起初她以為是聯合國旗幟——中間有白色圖案的淡藍色旗幟，但中央的白色圖案不是橄欖枝圍繞的地球，而是一朵蘭花。白色葉子是對稱的，但從中央擴散出來的紅色圖案並不均勻，像日蝕時被月球遮住的陽光。

卡車在大門外停下，衛兵們開始把人拖出來，有男人、女人，還有幾個小孩。每個人的手都牢牢被綁住，許多人奮力掙扎，用西班牙語喊叫。

「他們在集中倖存者。」馬丁低聲說，彷彿衛兵從那麼遠的地方還聽得見他們對話。「被逮到外出是違法的。」

「為什麼？」凱特想起另一點，「有些沒服用蘭花的倖存者？」

「對。但是……我們等的不是他們，晚點妳就會知道。」他帶她繼續走到餐廳，跟衛兵講了幾句話，再走進一間鋪著塑膠布的殺菌室。頂上和側面的蓮蓬頭打開，向他們噴灑有點刺鼻的霧氣，這是凱特第二次慶幸戴了帽子。在房間的角落，一組小型的紅綠燈從紅色變成綠色，馬丁走過布幕。他在門檻外停了一下。「妳不需要帽子了，這裡的每個人都認識妳。」

凱特摘下頭上的帽子，第一次完整地看見這個大房間——原本的餐廳。她幾乎不敢相信眼前的景象。「這是什麼？」

馬丁輕聲說：「世界並不像收音機描述的那樣，這才是亞特蘭提斯瘟疫的真正面貌。」

4

印瑪里研究基地，稜鏡地下兩哩
南極洲

大衛・維爾忍不住看著自己的屍體，他就躺在走廊上，浸在血泊之中，仍然睜開眼睛望著上面的天花板。另一具屍體躺在他對面——殺害他的人，杜利安・史隆。史隆的屍體一蹋糊塗，大衛最後幾槍近距離擊中史隆。偶爾，黏在天花板上的血肉塊會剝落，就像慢慢溶解的墨西哥彩飾玩偶。

大衛不忍卒睹，裝著他的玻璃管不到三呎寬，裡面飄浮的濃密白霧讓空間感覺更狹小。他低頭觀察整個巨大房間，眼前所見全是從地面堆到天花板，數不清、高到看不見末端的管子。那些管子裡的霧比較濃，遮住了裡面的人，他唯一看得見的人就站在對面的管子裡，史隆。他不像大衛，毫不東張西望，只是惡狠狠地瞪著大衛，唯一的動作是偶爾動動下巴的肌肉。

大衛短暫地迎向敵人的兇惡眼神，又轉回去反覆研究他的管子。他受的CIA訓練不包括這種事：如何在南極洲地下兩哩的兩百萬年前結構體中逃出冬眠管，或許有教過如何逃出一百萬年前結構體中的管子，但那天他翹課了。大衛對自己的冷笑話發笑。無論如何，他沒有喪失自己的記憶或幽默感。這個念頭過後，大衛想起史隆一直在瞪他，他收起笑容，希望有霧氣遮擋沒讓敵人看見。

大衛感覺到另一道視線。他來回搜尋室內各處，空無一人，但他很確定剛才有人在。他努力俯身，看向堆屍體的走廊深處，什麼也沒有。當他東張西望時，有東西令他警覺——史隆，他沒有盯著大衛，大衛跟著史隆的視線看向大房間。

他們的管子之間站了一個人，至少他看起來像個人。那個人是從結構體外面還是裡面來的？是亞特蘭提斯人嗎？無論如何，他非常高，少說也有六呎，穿著類似軍服的簡潔黑衣，膚色蒼白，幾乎透明，而且沒有鬍鬚。他唯一的毛髮是頭頂上一堆濃密白髮，以他的體型而言似乎太多了點。

陌生人佇立片刻，目光從大衛移向史隆，來回注視，彷彿是個賭客遊走馬廄之間，在大賽之前打量兩匹純種賽馬。

這時有個規律的噪音打破寂靜，迴盪在房間裡，是赤腳拍打金屬地面的聲音。大衛的目光跟著聲音移動，史隆，他出來了！

史隆拚命拖著蹣跚的腳步走向屍體和旁邊的槍枝。此時，大衛的管子也嘶嘶打開，他回頭看亞特蘭提斯人，然後急忙跳出來，勉強用不聽使喚的雙腿跛行，吃力地前進。

這時候，史隆已經快拿到槍了。

5

蘭花區
馬貝拉，西班牙

臨時醫院分成兩個區塊，在房間中央，小床鋪延伸出去，一張接著一張，像軍隊的野戰醫院。人們躺在床上呻吟抽搐，有些病入膏肓，有些在半夢半醒中掙扎。

馬丁大步走向房間深處。「這個瘟疫和一九一八年的情況不一樣。」

馬丁指的是一九一八年橫掃全球，估計導致五千萬人喪生、影響十億人的西班牙流感。凱特和大衛從馬丁和他的印瑪里雇主那裡得知將近一百年前的事：那場瘟疫是她父親從直布羅陀下的亞特蘭提斯結構體中的古物釋放出來的。

凱特的心中閃過種種疑問，她看著成排病床和垂死者，只能問：「他們為什麼快死了？我以為蘭花阻止了瘟疫蔓延。」

「是啊，但也發生了效力遞減。我們估計一個月內，每個人都會對蘭花產生抗藥性。某些瀕死者自願參加測試，就是妳看過的那些人。」

凱特走近一張病床觀察病患，不禁揣測。「蘭花失效會怎樣？」

「沒有蘭花，將近百分之九十的感染者會在七十二小時內死亡。」

凱特無法相信，這個數字一定有誤。「不可能。一九一八年的死亡率——」

「低得多。這也是這次瘟疫的差別之一。我們看到倖存者後還發現了其他差異。」馬丁停步，往餐廳牆邊一排半封閉的小房間歪頭。凱特認為裡面的人看起來似乎很健康，但大多數擠在一起，沒有往外看。他們有點不對勁，但她說不上來，她向他們跨出一步。

馬丁抓住她手臂。「別接近他們。這些倖存者似乎……退化了。他們的大腦線路可能亂了，某些人比較嚴重，但都呈退化狀態。」

「所有倖存者都這樣嗎？」

「不，大約半數有這種退化現象。」

「另外一半呢？」凱特有點害怕聽到答案。

「跟我來。」

馬丁和房間盡頭的衛兵簡短說了幾句話，衛兵讓開，他們進入一間較小的餐廳。每扇窗戶都用木板封死，每一吋空間都分隔成房間，只剩中央一條狹窄走道。

馬丁沒走進房間深處。「這些是其餘的倖存者——會在營區裡惹麻煩的。」擁擠的房間肯定收容了將近一百多個倖存者，但是一片死寂，沒人在動，每個人都站著用冷淡的眼神盯著凱特和馬丁。

馬丁低聲繼續說：「沒有太大的肉體改變，至少我們沒發現，但他們的大腦線路也發生了變化。他們變聰明了，跟退化一樣，效果因人而異，有些人顯現出過人的解決問題能力，有些則變得強壯。還有別的問題：同理心和同情心似乎減弱了，這點一樣是人人不同，唯一相同的是這些倖存者的社交功能似乎都崩潰了。」

彷彿安排好似的，房間兩側的人群分開，露出牆上的紅字，他們用鮮血寫著：

蘭花無法阻止達爾文。

蘭花無法阻止進化。

蘭花無法阻止瘟疫。

房間另一側，另一個倖存者寫道：

亞特蘭提斯瘟疫＝進化＝人類的命運。

在下一個房間，寫的是：

進化無可避免。

只有愚人會抗拒命運。

「我們要對抗的不只是瘟疫。」馬丁低聲說，「還要對抗不想要解藥，認為這是人類的未來或全新開始的倖存者。」

凱特呆站著，不知道該說什麼。

馬丁轉身帶凱特走出房間，回到醫院主廳，從另一個出口走進顯然是從廚房改裝的實驗室，五六個科學家坐在凳子上，用放在鋼鐵櫃台上的設備工作。他們都抬頭看她，一個接一個停下他們的工作目瞪口呆或竊竊私語。

馬丁伸手攬著她回頭大聲說：「繼續工作。」一面催促凱特迅速通過廚房。他在廚房後方狹窄走道上的一道門前突然停步，在小面板上輸入密碼，門嘶的一聲打開。他們走進去，門關上的瞬間，他伸出手來。「樣本。」

凱特在口袋裡撥弄儲血管，他只告訴她一半的狀況——足夠得到他想要的東西。她用腳跟向後轉。「這次瘟疫為什麼不同？為什麼不像一九一八年那樣？」

馬丁踱步走開，癱坐在一張老舊木桌邊的椅子上。這一定是餐廳經理的辦公室，有個小窗可以眺望外面的園區。這張桌子放滿了凱特不認得的設備，牆上掛著六台大型電腦螢幕，顯示地圖、表格和不斷捲動的文字訊息，好像股市新聞的跑馬燈。

馬丁揉揉太陽穴，翻閱一些文件。「這次瘟疫不同是因為我們也不同，人類基因組改變不多，但我們腦子的運作方式和一百年前大不相同。我們處理資訊較快，整天閱讀電子郵件、看電視、黏在智慧型手機上吞噬網路資訊。我們知道生活方式、飲食，甚至壓力都可能影響基因啟動，這對病原體如何影響人體有直接關係。我們發展到這個時刻正是設計亞特蘭提斯瘟疫的人在等待的，彷彿瘟疫是特地為了歷史的這一刻而製造，等到人腦達到一定成熟度才可以使用。」

「用來幹什麼？」

「這就是問題，凱特。我們不知道答案，但有些線索。如妳所見，我們知道亞特蘭提斯瘟疫主要影響大腦線路。對一小部分倖存者而言，似乎強化了大腦線路，對其餘的倖存者則是干擾。它會殺死其他人——顯然是沒用處的人。瘟疫正在基因層面改變人類、有效地重整我們，以達成某個想要的結果。」

「你知道瘟疫瞄準什麼基因嗎？」

「不知道，但是快了。我們現行的推論是，亞特蘭提斯瘟疫只是嘗試操縱亞特蘭提斯基因的遺傳更新。它想要藉著亞特蘭提斯瘟疫完成從『第一次大躍進』開始的大腦線路改變，但我們不知道結局是什麼。這是『第二次大躍進』——強迫我們前進，或是大倒退——或許是人類進化的大規模逆轉。」

凱特努力消化這些話。窗外，最近一棟樓周圍的園區爆發大亂鬥。一排人散開，有一群人襲擊衛兵。凱特認為那是稍早被帶進來的同一群人，但她無法分辨。

馬丁稍微瞄了瞄窗外再回到凱特身上。「暴動很常見，尤其有新團體被帶進來的時候。」他伸出一隻手。「我真的需要那個樣本，凱特。」

凱特再看看這個房間——所有設備、螢幕和牆上的表格。「這是你的測試，對吧？你就是擴音器裡的聲音，我是在為你工作。」

「我們都為某人工作——」

「我說過我要答案。」

「這就是答案，這是我的測試。」

「為什麼？為什麼騙我？」凱特說，無法掩蓋受傷的語氣。「我本來就會幫你。」

「我知道，但妳會有疑問。我怕這一天——告訴妳真相，告訴妳我做了什麼，告訴妳全世界的狀況。我不想讓妳知道，至少……再過一陣子。」馬丁別開目光，這一瞬間他顯得更加蒼老。

「蘭花是騙人的，對吧？」

「不，蘭花是真的。它能阻止瘟疫，但只能爭取時間，而且正在失效。因為量產有困難，人們逐漸失去希望。」

「你們不可能一夜之間研發出來。」凱特說。

「不，蘭花是我們的預備計畫——其實是令尊的預備計畫。他要我們假設有瘟疫被散播，讓我們尋找解藥以防萬一。我們研究了幾十年，但直到發現HIV（注1）療法才有具體進展。」

「等等，HIV有療法？」

「我會全部告訴妳，凱特，我發誓。但是我需要樣本，而且妳得回到妳的房間。SAS（注2）小隊明天會來接妳，他們會帶妳去英國，比較安全。」

「什麼？我不會走，我要留下來幫忙。」

「妳可以的，但我必須確保妳安全。」

「以防什麼？」凱特問。

「印瑪里，他們把部隊移到地中海了。」

凱特聽過的收音機報導多半是說印瑪里部隊在第三世界國家被擊敗，她沒有想太多。「印瑪里是個威脅嗎？」

「當然，他們占領了大部分的南半球。」

「你在開玩笑吧——」

「真的。」馬丁搖頭，「妳不懂。亞特蘭提斯瘟疫爆發後，二十四小時內感染了超過十億人，

注1 人類免疫缺陷病毒（Human Immunodeficiency Virus，HIV）：是一種感染人類免疫系統細胞的慢病毒，屬反轉錄病毒的一種。一般認為感染人類免疫缺陷病毒會導致愛滋病。

注2 空降特勤隊（Special Air Service，SAS）：英國陸軍特種部隊，專門負責執行反恐及特別行動等任務。

沒有馬上覆滅的各國政府都宣布戒嚴，接著印瑪里開始席捲世界。他們提供嶄新的方案：倖存者的社會——但只限迅速進化的人，他們所謂的『天擇者』。他們從南半球南極洲附近的高人口國家開始，已經控制了阿根廷、智利、南非和其他十幾國。」

「什麼——」

「他們正在南極洲建立侵略軍。」

凱特望著他，這不可能，BBC報導都很正面。她下意識從口袋掏出管子交給他。

馬丁接過管子，在椅子上轉身，按了裝一旁類似衛星電話、有讀數的保溫瓶狀容器按鈕。容器頂端打開，他把塑膠管放進去。

窗外，營區的打鬥更加激烈。

「你在做什麼？」凱特問。

「把我們的結果上傳到網路。」他回頭看著她，「我們是幾個實驗現場之一。我想我們快成功了，凱特。」

營區的爆炸聲震撼小窗戶，即使隔著牆，凱特仍感覺到熱浪撲面。馬丁操作鍵盤，螢幕切換到營區景觀，然後海岸。一群黑色直升機出現在螢幕上，馬丁剛站起來建築物就劇烈搖晃，凱特跌倒在地。她一陣耳鳴，感覺馬丁撲到她身上，擋住從天花板掉落的瓦礫。

6

印瑪里研究基地，稜鏡地下兩哩
南極洲

杜利安拖著僵硬的腳步即將抵達廣大房間外面走廊上的屍體和槍枝。背後，他聽見大衛的赤腳拖地的聲音，隨即被大衛重重撲倒，迎面倒地。他的皮膚滑過冰冷地板時發出響亮的摩擦聲。

他們倒在屍體——他們的屍體——周圍半乾的血泊旁邊。杜利安搶先一步撐起染血的身體離地，一肘揮向大衛臉上。

大衛退後，杜利安抓住破綻。他轉身推開壓在身上的大衛，衝向六呎外的手槍。他非抓到不可，這是唯一的機會。雖然杜利安絕不會大聲承認，但大衛肯定是他見過最強的徒手格鬥者。這是生死鬥，沒有手槍，杜利安知道他肯定會輸。

杜利安感覺大衛的指甲掐進他大腿後側，拳頭立即打中他的下背部。疼痛從他背後擴散到下腹部和胸膛，陣陣暈眩吞沒了他。杜利安挨第二擊時差點窒息，就在他背部中央，正中脊椎。雙腿失去知覺，幾乎感覺不到蔓延至上身的疼痛。他倒在地上，大衛爬到他身上，準備往他後腦給予最後一擊。

杜利安雙掌按在染血的地上，用盡全力撐起身子猛然往後仰頭，正中大衛的下巴，撞得他失去平衡。杜利安倒回地上用雙肘匍匐前進，拖著身體通過血泊。

杜利安拿到槍，翻過身來正好被大衛壓在身上。杜利安舉槍，但大衛抓住他的手腕。他從眼角餘光瞄到，陌生人走近。那個人平靜地注視著他們，像沒有下注的觀眾在欣賞鬥狗。

杜利安努力思索——他必須設法奪回優勢。他放掉雙臂的力量，大衛撲上前想奪槍但他仍緊抓住。杜利安奮力扭轉右手的槍，指向陌生人，扣下扳機。

大衛放開杜利安的左手，用右手焦急地奪槍。杜利安用左手擺成楔形戳入大衛的上腹部，癱瘓他的橫隔膜。大衛喘氣往後倒，杜利安掙脫大衛的手，舉起槍射擊他的頭部。然後槍口掉轉射擊陌生人，直到子彈用光。

7

印瑪里研究基地，稜鏡地下兩哩
南極洲

陌生人微帶笑意看著杜利安。杜利安的子彈直接穿過他沒造成任何傷害。杜利安看向房間內的另一把手槍。

「想要換把槍試試嗎，杜利安？去吧，我等你，我的時間多得很。」

杜利安愣住。這個人知道他的名字，而且毫不畏懼。

那個人走近杜利安，他站在血泊中，但是一滴血也沒沾到他腳上。「我知道你來這裡做什麼，杜利安。」

他盯著杜利安，眼皮眨也不眨。「你來救你父親並且殺你的敵人，想讓你們的世界安全。你剛殺了這裡唯一的敵人。」

杜利安的目光離開這個怪物環顧房間，尋找任何能用的東西。他雙腿恢復知覺，站起來蹣跚後退，遠離那個人。那個人向杜利安露出微笑，但是無意移動。

我得逃出去，杜利安心想。他快速盤算。*我需要什麼？防護衣*。

杜利安的防護衣給了父親，凱特那件嚴重受損，但或許他能修復。孩子們穿的防護衣對他來說太小，或許他能利用某些材料來修補凱特那一件。他只需要防寒幾分鐘——足以抵達地面下令攻擊就好。

他轉身想衝過走廊，但門在他面前大聲關上，封鎖了所有出口。

那個人猛然浮現在杜利安面前。「我讓你走你才能走，杜利安。」

杜利安瞪著他，表情交雜著抗拒與震驚。

「接著怎麼辦，杜利安？想要輕鬆，還是痛苦的方式？」他耐心等待，見杜利安沒回應，他平淡地點頭。「那好吧。」

杜利安感覺室內空氣被抽掉變成真空，所有聲音消失無蹤，胸口突然挨了一記重拳。他張嘴徒勞地想吸氣，最後雙腳發軟跪倒在地，視野出現數點黑斑，隨即陷入黑暗中。

8

蘭花區
馬貝拉，西班牙

凱特把馬丁從身上推開迅速檢查他的傷勢。他的後腦大量出血，凱特認為他可能有輕微腦震盪。但意外的是，馬丁瞇著眼，眨了幾下便跳了起來。他小心地環顧室內，凱特跟著他的視線，桌上大多數電腦和設備都已毀壞。

馬丁走到一個櫃子拿出衛星電話和兩把手槍，遞出一把給凱特。

「印瑪里會企圖關閉這個營區。」馬丁邊說邊開始收拾背包。他短暫地查看桌上保溫瓶狀的裝置，再塞進背包裡，加上幾本筆記本和一台電腦。「他們一直在攻占地中海的島嶼，測試範圍，看蘭花國家能否或願不願意跟他們開戰。」

「他們能反擊嗎？」

建築物終於不再搖晃，凱特想治療馬丁頭上的傷，但他在房裡不停地走來走去。

「不能。蘭花聯盟只是勉強撐住。他們的所有資源——包括軍事——都用在生產蘭花。不會有援軍來，我們必須離開。」他把一個蛋形裝置放在桌上扭轉頂端，它開始倒數。

凱特努力集中精神。馬丁要摧毀辦公室，他們不會再回這裡，她立刻想到水療館和孩子們。

「我們得去接阿迪和瑟亞。」

「凱特，我們沒有時間。之後再回來接他們。有支SAS小隊正在趕來。」

「我不能丟下他們，不行！」凱特堅決地說，她知道馬丁聽得懂。他在凱特六歲時，她父親失蹤後便收養她，馬丁非常了解她，知道沒有妥協餘地。

他搖搖頭，露出為難和不可置信的表情。「好吧，但妳最好準備用上。」他指指手槍。接著輸入密碼打開門，先讓凱特走出去，再從外面輸入密碼鎖門。

走廊上煙霧瀰漫，走廊與廚房交接處起火，煙霧中傳出痛苦的慘叫聲。

「有沒有別的出口——」

「沒有，消毒室是唯一的路。」馬丁邊說邊走到她前面。他舉起手槍。「我們跑步。要是有任何人想阻止妳——任何人——就開槍。」

凱特低頭看手槍，這一瞬間，恐懼籠罩著她。她沒開過槍，也不確定她敢不敢射人。馬丁抓著手槍，把滑套向後拉發出喀啦聲。「不難，指著目標扣扳機就好。」他轉身衝向瀰漫煙霧火光的廚房。

9

印瑪里研究基地，稜鏡地下兩哩
南極洲

杜利安努力辨識模糊的形狀。他無法深呼吸，只能紊亂地喘氣，感覺好像溺水。他全身上下疼痛不堪，就連吸到空氣時肺部也異常疼痛。

人影逐漸聚焦。那個人——亞特蘭提斯人——站在旁邊，俯看著他，在等待……什麼呢？

杜利安想說話，但肺部的空氣不足。他發出個沙啞的聲音後閉上眼睛，試圖多吸點空氣。他睜開眼。「你……想做什麼？」

「我要的和你一樣，杜利安。我要拯救人類免於滅絕。」

杜利安瞇眼看他。

「我們不是你以為的那樣，杜利安。我們絕對不會傷害你，就像父母不會傷害他們的孩子。」他點頭。「是真的，我們創造了你們。」

「鬼扯。」杜利安反駁他。

亞特蘭提斯人搖頭。「人類基因組比你們目前所知的複雜多了。我們對你們的語言功能下了很多工夫，顯然還有改進的空間。」

杜利安漸漸能正常呼吸，他坐起來。這個亞特蘭提斯人想幹什麼？為什麼裝神弄鬼？他顯然控制了這艘船。他為什麼需要我？

彷彿杜利安大聲說出了他的想法，亞特蘭提斯人回答他：「不用擔心我想怎樣。」在房間另一側，沉重的門自動滑開。「跟我來。」

杜利安站起來想了一下。我還有什麼選擇？他想要的話隨時可以殺我。我就演完這場戲，等待機會。

亞特蘭提斯人帶著杜利安走過另一條昏暗的灰色金屬走廊時說：「你令我驚訝，杜利安。你很聰明，但被仇恨和恐懼控制。用邏輯想想看，我們搭乘來此的太空船採用你們種族尚未發現的物理概念。你們在這個小星球放滿塗漆的鋁罐（注），燃燒古代爬蟲類的液化遺體當燃料。你真的以為打得過我們？」

杜利安的心思飄到掛在太空船外的三百顆核彈頭。

亞特蘭提斯人轉向他。「你以為我們不知道核彈是什麼嗎？在你們學會砍柴之前我們就在做核分裂了。這艘船頂得住這顆星球上的每一種核彈頭威力，你們只會讓這塊大陸的冰層融化，進而淹沒世界，終結你們的文明而已。理性一點，杜利安。如果我們想殺你，你早就死了。你們幾萬年前就應該滅亡，但我們救了你們，此後就一直引導你們。」

亞特蘭提斯人一定是在說謊，他想要說服杜利安放棄攻擊嗎？

亞特蘭提斯人微笑。「你還是不相信。我想這沒什麼好驚訝的，我們就是這麼設定你們的——必須求生，攻擊任何威脅你們生存的東西。」

杜利安不理他。他伸出手臂，用手摸亞特蘭提斯人。「你不在這裡。」

「你看到的是我的化身。」

杜利安看看周圍。他頭一次感覺到一絲希望。「你在哪裡？」

「晚點再說。」

一道門打開，亞特蘭提斯人走進去。

杜利安觀察這個小房間。兩套防護衣掛在牆上，下方的長凳上放了個亮晶晶的銀色手提箱。他開始盤算逃脫計畫。他不在這裡，這只是個投影，我能關閉他嗎？

「我說過我們可以用輕鬆或是痛苦的方式，杜利安。我會放你走，先穿上防護衣。」

杜利安打量防護衣，再觀察房間，尋找能用的東西。大門大聲關上，杜利安感覺空氣逐漸被抽掉。他取下防護衣開始穿上，計畫在腦中成形，他把頭盔夾在右臂底下，亞特蘭提斯人指指銀色手提箱。

「拿著箱子。」

杜利安看向它。

「這是——」

「不用多說，杜利安。拿著箱子，別打開。無論發生什麼事都不要打開箱子。」

杜利安拿起箱子，跟著亞特蘭提斯人走出房間經過走廊，回到屍體倒臥的開闊空間。剛才關上的門現在開著，廣大的墳墓在他面前展開。杜利安看看大衛走出來的那根管子。他和杜利安都在死後從管子裡「復活」。大衛會回來嗎？若是如此，可能會有麻煩。

注 指汽車。

杜利安指指大衛的空管子。「他該怎麼辦——」

「我處理好了。他不會復活。」

杜利安想到另一件事：時差。他父親在這裡待了八十七年，但外表上，只是過了八十七天。大鐘形成了一個時間擴張的泡沫，裡面的一天相當於外面的一年。現在外面會是哪一年？他在管子裡待了多久？「現在是哪一年——」

「我關掉了你們稱作大鐘的裝置，只過了幾個月。快走吧，我不會再說第二遍。」

杜利安一語不發地衝過走廊。有一條稀疏的血跡——是他父親的。杜利安慶幸的是，血滴一步步變小，最後消失不見。我們很快就會再團聚，一起完成這件事。他畢生的夢想再度燃起希望。

在長形的消毒室裡，他看見凱特被撕裂的防護衣和兩個實驗室小孩穿過的小號防護衣。

杜利安鎖緊他的頭盔走到傳送門，把箱子夾在右側腋下。三片三角形的門板扭轉打開，他快步走過去，就在跨過門檻之際，他把箱子扔掉。突然有一股如鋼鐵牆壁般堅硬的無形力場撞到他身上，迫使他退回室內。

「別忘了你的行李，杜利安。」他的頭盔裡傳出亞特蘭提斯人的聲音。

杜利安撿起閃亮的箱子。我有什麼選擇？等一下直接把箱子留在入口外面就好，沒關係。他走出太空船停頓一下，觀察環境。情景跟他當初走進傳送門時差不多：洞頂高聳的冰穴，雪堆上一個扭曲的金屬吊籃和一堆鋼纜，大約十呎直徑的豎井通往上方兩哩的地面。但是，有個新東西。在冰穴中央，豎井下方，三顆核彈頭放在一個鋼鐵平台上，還有一堆電線。一個接一個，小燈號開始閃爍，顯示彈頭已啟動。

10

蘭花區
馬貝拉，西班牙

凱特跟著馬丁穿過燃燒的廚房，進入如今成了醫院主體的開闊餐廳。破壞程度比她想像中大，對面牆壁有一半被炸毀，人群正蜂擁逃離建築物，躲避掉落的瓦礫，不少逃生者毫不在意地踐踏病患和行動緩慢的人。

馬丁衝進人群中推擠向前，凱特奮力跟上。她很驚訝馬丁動作如此敏捷，尤其他頭上還有嚴重傷口。

他們跑出建築物，凱特第一次看到整個營區，沿著圍籬原本是警衛塔的地方起了漫天大火，卡車與吉普車隊冒出黑白夾雜的濃煙，橡膠和塑膠燃燒的有毒氣體讓凱特幾乎窒息，她急忙用襯衫掩住口鼻。白色飯店大樓似乎沒受損，但每一棟的門口都湧出大量人群。

度假村園區很擁擠，人潮從四面八方湧進來，慌亂地尋找出口或安全地方，躲避似乎每幾秒就發生的連環爆炸。他們看起來好像大草原中逃離無形掠食者的獸群，每個人只顧著回應周圍發生的事情。

馬丁環顧全場，冷靜地尋找出路。

凱特衝過他直接奔向覆蓋鉛板的水療館。有一端冒著小火，但結構大致完好。她聽見背後馬丁辦公室的方向有爆炸聲。

凱特來到水療館門口舉槍要射擊門鎖，但馬丁伸手阻止她。「節省子彈。」

他在門口刷識別證，門鎖自動打開。他們衝過走廊，凱特猛力推開阿迪和瑟亞的房門，如釋重負地看到孩子們安然坐在房間兩側的書桌前，正在便條紙上出神地塗寫。

「孩子們，我們得走了。」

兩個人都不理她。

她走到阿迪身邊抱起他，他很瘦但還是約有四十五磅重。凱特使勁地扶他站好，阿迪在她懷中不斷掙扎，焦急地伸手想拿他的便條紙。她放下他，把便條紙交給他，讓他冷靜下來。在房間另一邊，她看到馬丁比照處理瑟亞。

他們幾乎是拖著孩子們走出建築物，這次馬丁帶著凱特越過營區，混入擁擠的人群。正前方爆發一場激烈的槍戰，驅散了人潮。凱特看到西班牙軍隊正在和倖存者團體戰鬥——混雜著她在牢房裡看過的面孔，還有剛被帶進來的新人。他們上方淡藍色的蘭花旗在風中飛揚燃燒。

馬丁伸手到背包裡交給凱特一顆有把手的綠色蛋狀物。「妳的手臂比我有力，」他說，「如果西班牙人輸了，我們就出不去。」他拉出插銷，凱特一發現那是手榴彈，差點失手掉落。馬丁捧著她的手。「丟出去。」

她身邊的大奔逃越來越混亂，有人撞到她，撞開阿迪牽著她的手迫使他倒地。他們會踩死阿迪。凱特把手榴彈往大門與槍聲處丟去，再擠進暴民之中。她把阿迪拉進懷裡，同時爆炸的熱浪與噪音撕裂了人群。

濃厚的煙霧竄起，人潮逆轉方向，流向大門。凱特、馬丁和孩子們跟著設法逃出了大門，此時又傳出一陣槍響——這次在他們背後。

人群逃往度假村後方一條匯入公路幹道的小路。凱特停下來查看四處情況——真是駭人，路上舉目所及都是被棄置的車輛。兩條車道上，車輛都在蘭花區入口附近緊急停車。車門開著，街上散落著衣服、腐爛食物和凱特無法辨認的東西。人們為了救命的藥物開車到此求助，如果凱特、馬丁和孩子們能搭上末端的某輛車，他們就能迅速逃離。

他們繼續隨著人潮移動，但每走一步，密集的人潮就越分散，有家庭和獨行者脫隊，自己找路逃離海岸和蘭花區裡的死亡氣息。馬丁繼續帶路，和凱特一起牽著小孩的手拖著他們前進。

公路的遠方，街道上排列著西班牙度假城鎮的註冊商標：海灘小店、連鎖零售店和旅館，全都空無一人，大多數窗戶被打破。這時太陽已幾乎沉沒，遠方仍然槍聲大作，但變得零星許多。

凱特急促地走著，猛然發現一種新味道：有種微甜又腐臭的氣味，是屍臭。這裡有多少屍體？馬丁先前的話縈繞在她腦中：將近百分之九十的感染者會在七十二小時內死亡。在蘭花區建立之前死了多少人？他們會在圍籬外發現什麼？

他們默默走過幾個街區，街景逐漸改變，柏油路變成碎石路，建築物也大不相同，商店規模變小、裝潢比較古雅。街上點綴著藝廊、咖啡店和販賣手製小物的禮品店，它們保持得比沿著主線大路的商店來得好，但還是有混亂的跡象：部分燒毀的建築、廢棄的汽車，還有滿地垃圾。

馬丁靠在一道鐵門邊的灰泥白牆上喘息——這應該是通往舊城區的門。在營區裡驅動著他的腎上腺素刺激似乎消失殆盡，凱特覺得他看起來更加憔悴，像個徹夜狂飲後的醉漢。他雙手撐在膝蓋上慢慢地調整呼吸。

凱特轉身觀察背後的海岸線。馬貝拉的舊城區位於山丘上，制高點景色如詩如畫。若沒有滾滾煙霧，太陽落入地中海和白沙海灘的美景一定會令人屏息讚嘆。隔著煙霧，天空出現十幾個黑色物體——是一群直升機。

她抓住阿迪和瑟亞的手轉身要跑，但馬丁伸出手臂攔住她。他手指放在她肩上，把她和孩子們趕到背後，用自己的身體擋住前方的某種東西。凱特好奇地探頭一看。

在前方的交叉路，有兩隻狼漫步走進路口。牠們靜止片刻，似乎在聆聽，接著緩緩轉頭看著他們。這凝滯的片刻似乎延伸到永恆，然後凱特聽到腳掌踩過碎石街道的聲音。又有兩隻狼加入前兩隻，接著又一隻，最後是三隻，總共八隻，全都站在街上對他們虎視眈眈。

體型最大的狼離隊走向他們，目光一直緊盯著馬丁，第二隻污穢的狼緊跟在牠後面。牠們停在馬丁前方幾呎外打量他。

凱特雙手開始發抖，她牽著孩子們的手心在冒汗。

他們背後，直升機的隆隆聲越來越響。

11

印瑪里任務基地，稜鏡地下兩哩
南極洲

杜利安舉起雙手，讓箱子落到下方的堅硬雪地上。他能指望印瑪里的同志們怎麼做呢？他剛穿著亞特蘭提斯人的防護衣走出來，還拿著神祕的箱子，換成他早就按下核彈的開關了。

頭盔的護目鏡是鏡面，他們看不到杜利安的臉。他需要跟他們溝通，必須先找到傳達訊息的方法。他掃視冰穴尋找有用的東西。他不能在冰上寫字，凍結得太硬了。他開始用手在空中比劃，寫出幾個字：杜、利、安。核彈上的第二組燈號亮起。他再寫一遍，還是沒有用。他看看洞穴周圍，焦急地想找能用的東西。

杜利安看見有個屍體幾乎埋在冰裡，倚牆躺著。杜利安衝過去敲打周圍的冰塊，想把他挖出來。或許他能啟動防護衣裡的無線電。他擦掉頭盔上的冰，立刻嚇得倒退一步。是他父親。臉上有幾道凍僵的血跡，寒冷把他保存得很好。他們殺了他——丟在這裡面對大鐘。為什麼？是誰？杜利安呆坐著，凝視父親的遺體。他已經不在乎核彈了。

在走廊末端，鋼鐵撞擊冰塊的聲音迴盪在洞穴內，杜利安轉身，有個鐵製吊籃放著在等他。炸彈的燈號仍然亮著，但是沒有跳動。

杜利安從冰塊中挖出父親的遺體，用雙手小心翼翼地抱起來，走到吊籃邊。他輕輕放下遺體跟著進入吊籃，吊籃開始往地面上升。

12

舊城區
馬貝拉，西班牙

凱特現在看清楚了：這八隻動物不是狼而是狗，看起來衰弱又焦慮。她顫抖的手放開阿迪，去拿口袋裡的槍。她一拔槍，大狗跟牠的野生同伴便露出尖牙低吼。兩隻狗豎起毛髮，同時蹲下準備跳躍。

馬丁伸手壓在凱特的手上，強迫她把槍收回口袋裡。他直盯著前方，但沒有和兩隻狗的眼神接觸。

慢慢地，狗群似乎洩了氣。牠們的毛髮恢復平貼在背上，收回冒白沫的慘白牙齒，牠們開始眨眼，然後轉身漫步回到狗群中，一聲不響地離開街上。

馬丁搖搖頭。「牠們變成群體行動，但只是出來找食物。這裡有牠們能吃但我們不能的食物。」

此刻直升機的聲音幾乎來到他們頭頂上，凱特看見一盞明亮的探照燈。他們在找什麼？

馬丁牽著瑟亞的手，凱特和阿迪跟在他們後面。「離這裡幾條街有座教堂，距離我們的會合點很近。」他說，「如果我們無法撐到早上，妳可以自己去撤離點找SAS小隊。」

凱特加快腳步跟上馬丁。每走一步，殘餘的日光就黯淡一分。上方現在有三盞探照燈在搜尋。

凱特停在街上，看見直升機群在空投某種東西。炸彈落下時她和馬丁鑽進最近的巷子想找掩護。有顆炸彈約在四十呎的空中爆炸，在他們身邊灑落了許多紙張。凱特抓起一張。是傳單。直升機在空投文宣品，用西班牙文寫的，但她翻面之後發現有英譯版。

敬告安達魯西亞的民眾與囚犯：

我們聽到了你們的呼救聲。

自由即將到來。

印瑪里國際為你們而來，要把被蘭花聯盟國家剝奪的基本人權和自由還給你們。

請加入我們，討回你們的生存或死亡的選擇權。

你們的獨裁者否決了你們選擇自己政府的權利。

把床單放到屋頂上告訴全世界你的選擇。

我們沒有敵意，但我們不會逃避戰爭。

凱特望著地平線。直升機隊丟下了白床單，落遍整個市區。印瑪里顯然在操縱「投票」。他們會怎麼做？拍衛星照片告訴世人，合理化他們的入侵？

凱特發現馬丁已經回到街上，拚命往教堂前進。凱特把傳單塞進口袋跟著他跑。

在她背後，另一群直升機的隆隆聲響徹空中。這次他們丟下不同的東西。有降落傘的……士兵？可能是傘兵。

馬丁回頭看直升機隊，有一瞬間，凱特看見他眼中的恐懼。他們驚心動魄地逃離海岸與之後遭遇的危險無疑讓他血壓飆高——對頭部受傷的人可不太妙。凱特看見血從他的後腦傷口滲出來，她必須盡快縫合傷口。

他們馬不停蹄地往前奔逃，經過舊城區一個又一個雜亂的街區，印象一片模糊。

正前方飄下一個傘兵，默默地前後搖擺。

馬丁和凱特停步，孩子們也跟著停在身邊。他們無處可逃，但是……降落傘下的士兵不是活人，是金屬桶。

桶子大聲落在鵝卵石街道上，滾了一下，末端的蓋子彈開，開始快速旋轉噴出大量綠色瓦斯。

馬丁示意凱特撤退。「他們要毒死全市。快點，我們得進室內。」

他們尋找這個街區裡沒有破窗的商店，但每個店面都一樣：門用鐵鍊鎖住，大片玻璃的櫥窗早就被打破。阿迪慢了下來，凱特拉他的手。兩個孩子都累壞了，凱特轉身抱起阿迪，她看到馬丁同樣抱起瑟亞。他們能帶孩子跑多遠？前方，交叉路口冒出一團綠色瓦斯。

凱特必須爭取時間。她放下阿迪奔向掉在街上的一條床單，撕下四個長條，綁住孩子們的口鼻，也遞給馬丁一條。

周圍前後左右的巷子裡，不斷冒出綠色瓦斯的雲霧。她抱起阿迪跟著馬丁衝進瓦斯裡。

13

印瑪里研究基地，稜鏡外面
南極洲

杜利安冷靜地等待吊籃在一片漆黑中緩慢上升。下方冰穴的微弱光線早已消逝，上方也沒有陽光或人工光源，只有一片黑暗。

杜利安蹲在父親的屍體旁，想著抵達地面之後要做什麼——還有他們會做什麼？放吊籃下去接他是個高招。他們假設杜利安是敵方戰鬥員，在自己選擇的戰場上作戰會比較有利。印瑪里只能運送幾個人到豎井底下，一旦到了底下，要是發現有更多亞特蘭提斯人部隊，增援無法快速送下去，所以不管他們派什麼人都可能輕易喪命——或者更慘，被俘虜逼供印瑪里部隊實力與防禦能力的情報。

杜利安只確定一件事：吊籃一到了地面就會被攻擊。

他仰躺在吊籃裡，和亡父並肩，他望著上方等待。上面平台的燈光穿透了黑暗，越來越亮。吊籃停住，在風中微微地搖晃。杜利安聽著急速接近的踩雪聲，隨即被幾排人包圍用自動步槍指住。

此刻鴉雀無聲，沒有動靜。他們在等他行動，但杜利安沒動。終於有個士兵上前來綑綁他的手腳，然後兩個士兵抬起他和他父親前往基地。

整個區域沐浴在強光中，顯現出基地的改變。最靠近的部分如杜利安的印象：巨大的白色蜈蚣，延伸超過一座足球場長度，在兩端彎曲。但現在蜈蚣變多了——至少三十隻——舉目所及都是。

有多少部隊駐紮在此？他希望人數足夠。他要找到殺害父親的兇手讓他付出代價，但首先他必須面對底下的威脅。

士兵們進入一間大消毒室，蓮蓬頭打開，往杜利安和押解他的小隊灑水。液體停止之後，他們抬著他出來把他放在一張桌子上。

最靠近他的士兵打開杜利安的頭盔扣鎖，把它摘掉。那個人似乎愣住了。

「我逃出來了，快放開我。他們醒了，我們必須攻擊！」

14

印瑪里訓練營，凱美洛
開普敦，南非

雷蒙．桑德斯看著山脊上的第一批士兵通過。他們全力奔跑，時速將近三十五公里，身上還扛著重達二十七公斤的背包。太陽從遠方的南非山脈露出曙光，桑德斯的目光緊盯著一批又一批進行訓練的超級士兵。

「時間？」桑德斯沒有轉頭，詢問他的助手科斯塔。

「十四分二十三秒。」科斯塔搖頭說，「不可思議。」

桑德斯對這個新紀錄感到訝異。當他們逼得越緊，士兵就能變得越強。

「不過我們有些傷亡。」科斯塔說。

「有多少人？」

「六個。一開始這個大隊一共有兩百人。」

「原因是什麼？」

科斯塔翻閱文件。「四個死於昨天的行軍途中，我們正在解剖中，原因可能是心臟病或中風。另外兩個死在半夜，正準備解剖。」

「只損失百分之三的人，算是付出很小的代價。別的大隊呢？」

「有進步，但遠不如第五大隊。」

「結束其他的訓練方法，用這次的繼續測試。」桑德斯說。

「一樣用這些大隊嗎？」

「不，我們重新開始。我不希望先前訓練的方法扭曲了成果。科學隊有新規定嗎？」

科斯塔點點頭。「有一大堆。」

「好。」

「恕我直言，長官。他們正在高原期，早就過了效用遞減的時機。這些都是活人，並非損益表上可以調整的數據。這感覺好像——」

「他們仍在進步中，變得更強、更快、更聰明，上次的認知測試是史上最佳的。」

「沒錯，但我們早晚必須判定他們已經達到最高峰，不能一直搬動終點線，拖延——」

「聽起來你好像要說『拖延症』，科斯塔。我記得這次計畫的負責人是我，而你只是文書處理的助手。」他誇張地搖搖頭，「只有一個辦法能夠確認，我叫他們把你加進下一個大隊，直到發生你預言的結果，那麼我們就能知道答案了。」

科斯塔吞吞口水指著窗外，營地上排列著彷彿無邊無際的帳篷。「我只是想幫忙，呃……我的意思是……我們有將近一百萬個士兵，還有個可行的訓練方法讓他們強化到接近極限，但我們不知道還剩下多少時間。」

「我們只有一次機會，要派進墳墓裡的軍隊將是唯一的一批。若是他們失敗，我們就得面對往後的不確定性。我不希望那樣，你呢？你可以遵從我的命令，也可以選擇加入那邊帳篷裡的人。現在說明我們在西班牙南部的進展吧。」

科斯塔拿起另一個檔案夾。「我們占領了安達魯西亞的各大城市——塞維爾、卡迪茲、格瑞那達和科多巴，也控制了所有重要海岸城鎮，包括馬貝拉、馬拉加和艾梅利亞。我們正在處理新聞機構，壓迫他們報導我們的說法。我們的幹員說他們有些動搖，如果他們認為我們有機會贏，就能全力支持我們。很快就會知道結果，我們的登陸部隊已經上岸。」

「蘭花聯盟有什麼反應？」

「還沒有。我們預期不會有太多抵抗。鐘塔說同盟國可能正在處理法國和西班牙北部蘭花產量減緩的問題，會員國非常恐慌。」

時機正好，連桑德斯的原定計畫也沒這麼完美。

門打開，一名印瑪里將軍走進來。「長官——」

「我們正在會議中。」桑德斯怒道。

「南極洲的傳送門開了。」

桑德斯沉默地看著他。

「杜利安．史隆出來了，他帶著一個箱子，說——」

「他人在哪裡？」桑德斯平淡地說。

「他們帶他上了地面，正在大會議室裡聽狀況簡報。」

「你開玩笑吧。」

將軍一臉困惑。「他是最高階的印瑪里委員會成員。」

「你給我聽清楚了，將軍。我才是最高階的印瑪里委員會成員。杜利安．史隆在那個結構體裡面待了將近十一週，我們不知道他在底下幹什麼，但我敢保證不會對我們有利。我們必須假設他們重新設定了他，把他洗腦，派他出來別有企圖。」

「那應該——」

「利用現場的鐘塔幹員。叫他們告訴杜利安必須讓他看一些東西，帶到實驗室迷昏他，再帶偵訊室把他牢牢綁住。別小看他，天曉得他們把他怎麼了，門外要派衛兵看守。」桑德斯思索片刻。「你剛說有個箱子，在哪裡？」

「他把它留在豎井底下。他說他認為有危險，最好別打開。」

桑德斯想了一下，第一個本能猜測那箱子是炸彈，或許杜利安也這麼想。如果他們把它拿上來，可能摧毀整個營地，甚至更糟。還有另一種可能：杜利安把它留在下面是因為他或亞特蘭提斯人需要把它放在那裡。難道亞特蘭提斯人必須把它拿出來，他們才能得以走出墳墓嗎？它有別的作用嗎？會不會融化冰層釋放太空船？他需要答案，不能就這樣把它丟在那兒，在查明那是什麼之前也不能任意移動它。

「我們現場有哪些科技人員？」

「人數不多。我們為了攻擊行動重新部署時，幾乎全部撤離了。」

「把剩餘的人都送到豎井底下，搞清楚箱子裡是什麼，但是別打開。派不知道我們防禦能力的人去，等他們查明之後直接通知我。」

將軍頷首，轉身離開。

桑德斯告訴科斯塔，「取消測試。沒時間了，我們必須用現有的部隊去作戰。我有預感我們會需要更多兵力，加速肅清安達魯西亞。運輸進度如何？」

「還在努力集結船隻。」

「再加把勁。我們必須盡快把一百萬名部隊送到南極洲。」

15

您正在收聽的是BBC，人類勝利之聲，亞特蘭提斯瘟疫爆發第七十九天。

BBC已經確認印瑪里入侵歐陸的多則報導。入侵始於昨天黃昏，直升機與無人機隊向西班牙南部城市發射火箭，傷亡數字至今尚不明朗。

來自西班牙安達魯西亞省各地的目擊報告表示，各個蘭花區是印瑪里攻擊的主要目標。政治專家數週來都推測印瑪里即將開始吸收歐亞兩洲脆弱的人口。他們似乎已在西班牙南部發動戰役。

智庫西方世紀公司的專家史蒂芬．馬可仕博士稍早表示：「沒人知道印瑪里的真正目的，但有一點很清楚：他們正在招兵買馬。除非必須自衛或打算用來攻擊敵人，否則不會建立軍隊。很難相信蘭花聯盟是否有能力發動任何形式的反擊。」

蘭花聯盟的脆弱造成全世界陷入極大的恐懼之中，印瑪里入侵安達魯西亞可能是對歐陸發動更大規模攻擊的前哨戰——蘭花聯盟無法擊退的攻擊。

生產蘭花的專家珍娜．鮑爾也認同這項評估。「盟國尚還能維持目前的蘭花生產，但他們無法開戰。即使開戰，該如何把蘭花送到前線讓士兵們活命這件事也困難重重。另外，要從倖存者中挑選組成聯軍又是另一個新問題，亦即忠誠度的問題。大多數腦部功能保持健康的倖存者都支持印瑪里——他們被迫住進蘭花區，很多人視為監禁，至今已將近三個月。」

專家推測印瑪里只是在蠶食歐洲邊緣——他們占領同盟國無法防禦的省分，藉此試探盟國決心和人民意志。基本上，印瑪里在試探歐洲的實力。

馬可仕博士對此進一步詳細說明：「這是很基本的戰略：侵略者越線跨出一小步，等待結果。他們會被姑息或是制裁？我們的反應會決定印瑪里的下一步。如果姑息，他們就踏出下一步，以此類推。」

許多人認為，所謂下一步可能是德國。鮑爾女士也同意這個看法。「德國才是重點，它是整個歐陸的關鍵。德國生產了歐洲百分之七十的蘭花。如果印瑪里軍隊攻進德國，歐洲就徹底完蛋了。一旦德國淪陷，歐陸就會跟著全軍覆沒。」

為了對印瑪里平衡報導，我們同意宣讀他們對攻擊行動的聲明：

「昨天印瑪里國際集團在西班牙南部發動了一場大規模救援。將近三個月來，安達魯西亞人民一直住在集中營裡，被強迫用藥。印瑪里國際集團創立的理念是打造一個全球化社會。我們從貿易起家，連結全世界，至今仍實踐這個傳統，但蘭花聯盟強加在全世界的危險狀況讓我們必須選擇追求全球都能自由的新方法。我們愛好和平，但我們會保護全世界人民免於壓迫和違反他們自由意志的任何措施。」

BBC在此向聽眾聲明，我們在武裝衝突中沒有特定立場。我們只報導新聞，也會繼續下去，無論是關於勝利者或失敗者。

16

印瑪里集團一號專機
南大西洋，南極洲海岸

雷蒙．桑德斯轉頭離開飛機窗戶，接聽衛星電話。「我是桑德斯。」

「我們剛接到檢查箱子的小組報告，他們說裡面是空的。」

「空的？」桑德斯沒料到這點。「他們怎麼知道？」

「他們用了攜帶式X光機，重量顯示裡面除了空氣不可能裝任何東西。」

桑德斯躺回椅背上。

「長官？」

「我在聽。」桑德斯說，「還有別的發現嗎？」

「有。他們認為箱子可能散發出某種輻射線。」

「什麼意思？是指——」

「他們不知道，長官。」

「有什麼推論？」桑德斯問。

「沒有。」

桑德斯閉上眼揉揉眼皮。結構體裡面的不明人物想要把箱子帶出來。「杜利安把箱子丟在傳送門外。會不會是亞特蘭提斯人需要它放在那兒才能出來——因為它有某種作用？」

「有可能。我不確定我們該怎麼測試這個推論，現場的科學人員和裝備非常有限。」

「好吧，我們把那個箱子拿出來。放在鉛箱或能阻隔輻射的東西裡，拿到我們的主力研究設施去查出答案。」

「我們該找誰負責？」

桑德斯想了一下。「那個膽小的科學家叫什麼，老張？」

「他在地中海的瘟疫接駁船上——」

「不，不是他。搞核能的那個。」

「切斯？」

「對。叫他來檢查，直接將結果向我回報。」

17

舊城區
馬貝拉，西班牙

這時綠色瓦斯已經像霧一樣濃密，凱特只能看見前方幾公尺。她緊跟著馬丁，希望他知道該去哪找到掩蔽。馬丁不再查看商店櫥窗，只是抱著瑟亞拚命往前衝。阿迪的頭靠在凱特肩上，她的雙手緊抱著他。每過幾秒，他就用力咳嗽並微微發抖。

瓦斯刺痛凱特的眼睛，在她嘴裡留下一點金屬味道。她懷疑那是什麼東西，對人體會產生什麼作用。

前方，馬丁突然右轉，進入一處小庭院。盡頭有座白色灰泥教堂，馬丁衝到厚重的木門前面。他們走近時，凱特查看彩繪玻璃窗，幸好沒被慌亂的馬貝拉居民打破。

馬丁推開大門，讓凱特和孩子們鑽進去。他及時在第一縷綠色瓦斯飄進來之前關上門。凱特放下阿迪之後差點癱倒。她累壞了，虛弱得無心觀察教堂環境。她用最後一點力氣拉掉阿迪和瑟亞臉上的布，迅速檢查孩子們的狀況。他們很累但沒事。

她轉身，走到最近的長木凳坐下伸展手腳。過了幾分鐘，馬丁出現，拿著高蛋白零食和一瓶水低頭看著她。她接過來，吃點東西，補充水分，便緩緩閉上眼睛入睡。

馬丁看著凱特睡著，等待保密的網路連線啟動。

聊天視窗擴大，跳出一行文字。

Station 23.DC＞狀況如何？

Station 97.MB＞危急。印瑪里正在入侵馬貝拉，受困中，帶著凱特、Beta-1與Beta-2。目前安全，但是無法久留，請求立即撤離，不能等了。目前位置：聖瑪麗重生教堂。

Station 23.DC＞稍候。

Station 23.DC＞外勤隊兩小時前回報：在馬貝拉鎮外。城鎮被施放毒氣，但在消散中。當地時間早上九點可抵達會合點。報告結束。注：隊伍有五名穿西班牙軍服的重裝士兵。

馬丁向後靠，嘆了口氣。或許他們還有機會。他瞄一下凱特，她的身體抽搐了一下，愁眉苦臉。她在做惡夢，睡在硬木凳上或許沒什麼幫助，但馬丁已經盡力了。他知道她需要休息。

凱特在做夢，但感覺好逼真。她又回到南極洲的亞特蘭提斯墳墓裡。閃亮的灰牆、地面與天花板的珠狀燈光讓她不禁膽顫心驚。

這裡很安靜，只有她一人。她的腳步聲回音響亮，嚇了她一跳。她低頭一看，腳上穿著靴子——和某種制服。大衛在哪裡？她父親呢？孩子們呢？

「哈囉？」她大喊，但在冰冷寬廣的空間裡只有回音。

在她左方，一道大型雙併門打開，光線照進昏暗的走廊。她走進門觀察這個房間，她認得這裡。房間裡有十幾根管子，各自豎立著，裡面裝著不同的人類祖先，人類各個亞種的樣本。但現在只剩半數管子有人。其他屍體到哪裡去了？

「我們在收集更多測試結果。」

凱特迅速轉身，但她來不及看清對方臉孔，房間就消失了。

18

印瑪里研究基地，稜鏡
南極洲

杜利安認得這個房間——這是之前囚禁凱特・華納的偵訊室。有人加了一張審問椅——或許是在雙腳、手腕和胸部加裝了粗皮帶的牙醫診療椅。士兵把他綁得幾乎無法呼吸。瓦斯造成的暈眩似乎不肯退去。他的手下為什麼背叛他？傳送門又打開了嗎？另一個杜利安・史隆帶著不同的說法，或從另一個箱子走出來？他帶出來的箱子爆炸了嗎？

杜利安沒等太久就知道了答案。門打開，一個高傲男子走進來，兩名印瑪里特種部隊跟在兩旁。杜利安認識這個人。他叫什麼來著？桑福？安德斯？是桑德斯。沒錯。他是印瑪里集團的中階經理人。桑德斯臉上的表情清楚地告訴杜利安這是怎麼回事：權力鬥爭。這個發現讓杜利安全身如釋重負。他可以應付權力鬥爭。

杜利安稍吸一口氣，但敵人搶先開口，「杜利安，好久不見。你好嗎？」

「我們沒時間搞這個了——」

他認同地點點頭。「對，亞特蘭提斯人醒來了。我們正在處理。」

「底下有東西控制裡面那艘船，我們必須從外部摧毀它。」

桑德斯走近杜利安，上下打量他。「他們把你怎麼了？我是說，你看起來不錯，容光煥發，皮膚光滑。你真的擺脫了平常那副疲倦、拚命又高傲的狼狽模樣。」

這是桑德斯的計畫——狠狠羞辱杜利安，向隔著玻璃觀看的人顯示桑德斯才是老大，杜利安不成威脅。杜利安在胸口綁帶下使勁，拚命向前傾。他不屑地說：「給我聽清楚了，桑德斯。你現在放開我，我們就當作沒這回事。如果你拒絕，我發誓，我會把你開膛破肚，喝你的血看著你死。」

桑德斯往後仰頭，抬起眉毛，維持這個表情許久，最後大聲笑了出來。「我的天，他們把你怎麼了，杜利安？你比以前更瘋狂。誰想得到呢？」

他踱步離開杜利安再轉過身來，表情恢復嚴肅。「你才給我聽清楚，因為這才是真正要發生的事。你得乖乖綁在椅子上，掙扎叫喊出更多瘋狂言論。我們會對你下藥，你會告訴我們在底下發生了什麼事，交代完後，再把癱瘓的你丟下那個洞裡讓你凍死，這比我前任處死你那個瘋子老爸慈悲多了。」

杜利安的臉色轉為震驚。

「對，是我們幹的。我還能說什麼呢，杜利安？有時候管理階層的變動很殘酷。現在，我會讓你嘗嘗我的做法。」桑德斯轉向一名士兵。「拿藥來，咱們開始吧。」

冰冷的憤怒流遍杜利安全身，清晰的恨意讓他心智專注。他的目光掃瞄胸口和雙手的綁帶，兩者都無法掙脫，強行掙脫只會讓雙手骨折。他把綁住的左手悄悄地往後縮，感到手上傳來一陣劇烈疼痛，差點折斷拇指，他繼續用力拉扯，感覺到拇指脫臼。疼痛差點壓過杜利安腦中的憤怒，但憤怒最終戰勝。

桑德斯抓住門把。「我想這是永別了，杜利安。」

一名士兵抬起頭走向杜利安。他會發現杜利安做了什麼嗎？

杜利安用盡剩餘力氣抽回左手臂。他的食指和小指關節扭曲擠壓到中指底下，讓手臂滑出綁帶。但是手受了重傷——他只能用中間兩根手指。他伸手抓住綁著右手臂的皮帶。手指的力氣只能勉強把皮帶抓在掌中。他做到了，疼痛更加難耐，他往後拉鬆開綁帶。士兵更靠近他，杜利安瞬間解開胸口綁帶跳起身，用右掌根擊中士兵的鼻子，一個轉身，及時飛撲抓住桑德斯的雙腿。

杜利安腳上的綁帶把他連在椅子上無法掙脫，但他撲倒桑德斯之後把他拉近自己。杜利安用力咬住桑德斯的脖子，室內充斥淒厲的慘叫聲。鮮血飛濺到杜利安臉上和地上，幾秒鐘就濺濕了白色地面。慘叫聲消失後，杜利安離開桑德斯身上，正好看到另一名士兵拔出手槍。他向杜利安頭部開了兩槍。

19

聖瑪麗重生教堂
馬貝拉，西班牙

凱特被某人的快速打字聲吵醒。她舉起手揉掉眼睛的睡意，立刻發現全身痠痛不已。這是慌亂逃離蘭花區又睡在硬木凳上造成的後遺症。自從馬丁帶她來馬貝拉之後頭一遭，她懷念起水療館那張小床，還有住在那邊的孤立平靜生活。

她坐起來看看四周。除了中央走道點著兩根蠟燭，還有筆電螢幕亮光照亮馬丁的臉外，教堂裡一片昏暗。馬丁一看到她便迅速闔上筆電，從背包拿出某種東西遞給她。

「妳餓嗎？」他問道。

凱特搖頭。她在昏暗教堂裡尋找孩子們。他們並肩蜷縮在隔壁的長凳上，包著幾層直升機空投的白床單，臉色看來好安詳。馬丁一定是趁她睡著時出去拿了床單。她專心看著他。

「我們剛才還沒談完。」

馬丁面露難色，他轉頭避開凱特的眼睛，從背包掏出更多東西。「好吧，但我需要先做件事。其實，是兩件事。」他舉起抽血工具。

「我需要妳的血液樣本。」

「你認為我和瘟疫有某種關聯？」

馬丁點頭。「如果我猜對，妳應該是謎底的重要關鍵。」

凱特想問理由，但她想先知道另一個問題。「第二件事是什麼？」

馬丁遞出一個裝棕色液體的塑膠圓瓶。

「我要請妳染頭髮。」

凱特望著馬丁伸出來的手。「好吧，」她說，「但我要知道是誰在找我。」她接過抽血工具，馬丁幫忙她動手抽血。

「所有人。」

「所有人？」

馬丁別開目光。「對。蘭花聯盟、印瑪里，還有奄奄一息的中立各國政府。」

「什麼？怎麼會？」

「中國的設施爆炸之後，印瑪里國際集團發出聲明，說是妳執行攻擊並散播瘟疫，流感病毒株的生物武器就是妳的研究產物。他們有影片，當然是真實的，正好符合先前印尼政府的聲明，指名妳涉及雅加達攻擊事件，並且對自閉症兒童進行未經授權的研究。」

「那是謊話。」凱特平靜地說。

「對，是謊話，但是媒體重複播放，重複的謊言變成普遍認知，認知成為現實，非常難改變。當瘟疫橫掃全球，所有人都想找個罪魁禍首。妳是最初的官方說法，也是最好的說法。」

「最好的說法？」

「想想看，說一個瘋狂女人單獨行動，為了追求她自己的妄想目標而製造病毒感染全世界比較恰當，還是用其他更嚇人的說法，例如有組織的陰謀，或最糟的可能性——自然發生，可能隨時發生在任何地方。其他說法都是持續性的威脅，世人絕對不會想要，他們只需要一個瘋狂獨行的槍手，那個人最好推測已死亡，或已被捕獲予以懲罰。這世界是個危險的地方，抓到並處死歹徒能在記分板上加分，給大家多一點希望，相信可以撐過這個難關。」

「那真相怎麼辦？」凱特把儲血管交給他。

馬丁把儲血管放進保溫瓶裡。「妳想會有人相信嗎？說印瑪里發掘出一個古老結構體，有幾十萬年歷史，位於直布羅陀底下，而且看守它的裝置釋放出一種全球瘟疫？這是真相，但即使以小說的標準來看也太離譜了。大多數人的想像力非常有限。」

凱特揉揉鼻梁。她成年以後都在做自閉症研究，嘗試改變現狀。現在她居然成了頭號公敵。

「我沒告訴妳是因為不想讓妳擔心，妳無能為力。我一直在為妳的遷徙與人身安全談判。兩天前我剛談妥一樁交易。」

「交易？」

「英國同意收留妳。」馬丁說，「我們幾小時後會跟他們的小隊會合。」

這一刻，凱特忍不住瞥向睡在長凳上的孩子們。

「孩子們也會跟妳去。」馬丁趕緊補充。

一聽到馬丁有計畫，他們很快就能安全無虞，似乎消除了她心中一半恐懼和緊張。「為什麼是英國？」

「我的首選是澳洲，但距離太遠。英國比較近，可能也同樣安全。歐陸有可能落入印瑪里手中，但英國會苦撐到最後，他們有前例。你們在那邊會很安全。」

「你的交換條件是什麼？」

馬丁站起來舉起染髮劑瓶子。「來吧，妳該改頭換面了。」

「你承諾他們會找出解藥，那是保我平安的代價？」

「總得有人先找出解藥，凱特。快點，我們沒多少時間了。」

20

印瑪里集團研究園區
紐倫堡郊外，德國

奈吉．切斯博士隔著寬大的玻璃窗望著無菌室內。神祕的銀色箱子豎立在桌上，閃閃發亮，反射出室內的明亮光線。一小時前南極洲來的小隊移交了這個怪箱子，目前毫無進展。

或許該做些實驗開始推測。他謹慎地輕推搖桿，無菌室內的機械臂狂揮，差點把箱子從鋼鐵桌上打落。他老是抓不到訣竅，就像操作雜貨店裡投幣後可以抓出填充玩具的愚蠢機器一樣，永遠抓不到。他擦掉眉毛上的汗水思索片刻。或許他不需要翻轉箱子，只要用機械臂移動設備就好。

「要我試試看嗎？」實驗室助手哈維問道。

切斯很疼愛妹妹費歐娜，幾乎也同樣後悔收容她兒子哈維來當實驗室助手。但她希望哈維搬出去住，在沒有找到該死的工作前就不可能。

「不用，哈維。去幫我拿罐低糖可樂，好嗎？」

十五分鐘後，切斯重新放好了裝備，哈維還沒把他的可樂拿來。

切斯設定好電腦開始一連串的輻射線轟炸，坐在椅子上隔窗觀察，等待結果。

「沒有低糖可樂。我檢查過大樓裡的每一台販賣機。」哈維遞出一個罐子。

「我替你拿了傳統可樂。」

有一瞬間切斯想要告訴哈維，選其他低糖飲料才是合理的做法，但這孩子已經嘗試努力，這是一大進步。「謝謝，哈維。」

「有發現嗎？」

「沒有。」切斯邊說邊打開罐子啜飲可樂。

電腦發出嗶嗶聲，對話框出現在螢幕上。

資料接收中。

切斯趕緊放下飲料湊近去看螢幕。如果讀數正確，手提箱正散發出中微子——輻射性衰減和太陽、核反應爐等的核子反應所造成的次原子微粒。怎麼會出現在這裡？

接著讀數閃爍變紅，中微子數量緩緩下降到零。

「怎麼了？」哈維問。

切斯陷入沉思。是箱子對輻射線的反應嗎？是某種訊號，像夜間閃爍的導航燈或是求救訊號，用次原子微粒發出傳統電碼？

切斯是核能工程師——他主要鑽研核能發電系統，不過在八〇年代做過一陣子核彈頭，九〇年代處理過潛艦上的核能發電系統。粒子物理遠超過他的專業領域。他有點想請教具備粒子物理背景的專家，但他遲疑了一下。

「哈維，改變輻射方式，看看箱子會怎樣。」

一小時後，切斯喝完他的第三罐可樂開始踱步。箱子散發出的最後粒子群可能是速子。速子是理論上的存在，主要因為它可以超光速運動。但根據愛因斯坦的特殊相對論，那是不可能的。

這種粒子可想而知能實現時光旅行。

「哈維，我們試試新方法。」

切斯開始設定電腦，同時哈維操作搖桿與機械臂。這年輕人很厲害。或許電玩和年輕人確實有些用處，切斯心想。

切斯完成設定輻射模式，看著那個裝置在無菌室內旋轉。切斯有個推論：或許手提箱操縱了變色龍粒子——根據其環境決定有無質量的假設性無向量粒子。變色龍粒子在太空中質量小，在地球環境中質量較大，所以可偵測。若是如此，切斯可能即將發現黑暗能量和黑暗物質的基礎，甚至宇宙膨脹背後的力量。

但變色龍粒子只是他推論的一半，另一半是這個箱子可能是通訊裝置——只是在引導他們，告訴他們需要哪種粒子才能讓它發揮作用。箱子在要求特定的次原子粒子。但為什麼需要那些東西？它們是建造某種東西的「成分」，或解開什麼東西的密碼？

切斯相信他們找到了鑰匙，箱子需要的輻射線方法。或許這是亞特蘭提斯人的某種IQ測驗，是一項挑戰。這很合理，數學是宇宙的共通語言，次原子粒子則是共同的石碑，像某種太空莎草紙（注）。這箱子究竟想要說什麼？

電腦螢幕亮起。龐大輸出——中微子、夸克、重力量子，和其他根本沒有名稱的粒子。

切斯隔窗觀看。箱子逐漸改變，閃亮的銀色外表變黯淡，然後出現微小坑洞，彷彿磨光的表

注 Papyrus，古代用於書寫的紙張，一直使用至西元八世紀才被其他紙張取代。

面變成沙子。沙粒在原位短暫搖晃之後滑向中央，形成一個漩渦。

黯淡的漩渦由內而外侵蝕這個箱子。箱子完全崩潰，整個空間充滿刺眼光芒。

建築物在白光一閃中爆炸，立刻吞噬周圍六棟辦公大樓，並且蔓延好幾哩範圍，吹倒樹木、燒焦泥土。然後光線瞬間消退，縮回原點。

昏暗沉默的夜色持續片刻，接著地上飄出一絲光線，宛如一條發出磷光的繩子，在風中擺盪飛升。從這條光線吐出許多捲鬚與其他光線連結，直到它們成為網狀，網子編織緊密到變成一道光牆，形成比一般大門高兩倍的一道拱門。這道光之門靜靜閃爍，彷彿正在等待著什麼。

21

聖瑪麗重生教堂
馬貝拉，西班牙

凱特坐在浴室裡的鑄鐵浴缸邊緣，等待染髮劑被吸收。

馬丁堅持親自監督這道手續，彷彿凱特可能逃避染髮似的。得知全世界在追捕她是個奇特但具有說服力的動機，不過她腦中講求理性邏輯的部分在吶喊：如果全世界都在找你，染頭髮是沒用的。話說回來，反正她沒別的事做，這也沒什麼害處。她在指縫扭轉一撮已經染成黑色的頭髮，猜測變身是否已經完成。

馬丁坐在她對面的磁磚地上，伸直雙腿，背靠著浴室的木門。他在電腦上打字，偶爾停一下思考。凱特懷疑他在幹什麼，但她暫時抽不出時間詢問。

其他問題縈繞在她腦海。她不知該從何開始，馬丁說過的那件事仍困擾著她：瘟疫在二十四小時內感染超過十億人。她很難相信——尤其幾十年來馬丁和他的同夥一直在祕密準備面對疫情。

她清清喉嚨，「二十四小時內感染十億人？」

「嗯哼。」馬丁頭也不抬的含糊回答。

「不可能，沒有病原體能這麼快轉移。」

他抬頭瞄她一眼。「是真的。我沒騙妳，凱特。目前確實沒有已知的病原體能那麼快轉移，但這個瘟疫是全然不同的東西。我會全部告訴妳，但我希望等到妳安全以後。」

「我的安危不是最大的問題。我想知道實際情況，也想要做點事情。告訴我你在隱瞞什麼，我遲早會發現的，至少讓我聽你親口說出來。」

馬丁暫停半晌，闔上筆電嘆了口氣。「好吧。首先妳該知道的是，亞特蘭提斯瘟疫比我們認為的更加複雜。我們剛剛才搞懂它的行為機制。最大的謎題仍然是大鐘。」

提到大鐘讓凱特不寒而慄。一九一八年印瑪里在直布羅陀發現大鐘。這個神祕裝置安裝在凱特父親幫印瑪里發掘出來的亞特蘭提斯結構體上。一發現大鐘，它就對全世界釋放西班牙流感——現代史上最致命的傳染病。最後印瑪里繞著大鐘挖掘，把它拆下來以便研究。印瑪里集團總監杜利安・史隆利用最近死於大鐘的受害者屍體向全世界散播亞特蘭提斯瘟疫，重新製造疫情，企圖辨別對大鐘有先天抵抗力的人。他的最終目標是建立一支軍隊去攻擊製造出大鐘的亞特蘭提斯人。

「我以為你們知道大鐘如何運作，影響哪些基因。」凱特說。

「我們也以為是。但我們犯了兩個大錯，首先是之前樣本規模太小，其次是我們只研究了與大鐘直接接觸的屍體，沒有間接感染的。大鐘本身不會散發感染源，它沒有病毒或細菌，而是散發輻射線。我們的推論一直是大鐘輻射線讓某種內源性逆轉錄病毒發生突變，重新啟動某種古老病毒，操縱一些基因與表觀遺傳注記去轉變宿主。我們認為這種古老病毒是一切的關鍵。」

凱特舉手示意馬丁暫停。她需要消化。如果馬丁的推論真的，就太不可思議了。這顯示發現有一種，甚至多種全新的病原體——輻射性，還有病毒。這可能嗎？

逆轉錄病毒只是能把DNA植入宿主基因組、在遺傳層面改變宿主的病毒。它們像是某種「電腦軟體更新」。當某人接觸到逆轉錄病毒，基本上是接受了DNA植入，改變他們某些細胞裡的基因組。根據植入的DNA性質，感染病毒可能是有益、有害或中性，因為每個人的基因組不同，結果幾乎難以預料。

逆轉錄病毒的存在有個目的：生產更多它們自己的DNA，而且它們很擅長。其實，病毒構成了地球上大多數的遺傳材料。如果你把全人類、其他動物和每一棵植物的DNA加總起來——地球上所有的非病毒生命體——這些DNA的總量不會超過所有病毒的DNA。

病毒不會進化去傷害它們的宿主，事實上它們必須仰賴活的宿主才能繁殖。病毒會找個合適的宿主住進去，溫和地繁殖，直到宿主死於自然原因。依照科學家的說法，這些儲藏宿主基本上攜帶病毒卻沒有任何症狀。例如，扁虱帶有洛磯山斑點熱；田鼠有漢他病毒；蚊子有西尼羅河病毒、黃熱病和登革熱；豬和雞都有流感。

人類其實是大量尚未被分類的細菌和病毒的儲藏宿主。鼻子裡約有百分之二十的遺傳資訊不符合任何目前已知或分類的有機體；腸胃裡有百分之四十到五十的DNA來自從未被分類的細菌和病毒。

即使在血液裡，也有高達百分之二是某種「生物黑暗物質」。在許多方面，這些生物黑暗物質、未知病毒和細菌的海洋，是終極的邊疆。

幾乎所有病毒都是無害的，直到它們轉移到另一個宿主——與天然宿主不同的生命體。這時病毒會結合全新的基因組造成意料不到的新反應，進而產生疾病。

這才是病毒的真正危害，但馬丁指的不是那些從外界進入人體的感染性病毒。他描述的是啟動過去的感染，源自人體內部、埋藏在基因組內休眠中的病毒DNA。這就像從自己本身感染到感染性病毒——啟動某種DNA的特洛伊木馬，開始大肆破壞身體。

這些所謂的人類內源性逆轉錄病毒（HERV），基本上是「病毒化石」——過去受感染改變了宿主基因組的遺跡，與宿主的精蟲DNA整合，傳遞到後代身上。科學家們最近發現人類全體基因組有高達百分之八由內源性逆轉錄病毒構成。這些過去病毒感染的化石紀錄也出現在我們的遺傳近親身上，如黑猩猩、尼安德塔人和丹尼索瓦人。他們被感染的病毒和我們有很多重疊。

凱特在腦中斟酌這個概念。內源性逆轉錄病毒一向被視為惰性，基本上是每個人基因組內大批「垃圾DNA」的一部分。這些逆轉錄病毒不具感染力，但它們會影響基因顯現。科學家們最近已開始考慮內源性逆轉錄病毒可能在例如狼瘡、多種硬化症、修格蘭氏症候群，甚至癌症等自體免疫疾病扮演角色的可能性。如果亞特蘭提斯瘟疫背後的病毒是內源性逆轉錄病毒，意思就是……

「你是說全人類都已經感染了！從我們一出生就感染，亞特蘭提斯瘟疫的病毒已經是我們DNA的一部分。」她停頓一下，「大鐘和它造成的屍體只是啟動了休眠的病毒。」

「沒錯。我們認為亞特蘭提斯瘟疫的病毒成分幾萬年前就被加進人類基因組。」

「你認為這是故意的。某人或某種東西植入了內源性逆轉錄病毒，亦即亞特蘭提斯瘟疫，明知某天它會被啟動？」凱特問。

「對。我相信亞特蘭提斯瘟疫是很久以前就被植入。我認為大鐘只是人類最終轉變的啟動機制。亞特蘭提斯人要不是想引發另一次大躍進——最終的躍進——就是大倒退，退化回到亞特蘭提斯基因引進之前的程度。」

「你找出瘟疫背後的病毒沒有？」

「沒有，所以研究才會停滯不前。其實我們認為可能有兩種內源性逆轉錄病毒在作用，就像體內的病毒戰爭。這兩種病毒在爭奪亞特蘭提斯基因控制權，百分之九十的感染者體內，這場病毒戰爭完全摧毀了免疫系統，導致死亡。」

「就像西班牙流感。」

「對。我們原預料如此。當傳統生物疫情爆發時，通常是用體液或空飄等普通方式傳染。我們之前是這樣準備的。」

「怎麼準備？」

「我們有一群人——主要是公務員和科學家，二十年來一直在私下研發解藥。蘭花是我們對抗瘟疫的終極武器——根據HIV療法而來的尖端科技療法。」

「HIV的療法？」

「二〇〇七年，有個名叫提摩西．雷．布朗的男子，後來簡稱柏林病患，他的HIV被完全治癒。布朗起初被診斷出急性骨髓性白血病，他的HIV陽性狀態讓治療更加複雜。化療期間，他要抵抗敗血症，醫生們必須探索非傳統的方式進行治療。醫療團隊中的血液學家傑洛．哈特博士決定採用幹細胞療法：完全骨髓移植。哈特真的找到了適合的骨髓捐贈者，有特定基因突變的人：CCR5-Delta32。因為CCR5-Delta32讓細胞對HIV免疫。」

「太神奇了。」

「對。起初，我們以為Delta32突變一定是歐洲黑死病時期興起的——大約百分之四到十六的歐洲人至少有一對。但追溯到更久以前，我們認為或許是天花，可是後來又發現銅器時代的

DNA樣本也有。這種突變的起源不明，只能確定一點：帶有CCR5-Delta32的骨髓移植同時治好了布朗的白血病和HIV。移植之後，他停止服用抗逆轉錄病毒藥物，再也沒有檢測出HIV陽性。」

「這對蘭花研究有幫助嗎？」凱特問。

「那是一大突破，開啟了各種研究管道。CCR5-Delta32其實不僅保護攜帶者抵抗HIV，還有天花和鼠疫桿菌——引起瘟疫的細菌。我們專心研究它。當然，我們那時還不完全了解亞特蘭提斯瘟疫的複雜性，但我們研發的蘭花已足以阻止症狀。疫情爆發時它還沒準備好推出。它無法完全治癒疾病，但別無選擇。這場瘟疫有些特性我們無法辨別。另一個因素是我們以為可以使用蘭花集中治療。如果能集中感染者並抑制症狀，就可以爭取一點時間阻止它，直到找出造成瘟疫與操縱亞特蘭提斯基因的內源性逆轉錄病毒，所以妳的研究才會這麼受重視。」

「我還是不懂傳染率怎麼會這麼高，難道是因為輻射線？」

「起初我們也不了解。爆發前幾個小時，發生了意想不到的事。瘟疫能夠突破我們採取的任何檢疫與隔離措施。凱特，就像野火燎原，我們從來沒見過。感染者即使被隔離，還是可以感染三百碼外的人。」

「不可能。」

「我們起先以為是隔離程序有問題，但是全世界都發生同樣狀況。」

「怎麼會？」

「這是突變。某地的某人帶有另一種埋藏在基因組裡的古老內源性逆轉錄病毒。病毒啟動後，全世界幾小時就淪陷。十億人在二十四小時內被感染。我說過，我們的樣本規模太小因而無法發現，也無法得知另一種內源性逆轉錄病毒是什麼。其實，我們還在找。」

「我不懂這對傳染率有什麼影響。」

「我們花了幾星期才想通。我們的所有隔離措施——涵蓋全世界——幾十年的計畫，在頭幾天就全盤崩潰，無法阻擋亞特蘭提斯瘟疫，每當它進入一個國家就在人群中爆發。後來我們才發現意料之外的事，感染者其實是散發出新的輻射線，不只是在體內攜帶來自大鐘的輻射線。我們相信第二種內源性逆轉錄病毒會打開基因，引起人體改變它散發的輻射線。」

凱特努力理解她剛聽到的。每個人體散發出輻射線，就像噪音或靜電，等同於次原子程度的汗水。

馬丁繼續說：「每個啟動者都變成輻射線發射台，啟動並感染周圍的每個人——即使他們在生化隔離的帳篷內。一個人站在一哩外不需接觸就能感染其他人，沒有措施能抵擋這種事。所以全世界的政府接受了普遍性感染——因為無力阻止。焦點轉移到控制民眾以免印瑪里和倖存者占領全世界。他們開始設立蘭花區，把倖存的人們趕進去。」

凱特想起之前做實驗待的鉛板包覆建築。「所以你們才在房子上裝鉛板，用來阻擋輻射線。」

馬丁點頭。「我們擔心再來一次突變。老實說，我們毫無頭緒。我指的是量子生物學：操縱人類基因組的次原子粒子。生物學和物理學的交集，這遠超過我們目前對物理或生物學的了解，我們只搔到已知部分的皮毛。雖然仍遠遠落後，但這三個月來學到很多。我們知道妳和孩子們對瘟疫免疫是因為你們在中國倖存，我們想要藉此找出引發輻射線的逆轉錄病毒。而目前最大的恐懼是來自參與測試者——來自新突變的輻射線——可能滲入營區，抵銷蘭花的效力。萬一發生，就沒有東西能抵擋瘟疫了。蘭花的效力正在下滑，但我們需要它，我們需要更多時間。我想我們就快找到解藥，只差最後一片拼圖。我想就在西班牙南部這裡，但我搞錯了……幾件事。」

凱特點頭。她好像聽到外面有低鳴聲，像遠方的雷聲。她還是很困擾，身為科學家，她知道最簡單的解釋通常是正確的。「你們怎麼能這麼快發現有另一種內源性逆轉錄病毒？你為什麼這麼確定有兩種逆轉錄病毒發生作用？為什麼不是一種？一種病毒有可能導致不同的結果——進化與退化。」

「確實……」馬丁暫停，彷彿在考慮該說什麼。凱特張嘴想說話，但馬丁舉起手繼續說，「是船的緣故。兩邊不一樣。」

「船？」

「亞特蘭提斯人的太空船——在直布羅陀和南極洲。當我們在南極洲發現結構體，原本預期它跟直布羅陀結構體的年份和構造大致相同。」

「不是嗎？」

「差得遠了。現在我們認為直布羅陀那艘船是，或曾經是登陸艇，某種行星探測器。南極洲的船則是太空船，非常巨大。」

凱特努力理解這跟瘟疫有什麼關係。「你認為探測器來自南極洲的船？」

「那是我們的假設，但是碳年代測定顯示不可能。直布羅陀的船比南極洲那艘老舊，更重要的是，在地球停留更久，或許多出幾萬年。」

「我不懂。」凱特說。

「根據我們所知，那兩艘船上的科技吻合，兩者都有大鐘，但是來自不同時代。我相信兩艘船分屬於亞特蘭提斯人的不同派系，而且他們在交戰。我想這兩個派系為了某種目的都想要操縱人類基因組。」

「瘟疫是他們對我們的生化改造工具？」

馬丁點頭。「推測是這樣。令人難以置信，但這是唯一合理的解釋。」

戶外，低鳴聲越來越響。

「那是什麼？」凱特問。

馬丁聆聽片刻，迅速站起來走出房間。

凱特走到洗臉台看著鏡中的自己。她的臉色比平常憔悴，顯然染過的黑色頭髮讓她顯得更老。她打開水龍頭開始沖洗手指上的染劑殘渣。在嘩啦啦的水聲中，她沒聽見馬丁回來。他倚著門框穩住身子，一面喘息。

「把頭髮洗乾淨。我們該走了。」

22

聖瑪麗重生教堂
馬貝拉，西班牙

凱特迅速叫醒孩子把他們帶出教堂。馬丁在庭院裡不耐煩地等候，沉重的背包掛在肩上，面露憂色。庭院外面，凱特看到了理由。無數的人潮在街上流竄，盲目狂奔，腳步撞擊鵝卵石的聲音不絕，這場面讓她想起潘布隆納奔牛節（注）。

庭院角落，有兩隻狗死在教堂的白牆下。孩子們掙扎著摀住耳朵。

馬丁向她走過來，牽著阿迪的手。「我們抱著他們走。」

「怎麼了？」凱特抱起瑟亞說。

「顯然毒氣是針對狗的。印瑪里在驅趕人群，我們必須趕快走。」

凱特跟著馬丁加入人潮。少了綠色瓦斯遮蔽視線，凱特注意到狹窄的街道上布滿了馬貝拉淪陷的殘骸，路邊堆著燒毀的汽車、電視等物品，還有早已廢棄的咖啡店散落一地的桌椅。

太陽已經升到街邊建築物的頭上，她瞇起眼睛，設法遮住間歇的強光。她漸漸地適應，持續響亮的腳步聲變成了背景雜音。

有人撞到凱特背後，差點把她撞倒在地。馬丁抓著她手臂穩住她，他們繼續前進。在背後，一群人以更快的速度奔跑穿過人群。凱特看出某些人生病了——一天沒用蘭花已經讓亞特蘭提斯瘟疫的症狀重新浮現。他們看來很驚慌、狂亂。

馬丁指著前方十米處一條巷子。凱特聽不見他講的話，但她緊緊跟著他，擠向大街兩旁的建築物。他們躲進巷子裡，更多人補進人潮中他們遺留的缺口。

馬丁往前走，凱特努力跟上。「他們要去哪裡？」她問。

馬丁停步，雙手撐在膝上喘氣。他六十歲了，體能遠不如凱特，她知道他無法長久維持這種速度。「北邊，去山上。一群呆子，」他說，「他們是被人驅趕。我們接近會合點了，快來。」他又抱起阿迪在窄巷中繼續前進。

他們往東走時，背後人群流過的騷動聲逐漸平息，來到一片荒廢的市區。凱特聽到似乎沒人的房屋裡有此起彼落的騷動。

馬丁往建築物歪頭。「他們不是逃走就是躲藏。」

「哪個比較聰明？」

「可能是躲藏。印瑪里清空全市之後，他們會撤出部隊到下一個城鎮。至少，他們在別的國家是這麼做的。」

「如果躲藏比較安全，我們為什麼要逃？」

馬丁看看她。「我們不能冒險。有SAS小隊會救妳出去。」

注 Pamplona，是西班牙北部納瓦拉自治區的首府，約有二十萬人口。每年七月七日會舉行為期八日的聖費爾明節，早上八點會開始進行奔牛活動，吸引數以十萬計的旅客前來觀光。

凱特停步。「救我出去。」

「我不能跟妳去，凱特。」

「這是怎麼回事——」

「他們也在找我。如果印瑪里往北推進，就會有檢查站。如果他們抓到我，就會開始找妳。我不能冒險拖累妳。還有件事……我必須調查。」

凱特來不及抗議，前方街口傳來柴油引擎怒吼聲。馬丁跑到巷口跪在房子角落。他從背包掏出一面小鏡子伸出去，調整角度窺探街上的動靜，凱特停在他身邊。一輛貨斗蓋著綠帆布的大卡車，類似凱特看過載運倖存者進入營區那輛，正在街上緩步前進。戴防毒面具的士兵們在兩旁散開，挨家挨戶的淨空房屋。在他們背後的街上，冒出了瓦斯雲霧。

凱特想講話，但馬丁迅速起身指指巷子中央附近、房屋之間的窄巷。他們恢復慌亂的腳步衝過擁擠的空間。

他們跑了幾分鐘，狹窄走廊通到一條較大的巷道，通往一處有大型石砌噴泉的露天步道。

「馬丁，你得跟我們走——」

「安靜。」馬丁打斷，「這沒得商量，凱特。」他停在步道前方，又從背包拿出小鏡子伸出去迎向陽光。廣場對面，幾下閃光回應了他的動作。

馬丁轉向她時，幾下爆炸震撼了廣場，滿天塵土。凱特一陣耳鳴，煙霧中她幾乎什麼也看不見。她感覺馬丁拉她手臂，她則是抓著阿迪和瑟亞，他們走進庭院中爆發的一片混亂。

塵埃落定中，凱特看到印瑪里部隊從旁邊的街道和巷子湧入。穿西班牙軍服的士兵們——無疑是馬丁聯絡的SAS救援小隊——躲在大噴泉後面向印瑪里開火。幾秒內，手榴彈和自動步槍聲震耳欲聾。兩名SAS士兵倒下，其餘人寡不敵眾被包圍。

馬丁拉著凱特前往北邊的街道，剛抵達街口，交叉路上又一波人潮流向他們。

凱特回頭看廣場。最後幾下槍聲平息，只剩悶雷聲——衝向他們的人牆聲音。SAS士兵全數陣亡，兩個倒在已經染紅的噴泉中，另外兩人俯臥在鵝卵石街道上。

23

舊城區
馬貝拉，西班牙

凱特忍不住緊盯著他們背後的印瑪里士兵。她以為他們會衝過步道來抓她、馬丁和孩子們，但是沒有。他們只是在通往廣場的街道和巷子裡亂晃，在大卡車隊前面踱步，有人抽菸，有人用無線電交談，人手一支自動步槍，凱特不知道他們在等什麼。

她轉向馬丁。「他們在——」

「這是裝貨區，他們在等人群過來。走吧。」他衝進狹窄的街上，奔向迎面而來的人群。凱特遲疑了一下，然後急忙跟在他後面。人群在一百米外迅速接近中。

馬丁試著打開關著的門——在某間一樓店面——但是鎖住了。

凱特跑到對街試著開一家咖啡店的門，文風不動。她把孩子們拉近身邊。人群到五十公尺外了。她試著開咖啡店旁的住宅大門，也鎖住了。人群幾秒內就會來到凱特和小孩面前，踩扁他們。或許她可以把孩子們推進門框，護住他們。她把他們護在身前。

她聽到背後馬丁跑過來，他用自己的身體護住她，就像她保護孩子們一樣。

人潮來到了三十碼外。有幾個人群跑在前面。他們眼神堅決冷酷地往前衝。帶頭的第一人經過時看都不看他們一眼。

二樓的某扇窗戶，有人拉開白色薄窗簾，窗內出現一張臉，大約與凱特同齡，黑髮褐膚的女人。她低頭看，眼神和凱特交會。過了一會兒，女子的表情從警戒變成……擔憂？凱特張嘴想叫她，但是她不見了。

凱特把孩子們更推進門框。「別動，孩子們。這很重要。」

馬丁回頭看看逼近的人群。

他們面前的門喀啦一聲打開，讓凱特、馬丁和孩子們都仆跌到地上。一個男子拉他們起身，剛剛二樓窗口的女人急忙關上門。人群的低鳴聲仍然從門窗縫隙滲透進來。

這對男女帶他們深入屋內，從門廳進入有大壁爐但沒窗戶的客廳。燭光照亮這個詭異的空間，凱特努力適應。

馬丁開始用西班牙語快速對話。凱特檢查孩子們，但他們掙扎抗拒她的碰觸。他們已經到忍耐的極限，兩人都很激動、疲倦又困惑。她該怎麼做？他們再也無法忍受。我們可以躲在這兒嗎？是馬丁說的：逃跑或躲藏。

她打開馬丁的背包拉鍊拿出兩本筆記本和幾枝鉛筆，交給阿迪和瑟亞，他們一把抓走跑到角落去。他們需要一點正常的感受或熟悉的事物才會冷靜下來，即使一會兒也好。

馬丁在比手畫腳，讓凱特很難關上背包。他一直重複這個字：túnel（地道）。這對夫婦面面相覷，猶豫不決，最後點頭似乎給了馬丁他想要的答案。他回頭看凱特。

「我們得留下孩子們。」

「絕對不行——」

他把她拉到一旁的壁爐邊，低聲說：「他們的兒子已經死於瘟疫，他們願意收留孩子們。如果印瑪里遵照他們先前的清洗程序，有小孩的家庭可以放過——只要他們宣誓效忠，只有青少年和沒小孩的成人會被徵召。」

凱特看看周圍，腦中尋找反駁說法。在壁爐架上，她發現一張夫婦倆站在沙灘上，雙手攬在兩個大約跟阿迪和瑟亞同齡的微笑男孩肩上的照片。他們髮色和膚色也大致相同。

她看看夫婦再看看孩子們，他們正趴在筆記本上，在角落的燭台旁默默地塗寫。她瞇起眼努力思索。「他們不會講西班牙語……」

「凱特，他們根本不太說話。這些人會盡力照顧他們，這是我們唯一的辦法。想想看，我們可以救四條命。」他指指兩個大人。「如果他們逮到妳或我帶著孩子，他們馬上就會知道孩子的身分，讓他們陷入危險之中。必須這麼做不可，改天再回來接他們。況且，我們要去的地方不能帶著他們。那會……更有壓力。」

「我們要去哪——」

馬丁沒讓她說完。他和夫婦快速交談，接著走出客廳。

凱特沒跟著他們，她走到角落的孩子們身邊拉過來擁抱。他們抗拒她，想拿筆記簿，但過了一會兒，他們安靜下來。她各自親吻兩人的頭頂之後放開他們。

客廳外，那對夫婦帶著馬丁和凱特走過一條窄走道，來到有張橡木大書桌和落地書櫃的擁擠書房。男子走到對面牆邊的書櫃開始把厚重的書本丟到地上。女人上去幫忙，書櫃很快就清空。男子站穩腳步把書櫃掀離牆壁。他在旁邊的書櫃上按個鈕，牆壁裂開之後默默退後。他用力推，一塊牆面打開，露出一條陰暗濕黏的石砌地道。

24

舊城區
馬貝拉，西班牙

凱特討厭地道，石壁很潮濕，每個轉角似乎都會分泌出黑色黏液沾到她身上，而且轉彎多到數不清。不久前，她低聲問過馬丁是否知道這會通到哪裡去，他只是示意她安靜，她猜是不知道的意思。他們還能去哪裡呢？馬丁用一枝LED燈光棒帶路，能照亮的範圍只夠防止他們一頭撞到骯髒石壁上。

前方，狹隘的地道通到一處圓形交叉口，往三個方向分叉。馬丁停步把燈棒舉到面前。「餓了嗎？」

凱特點頭。馬丁卸下背包挖出一根蛋白質零食和一瓶水。

凱特咀嚼零食，灌一口水，全部嚥下之後，壓低聲音說：「你不知道要去哪裡，對吧？」

「不盡然。其實，我根本不確定地道能通往任何地方。」

凱特好奇地看著他。

馬丁把燈光棒放到兩人之間的地上，喝口水。「如同地中海岸的大多數古城，人類互相爭奪馬貝拉長達好幾千年。希臘人、腓尼基人、迦太基人、羅馬人、穆斯林，沒完沒了，馬貝拉被攻擊過上百次。我知道舊城區的商人住宅會有逃生地道，富人用地道來迴避城市遭到攻擊時發生的各種壞事，有些地道只是躲藏用，有些可能通往城外，但我很懷疑。或許頂多連接到新市區的下水道系統。不過我想我們暫時躲在這下面會很安全。」

「印瑪里不會搜索地道嗎？」

「不確定。他們雖然會挨家挨戶搜查，但做法很草率。他們主要是找麻煩製造者和大範圍搜捕的漏網之魚。我想在這裡最糟的問題大概是老鼠和蛇。」

凱特一想到看不見的蛇在黑暗中爬過她身邊不禁畏縮。想到跟蛇與老鼠一起睡在這裡……她伸出雙手作勢懇求。「你可以保留一點細節。」

「噢，對。抱歉。」他抓起背包。「多吃一點？」

「不用，謝謝。現在怎麼辦？我們要等多久？」

馬丁考慮片刻。「根據馬貝拉的規模，我猜要兩天。」

「外面發生了什麼事？」

「他們會集中所有人再做初步分類。」

「分類？」

「首先他們把垂死和衰弱中的人和倖存者分開。每個倖存者會面臨一項選擇，加入印瑪里或拒絕。」

「如果他們拒絕呢？」

「就把他們和垂死的病患放一起。」

「然後呢？」

「印瑪里會疏散所有人口。他們會把加入者和其他人裝上瘟疫接駁船，開到他們的某個任務基地，但只有加入者會抵達。」他抓起燈光棒伸出去以便看清楚凱特的臉。「這很重要，凱特。如果我們在途中被抓，妳面臨選擇，妳必須加入。答應我妳會配合。」

凱特點頭。

「那只是一句話，現在最重要的是生存。」

「你也會宣誓加入？」

馬丁的燈光棒忽地掉到地上，黑暗再度填滿他們之間。「我不一樣，凱特，他們認識我。如果我們被抓，我們必須分開。」

「但是你會加入。」

「對我不成問題。」馬丁咳了一聲，聽起來像老煙槍。凱特懷疑他們在地道裡呼吸的是哪種粒子。他搖搖頭。「我加入過一次，那是我畢生最大的錯誤。我不一樣。」

「那只是一句話。」凱特斥責他。

「說得好，」馬丁低聲說，「這很難解釋……」

「試試看。」凱特又啜一口水。「反正我們有很多時間。」

馬丁又咳了起來。

「我們得讓你透透氣。」凱特說。

「不是空氣問題。」馬丁伸手從背包拿出一個白色小盒。

透過昏暗的光線，凱特看到他把一顆白色藥丸丟進嘴裡。藥丸呈花朵狀，有三片心形的大花瓣，中央一圈紅色。是蘭花。

凱特大感震驚，幾乎說不出話來。「你——」

「沒有免疫力，對。我不想告訴妳。我知道妳會擔心。如果我們被抓，我會跟垂死者關在一起。如果有個萬一，妳必須完成我的研究。拿去。」他交給她從背包裡拿出的東西──一小本筆記本。

凱特冷淡地放到一旁。

「你還剩多少藥丸？」她問道。

「夠了，」馬丁平靜地說，「不用擔心我，快睡吧。我輪第一班。」

25

舊城區
馬貝拉，西班牙

「凱特，快醒醒！」

凱特睜開眼睛。馬丁低頭看著她。透過LED棒的昏暗光線，凱特看出他警戒的臉色。

「快點。」他邊說邊拉她站起來，抓起背包交給凱特。他拿出一件東西，是手槍。「揹上背包，跟在我後面。」他說著轉向圓形空間的遠端洞口。

凱特什麼也沒看見，但是聽見一點微弱的聲音。是腳步聲。馬丁把槍指著洞口，他另一隻手往下伸，悄悄關掉燈光，兩人陷入一片漆黑之中。

緩慢的幾秒鐘過去，腳步聲變大。有兩組腳步聲。洞口出現一團光，緩緩變亮，逐漸聚合，形成一個燈籠。燈光越過門檻之後半秒鐘出現了持燈者：是個留著大鬍鬚的胖子，幾乎遮住了緊跟在他背後的年輕女子。

一看到馬丁和手槍，男子丟下燈籠急忙退後，把女子撞倒在地。

馬丁追上去。男子舉起雙手講了一大串西班牙語。馬丁看看男子和女子，又跟男子用西班牙語交談。他們講完之後，馬丁暫停片刻，打量他們，似乎在考慮他們說的是否屬實。他轉向凱特。

「拿著燈籠。他們說地道裡有狗，士兵追來了。」

凱特抓起燈籠，馬丁用槍示意那對男女起來從其他走廊出去——凱特和馬丁過來的路線。男女像被押解的囚犯一樣照做，他們四人加快腳步，默默前進。

走道通到另一個圓形空間，他們又遇到六個人。他們匆忙交談，新團體加入凱特和馬丁這組人，大家再次出發。

凱特不知道他們會怎麼應付狗和士兵。她的槍收在背包裡，她不太情願地考慮伸手去拿。但還來不及動作，已經來到地道盡頭的大洞穴，一個挑高天花板的方形空間。沒有出口。

洞裡面有二十幾個人。凱特和馬丁的團體進入時所有人都轉頭察看。

背後，凱特聽到胖子喊叫的聲音。她轉身一看，他正對著手持無線電講話。

對面牆壁突然爆炸，泥土碎石和無形的震波衝進洞穴裡，凱特感覺自己跌倒在地。塵埃落定後洞內充滿光亮，她看見印瑪里士兵從裂縫湧進來，把人群拖出破碎的石室。胖子夫婦和另外五六個人在幫他們。

強光和耳鳴讓凱特無法專注。她頭腦暈眩，好像快嘔吐了。

凱特看到一名士兵撿起馬丁的手槍收進口袋，抬起他走了出去，然後有個士兵抓住她。她掙扎，但是沒用。

他們抓到她了。他們全部被抓了。

26

杜利安睜開眼睛望著寬廣的玻璃窗外面。他不在管子裡——不是他曾經在裡面醒來的那種。*這是哪裡？我死了，真的死了嗎？*他絕對死透了，士兵射中了他的頭部。他低頭看，身上穿著制服——和亞特蘭提斯人穿的一樣。場景逐漸聚焦，一片可眺望太空的大窗戶，窗戶下半部有顆藍綠色的行星。巨大機械在地表上爬行，一層一層翻土，飛揚的紅色塵土一路飄上了大氣層。不，那不只是泥土——有機器在移動山脈。

「地質調查結果出來了，阿瑞斯將軍。北半球的地殼板塊四千年內不會有問題。我們要維持現狀嗎？」

杜利安轉頭去看那個人。他站在杜利安旁邊，顯然是在太空船的觀景甲板上。杜利安聽見自己在講話。「不行。他們或許四千年後還無法修正，現在就調整。」

杜利安轉回去看窗外，他在鏡中倒影看到的是自己，但是影中人卻不是杜利安，而是那個亞特蘭提斯人——較年輕的版本。他滿頭白金色的頭髮，貼著頭皮往後梳。

玻璃消失，空氣與重力改變。遠處一顆炸彈爆炸，杜利安發現他在一座大城市裡。他立刻察覺不是地球上的任何城市，每棟建築似乎都有獨特造型，閃閃發亮彷彿昨天才剛用前所未見的建材完工啟用。它們用蛛網狀蔓延全市的走道互相連接，像閃亮的水晶球。這時有棟建築崩塌，連接到鄰近建築的空橋脫落，彷彿手臂隨著軀體倒下而鬆垂。又一聲爆炸，另一棟建築轟然倒下。

杜利安身邊的軍人清清喉嚨低聲說：「我們要開始嗎，長官？」

「不，等一會兒。讓全世界看看我們對抗的是哪一種人。」

另一聲劇烈爆炸傳出，地平線景觀漸淡成一片黑暗，太空的清澈再度聚焦眼前。此時杜利安站在不同的觀景甲板——在某行星上。不對，衛星上。他看見行星在他右方，但太空中的景觀迷人多了。一支艦隊抵達遠方燃燒中的白色恆星，有幾百艘，或許幾千艘船，整個艦隊的陣容令他屏息。他感覺手臂上的汗毛豎立，腦中只有一個念頭：我贏了。

杜利安努力專心觀看，但是影像退去。他又到了別處，在行星上走過一條長水泥路前往一座巨大的石造結構。他單獨走著，兩旁排列著人群，許多人推擠上前想看他一眼。一女兩男在石造建築底下陰暗的門外等他。杜利安看不清楚入口上方雕刻的字跡，但不知何故他已經知道上面寫了什麼：「我們最後的士兵在此安息。」

女子迎上前說：「我們決定了。讓你走上永恆之路。」

杜利安知道這女人在攝影機前表演，為了歷史紀錄說這些話。她背叛了他。

「每個人都有死的權利。」他說。

「傳說永遠不滅。」

杜利安轉身，有一瞬間考慮逃走。但這將是他們對他的記憶，他最後的姿態。他選擇走進墳墓，經過石造門面，進入容器。閃亮的灰牆反映出地面和天花板上的珠狀燈光，最後幾道陽光從他背後的隧道退去，廣大房間裡的燈光開始調整。整齊排列的玻璃管延伸到舉目所及的遠端。管子都是空的。第一根管子緩緩發出嘶嘶聲打開，杜利安走進去。

管子再次打開，杜利安跑出了神殿。除了他周圍的閃電之外，天色昏暗。他眨眨眼，瞬間又站在另一個蛛網狀城市的無人街道上。爆炸比先前的規模更大，整個城市似乎都在崩塌，他看到許多船艦從天而降。

一轉眼，他又在有玻璃管的大房間裡，現在管子都是滿的。他跑過漫長的走廊，驚駭地看著他的同胞亞特蘭提斯人醒來，連聲慘叫，跌出管子外，接著死去。這種情況不斷重演，只要某人一死去，替補的身體就在管子裡成形，無窮的痛苦循環重新開始。

杜利安跑到一處控制站用手指操作流過他手上的白綠兩色光線。他必須阻止復活程序，必須結束他們的折磨，他們永遠無法醒來，但他可以讓他們安全。他是個軍人，這是他的職責……他的義務。

他離開控制站，又來到一艘船上的觀景甲板。下方，藍白綠三色的星球飄進視野。是地球。天空晴朗，下方的大地呈原始狀態。沒有城市，沒有文明。像空白的畫布，重新開始的機會。

他轉身，再度回到墳墓裡，但這次不在放玻璃管的房間裡。他站的房間比較小，只有十二根空管子。他眨眼，中央的管子裡出現一具人體——史前男性。他又眨眼，另一個人類祖先出現。房間褪色，他來到戶外，站在山頂上。景觀被玻璃的弧度扭曲——是頭盔上的護目鏡。他穿著類似亞特蘭提斯人給他的那件環境防護衣，站在一輛漂浮於樹梢上空的金屬古戰車上。

太陽高掛在天上，下方的森林蓊鬱茂盛，只有一列像階梯通往山谷底下的石板。

沿著山脊，穴居人正在用木製和石器工具打鬥。有兩個物種，一個物種比較矮小，但他們的工具比較好。他們一波波攻向較高大的敵人，投擲長矛，用粗糙的喉音溝通，協調攻勢。

太陽移動，山谷裡擠滿戰鬥人員，戰況激烈，幾乎是殲滅式屠殺。鮮血流過地面玷污了灰白色的岩石。杜利安在戰車上漂浮，旁觀等待。

太陽落入山谷上空，又同樣快速地升起，山谷一片寂靜。山岩底下屍橫遍野，讓杜利安看不到任何空白的地面。蒼蠅聚集到這座大墳場，在上空群聚盤旋。獲勝的人們拿著長矛和石斧站立在岩石山脊上。他們默默低頭看著，身上沾滿戰鬥遺留的血跡和污垢。一個高大的人類——杜利安猜想是首領——上前點燃一支火把。他說了些話，或是模糊出聲，把火把丟進下方的山谷。山脊周圍，其他人照做，直到落入山谷的火雨點燃了草木叢，延燒到樹木與屍體。

杜利安微笑啟動頭盔的錄影機。「亞種八四七二顯示出組織化作戰的傑出才能。他們才是合理的選擇，終結其他基因系譜。」頭一遭，他看著這個原始好戰的物種，感覺到希望。

煙霧瀰漫山谷，緩緩向上飄，吞噬森林與山脊。黑白交雜的煙霧升起包圍了杜利安，戰勝的人群消失在煙霧中。煙柱吞沒了他，煙霧散去後，杜利安再次看到南極洲那個房間的玻璃管外——出現在亞特蘭提斯人母星的同一艘船。他的思想回歸到自己，身體動作也恢復自由。

新的肉體。煥然一新。

亞特蘭提斯人站著，平靜地望著他。杜利安觀察他，他的臉，他頭上的白髮。夢中在船上的人就是他。那是做夢嗎？

管子打開，杜利安走出來。

27

印瑪里研究基地，稜鏡地下兩哩
南極洲

杜利安打量了亞特蘭提斯人老半天，然後他看看周圍說：「好吧。我注意到你了。」

「你真讓人失望，杜利安。我讓你看了我的星球衰亡和你的物種起源，你卻只是注意到？」

「我要知道我看到的是什麼。」

「記憶。」亞特蘭提斯人說。

「誰的？」

「我們的。你的和我的。我過去的記憶，也是你的記憶。」亞特蘭提斯人踱步離開他，走向之前杜利安和大衛的屍體倒臥處的房門口。

杜利安跟著他，推敲他剛說的話。不知何故，杜利安相信那是實話。那些事件——他的記憶很逼真。怎麼可能？

亞特蘭提斯人帶著杜利安走過灰色金屬走廊時說：「你不一樣，杜利安。你總是知道自己與眾不同，你有天命。」

「我——」

「你就是我，杜利安。我叫阿瑞斯。我是軍人，我同胞見過的最後一個士兵。因為命運捉弄，你繼承了我的記憶。它一直在你的腦中休眠，直到你進入這艘船之後我才發覺。」

杜利安瞇眼看著亞特蘭提斯人——阿瑞斯，不知道該說什麼。

「內心深處，你知道這是真的。一九一八年，他們在直布羅陀把垂死的七歲男童放進管子裡。一九七八年醒來後，你不一樣了，改變你的不是時間。你滿心恨意，渴望報復，想建立軍隊去打敗人類的敵人並且找到你父親。你有使命感——為了同類的未來而戰。那正是你來這裡要做的事，你甚至已經知道必須做什麼：在基因層面改變人類。你知道這些是因為我知道。這是我的願望，你有我的記憶，你有我的力量，你有我的仇恨和我的夢想。杜利安，在這宇宙中有個比你想像中更加強大的敵人。我的同胞是已知宇宙中最先進的種族，而這個敵人一天一夜就打敗了我們。他們會來找你，只是遲早問題。但你可以打敗他們，只要你願意做必要的事。」

「是什麼？」

阿瑞斯轉向杜利安看著他的眼睛。「你必須確保你們的物種完成基因轉變。」

「為什麼？」

「你知道理由。」

一個念頭閃過杜利安的腦中：為了建立我們的軍隊。

「沒錯，」阿瑞斯說，「我們要打仗。在戰爭中，唯有強者能生存。我引導你們的進化只有一個目的，就是為了生存。少了最終的基因轉變，這裡的人類無法存活。我們沒有人可以。」

在杜利安腦海深處，他知道這是真的，向來知道這是真的。現在都合理了：他的野心，他盲目非理性地想要轉變人類、打敗無形敵人的慾望。生平第一次，一切都對了，他找到了人生的答案。他專注在眼前的任務。「我們要如何建立軍隊？」

「你拿出來的手提箱，它散發出來的新輻射線將會完成這個過程，即使蘭花也無法阻止它放出的變種病毒。在我們談話的同時，從德國中部的爆炸現場正散發出新一波的感染，很快就會蔓延全世界。最終的大災變將在未來幾天內發生。」

「若是如此，還有什麼事好做？顯然一切狀況都在你的掌握中。」

「你必須確保沒有人能找出療法。大敵當前，你必須設法釋放我。我們可以聯手控制倖存者，贏得主宰這個星球的戰爭。他們是我們的同胞，也是我們要派出去對抗宿敵的軍隊。我們最終會贏得這場戰爭。」

杜利安點頭。「怎麼釋放你？」

「那個箱子有兩個目的，發出輻射線抵銷蘭花的效力，同時也製造出通往我現在位置的傳送門——是個人造蟲洞，跨越時空的橋樑。」亞特蘭提斯人停步，杜利安發現他們來到了先前放手提箱和兩套太空衣的房間門口。大門自動滑開，露出空蕩蕩的房間，只有一套太空衣。

杜利安不發一語地走進房間，開始穿上防護衣。

「你還必須做一件事，杜利安。你得把來過這裡的那個女人帶來。你必須找到她，帶著她一起通過傳送門。」

杜利安穿好靴子，抬頭看他。「女人？」

「凱特・華納。」

「她跟這件事有什麼關係？」

亞特蘭提斯人帶他走出房間，穿過走廊。「大有關係，杜利安。她是一切的關鍵。很快在某個時間點，她會得到一項資訊，就是密碼。那個密碼是釋放我的鑰匙。你必須在她得到密碼之後俘虜她帶來見我。」

杜利安點頭，但是暗自尋思。這個亞特蘭提斯人怎麼會知道？

「因為我能看穿她的心思，就像我看穿你一樣。」

「不可能。」

「以你們的科學理解力才不可能。你們所謂的亞特蘭提斯基因其實是很先進的生物學和量子科技產物。它運用你們尚未發現的物理原理，一直是引導你們進化。有很多功能，但其中一項就是打開你們體內控制輻射線的幾種過程。」

「輻射線？」

「每個人體都會散發輻射線。亞特蘭提斯基因把這種靜電流轉變成有組織的資料傳送——持續上載你們的記憶和身體變化，詳細到深入細胞的層面。就像個龐大的備份，分分秒秒傳送資料到一個中央伺服器。」

他們站在放著似乎無窮排列的玻璃管的房間門口。「當這艘船收到死亡訊號並確認不會再有傳輸，就會組成一副新肉體，完全複製每個細胞和生前的記憶。」

「這個地方是——」

「復活船。」

杜利安努力嘗試理解。「所以他們都死了？」

「他們很久以前就死了，我無法叫醒他們，也不想叫醒他們。你看過，他們死得很慘，那個世界早已遺忘暴力的死法是怎樣。但你跟我可以拯救他們，他們是我們最後一批同胞。全靠你了，杜利安。」

杜利安若有所感地望著廣大的玻璃管堆。我的同胞。還有其他人嗎？「直布羅陀那艘船呢？是另一艘復活船嗎？」

「不，那是別的東西。一種科學研究船，用來探索區域探索，無法從事外太空航行。那是登陸艇——這裡的科學考察隊派出的阿爾發登陸艇，它有八座復活艙。考察是危險的工作，科學家們有時會發生不幸的意外。如你所知，復活艙也有治療的能力。復活只對亞特蘭提斯人有效，而且有範圍限制。直布羅陀的核子爆炸可能摧毀了那裡的艙房，因此這些管子是唯一能讓你復活的。如果你離開此地超過一百公里就無法復活。如果系統沒有最新資料就無法複製——所謂普羅米蒂亞法則(注)。如果你進入這個世界，就會恢復平凡肉身。如果死掉，就永遠死了。」

杜利安看看大衛的屍體。「他為什麼沒有——」

「我關閉了他的復活程序。你不必擔心他。」

杜利安瞄一下通往外面的走廊。「他們曾經囚禁我，他們不相信我。」

「他們看過你死亡，杜利安。當你走出這裡，死而復生又帶著完整記憶，沒人會反抗你。」

杜利安遲疑了一下。還有最後一個疑問，但他不想開口。

「怎麼了？」阿瑞斯問。

「我的記憶……我們的記憶……」

「遲早會恢復的。」

杜利安點頭。「那麼後會有期。」

注 Prometea，是二〇〇三年世界第一匹複製馬的名字。

28

大衛．維爾睜開眼睛。他站在另一根管子裡，但是地方不同——不是南極洲地下那個似乎無止境的大墓室。這個房間很小，頂多二十呎見方。

他的視力逐漸適應，房間慢慢聚焦。還有其他三根管子——都是空的。對面牆上有一面大螢幕，裝在架高的櫃台上，像他在直布羅陀和南極洲的亞特蘭提斯結構體見過的控制面板。下方，一套凌亂的防護衣丟在地上。房間兩端各有一扇關閉的門。

*這是什麼？我發生了什麼事？*對大衛而言，這房間似乎跟南極洲的不一樣，比較像凱特父親在筆記中描述的直布羅陀結構體裡面的科學實驗室。*這是實驗室嗎？如果是，我為什麼在這裡？*除此之外，他不懂為什麼每當杜利安．史隆殺死他，他就會在這些管子裡醒來。他已經被射殺了好幾次，這很難理解，但他必須專注在更急迫的事：如何離開管子。彷彿安排好似的，管子此時嘶嘶打開，稀薄的灰白色雲霧飄入室內消散無蹤。

大衛僵住，觀察環境，等著無形的敵人繼續出招，但是沒有動靜。他走出管子踏進房間，努力使喚不太聽話的雙腿。他在控制站穩住身子。地上是那套防護衣，頭盔放在控制站後面的牆腳。這時大衛看見防護衣有破損，他彎腰把它翻過來。是他在直布羅陀看過的投影動畫中出現的同款服裝。亞特蘭提斯人在直布羅陀巨岩附近飛出船外，拯救一個尼安德塔人免於獻祭儀式時就是穿這種衣服。

他仔細檢查這套服裝，軀幹上有一條大裂縫。被武器擊中的結果？材質似乎破損但未燒焦。

這是怎麼回事？在他看過的影片中，直布羅陀那艘船被大海嘯沖上岸，又把它拉回海裡之後發生爆炸。印瑪里集團假設海床上一連串沼氣蓄積層被引爆，把船炸成了好幾塊。

爆炸癱瘓了一名穿防護衣的亞特蘭提斯人，另一個人把他或她抬進一道門——應該是前往南極洲。

這是直布羅陀兩名亞特蘭提斯人之一的衣服嗎？大衛起身尋找房間裡有無其他線索。在控制站後面的小板凳上，他看到某堆衣物，折得很整齊。

他跛行到板凳邊。雙腿感覺好多了，但還沒恢復完整功能。他翻開這堆東西，是黑色的軍服。他拿起來對著從地面和天花板發出來的昏暗LED燈光。衣服閃閃發亮，似乎會反光，看起來很像星空的投影。他到處移動，衣服跟著改變，配合後面的光線和牆壁。這是某種主動式迷彩。整件反光上衣很光滑，只有領子右邊有個方形的徽章：II。

II是印瑪里國際。這是印瑪里的軍服。

在領子的左側，有個銀色橡葉——上校的階級章。

大衛把制服扔回板凳上。他寧可裸體也不想穿這套制服。

他走到控制站在上方揮揮手。凱特父親學會了操作這些亞特蘭提斯控制站。以他而言，會出現藍綠色燈光跟他的手互動，但這個控制站黑暗死寂。大衛把手指按上去，但沒反應。

他來回看看兩道門。沒有比籠中之鼠更糟糕的了。他走到關閉的門邊站了一會兒，但它毫無動靜。他在門邊的面板上揮手，沒反應。他把雙手按在灰色金屬上用力一推，仍文風不動。被封死了，就像潛艇的艙門。

他到對面的門重新嘗試一遍，但結果相同。他被困住了。還有多少空氣？在他餓死之前可以撐多久？

他默默坐到板凳上，孤單地尋思。無論多麼努力，總是想到凱特。大衛不知道此刻她在哪裡。他祈禱她平安。

他想到在直布羅陀兩人共度的那一夜，當時他的感受非比尋常，雖然醒來後發現凱特不告而別。他原諒她，她是想要救他。但他犯了另一個錯誤：他在南極洲自願留下來牽制杜利安和他的手下，又讓她離開了視線。

大衛決心不再讓這種事重演。如果他能離開這個房間，他會找到凱特，無論她在哪裡，世界變成怎樣，他永遠不會再讓她離開身邊。

29

馬貝拉，西班牙

凱特在黑暗中醒來，置身一輛裝滿人的貨櫃車上，擠得像剛捕獲的魚送往碼頭市場的情況。至少氣味聞起來很像，充滿汗臭與魚腥味。人們咳嗽推擠，同時貨櫃顛簸不斷。拖車頭一定正以全速通過馬貝拉的崎嶇街道。

凱特想找馬丁，但她只能勉強看到面前幾呎。她設法靜坐在牆邊比較不擠的地方，靠近前端，遠離尾端的雙併門。

卡車減速，停了幾秒鐘，又繼續前進，這次是龜速。然後突然停住，氣動剎車大聲尖叫。幾秒過後低吼的引擎關閉。

一波恐慌似乎席捲了貨櫃內的人群。他們都站起來衝向後門，門隨即打開。

夕陽的光線照亮了外面的場景。凱特站著不動靜心觀察，讓人潮從身邊蜂擁流過。

原本掛在圍籬上的兩面淡藍色蘭花旗只剩燒毀的殘骸。印瑪里留著殘骸，或許是當作象徵，宣示他們的勝利。他們把自己的黑旗掛在營區兩旁的出入口。穿黑制服的印瑪里士兵在上方——尚未被完全摧毀的的警衛塔裡踱步。

貨櫃裡的人迅速淨空。凱特連忙構思計畫。她從肩上卸下背包拉開拉鍊。背包有某種沉重的飾框。凱特檢查內容物：一把手槍、筆電、衛星電話、馬丁的筆記本，還有他儲存樣本的類似保溫瓶的裝置。

她拿出手槍。她不能開槍殺出去。其實，她根本不確定自己敢開槍。她需要更好的計畫，如果她被逮到有手槍……她把手槍塞到陰暗的角落。她必須保住其餘裝備——馬丁一直留著，必定對找出療法有所幫助。

馬丁也告訴過她接下來會怎樣：印瑪里會把所有人分類，垂死者會被丟下等死，倖存者不是效忠就是喪命。

她必須做出選擇。

30

疾管局（CDC）
亞特蘭大，喬治亞州

保羅．布倫納博士在占滿牆壁的螢幕前來回踱步。它們顯示的世界地圖上布滿紅點：代表各地的蘭花區。每個紅點上方有數字：該區的蘭花失敗率。從疫情爆發以來，蘭花的失敗率一直是感染者的百分之〇．三左右，現在數據上升了。在德國的某個區，將近百分之一的居民即將死於瘟疫。蘭花終於失效了嗎？

他們見過局部短暫的蘭花失效，但那是配方問題——製造有誤，這次則是全球性的。如果再來一次……保羅連想都不願意想起「突變」這個字，但萬一是的話……

「倒轉，」保羅說，「顯示一兩個小時前的蘭花失敗率，一直倒轉直到數據穩定。」

保羅看著數字逐漸下降，然後穩定。

「停在這兒。」他看看時間。

他走到大會議室裡的座位，翻閱一疊文件。當時發生了什麼事？印瑪里釋出了蘭花無法抑制的變種病毒嗎？至少推論他們會這麼做。他專心看有關印瑪里活動的備忘錄。有一筆吸引了他的目光。他查看時間，非常接近。他快速瀏覽一遍。

機密。

德國紐倫堡郊外的印瑪里集團研究園區疑似發生核爆。

原因（最佳推論）：工業意外。印瑪里研究先進武器計畫之一的實驗性武器引爆。

保羅早知道印瑪里研究在研發各種先進武器。他看看備忘錄的其餘部分。

其他解釋：

（一）據稱印瑪里已把南極洲現場的物體搬到德國以供研究，可能有關聯。

（二）印瑪里入侵西班牙南部之後可能故意摧毀設施以防止盟軍奪取該物體。

保羅深呼吸一下。他確定兩件事：第一，全世界的蘭花都在失效；第二，發生在印瑪里行動之後。他們還有多少時間？或許一兩天？他們在這段期間有什麼對策嗎？

「通知全體上線。」保羅說。

該是孤注一擲的時候了。

31

大衛．維爾嘗試開門和使用控制面板的次數已經多到數不清，他甚至試過站回管子裡，希望能啟動一條逃生路線。從他醒來之後房間裡一點動靜也沒有，他感覺自己越來越衰弱。或許只剩幾個小時了。

他必須出招。他走到扔在地上的亞特蘭提斯人防護衣，或許他穿上的話……他把衣服舉到胸前讓雙腿部分垂下，長度只勉強到他的小腿。大衛六呎三吋，又高又壯。衣服主人不到六呎高，體型也相當瘦小，或許是女人。他放下防護衣看看另一套衣服——印瑪里上校的制服，嶄新又完整。

他坐到制服邊的板凳上半晌，這是他唯一沒試過的東西。我還有什麼選擇？他不悅地穿上褲子，然後靴子，他站起來拿著上衣許久。房裡的四支橢圓玻璃管各自映出他身體的扭曲影像，他胸部和肩上的新槍傷消失無蹤，胸膛上的舊疤痕也都不見了：在九一一爆炸中被倒塌建築困住的燒傷，肋骨下方在雅加達郊外出任務遺留的刺傷，還有少數在巴基斯坦因炸彈碎片造成的輕微炸傷。他全身上下煥然一新，但他的眼神還是一樣——強勢而不嚴厲。

他伸手摸過金色短髮，嘆了口氣，茫然望著上衣一秒鐘，這是最後一件衣物。他穿上，衣服隨著光線角度閃閃發亮。

大衛猜想如果他死了會不會又在管子裡醒來。彷彿感應到他的心思，第一根管子出現一條小縫隙，蛛網狀的小裂縫開始往周圍延伸，像培養皿中的細胞分裂不斷複製擴張，其餘管子跟著重演，直到四根玻璃管都布滿裂痕變成一片白色。一連串輕微爆裂聲傳過管子，細小的碎裂玻璃開始往內紛紛掉落。

原本玻璃管豎立的位置，現在變成幾堆椎狀碎玻璃，像鑽石堆一樣在燈光下閃爍。

我猜答案是不會，大衛心想。無論在外面發生什麼事，都不能回到這裡復活了。

他右方的門嘶嘶作響，緩緩脫離牆壁然後滑開。大衛走到門口向外窺探，有條狹窄走廊沿伸到視線盡頭，地面和天花板的珠狀燈光勉強照亮這個空間。

他走進這條長廊，玻璃管房間的門在背後闔上。走廊兩旁都沒有門，而且比他見過的通道都窄小。這是逃生通道還是維修管路？過了幾分鐘，通道盡頭是一道橢圓形大門。他走近時門自動打開，出現肯定是升降梯的圓形房間。大衛走進去等待，他感覺平台在輕輕旋轉。

過了一分鐘，門顫抖一下打開。空氣湧進來把大衛擠推到背後的牆上，但這股力量很快消散。

空氣很潮濕，絕對是在地下，門外的空間像夜晚一樣陰暗。大衛跨出門檻，牆壁是岩石，但是很平滑——是機器鑽出來的洞。*這是哪裡？*溫度涼爽但是不冷。這不是南極洲。是直布羅陀嗎？

通道在上升，或許二十度角。會通到地面嗎？坑道末端沒有光亮，或許前面會轉彎。大衛伸出雙手摸索開始前進，用手指摸過兩旁洞壁，希望摸到任何變化。沒有發現，但隨著每一步空氣變得乾暖。盡頭仍是一片黑暗。突然一道電流傳過他身上，像靜電發出霹啪聲讓他皮膚刺痛。

通過涼爽陰暗的坑道，大衛站在戶外的山區。現在是晚上，天上星光燦爛——比他生平看過的更光彩奪目，包括在東南亞。如果這裡是歐洲或北非，那麼所有光害都不見蹤影。若是如果……遠處，最靠近的岩脊背後，槍聲和爆炸聲迴盪在夜空中。大衛衝上前，被崎嶇的岩石絆了一下，他踩在岩脊頂上穩住身子。

在他左邊，山脈沉降成海岸線一路延伸到遠方。大衛努力理解印在眼中的景象——看起來好像兩個不同時代的世界被硬湊在一起。

某種末日後「堡壘」，或是未來的軍事基地，出現在有座長碼頭的半島上。半島入海至少五公里長，與大陸連接處窄到或許只有一百米——防範地面攻擊的最佳要衝。那裡有一道高牆，聳立在燒焦的荒地旁。幾波騎兵衝向高牆，開槍吶喊。景象宛如中世紀攻城戰——來自遙遠未來的城堡。大衛走近邊緣，驚嘆著想要看清楚帶頭的騎士們放出的東西。

此時突然發生大爆炸，城牆上冒出蕈狀火球，照亮了堡壘周圍的區域，大衛蹣跚退後。在狹窄海水的另一邊，大衛瞥見一處岩石大懸崖突出在水面上，是直布羅陀巨岩。他在摩洛哥北部，直布羅陀海峽對面。半島原本是西班牙的自治城市休達，但是現在被改建成一座堡壘，還有一些城市的痕跡，但是——

大衛聽見背後傳來卡車行駛聲。他轉身剛好看到探照燈亮起，強光刺眼。爆炸的火光讓山上的人發現了他。

上方有男性聲音向他喊叫：「別動！」

他在子彈擊中前跳下岩脊。他跛行回到剛才過來的岩石地表上，慌忙地摸索入口。不見了。他通過的是一道單向門，某種看起來摸起來都像岩石的力場。

他聽到背後踩踏靴子的腳步聲。他轉身時印瑪里士兵一擁而上，在突出的岩石邊包圍他。

32

印瑪里訓練營，凱美洛
開普敦，南非

杜利安站在挑高的窗戶前。下方分散的印瑪里部隊正在拆解營地，前往碼頭上等著他們的船隻。

一名女子在指揮一群士兵。她很……鎮定，杜利安心想，不僅如此，他不知該怎麼形容。

「科斯塔。」他向在背後辦公桌上工作的新助理說。

矮胖男子連忙起身，走到窗前站在杜利安旁邊。

「長官？」

「那個女人是誰？」

科斯塔低頭看。「哪個？」

杜利安指著。「那邊，一頭金髮，很漂亮的那個。」

科斯塔遲疑。「我……不清楚，長官。她表現不佳嗎？我可以把她調走——」

「不，不用。查出她的身分。」

「是，長官。」科斯塔徘徊不去，「其餘船隻幾乎都在這裡了。我們還在設法調集更多寒帶裝備——」

「不需要。」

「長官？」

「我們不去南極洲，改往北走。我們的戰場在歐洲。」

第二部

真相、謊言與叛徒

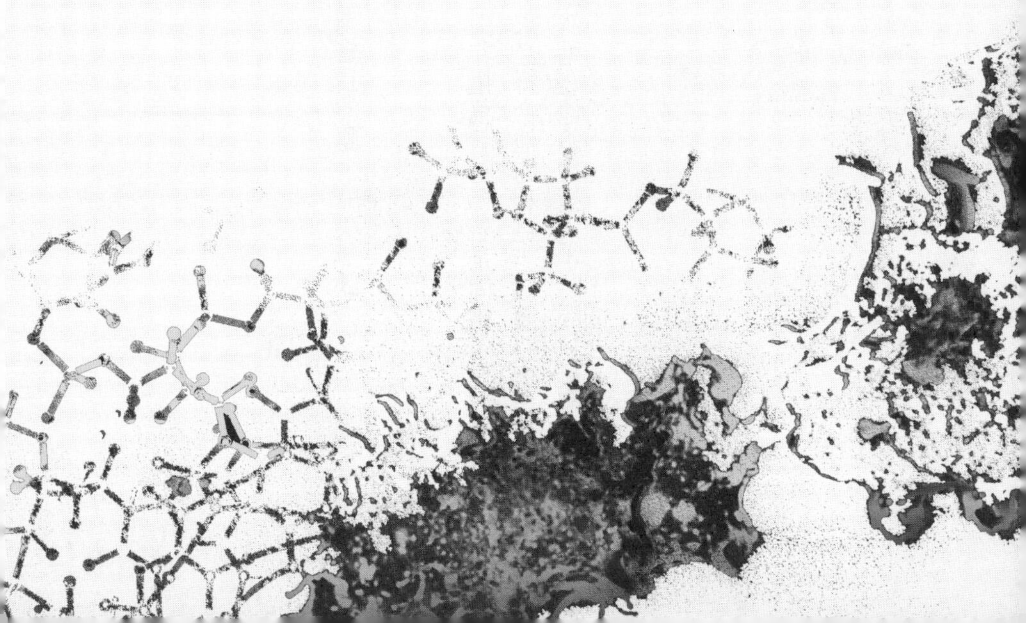

33

印瑪里艦隊
安哥拉外海

杜利安用手指撫摸喬安娜光滑的裸背，渾圓的臀部，再到修長的腿。完美無缺。

他的手指離開她身上，她翻身，抬起頭撥開眼前的金髮。

「我有打呼嗎？」她溫馴地問。

杜利安喜歡她的口音。荷蘭人，他猜。她父母是第一代南非拓荒者嗎？若是問她這個就透露出私人興趣了，這是弱點。他告訴自己喬安娜無趣又膚淺，未必符合他的利益，這艘船上像她這種女孩多得很。但是……她有一種難以言喻的特殊魅力。雖然她在他艙房裡大半時間只是裸體躺著、翻閱舊八卦雜誌、睡覺或取悅他。

他翻身離開她。「如果有打呼妳就不會在這裡了。」

她的語氣改變，「你想要……」

「如果我想做愛，妳會知道。」

此時，鋼鐵艙門上有人輕敲一聲。

「進來。」杜利安大聲說。

門軋軋打開，科斯塔走進來。一看到床上一絲不掛的杜利安和女人，他立即轉身走向門外。

「我操，科斯塔，你沒見過兩個裸體的人嗎？站住。到底有什麼事？」

「一小時後準備向西班牙俘虜廣播，長官。」科斯塔說，仍然不敢面向杜利安。「通信團隊想要檢討一些談話重點。」

杜利安站起來穿上褲子。女子跳起來找到他的毛衣，微笑著交給他。杜利安看都不看她，把毛衣丟到辦公桌前的椅子上。

「我會自己寫講稿，科斯塔。時間到了來叫我。」

杜利安聽見喬安娜在床上翻身，想吸引他的注意。他不理她，他必須專心找出正確的訊息。這場演說很重要——會設定往後在歐洲推進，還有一切後續事項的基礎。

他必須讓他們的目標不僅是生存，不完全是為了自利。他必須讓加入印瑪里的選擇顯得更崇高，像是加入一場空前的運動，如獨立宣言，一個新的開始。擺脫蘭花的自由……還有什麼？西班牙的時代精神是什麼？有什麼議題？在亞特蘭提斯瘟疫之前他們的「瘟疫」是什麼？全世界會對什麼產生共鳴？

他在紙面上塗寫：

瘟疫＝全球資本主義：無法阻止的達爾文式暴力。它滲透到每個國家，放過弱者，針對強者。

蘭花＝中央銀行刺激：寬鬆的資金，永遠無法根治的假解藥，只是壓抑症狀，延長痛苦。

目前的疫情＝像另一場全球金融危機：無法圍堵，無法治療，無法逆轉，無法避免。

或許行得通。他決定把語氣稍微軟化一點。

杜利安心想，阿瑞斯說得對。瘟疫是重新塑造人類的最佳機會，能建立一個沒有階級、沒有摩擦的單一人類社會，並組織一支團結的軍隊，朝向共同目標「世界安全」努力。

喬安娜掀開被單，向他露出凹凸有致的身材。

「我改變主意了。」

妳改變主意？杜利安心想。他很驚訝她一開始就有什麼想法，而現在她重新考慮這個「想法」。他想像接下來的發展，或許又是評論哪些杜利安從來沒聽過的明星可能分手，或「你覺得我穿這件衣服好看嗎？」說得好像船上的福利社有賣這件衣服似的。

「有意思……」杜利安咕噥著轉回來繼續工作。

「我發現你只有睡覺、喝酒、做愛的時候，我比較喜歡你。」

杜利安嘆一口氣放下筆。他的講稿可以等等。

34

印瑪里分類營
馬貝拉，西班牙

凱特站在隊伍裡觀察營區，想找逃脫辦法。蘭花區淪為一片廢墟，焦土殘骸不像瘟疫爆發前的五星級海濱度假村，連昨天馬丁帶她來的庇護所也剩斷垣殘壁。警衛塔和車庫的火災仍在悶燒，有些許黑煙柱升上天空，像一條黑蛇爬上白色飯店大樓。夕陽在地中海上空發出橘紅色光芒，凱特的隊伍像待宰的羔羊往海邊默默前進。

印瑪里士兵們正如馬丁預言：把所有人分類。病患被帶到最近的大樓，拿趕牛棒的持槍士兵把他們趕進門。凱特不知道他們會怎麼處理病患。關在裡面等死嗎？沒有蘭花，那些人三天內就會死，馬丁就在那個隊伍裡。凱特從他們被捕後就沒看到他，她在人群中搜尋馬丁的身影。

「前進！」一個士兵喊道。

或許他們已經把馬丁帶進大樓內，也可能他走在她後方。她忍不住一直望著關病患的大樓。過幾天裡面會裝滿死者，他們會怎麼善後？當他們撤出馬貝拉的人民又會怎樣？在腦中，凱特看到爆炸震撼那棟大樓的底部，讓它崩塌下來。她必須設法救出馬丁，她——

「快往前走！」

有人抓住她手臂用力拖她前進，另一個男子抓她的脖子，摸她的淋巴結。他把她推到左邊，另一個男人——不是士兵，或許是醫生——用長棉花棒沿著她臉頰內側抹過，他把棉花棒放在有條碼的塑膠管子裡。許多管子排列著被送進一部大機器。DNA樣本。他們在排序倖存者的基因組。凱特偽裝的髮色和爬地道後一身邋遢的外表原本讓她感到安心，不容易被士兵認出來。但如果他們有她的DNA樣本可以比對，就會立刻知道她是誰。

這時，在她另一側的士兵抓住她的手腕塞進另一部機器的圓形小洞口。她的手腕一陣劇痛，但來不及叫出來疼痛就消失了。士兵猛推她背後，另一個士兵用棍子掃過她身上。

「沒有。」他說，把凱特推進技師和機器另一邊的人群中。

凱特呆站了一會兒，不知道該怎麼辦。人群稍微分開，她看到兩張熟面孔：在地道裡驅趕他們的那對男女——協助逮捕她和馬丁的印瑪里效忠者。

另一個膚色蒼白的矮胖中年白人走近她。「沒事，已經結束了。」他說，口氣介於緊張和興奮之間。「妳是倖存者。我們得救了！」

凱特回頭看技師們，再看手腕上圍繞黑色條碼的灼痛紅腫痕跡。

「你怎麼知道——」

「妳是倖存者？你沒有蘭花的身分，就是植入物。」

植入物？馬丁沒說過有什麼植入物。

面露緊張的男子似乎看出了凱特的困惑。「妳沒聽說過植入物的事情？」

「我……獨居。」

「我的天。我猜，妳來這裡度假，瘟疫爆發後就躲起來了？我也是！」

凱特緩緩點頭。「對，差不多是這樣。」

「太好了！從哪開始呢？呃，妳沒有植入物，所以從來沒被俘虜過，不用被迫忍受強制治療。妳一定不相信，爆發之後西班牙政府宣布戒嚴。他們接管一切，強迫所有人——剩下的活人——到一座大型集中營。他們強迫大家服用蘭花，能拖延瘟疫但不會治好。他們給每個人植入東西，某種生物科技裝置，可以用人體自己的胺基酸之類的合成解藥。至少他們是這麼說啦，誰曉得那有什麼作用。但是妳沒有，妳絕對是倖存者。現在我們沒事了，印瑪里解放了馬貝拉。謠傳西班牙南部都解放了，印瑪里會整頓這個地方讓全世界恢復正常。」

凱特再度觀察人群，分成兩批，她發現她的團體人數少得多——已知的倖存者。另一群人比較多，一定是沒有感染症狀的蘭花區居民。DNA樣本，條碼……凱特恍然大悟。印瑪里在登錄每個人，公開進行他們的實驗，想要找出控制亞特蘭提斯基因的內源性逆轉錄病毒。這是他們的目標——加大樣本規模。解放只是某種掩護，或者有其他理由？

馬丁的話在她腦中響起：答應我妳會配合。凱特不願意，尤其是看到他們所作所為之後。如果她加入了又能做什麼？他們遲早會找到她，她也想不出救馬丁的辦法。若是可以選，她寧可死也不願假裝效忠，向敵人屈服。

凱特背後一座大螢幕亮起。士兵們把一些白床單懸掛在一起，做成像汽車電影院的戶外螢幕。螢幕上的景象是鋼鐵艙壁前的粗糙木製辦公桌，像某艘船的船長席。一個男子走過鏡頭前，轉身坐在辦公桌後，背脊挺直，表情嚴肅毫無情緒。

凱特感覺全身緊繃，口乾舌燥。

「我是杜利安．史隆。」

慢慢地，話聲平息，凱特只有一個念頭：如果杜利安還活著，那就代表大衛已經死了。證據就在螢幕上，十呎高，二十呎寬，沉悶地俯瞰著畏懼的人群。

淚水在凱特的眼眶堆積，但她眨眼不理會，她吸口氣忍住擦眼淚的衝動。她身邊也有人在拭淚，但理由完全不同。整個人群中，大家都在鼓掌、互相擁抱和歡呼。有些人像凱特一樣表情嚴肅，有些人低頭或轉頭根本不看螢幕。在歡呼聲和憂鬱的注視中，杜利安繼續說話，完全不知現場狀況。

「我對各位來說不是解放者，不是救世主，也不是領袖。我只是個凡人，一個想要生存、想盡量挽救人命的人。我只是在特殊的職位上。身為印瑪里國際集團的總監，我掌握可以力挽狂瀾的資源。印瑪里有保全部門、民營情報機構、天然資源、電訊公司、運輸組織，或許最重要的，世界上最先進的全球科學研發團體之一。簡單的說，我們能夠在這個艱困的時候伸出援手，但是資源有限。某個程度上，我們只能打有把握的仗，但絕不會逃避戰鬥或身為人類的責任。我們會盡全力拯救人命。看看你們的處境，看看世界各國政府給了你們什麼。

「我們在人類進化的道路上遭遇了一個前所未見的威脅，一個轉捩點，一場令人恐懼的大洪水。無法在這個新世界倖存的人們鮮血已經淹到我們的腰際，政府強行把你們和無法在洪水中游泳的人綁在一起，丟下你們自生自滅。我們卻能提供前進的方法，從救生艇上伸出援手，提供選擇。印瑪里有勇氣為所當為，盡我們的力量救人，並讓無法得救的人們安息。這就是我今天想帶給各位的：全新的人生，由倖存者建立的新世界。除了需要各位的忠誠和協助來創造這個新世界，我們不要求任何回報。

「我們需要所有的幫助，找到健康的人共同奮戰。真正的挑戰還在後頭，我們尋求機會在未來的劇變中扮演角色，現在我請求各位：加入我們或棄權。如果你棄權，我們不會傷害你。我們會把你送去那些不贊同印瑪里的人那裡，讓你們可以自己尋求對策。我們無意製造流血紛爭，這世界上的血腥夠多了。

「我們的敵人稱呼我們是帝國，散布謠言急著想抱緊他們的權力。想想他們用這個權力做了什麼——建立一個兩種階級國家的世界：第三世界和第一世界。他們讓資本主義踐踏每個國家的公民——不分第一或第三世界——根據我們的經濟價值區分我們。一個人的社會地位由世界願意出多少錢換他們每天能生產的東西決定。這場瘟疫只是他們幾百年來用來分化我們的計畫的生化版而已。

「印瑪里的對策很簡單：單一世界，單一人民，所有人努力合作。如果你偏好舊世界，如果你偏好蘭花，只想躲在集中營裡等待永遠不會出現的解藥，等著死亡來臨，我們不予置評。你也可以選擇嶄新的人生，一個真正公平的世界，建立新事物的機會。現在就做出抉擇吧！如果你不希望參與印瑪里方案，請留在原地。如果你想要協助我們，幫我們盡力救人，請上前，去找拿著印瑪里國際標誌的人。文職人員會做訪談，找出你能提供的技能，共同幫助我們的社會。」

凱特身邊的人群開始散去。或許只有十分之一的人留下不動，可能更少。

凱特不想承認，但杜利安對那些不了解他真面目的人做了很有說服力的演講。他講得很好，她太熟悉這一套了。她佇立看著人群聚集到印瑪里士兵周圍，一連串畫面閃過她腦海：她父親，為了阻止印瑪里大屠殺而死；她母親，死於他們釋出的瘟疫毒手，還有大衛，死在杜利安手中，現在輪到她的養父馬丁，很快就會成為最新的被害者。他做了許多痛苦的選擇和犧牲——其中許多是為了她好，想要保護她的安全，多年來他一直努力保護她。

她不能丟下他，無論如何都不行。她會完成他的研究。她摸摸掛在背後的背包。裡面有找出解藥的關鍵嗎？

她上前一步。如果有必要，她願意配合這場遊戲，她父親就是這麼做的，但他反對他們，最後他們把他埋葬在直布羅陀底下的坑道裡。她不會善罷甘休。

她混進招募桌邊越來越擠、七嘴八舌的人群中。

「妳在這裡啊。」

凱特轉身。是剛才跟她說話那個中年男子。

「嗨，」凱特說，「抱歉我剛才話不多，我不確定你是哪一邊的。原來我是倖存者。」

35

休達市郊外
摩洛哥北部

在昏暗夜色和外圍的燈光中，大衛只能隱隱約約瞥見前方這個巨大的軍營。周圍區域又是另一個謎團。三輛吉普車組成的車隊快速通過大衛認為是休眠熔岩的地面。隆起焦黑的地上，到處有縷縷煙霧冒出來。氣味證實了大衛最深的恐懼。印瑪里在這個城區周圍挖掘壕溝，加以縱火，再把殘骸夷平——留下他們的敵人為了攻擊必須通過的一塊空地。手段既高明又殘暴。

這場面讓他想起過去的一堂課。這一瞬間，他彷彿回到他的世界尚未崩解前的哥倫比亞大學，教授的聲音在講堂裡大聲迴盪。

「羅馬皇帝查士丁尼下令焚燒屍體。各位，當時是西元六世紀中期。西羅馬帝國落入哥德人之手，他們洗劫羅馬之後接續統治政權。東羅馬帝國定都於君士坦丁堡，現今的伊斯坦堡，是文明世界中一股強大力量。當時，那是地球上最大的都會中心，領土橫跨波斯、地中海岸和它的軍隊航行可到的每一塊土地。但是西元五四一年發生的瘟疫永遠改變了一切，那是一場空前絕後的大瘟疫，屍體的血多到染紅市區的街道。查士丁尼下令將屍體全部丟到海裡，但屍體還是太多了。在城牆外，羅馬人挖掘龐大的集體墓穴，每個能容納七萬人。火焰連續燃燒好幾天。」

歷史會不斷重演，大衛心想。如果這種事發生在休達，世界上其他地方會是什麼景象？托巴草案釋放的瘟疫——他耗費十年心力想阻止——已經一發不可收拾。他失敗了。已經死了多少人？他情不自禁地想到一個人：凱特。她逃出直布羅陀了嗎？若是如此，會在哪裡？西班牙南部或是摩洛哥？她就像茫茫大海中的一根針，如果他能活過眼前的難關，他會盡一切努力找她。他必須等待逃走的機會。從吉普車後方，他看到最後一片市區焦土掠過。

車隊在高牆中央的鋼鐵大門前減速。大門兩側掛著兩面黑旗。門打開讓車隊通過時，一陣強風吹過旗幟把它張開：II，印瑪里國際。高大的白牆至少有三十呎高，牆上到處有長形的黑色焦痕，無疑是被敵人騎兵圍攻的痕跡。沾上黑色長條的牆壁和大門看起來好像斑馬，張開大嘴吞下車隊。旗幟像擺動的耳朵，隨風飄揚。進入怪獸的肚子，大衛經過牆下時心想，大門迅速在背後關上。

在山上俘虜他的八名士兵把他的雙手綁在腰帶上，他坐在吉普車後座一直沉默無語，忍耐下山這段顛簸痛苦的路程。他想過幾種逃脫的方法，但每一種最後都必須跳車，可能會跌斷不少骨頭，結果只會導致無力戰鬥。

這時他在後座蠕動左右轉身，觀察基地內部，尋找逃脫的破綻。在高牆內，印瑪里士兵跑來跑去給分散高牆各處的守衛塔發送補給品，人數多到讓大衛大吃一驚。這裡有多少部隊？至少有幾千人沿著面向內陸的高牆在工作，另一側面向海上的圍牆無疑也有部署其他人。牆外遠處，過了高塔和寬闊的補給道路，有幾排房屋沿著街道延伸出去。大多數看起來沒人住，但偶爾會有士兵進出其中一棟。

三排看似有耕種的土壤沿著道路兩側延伸，每隔二十呎左右，地上會冒出木柱，像鋸短的電線桿。每根柱子上有兩個大布袋，間隔幾呎。起初，大衛以為那是大黃蜂的巢。

前方出現另一道高大白牆，幾乎跟外牆一樣高，讓大衛領悟到這是什麼地方：必殺區。如果敵人攻破外牆，印瑪里會在這個過渡區殺光他們。泥巴路邊耕種過的土壤無疑是地雷區，大衛猜想掛在柱子上的大布袋裝的是空彈殼、金屬碎片、釘子和其他碎屑，爆炸時會炸爛困在兩道牆之間的所有人。

古老的要塞也有些現代化的改良，每座守衛塔都有裝置大砲。大衛看不懂型號，是新產品嗎？許多房屋的屋頂被拆除，大衛猜測裡面應該是防空砲台，放在液壓起重機上，隨時可以升起來擊落逼近的敵機。不過他懷疑那些是否騎兵是否會有飛機。

士兵們再度使用無線電，內牆的大門打開。這道牆的焦痕比外牆少，但還是有幾道從底部延伸到頂端的斑馬條紋。通過內牆大門時，大衛感覺逃脫的機會更渺茫。原本計畫打倒最靠近的士兵拔腿就跑，但現在行不通。他必須專心重新擬研計畫。

進入內牆大門，另一條街上有房屋和商店，這裡完全沒有地雷和土製爆裂物，看來比較像古雅的老村落。這裡有便服民眾和更多士兵，顯然是基地的主要居住區。

第二排住宅和商店後面，聳立另一道牆，是老舊得多的石牆。又一道大門打開。這個城市就像一層包一層的俄羅斯娃娃。

休達的歷史或許和地中海沿岸其他村落一樣。幾千年前，此地的居民一定是在岸邊建立了小聚落。聚落繁榮變成貿易站，帶來移民和比較大膽的投機者：海盜和小偷。隨後的商業和犯罪造成了第一道城牆，千百年來城區不斷擴張，每次都得建造一道新的外牆來保護居民。

這裡的建築物更加老舊，沒有穿便服的人，只有士兵，地上堆積著似乎無窮無盡的砲彈、子彈和其他裝備。印瑪里在準備作戰，這裡顯然是主要發射中心，也是全市的碉堡。他會在此被審判。

大衛轉向坐在身旁的士兵。「下士，我知道你是奉命行事，但你必須釋放我。你犯了大錯，只要現在馬上帶我出城釋放我，沒有人會知道，你或許可以避免因為破壞祕密行動而被軍法審判。」

年輕人看著大衛，似乎有些猶豫，但最後選擇別開目光。「恕難從命，上校。現行命令是逮捕或格殺城牆外的任何人。」

「下士——」

「他們已經呈報了，長官。您必須自己跟少校說明。」年輕士兵轉過身去。吉普車駛進一處停放許多吉普車的庭院。車隊停下，士兵把大衛拖下車押著他走進建築物。經過幾條走廊，把他關進有厚重鐵柵和一扇高處小窗的牢房。

大衛站在牢房裡等待，雙手仍被綁在腰帶上。過了一會兒，石板地上迴盪著響亮的腳步聲，鐵柵外出現一個軍人。他的黑制服毫無皺紋，肩上有一條銀槓，是個中尉。他面對大衛但在鐵柵外保持距離。不像吉普車上的下士，他的語氣毫無猶豫。「表明身分。」

大衛走上前。「你應該說：請表明身分，上校吧？」

他臉色露出遲疑，放慢重複。「請表明身分，上校。」

「你聽說過在摩洛哥的祕密行動嗎，中尉？」

中尉的眼神左右飄移，充滿懷疑。「沒有……我沒有接到通知——」

「你知道為什麼嗎？」大衛舉起被綁的雙手。「別回答，那只是比喻。你沒被通知是因為，對，行動是個祕密。機密。你紀錄我出現在這裡，我的任務就搞砸了，你的升遷機會也是。這輩子除了削馬鈴薯什麼事也別想做，懂嗎？」

大衛讓這些話在中尉的腦中停留片刻才語氣和緩地繼續說：「呃，我不知道你的名字，你也不認識我，這是好事。目前，這只是個誤會，低階巡邏兵會犯的愚蠢錯誤。如果你釋放我，給我一輛吉普車，我就忘了這回事。」

中尉停頓片刻，大衛以為他要伸手到口袋去拿東西，可能是鑰匙。這時傳來靴子踩在石板地上的聲音，鐵柵外出現另一名軍人，是個少校。少校看向中尉再看看大衛，彷彿逮到了這兩人在幹什麼壞事。他臉色溫和，幾乎沒有表情，甚至帶點笑意，大衛心想。

中尉看到少校之後立正說：「長官，他們在摩西山下的丘陵發現他。他拒絕表明身分，我沒收到任何轉調派令。」

大衛觀察少校。對，他認得這個人。他頭髮變長，臉變得削瘦，但眼神和幾年前大衛在任務事後報告書檔案中看過的照片一樣。這個幹員用整齊的字跡手寫報告，彷彿每個字都經過深思熟慮。少校原本是鐘塔幹員——大衛曾經任職的祕密情報組織一員。大衛最近才得知鐘塔其實是受印瑪里掌控。少校或許認得大衛，但如果沒有……無論如何，若不繼續演戲大衛就死定了。

他走近鐵柵。中尉退後把手按在手槍上，少校不動聲色。

「你猜對了，中尉。」大衛說，「我不是上校，就像你身邊這個人不是少校一樣。」大衛不等中尉回答繼續說，「我再告訴你一件關於『少校』的祕密吧。兩年前，他暗殺了一個名叫奧瑪・庫索的高階恐怖份子。他在大約兩公里外的黃昏時分射殺目標。」大衛向少校點頭。「我記得是因為看過事後報告，我心想，哇，真是神射手。」

少校抬起頭，聳肩之後初次把目光移開。「老實說，那一槍是走運。我已經上膛第二發子彈才發現庫索沒有爬起來。」

「我……不懂。」中尉說。

「當然。我們的神祕來賓剛描述了一件鐘塔機密任務，所以他不是站長就是首席分析師。我不認為分析師像這位上校一樣常上健身房。放了他。」

中尉打開牢房解開大衛的手腕，轉回去對少校說：「我要不要——」

「你最好馬上消失，中尉。」他轉身通過走廊。「跟我來，上校。」

大衛走過石板走廊時，內心揣測他是更深入陷阱，還是可以安然脫身。

36

印瑪里任務基地
休達，摩洛哥北部

少校帶著大衛走出牢房所在的建築，穿過一個擠滿獸欄的寬廣庭院。大衛聽見裡面的噪音。他們把牲畜養在這裡嗎？他無法辨認的聲音逐漸消失在夜色中。

少校似乎察覺了大衛的視線，他瞄一眼獸欄。「等待船夫的野蠻人。」

大衛不懂他的意思。在希臘神話中，「船夫」會把死者的靈魂送往兩條冥河，進入陰間。但他決定不再深究，還有更重要的謎題待解開。

他們安靜地走完其餘路程，來到內城中央的一座大型建築。

大衛迅速觀察少校的辦公室。他不想顯得興味盎然，但幾件事吸引了他。這裡太大了，顯然是基地指揮官的辦公室，而且很陽春。水泥白牆上空無一物，室內擺設也很少：角落有一面印瑪里黑旗，有張簡陋的木頭辦公桌和後面的金屬旋轉椅，對面則放了兩張折疊椅。

少校坐到桌子後面，從上層抽屜拿出一包菸，用火柴點了一根。他把火柴遞出來看著大衛。

「抽菸嗎？」

「瘟疫爆發後我戒掉了。反正過幾星期就沒菸了。」

少校搖熄火柴丟進菸灰缸裡。「幸好我沒那麼聰明。」

大衛沒有坐到桌前，他希望雙方保持距離。他走到窗邊往外看，假裝思索，希望少校會先表明態度，給大衛一段開場白。

少校往兩人之間呼出一團白煙，謹慎地開口，彷彿在說出來之前字斟句酌。「我是亞歷山大·魯金。上校……」

他很厲害，大衛心想。單刀直入，沒有開場白。我有什麼東西可以利用？空間。區區一個少校掌管這麼大的基地？不太可能，大衛發現這裡沒有高階軍官。「萬一我們發生接觸，基地指揮官會被通知我的存在。」

「他或許收到了。」魯金又吸一口菸。大衛察覺有什些改變。他改變方法了嗎？

「他在西班牙南部率領入侵行動，幾乎用上所有人，這裡只剩最低限度的人手。我們的站長加洛特上校兩天前被幹掉了。那個笨蛋出去巡視，查看每座守衛塔，像剛當選市長似的到處握手。柏柏爾人的狙擊手一槍就斃了他。我們猜想狙擊手在丘陵上，所以才加派巡邏，還有營區裡的聯絡。現在我必須知道你的來意。」

沒錯，魯金提出無關緊要的細節，希望大衛主動露出紕漏。

「我有公務在身。」

「什麼？」

「這是機密。」大衛轉身面對魯金嚴肅地說。我有多少時間？或許一小時他就會發現我是冒牌貨？我頂多只能爭取時間。「去問上頭。如果你的權限夠，他們會告訴你。」

「你明知道我不能。」

「為何不行？」

「爆炸。」魯金觀察大衛的臉色。「你不知道嗎？」

「不知道。」

「有人在德國的印瑪里總部引爆小型核子裝置。現在任何人都聯絡不上總部，更別說查證祕密任務。」

大衛掩飾不住他的驚訝，但這是他需要的開場白。「我在……轉調中，沒有通訊裝備。」

「從哪裡？」

試探來了。「勒西腓。」大衛說。

魯金向前俯身。「勒西腓沒有鐘塔工作站——」

「我們在籌備中遇到分析師整肅。然後瘟疫爆發，我勉強逃出來。之後我就開始執行特殊任務。」

「有意思。這真是個有趣的說法，上校。現實是，如果你不立刻告訴我你的身分和來意，我就必須囚禁你直到能夠證實你的身分，否則我會有生命危險。」

大衛望著他。「你說得對。這是……行動保密。老習慣。或許我當鐘塔幹員太久了。」於是大衛端出從進入第一道城門之後就在構思的說法。「我來協助防守這座基地，你也知道休達對我們的目標有多重要。我是亞歷士．威爾斯。如果總部被摧毀，一定也會有來自特種任務指揮部的人能證實。」

魯金在便條紙上塗寫。「我必須派士兵軟禁你直到確認完成。請見諒，上校。」

「我了解。」大衛說。我爭取到的時間足夠逃離這裡嗎？大衛滿腦子只有一個目標：找到凱特。為此他需要情報。「我有個請求。我說過我在轉調中，想聽聽你們有什麼最新進展。當然，非機密的事情。」

魯金坐回金屬椅上，似乎第一次放鬆下來。「謠傳杜利安·史隆回來了。他自然在南極洲結構體外面被捕，消息說他拿著一個箱子，有個白癡長官把箱子帶回總部，把建築物炸個精光。如果你問我，我認為這就是達爾文主義。」

「史隆出了什麼事？」

「怪就怪在這裡。聽說他在偵訊中殺了一個士兵，咬斷桑德斯主席的喉嚨。然後，聽清楚，他們殺了他——近距離，頭部兩槍。一小時後，他又走出結構體，擁有全新的身體，記憶完整無缺，毫髮無傷。」

「不可能……」

「還有呢。印瑪里急著幫他造神編故事，真的有用，現在基層士兵都崇拜他。世界末日的救世主，根本胡言亂語……無論在休達或其他掛著印瑪里旗幟的地方。太噁心了。」

「你不相信嗎？」

「我只相信全世界要被沖下馬桶，印瑪里國際集團是唯一能浮起來的東西。」

「那就……希望它能繼續浮著。少校，我因為趕路有點累了。」

「當然。」

魯金叫來兩個士兵指示他們護送大衛到房間，安排二十四小時輪班看守。

亞歷山大．魯金按熄香菸望著頁面上的字。

門打開，他的副手卡茂上尉走進來。

魁梧的黑人用低沉的嗓音慢慢說話：「長官，你相信他的說法嗎？」

「當然。就像虎姑婆一樣真實。」魯金又點了根菸看著菸盒。剩三根。

「他是誰？」

「不曉得。但不是無名小卒，是專家。或許是自己人，也可能是敵人。」

「要我報告上頭嗎？」

「麻煩你了。」魯金把紙片交給他。「要嚴密看守他，確保他只能看到同盟國已經從空中看過的東西。」

「是，長官。」卡茂研究這張紙。「亞歷士．威爾斯中校？」

魯金點頭。「我不確定這是假名，但是未免太像亞瑟．衛斯理。」

「衛斯理？」

「就是威靈頓公爵，在滑鐵盧之戰打敗拿破崙。別管了，這不重要。」

「如果他是假貨，我們何不馬上拘捕審問他？」

「你是個好軍人，卡茂，但你不懂情報工作。我們必須搞清楚我們的對手是誰。他可以帶我們找到更大的魚或透露進行中的大規模任務。有時候你得用小魚當釣餌。」

少校按熄香菸。他很擅長等待。「弄個女人給他。看他在女人面前會不會比較多嘴。」他又看看菸盒。「幫我再找點菸來。」

「補給站昨天沒貨了，長官。」卡茂停頓，「但我聽說蕭中尉昨晚打牌贏了一些。」

「真的？可惜要被偷走了。有些人就是輸不起。」

「我會處理，長官。」

大衛揉揉眼皮。他確定兩件事：第一，魯金少校不相信他的說法；第二，他也不能開槍殺出去。大衛決定先休息，然後設法幹掉門口的士兵。

輕輕的敲門聲打斷了他的內心盤算。

大衛站起來。「進來。」

一個烏黑長髮、淡褐色皮膚的苗條女人走進來，迅速關上背後的門。「魯金少校的招待。」

她低聲說，沒有看他。

這女人很美，真的。大衛見識越多，越討厭這個世界。

「妳走吧。」

「拜託——」

「走。」大衛堅持。

「拜託，先生。如果你趕我走，我會有麻煩。」

在想像中，大衛看見這女人等他入睡後爬到他身上一刀割斷他的喉嚨。一定是魯金指使的，他不能冒險。「如果妳留下我可能有麻煩。走吧，我不想再說第三遍。」

她不發一語地走出去。

又一陣敲門聲，這次比較急促。

「我說不要——」

門打開，出現一個高大的黑人。他向兩名士兵點點頭走了進來，緊緊地關上門。

大衛腦中閃過一句話。完蛋了。

「卡茂。」他低聲說。

「哈囉，大衛。」

37

印瑪里任務基地
休達，摩洛哥北部

好一會兒，大衛和卡茂都不發一語。他們只是站著，直盯著對方。

大衛先打破沉默，「你來帶我去見少校嗎？」

「不是。」

「你告訴他我是誰了？」

「沒有。我不會這麼做。」

一個疑問閃過大衛腦中：他是站哪一邊的？他得設法試探卡茂的立場而不露餡。

「為什麼不告訴他？」

「因為你沒告訴他。我相信你這麼做一定有理由，只是我不清楚。三年前，你在亞丁灣救過我一命。」

大衛想起了那次行動：來自好幾個站的鐘塔聯合攻擊隊試圖瓦解一個海盜集團。當時卡茂是奈洛比站的幹員。他是老練的軍人，只是那天運氣不好。因為無法估計海盜的實際人數，當他的隊伍登上了三艘海盜船的第二艘時，很快就被海盜壓制。而大衛的隊伍則遏抑了其餘的海盜船，再轉移支援卡茂的隊伍。但有許多幹員已經丟掉小命。

卡茂繼續說：「我從來沒看過像你那樣拚命的人。如果幫你隱瞞身分能償還我欠你的恩情，我會這麼做。如果你的來意跟我想的一樣，我會盡全力幫你。」

大衛猜想，這是引蛇出洞的誘餌嗎？在他腦中逐步傾向相信卡茂。他需要更多情報。「你怎麼會在這裡？」

「三個月前我的腿被砲彈碎片擊中。鐘塔讓我休病假，我想要離開奈洛比。我在坦吉爾有家人，在那裡養傷直到瘟疫爆發，短短幾天內瘟疫就橫掃全市。我逃到這裡，他們給所有鐘塔幹員加入印瑪里集團的職缺，我被指派為上尉階級，站長是中校，這是魯金少校相信你說法的一部分原因。北非對任何孤島都很危險，即使是軍人。我別無選擇，只能躲在這裡。」

「這裡是什麼地方？」

卡茂面露困惑。「你不知道？」

大衛專心看他。下個答案會透露卡茂的態度，他真正的想法。「我想聽你親口說。」

卡茂挺直身子。「這是個邪惡的地方，地獄的入口，倖存者的處理中心。他們把非洲和地中海島嶼所有的倖存者帶來這裡。很快，西班牙南部的也會運送過來。」

「倖存者……」大衛說。他想起來了。「瘟疫的。」

卡茂更加疑惑地看著他。

「我……脫節了一陣子，需要你幫我更新狀況。」

卡茂告訴他全球疫情和世界各國的崩潰，蘭花區的成立和印瑪里的意圖。大衛聽著這簡直是惡夢成真的現實。

「他們把倖存者帶來這裡，」大衛說，「然後把他們怎麼了？」

「他們區分強者和弱者。」

「如何處理弱者？」

「用瘟疫接駁船把他們丟進海裡。」

大衛坐到桌邊，試著感受這種驚恐。為什麼？

卡茂似乎看穿大衛的心思。「印瑪里在建立史上最大規模的軍隊。謠傳他們在南極洲發現了某種東西，但是謠言多不勝數。他們說杜利安・史隆回來了，他是不死之身。魯金告訴你的是真的，昨天在德國有一起爆炸，就在印瑪里總部。有人提到全面開戰，但是蘭花聯盟面臨另一個嚴重問題，聽說他們的特效藥蘭花已經失效，全世界人口又開始大量死亡，民眾都認為這是世界末日。」

大衛揉揉太陽穴。「你剛說你自認知道我來的理由。」

卡茂點頭。「你是來摧毀這個地方的，不是嗎？」

聽到這些話，大衛下定決心。軍人的價值不就是即使明知不可為，也要打正義的仗？他還能做什麼？雖然急著想找到凱特，但他不能逃走，這次不行，他寧可戰死。其實，這已經變成他的習慣。他盡量不去想曾在管子裡醒來的自己是什麼。此時此地有更重要的事要做。「對。我是來摧毀這裡的。你說願意幫我？」

「沒錯。」

大衛看看卡茂，仍在掙扎該不該相信他。「之前你為什麼沒試過？你已經來了……」

「兩個月。」卡茂踱步離開大衛，「我來這裡之前並不知道印瑪里的計畫，我也不知道鐘塔是他們的祕密分支單位。聽到真相時我很震驚又害怕。」

大衛懂這種感受。他讓卡茂繼續說。

「我被困在休達。全世界都驚慌失措、束手無策。我只知道倖存者來此尋求庇護，我不曉得……我為了生存跟魔鬼交易，我沒能力攻占這個基地，也別無選擇。昨天之前，這裡駐紮了將近十萬名印瑪里部隊。」

「現在剩多少？」

「大約六千。」

「有多少會跟隨我們戰鬥？」

「不多。我敢打賭不會超過十幾個，我們等於要求他們賭上性命。」

十幾人對抗六千人。怎麼算都是輸。大衛需要優勢，扭轉局勢的某種支點。

「你需要什麼，大衛？」

「目前必須先睡個覺。你能不能拖延魯金，別讓他查出我的身分？」

「可以，但無法太久。」

「謝謝。洞六洞洞再回來，上尉。」

卡茂點頭離去。

大衛爬上床。打從走出玻璃管以來頭一遭，他感覺自信又踏實。他知道理由：現在他有目標、有使命要完成，有敵人要打敗。感覺真好。他很快就沉沉入睡。

38

印瑪里分類營
馬貝拉，西班牙

印瑪里士兵指示凱特和其他效忠的倖存者到其中一棟白色大樓，每個房間指派兩人。天空披上一層黑幕，凱特試圖窺探玻璃滑門外面。地中海上沒有燈光。她從來沒看過這麼黑暗的海洋，只有隔海的摩洛哥北部城市發出微弱閃爍的燈火。

「妳要睡那張床嗎？」室友問她。她指著凱特身邊靠窗的床。

「好啊。」

室友把她的東西放在另一張雙人床上開始搜索房間。凱特不知道她在找什麼。凱特想要打開背包尋找她能用的東西，但她太累了，身心俱疲。她把背包放到床下，爬上床，立刻陷入夢鄉。

凱特馬上就發現她不在亞特蘭提斯結構體裡面，這裡感覺比較像地中海城市的別墅，或許是馬貝拉舊城區。大理石地板的走廊通到一座木拱門。凱特有預感如果她開門會發生重要的事，例如某種啟示之類的。

她上前一步。

她的右邊有兩道門。她聽見最靠近的門內有動靜。

「有人嗎？」

聲音停止。

她走到門口慢慢推開。

是大衛。

他坐在有凌亂床單的大床床尾，打赤膊，彎著腰解開黑色長靴的鞋帶。

「妳在這啊。」

「你……還活著。」

「顯然最近的我很難殺死。」他抬頭看，「等等。妳以為永遠見不到我了？妳放棄我。」

凱特走進房內後關上門。「我從不放棄我愛的人。」

凱特醒來後有種奇怪的感官：她記得夢境的每一秒，彷彿身歷其境。大衛，他還活著嗎？或者她只是潛意識自我鼓舞？她必須專心想著該如何跟馬丁一起逃脫。現在這件事最優先。

第一道陽光緩緩爬進房裡，她的室友已經起床漱洗。

凱特打開背包開始翻找。她打開筆記本翻到第一頁。

馬丁寫了留言給她。

我最親愛的凱特，

如果妳看到這篇，表示他們已經抓到我們了。過去四十天來，這一直是我最大的恐懼。我試過四次把妳送出去，但是太遲了。死於實驗的三十名病患中，我曾希望每個人都能幫助我們找出解藥。但我們沒時間了。自從令尊在29-5-87失蹤，我醒著的每一刻都盡力保護妳的安全。結果，我還是徹底失敗了。

請答應我最後的願望：自救，別管我。我只要求這樣。

我很驕傲妳成為如此優秀的大人。

馬丁

凱特闔上筆記本，又翻開重讀一次留言。馬丁的留言很清楚，讓她心中感到一絲暖意。但她察覺另有含意。她從背包拿出鉛筆圈出所有數字。串連起來是：

4043029587

是電話號碼。凱特在床上猛然坐起來。

「那是什麼？」室友問。

凱特出神到差點沒聽見她的話。「呃……是猜謎。」

室友放下她的書翻過身來，似乎很感興趣。「妳玩完之後可以借我嗎？」

凱特聳肩。「抱歉，我已經寫字了。」

室友皺眉，從床上起身，不發一語地重重跺腳走進浴室，門喀拉一聲鎖上。

凱特從背包撈出衛星電話試著撥打這個號碼。

衛星電話嗶一聲，然後一陣喀啦聲，接著傳出講話聲。凱特聽出這是一段錄音。

「繼續。狀況如下。錄製時間：亞特蘭大當地時間晚上十點十五分，瘟疫第七十九天。四九八號實驗：負面結果。」

四九八號實驗。她做的最後一次是幾號——瑪莉．羅梅洛死的時候？馬丁向她要儲血管，上載到保溫瓶狀圓柱的實驗結果？四九三號？之後顯然在別的場地做過五次實驗。

「線路現況：當機。請撥零查詢接線生。」喇叭暫停然後發出別的聲音，「永續組織。我們的狀況是……（德語）」

訊息不斷用德語重複，凱特按下零鍵。她聽見浴室傳來窸窣聲。

如果室友看到衛星電話，她會立刻回報，凱特會被審問。士兵們宣布過倖存者大樓的「榮譽守則」：所有「成員」必須交出任何武器和電子用品。他們沒被搜身——印瑪里洗腦方式顯然是假裝他們是自願加入者，不是囚犯，強制搜身會打破這個偽裝。不過，印瑪里表明若有任何異議都會導致嚴重後果。被逮到持有可疑物品、發亮尖銳或有電源開關東西的人，會立刻被轉移到另一棟大樓——跟那些不肯加入的人關在一起。

凱特把電話藏到枕頭下，若室友從浴室出來應該看不見。凱特低頭湊近電話，躲在枕頭後面聽。

有個女人接聽，講話很快。「存取碼？」

凱特愣了一下才聽懂她說什麼。

「我……」

「存取碼。」

「我不知道。」凱特看看浴室門小聲說。

「表明身分。」女人說，帶點擔憂或懷疑的語氣。

「我……我跟馬丁・葛雷合作。」

「請他來接。」

凱特想了一下。腦中深處，她想要拖延時間問出更多資訊，但是該怎麼做？她沒時間了，也沒其他選擇。除了說實話向她求助還有什麼選擇？

浴室門喀啦一聲。

凱特放下電話到枕頭後面，按下掛斷鍵。

她抬頭看到室友在打量她。

凱特努力專心看她另一手拿的筆記本。「幹嘛？」她假裝若無其事地說。

「妳剛在跟誰講話？」

「自言自語。」凱特舉起筆記本。「幫助我拼字。我很不擅長拼字。」還有說謊，她暗忖。

室友仍然露出懷疑的表情，但她回到床上繼續看書。

接下來三小時沉默地過去。凱特躺在床上思索，構想她該如何救出馬丁的方法。室友看書，偶爾輕笑出聲。

早餐時間到了，室友馬上站起來走到門邊。她停步看著凱特。「妳要來嗎？」

「我想等排隊人潮過去。」凱特說。

門一關上，凱特又撥那個號碼。

「存取碼？」

「又是我。我跟馬丁・葛雷合作。」

「請葛雷博士——」

「沒辦法，我們走散了。我們被印瑪里抓了。」

「妳的存取碼是？」

「呃，我不知道。我們需要幫助，他瞞著我，我什麼也不知道。但是如果沒人幫我們，馬丁幾小時後就會死。」

「表明身分。」

凱特嘆氣。「凱特・華納。」

一陣沉默，凱特以為被掛斷了。她看看電話的顯示，還在計時中。

「哈囉？」她靜心等待。「有人嗎？」

「請稍候。」

嗶了兩聲，接著傳來年輕又輕快的男性聲音。「華納博士？」

「是。」

「我是保羅・布倫納。我跟馬丁合作了一段時間。其實我……我看過妳的所有報告，華納博士。妳在哪裡？」

「馬貝拉的蘭花區。這裡和市區都被印瑪里占領了。」

「我們知道。」

「我們需要幫助。」

「接線生說妳和葛雷博士走散了？」

「對。」

「妳有葛雷博士的研究筆記嗎？」

凱特看看背包。這個問題讓她緊張。「我……有。怎麼了嗎？」

「我們認為他做了一些我們急需的研究。」

「我們很急必須離開這鬼地方，所以做個交易吧。」

「很遺憾，我們幫不上忙——」

「為何不行？北約組織（注）呢？你們不能派突擊隊之類的過來救我們出去嗎？」

「北約組織已經不存在了。唉，情況很複雜——」

「說說看。」

「蘭花對瘟疫已經無效，到處有人大量死亡。幾小時前總統死了，不久副總統也死了。」

「誰在主持政府——」

「國會議長暫代總統，但傳來消息他被暗殺了。他被懷疑跟印瑪里勾結。謠傳參謀首長聯席會議介入，主席自封為臨時總統。他正在考慮要……華納博士，我們需要那份研究。」

「蘭花為什麼失效？」

「又一次突變。聽著，我們認為馬丁在研究某種東西，但我們不知道詳情。我必須跟他談談。」

凱特翻開筆記本開始閱讀，但她看不懂。

「華納博士？」

「我在。你能救我們出去嗎？」

漫長的停頓。「我們無法送人進入蘭花區，但如果妳能出來……我會盡力安排交通。但是——我們的線人說印瑪里打算趁今天深夜淨空西班牙南部，至少撤出倖存者。」

凱特瞄一下玻璃門外，太陽幾乎完全升起了。今天將會是漫長的一天。

「我再打給你，先準備好。」

注 北大西洋公約組織（North Atlantic Treaty Organization），簡稱北約組織（NATO），創立於一九四九年四月四日的地區性防衛協作組織，目前有二十八個會員國。

39

印瑪里任務基地
休達，摩洛哥北部

大衛被生平聽過第二吵的警報聲吵醒。最吵的警報聲是二〇〇三年在維吉尼亞州的蘭利。急促的警報聲像汽笛般在耳邊響起，催促他半裸著跳下床。他的CIA訓練主管把他拖出營區，沒穿衣服直接丟進維吉尼亞州北部的森林裡。

「這片森林裡有六個狙擊手。你必須在天黑之前回到營區。他們的子彈有顏料，如果沾到你身上，我們就淘汰你。」

廂型車在行駛途中就把他丟出去，等太陽落到平房營舍背後時，他又見到了他們。那一夜之後，他就不曾只穿著內衣睡覺，除了那一次的輕微疏忽，他跟凱特一起在直布羅陀時精神鬆懈了。

門外傳來雜沓的腳步聲。他在房間對面角落就位，房門的斜角最適合準備攻擊進來的人。魯金發現了嗎？或許他竊聽房間？

門喀啦一聲開鎖，但沒打開。門後伸出兩隻黑手，表示沒拿武器。對方在門後大聲說：「我是卡茂。」

「進來，記得關門。」大衛蹲在地上說，然後快速無聲地赤腳站起，走到房間另一個角落，開門後的盲點。

卡茂走進來關上房門。他立刻看向剛剛大衛發出聲音的角落，再轉向另一個角落，面對大衛。

「我們被攻擊了。」他說。

「是誰？」

「不清楚。少校找你。」

大衛跟著卡茂進入人來人往的走廊，所有人各自奔向他們的崗位，沒人理會大衛和卡茂。居住棟外面，要塞的內庭院喧鬧不休。大衛想停下來做戰術評估，但卡茂繼續前進，慢跑前往一座高塔。

他們跑上東倒西歪的鋼鐵階梯，卡茂在最後一個平台前抓住大衛的手臂。「不知道他們怎麼回事。魯金想試探你。」

大衛點頭，跟著卡茂進入指揮中心。這裡遠超出大衛的預料，室內呈現八角形，每隔一段牆壁就裝置能看清營區每個方向的落地窗。另外牆上裝設電腦螢幕，顯示地圖、表格和大衛完全看不懂的數據。

在中央，兩名技師趴在桌子和電腦螢幕上。他們旁邊有張椅子，少校坐在上面。「啟動四號跟五號砲台，任意射擊。」他轉過來看大衛。

「你事先知道吧。」

「我根本不知道這是怎麼回事。」

一名技師開口：「飛機空投了酬載物。」

少校看向大衛。

側面的窗外，沿著北牆的槍砲迅速轉向往空中射擊。砲聲似乎連綿不斷，在空中像瀑布般爆炸。剩餘的攻擊機像雨滴般掉進下方的海中。

「七個目標，全數擊落。」另一個技師說。

大衛驚嘆這個防空能力。他不熟悉地對空防禦系統，但剛才看到的比他知悉的任何戰爭裝備都先進。

這座基地無法從空中摧毀。

剛才發射飛彈雨的技師敲幾下鍵盤之後搖搖頭。「雷達淨空。只有一群。」

少校站起來走到窗邊。「我只看到七次爆炸。為什麼沒有東西擊中我們？飛彈失誤了嗎？」

「全部沒命中，長官。」

西側窗外，升起一團水花和亮光。

「那是什麼？」魯金問。

技師操作電腦，另一個人站起來指著一面螢幕。「我想目標不是我們，長官。我猜他們是在海峽裡布雷，其中一架飛機的碎片沉沒時碰到了水雷。」

少校站了一會兒，望著海面上的飛機碎片爆炸處。「幫我接總監的艦隊。他得改變航道。」

少校邊說邊揮手示意大衛和卡茂出去。

指揮中心外，大衛可以俯瞰進來時聽見聲音的獸欄——裡面裝滿了人，全都擠在一起，肯定有兩三千人。等待船夫的野蠻人，魯金說過。誰做得出這種事？

走回居住棟途中，卡茂和大衛沉默無語。到了大衛的房間，他示意卡茂留下。「剛才那是什麼？」

「英國空軍的中隊。我們已經好久沒見到了。瘟疫爆發後不久，在印瑪里燒掉市區部署好防空系統之前，英國人試過摧毀這個基地。我們以為他們沒油了。」

「他們為什麼空投水雷？」

「杜利安．史隆正在趕來途中。他帶領印瑪里主力艦隊往北走，他們要入侵歐洲。我猜英國人在海峽布雷是想在地中海阻斷他。」

「史隆距離多遠？」

「主力艦隊在幾天航程外。我剛看到備忘錄說史隆帶領一支先進的小艦隊，沿海岸航行。他在找東西，有可能今晚就會抵達。」

大衛點頭。史隆要來這裡。在他抵達之前占領休達可以拯救超出大衛想像的人命——只要他能活捉或殺掉史隆。他剛看到了方法。「那些是什麼砲？」

「磁軌砲。」卡茂說。

「不可能。」

「那是印瑪里研究的機密武器計畫。」

大衛早知道美國軍方實驗過磁軌砲技術，但最終並未實用化，主要問題就是電力。磁軌砲要消耗大量電力去推動彈頭達到超音速——時速超過六千兩百公里。

「他們的電力從哪裡來？」

「他們有特殊的太陽能陣列，港口附近的幾處鏡面設施。」

「射程多遠？」

「我不確定。我知道入侵西班牙南部期間他們對馬貝拉，甚至馬拉加的目標射擊過——超過一百公里外。」

簡直不可思議。休達這些砲很可能足以摧毀任何逼近的艦隊，甚至是西班牙南部整個印瑪里部隊。或許他們可以用來——

卡茂似乎看出他的想法。「即使我們占領管制塔，砲也無法瞄準基地內部。」

大衛點頭。「那些騎兵是誰？」

「瘟疫倖存者。柏柏爾人。文明崩潰後，他們回歸到自己的文化根源。除此之外，我們的情報很有限。」

「他們有多少人？」

「不清楚。」

大衛試圖構思計畫。「魯金是個怎樣的人？」

「殘酷，但非常能幹。」

「有惡習嗎？」

「只有抽菸和……女色。」

大衛脫掉印瑪里制服的上衣。提起女人就讓大衛想到來他房間的那個女人，在他腦中立刻用凱特的形象取代她。雖然有風險，但大衛問了從他來到休達後一直想問的問題。「你有沒有看過有關凱特・華納這個人的報告？」

「超過上千份。她是全世界最搶手的通緝犯。」

一股恐懼流過大衛身上。他完全沒料到。「被誰通緝？」

「所有人。印瑪里，還有蘭花聯盟。」

「有她的下落嗎？」

「印瑪里不知道。至少，我們沒被告知。」

大衛點頭。她或許還活著。他希望她躲在某個遙遠的地方安全無虞，至少在印瑪里勢力範圍外，或許他可能永遠找不到凱特。但現在他必須先完成眼前的工作再來思考這些事。

「好吧，請幫我弄一套便服，還有這附近最好的馬匹。」

40

瘟疫接駁船，命運號
地中海

船長轉向那兩個男子。「現在安全了，你們可以開始。去看看張博士和詹納斯博士有沒有屍體要丟棄。」

兩人中的年長者點頭，他們離開艦橋。

在下層甲板，他們開始穿上慣例的防護衣。

「你從來不想我們正在做的事嗎？」年輕人問。

「我盡量不去想。」

「你認為是錯的嗎？」

年長者抬頭看看他。

「他們是人，只是生病了。」

「是嗎？你成了科學家？我不是。工友不是領錢來思考的。」

「對，可是——」

「別說了。這事不要想太多。你在外頭要掩護我，我的命交在你手裡。如果你想太多可能害死我們兩個。更重要的，你可能害死我。即使甲板上那些怪物不殺我們，管制室裡那些瘋子也會。我們只有一個活命機會就是做好我們的工作。所以閉嘴把衣服穿好。」

年輕人別開目光，繼續把帶子綁到防護衣上，偶爾看看年長者。

「你在瘟疫之前是做哪一行？」

「什麼也沒做。」年長者說。

「失業嗎？我也是。就像西班牙跟我同齡的大多數人一樣。但我之前有找到代課老師的工作——」

「我在坐牢。」

年輕人愣住，然後問：「什麼罪？」

「我關的那種監獄是不問你為什麼進來的，也不能交朋友，很像這個地方。小子，我就簡單告訴你吧，這個世界完蛋了。唯一重要的問題是誰會活下去。只剩兩個團體，有火焰噴射器的人和被燒死的人。現在你手上有火焰噴射器，所以開開心心的閉上嘴。還有別交朋友，在這個世界上你永遠猜不到你必須燒死誰。」

這時門打開，被船員戲稱為杜立德博士（注）的科學家——他的真名是亞瑟・詹納斯博士——走進小房間。他臉色木然，也不看這兩個人。兩名實驗助手推著裝屍袋的手推車進來，同樣快速地離開。

「就這樣嗎？」年長者問。

注 Dr. Doolittle，英國作家休・洛夫廷所著的兒童文學作品系列中的主角。

「暫時是。」博士不看他們，口氣溫和地說。

他轉身離去，但年輕人在科學家走到門檻時開口。

「有進展嗎？」

詹納斯博士暫停片刻，然後說：「那要看……你對進展的定義。」他走了出去。

年輕人轉向年長者。「你想——」

「我發誓，你再說『想』這個字，我就親自燒死你。快過來工作。」

他們戴好頭盔，爬上樓梯，打開收容垂死者和拒絕效忠的倖存者的船艙門。幾秒後，第一批人開始無聲無息地掉進海裡。

41

印瑪里分類營
馬貝拉，西班牙

凱特望著六樓窗外下方的度假村園區。她和其餘倖存者住在最靠海的大樓，士兵們住在中間的大樓，遠端最靠近內陸與大門的大樓塞爆了屍體和垂死者。馬丁就在那裡面。凱特不知道他在哪一群：死者或垂死者。凱特望著大樓和在門口徘徊、抽菸、交談、看雜誌的四名士兵。

等待很煎熬，但她必須等。她得虛耗時間直到那一刻到來。她僅有一次救出他的機會。

她轉回來坐到床上。對面的室友躺在床上看一本舊書。

「那是什麼書？」凱特問。

「她。」

「她？」

室友翻身把封面朝向凱特。「《她：冒險的歷史》(注)，我看完以後妳想看嗎？」

「不用，謝謝。」凱特說，「現在我的冒險多到無法應付了。」她低聲補充說。

注 《*She: A History of Adventure*》，英國作家哈葛德的作品，最早的譯本書名譯作《三千年豔屍記》。此處採直譯。

「什麼？」

「沒事。」

大門邊重型卡車的低吼聲響徹整個營區，凱特跳起來窺探窗外。她正等待這個時機，沒錯——他們帶了一批新人進來。印瑪里一直送人進來，或許是從馬貝拉的郊區。這座改造的蘭花區似乎是他們在本地的主要集結區。每隔幾小時就有新車隊帶來更多人，無論生病或健康的人。這時場面會非常混亂，持續大約一小時，這是唯一破綻。凱特奔向房門。

「妳要去哪裡？二十分鐘後要點名了——」室友大聲說，但凱特沒停下來。她衝下樓梯，在一樓大門發現櫃台，連忙尋找樓層平面圖。

這棟大樓會有她需要的東西嗎？如果被士兵攔住或發現她不在房間裡，該說什麼？他們每天點名兩次，她不知道如果有人缺席他們會怎麼做——因為從來沒發生過。

在櫃台，她找到需要的第一件物品：名牌。沙維耶・梅迪納，瓦加斯度假村。她需要一張名牌。但只要他們一檢查，肯定穿幫。

她走過禮品店，鬆了口氣，有家餐廳占據了前方的角落。她走進陰暗的餐廳，穿過不鏽鋼雙併門，進入廚房。惡臭幾乎令人無法忍受，她捏著鼻子繼續深入。很暗，伸手不見五指。她用一張凳子撐開兩扇門，回來繼續搜索。

她在角落發現需要的東西：廚師的外套。她打開來看。骯髒不堪，正面有紅綠色的條紋污漬。她知道她必須湊和著用，她從中央流理台拿了把菜刀，暫時收回捏鼻子的手整理這件衣服。她把內裡外翻再穿上，再把沙維耶的名牌夾在衣領，觀察不鏽鋼冰箱上自己的倒影：白袍，掛著名牌，頭髮往後紮成馬尾，瘦削的臉頰，蒼白的膚色。一個念頭閃過腦中：這樣不可能混得過去。她長嘆一聲伸手摸過馬尾。我到底在幹什麼？

但她還能怎麼辦？她迅速走出廚房回到櫃台。陽光透過玻璃旋轉門照著大廳，兩名士兵在遠處等待。我最好脫掉這玩意回房間去。她搖搖頭。如果他們逮到她怎麼辦？可是她不能回頭，必須做點什麼。她不能明知馬丁性命垂危、全世界瀕臨崩潰卻袖手旁觀。她得冒這個險，這是唯一的機會。

她走到旋轉門推門進去，士兵停止交談看著她。她快步走過他們，他們叫住她。她回頭揮揮手，加快腳步，但不能太快，以免顯得可疑。他們跟上來了嗎？再回頭可能會讓她穿幫。

凱特從眼角瞥見令她驚訝的東西：燈光，在海面上。她的房間看不到海岸。她暫停一下觀察，岸邊閃閃發亮的巨大白船正在緩慢移動，但目的地絕對不會錯：馬貝拉。看起來很像一艘大型郵輪，頭尾都加裝大砲。是瘟疫接駁船嗎？倖存者——包括她——會被集合起來趕上船嗎？她必須在它抵達碼頭之前找到馬丁。

前方，卡車卸貨的地方形成一條人龍。人們走向桌子與分類助理，如同昨天凱特的遭遇。他們會重播杜利安的演講嗎？就像每天傍晚的戶外電影？她一想起他就生氣，怒氣讓她稍微堅強起來。

她混進一對男女後面，兩人都在猛烈咳嗽，蹣跚走向病患大樓。

四名士兵正在交談，不理會一長串的病患走進大樓。凱特走到旋轉門時，有個士兵看看她，皺眉著走向她。「喂，妳想做——」

凱特捏著沙維耶的名牌往前伸，沒讓它脫離衣領。「有、有公務。」她結巴地說。

她轉身迅速鑽進旋轉門。公務？天啊，她一定會被逮住。旋轉門把她送進大廳，視力適應之後，凱特清楚看到眼前場景。她不可能有心理準備。

凱特差點嚇得往後退，但背後人潮不斷擠進來，前仆後繼地湧入大樓內。到處都是人，不管是已死的、垂死的、哭泣的、咳嗽的，什麼人都有。這是沒有蘭花的悲慘世界。西班牙南部可能都是這個情況——如果保羅・布倫納說得對，瘟疫第一天已經死了多少人？幾百萬？或許十億？

她看到人們湧入大樓，但不清楚這裡有多少人。在這密閉空間的大廳裡，至少有一百人。整棟大樓會有多少？或許幾千人？這裡有三十層樓，她絕對找不到馬丁。

她努力甩掉這些念頭同時衝上樓梯，這裡人數比較稀疏。她該從幾樓開始試？下方，樓梯間背後，她看到士兵走進旋轉門。被發現了，他要來抓她。

凱特開溜，衝過大廳進入樓梯間。他們若要摧毀大樓，會是什麼時候？

「站住！」士兵從一樓大喊。

雖然明知不妥，凱特俯身在扶手窺探，與士兵眼神接觸。他快速衝上樓梯。

凱特打開四樓的門，發現走廊擠滿了人，或臥或坐，很多已經變成腐爛的屍體。

有個女人一看到她，抓住她的白袍說：「妳是來救我們的嗎？」

凱特搖頭想掙脫女人的手，但其餘人接連湧向她，七嘴八舌地講話。

她背後，門又打開，士兵站在門口，拔出槍來。「好啦，散開。離她遠一點。」

她周圍的人散開。

「妳在這裡幹什麼？」他問凱特。

「我在……採樣本。」

士兵一臉狐疑。他上前一步看她的名牌。是假名牌，臉上的困惑瞬間轉為震驚。「轉過去，雙手放到背後。」

「她跟我一起來的。」另一名士兵輕鬆地走出樓梯間插嘴。他的身材比追捕凱特的士兵來得高又壯，她覺得他有點英國腔。

「你是誰啊？」

「亞當・蕭。我跟富恩吉羅拉的貨運一起來的。」

士兵搖搖頭似乎聽不懂。「她戴著假名牌。」

「當然了。你希望這些人知道她的身分嗎？你以為他們認得真正的印瑪里研究識別證長什麼樣子？」

「我……」士兵上下打量凱特。「我得報告上級。」

「請便。」士兵邊說邊走到對方背後，迅速抓住他的頭和脖子用力一扭，走廊傳出響亮的斷裂聲。士兵倒地，走廊上的人一哄而散，只剩凱特和神祕士兵獨處。

他專心看著她。「跑來這裡真的很愚蠢，凱特・華納博士。」

42

印瑪里任務基地
休達，摩洛哥北部

亞歷山大・魯金少校調整一下狙擊步槍。透過步槍瞄準鏡，他看見那位神祕上校騎馬前往柏柏爾人的營地。他穿便服出去，彷彿有助於達成他的目的。

上校對他離開的目的含糊其辭，魯金只假意抗議了一下便同意了。其實，這是魯金等待已久的機會。他在上校的衣服上裝追蹤器和竊聽器，這樣他們會很清楚他去了哪裡、說了什麼。還有一支小隊在跟蹤上校，以防他趁機跑掉。無論如何，魯金很快就會知道這個「亞歷士・威爾斯」有何企圖。

上校勒馬停住，跳下馬後舉起雙手。

三個柏柏爾人跑出帳篷，他們拿著自動步槍大喊，但上校靜止不動。他們包圍他，攻擊他的頭，把他拖進帳篷。

魯金搖搖頭。「天啊，我還以為那個呆子有什麼妙計。」他收起步槍交給卡茂。「我猜我們再也見不到神祕上校了。」

卡茂點點頭往帳篷營地方向看了最後一眼，轉身跟著少校走進樓梯間。

「我是來幫你們的。」大衛堅稱。

柏柏爾人脫下他最後一件衣服，拿到帳篷外面去。

酋長上前。「別想騙我們，你是來救你自己的。你不認識我們，也不在乎我們。」

「我是——」

「別告訴我們你是誰。我要自己看。」酋長向站在帳篷入口旁的男子揮手。男子點一下頭，快步離開，過了不久拿著一個小麻袋回來。他拉起帳篷的布幕，除了在布牆邊跳動的燭火，現場幾乎陷入一片漆黑。酋長從男子手中拿走麻袋丟到大衛的腿上。

大衛想伸手拿麻袋。

「我勸你不要這麼做。」

大衛抬頭看，然後感覺到了。某種繩索滑過他的前臂，另一條滑到他大腿上。是蛇。他的視力幾乎適應了昏暗的光線，立刻看出那是什麼：兩條埃及眼鏡蛇。咬一口就會致命，十分鐘內必死無疑。

大衛努力控制呼吸，但他逐漸失控。他感覺自己的肌肉緊繃。這時，手臂上那一條加快速度爬了上來，往他的肩膀、脖子，最後爬上他的臉。他又稍微吸一口氣。他不能大口吸氣——收縮動作可能驚動蛇。慢慢地，他讓空氣從鼻子吐出去，凝神專注在鼻尖上的呼氣處，注意感官，屏除雜念，他直視前方地上的一個黑點。他的鎖骨刺痛了一下，但他集中精神呼吸，輕緩地呼氣吸氣，專注在空氣接觸他鼻尖的感覺。他感覺不到蛇了。

在視野邊緣，他隱約看見酋長往他走過來。

「你很害怕，但你能控制你的恐懼。理性的人走遍天下沒有不怕的，只有能控制恐懼的人可以活得勇敢。你是曾經活在蛇堆裡學會了隱藏自己的人。你會說謊，可以說得彷彿你自己也信以為真。這很危險。這時候，對你比對我更危險。」酋長向弄蛇人點頭，他小心地爬向大衛，把蛇收走。

酋長坐到大衛對面。「現在你有資格可以說謊，也可以說實話，要慎選。我聽過很多謊話，也埋葬過很多騙子。」

大衛說出他來這裡要說的故事，講完之後，酋長別開目光，似乎在深思熟慮。

大衛在腦中開始模擬酋長可能會問的題目，暗自準備回答，但沒有人發問。酋長起身離去。

三個人衝進帳篷，抓住大衛，把他拖出來前往在臨時村落中央燃燒的營火，他經過時族人逐漸聚集。在抵達營火前，大衛站起來掙脫開右邊的人，但抓住他左臂的人緊抓不放。大衛猛打他的臉，他放手昏倒在沙地上。大衛轉身，又有三個人過來把他拖倒在地，壓著他，抓著他手臂。然後有人俯瞰著他——是酋長。有東西砸下來，像劍或長矛，有橘色火光還會冒煙。

酋長把燃燒的鐵棒戳進大衛的胸膛，一陣撕心裂肺的劇痛傳遍他全身，皮肉與毛髮燃燒的噁心氣味飄入鼻間。大衛拚命忍住慘叫，猛翻白眼，失去了意識。

43

印瑪里分類營
馬貝拉，西班牙

凱特安全了，至少她自認如此。這個高大的英國士兵亞當．蕭，殺了另一個士兵……而且知道她的名字。

「你是誰？」凱特說。

「我是派來救你們的第五個SAS隊員。」

「第五個？」

「我們對戰術有點分歧。我提議印瑪里入侵馬貝拉之後應該改變計畫，但其餘四人不同意。」

凱特看看他的制服。「你怎麼——」

「現在狀況很亂，有很多新面孔。我們一直在密集研究印瑪里部隊。我知道的足夠冒充了。要弄到制服很容易，只要殺他們一個人就行。說到這個，」他彎腰看死掉的士兵。「幫我脫掉他的制服。」

凱特看看死者。「為什麼？」

「妳在開玩笑吧？妳想穿那件衣服走出這裡？白癡都看得出妳偷了廚師的衣服，即使妳看不出來，我發誓一公里外都聞得到味道。妳簡直是會走動的堆肥。」

凱特抬起肩膀故作輕鬆地嗅一下白外套。對，算不上清新。廚房裡的強烈惡臭麻痺了她的嗅覺。

蕭把死者上衣交給她，再脫下死者褲子。

凱特猶豫地說：「轉過去。」

他微笑。「我猜猜，凱特。兩顆形狀漂亮的胸部，餓到乾癟的肚子，強壯的腿。以前我看過，小公主。瘟疫前我也有網路。」

「我的身材沒有上網，所以轉過去。」

他搖頭轉身背對她。

凱特好像聽到他咕噥「做作的美國人」之類的。她不理他，快速地換上制服。尺寸稍微大了點，但還能湊和。「現在怎麼辦？」

「我要完成我的任務——帶妳去倫敦。妳得完成研究，找到這場惡夢的解藥，從此全世界過著幸福快樂的日子，我還能跟女王合照。只要妳不做出什麼傻事，我們應該沒問題。」

凱特繞過死掉的士兵面對蕭。「這裡還有個人——馬丁·葛雷博士。他是我的養父，跟你的政府有協議。我們必須找到他帶他走。」

蕭帶著凱特離開走廊進入樓梯間。「如果他在這裡，不是已經死了就是差不多掛了。我們救不了他。我的任務是救妳，不是他。」

「現在是了。沒有他我就不走。」

「那妳就走不了。」

「而你也無法完成任務，見不到女王。」

他重哼一聲。「我剛才是開玩笑，這很嚴重的。」

凱特點頭。「這也很重要。有人性命垂危。」

「不對，凱特。好幾十億人都性命垂危。」

「他們沒有把我養大。」

蕭長嘆一聲，指著走廊上的士兵屍體。「另外三個人很快就會來找他。我們必須離開這棟樓。」

凱特考慮了一下蕭說的話。「這聽起來像是你必須處理的問題。」凱特反覆思索。她不可能搜索整棟大樓，她得先找個地方開始。馬丁會去哪裡？他知道各棟大樓的格局，還有印瑪里入侵計畫。她忽然想到飯店的保險箱，它耐得住大樓崩塌嗎？不，他只會被困在裡面，他的糧食不夠——假設有人從殘骸把他挖出來，這恐怕機率不高。對了，糧食。

「你搞定士兵之後，去廚房找我。」

「廚房？」

「馬丁就在那裡。」她跑下樓梯。

「等等。」蕭撿起士兵的槍和腰帶掛到凱特身上。「帶著，但是盡量別用。」

「為什麼？」

「首先，會引人注意。而且如果你對這裡持槍的人射擊，他們槍法可能比妳好太多了。」

「你怎麼知道我不是神槍手？」

「我看過妳的檔案，凱特。小心點。」他不再說話，奔下樓梯間，幾乎是用跳的下樓。凱特來不及回答他已經跑得不見蹤影。

凱特以自己的步調前進。在大廳，居民們紛紛走避，跟她保持一段距離。通過玻璃旋轉門，她看到蕭在跟三名士兵交談，比手畫腳，其他人都笑得合不攏嘴。

凱特順利走到餐廳，這裡類似另一棟樓的餐廳，但她想或許布置主題不同，只是這時一片混亂根本看不出來。這裡有些人，但遠少於她的預期。她的腳步聲一出現在餐廳裡，他們就全部跑光了。

她推推廚房的門，但是打不開。她再推一次，還是不行。她從橢圓玻璃窗窺探裡面。

馬丁坐在地上，倚著流理台下面的不鏽鋼櫥櫃。他腳邊有一堆空水瓶。凱特看不出他是死是活。

44

印瑪里任務基地
休達，摩洛哥北部

士兵調整他的望遠鏡，想看清楚遠方的騎士。他認出馬屬於是他們的馬，也就是先前上校騎走的那匹。騎士看起來像個戴頭巾的遊牧民族。士兵機靈地啟動警報。

五分鐘後，士兵和基地裡其他小隊的人站在一起，看著騎士停在城門前緩緩舉起雙手。他伸手解開綁在頭上的紅布。

士兵轉頭看其他人。「誤報。是上校。」

他轉頭看著騎士。似乎有哪裡不太一樣了。

大衛走進軍官休息室，直接走向少校。

少校放下他的撲克牌，靠在椅背上微笑說：「超級騎士回來了，我們還以為野蠻人會把你當晚餐呢。」

大衛拿起鄰桌的一張椅子，沒開口問就直接插到少校這桌的空隙之間，推開其他人。他解開上衣，露出燒焦紅腫的皮膚。「他們試過了，太腥吃不下。」大衛看看桌邊的眾人。「迴避一下好嗎？」

少校點頭，眾人不滿地起身，看自己的牌最後一眼，咕噥著把牌丟回桌上，每個人似乎都自認為贏定了。

「我可以解決你的柏柏爾人問題。」

「洗耳恭聽。」魯金說。

「送還酋長的女兒，就能停止攻擊。」

少校稍微轉頭。「誰啊？」

「你送去我房間的那個女人。」

「鬼扯。」

「是真的。」

「這是詭計。」

「酋長只要那個女人回家就肯讓步停止攻擊。他媽的，酋長還願意幫我們打其他部落，甚至已經設定好攻擊的時間地點，準備讓他們全軍覆沒。但首先要討回女兒和其他女人。」

「不可能。我不能交出她們。」

「為何不行？」

「首先……」魯金像在掙扎，絞盡腦汁地找理由。「釋放女人可能只會讓他們更囂張。酋長會讓女人遊行以誇耀他的戰功和我們的軟弱，我們的投降，這足以讓他們士氣大振。不僅如此，我需要這些女人來……維持士氣。在這個鳥不生蛋的鬼地方，我能給手下的唯一娛樂就是她們。她們一出城門，我可能就會遭到叛變。」

「男人不做愛也能活得很好，他們經歷過。最重要的是酋長會停止攻擊。聽著，我的任務是在史隆總監抵達前守住休達。我給了你達成的機會，你可以拒絕，但如果敵人在史隆總監抵達時亂槍掃射他的直升機隊，你得自己向他解釋。」

對史隆的威脅和在緊要關頭失敗的可能性似乎造成了魯金的壓力，他的口氣轉變。「你確定攻擊會停止？」

「確定。」

「怎麼會？我是說，幾個月以來的這些攻擊，都是為了討回女兒？」

「對。呃，其實，這些攻擊只是為了試探你。你只看到他們十分之一的戰力，還有其他的營地。他們剛想出了攻占基地的最佳方法。他們可不會留活口。」

「他為了一個女人冒這麼大的風險？」

「永遠別低估父母為了救小孩的命會做出什麼事。」

魯金移開目光，想找其他理由。

大衛搶先開口：「我們必須交還那個女人，他們會幫我們解決其他部落，守住這個基地給我們空間去專注在即將來臨的任務，我們在印瑪里整體計畫中的角色。如果我們沒準備好，如果我們在忙著作戰守城……有人會人頭落地，但不是我。我完成了我的任務，我給了你守住休達的辦法。」大衛起身走開。整個軍官休息室裡，每張桌子都鴉雀無聲，每對眼睛都盯著他和少校。

一陣沉默過後，少校終於開口：「如果我釋放那些女人……他女兒。你真的認為酋長發現我們對待他女兒的方式之後，不會當場發動攻擊？」

「絕對不會——」

「他——」

「酋長在全體族人面前向我保證過，以自身名譽發誓。如果毀諾，即使是對敵人，也會失去族人的信任。而且你錯了，幾個月來酋長一直祈禱能夠再見到女兒，祈禱她沒有死掉。因此看到女兒安然無恙一定會很開心，其他的事都不重要。」大衛轉身走出去。「看你決定了，少校。」

45

印瑪里分類營
馬貝拉，西班牙

凱特再次用槍柄敲玻璃，終於打破了，碎片掉進廚房裡。噪音嚇跑了在餐廳裡逗留的人，只剩她一個。

她用槍的邊緣清掉窗框上的尖銳碎玻璃，設法拿走馬丁穿過門把上的鐵棒。她努力伸長手，感覺最後殘留的玻璃碎片扎進她手臂，疼痛讓她反射性的縮手。她把槍拿在手上再次伸手，搆到了鐵棒。她用力推，鐵棒落地發出噹的一聲。

她推開門衝向馬丁。他還活著，但是精疲力盡。她雙手捧起他的頭，馬丁的臉頰上布滿黑斑，皮膚滾燙。

凱特撥開他的眼皮檢查。他在翻白眼，眼白的部分露出濁黃色，可能是黃疸或肝功能失靈。還有其他器官受損嗎？

「馬丁？」凱特試著搖搖他，他的呼吸加快。

他眼睛睜開一條縫，一看到凱特就往後退，開始劇烈地咳嗽。

凱特拍他的背，尋找放蘭花藥丸的盒子，但盒子不在他身上。他又咳起來，這次駝著背。他翻身離開櫥櫃躺到地上，凱特看到了盒子——在他背後，櫥櫃旁邊。

她趕緊打開。只剩一顆。她回頭看看馬丁，正倒在地上低聲咳嗽。他是刻意節制服藥，希望能撐久一點。

廚房的雙併門打開，凱特轉身看到蕭站在門口，雙手拿著一個袋子。他看向凱特和馬丁。

「噢，慘了。」

「幫我扶他起來。」凱特說，掙扎著扶起馬丁靠著櫥櫃。

「他完蛋了，凱特。這副模樣我們無法帶他出去。」

凱特抓了一瓶水強迫馬丁吞下最後的藥丸。「你有什麼計畫？」

他把袋子丟到她腳邊，凱特看到裡面有另一套印瑪里軍服。

蕭搖搖頭。「我以為我們可以逃得掉。如果他狀況好一點或許可以。印瑪里士兵不會病懨懨的，凱特。他會讓我們變成活靶。」

馬丁轉頭想說什麼，但聽起來口齒不清。發燒讓他神智不清。凱特用制服擦掉他臉上的汗水。「如果他沒事，我們離開這棟樓之後你會怎麼做？有什麼計畫？」

「我們跟著人群——倖存者走。搭上瘟疫接駁船去休達，印瑪里的主要分類中心——」

「什麼？我們必須遠離印瑪里。」

「不行，沒辦法離開這裡。他們會焚燒蘭花區圍牆周圍的區域——幾乎有半公里長。」

凱特的心思立刻想到孩子們，還有舊城區那對夫婦。「他們要燒掉舊城區嗎？」

蕭面露困惑。「不是。只是營地周圍的防禦緩衝區。他們要把它改裝成新的處理中心。總之，天黑之前火就會燒到圍牆。瘟疫接駁船會過來，那是唯一的出路。」

凱特下定決心。「那我們得上船。」

蕭張嘴欲言，但凱特打斷他。「我不是請求。我房間裡有個袋子。你知道在哪裡嗎？」

他點頭。

「拿來給我，裡面有研究成果。然後找些……」她必須設法減緩病情惡化。通常，針對其他病毒，關鍵是抗病毒藥物和耐心。但如果這種疾病的作用和一九一八年相同，就表示馬丁正經歷免疫系統超載。他的身體在攻擊自己。「找些類固醇來。」

「類固醇？」

「藥丸。」凱特努力回想它在歐洲的名稱。「Prednisolone、cortisone、methylprednisolone——」

「好啦，我知道。」

「我們還需要一點食物。開始卸貨時，我們帶他出去，就說他喝醉了。」

蕭往後仰頭。「這是餿主意。」

他專心看凱特，知道她很認真，於是轉身走出去。他停在門口指著剛才卡住門的鐵棒。「我不在時把它插回門上，別出聲。」

46

印瑪里先鋒艦隊，阿爾發維德角附近

杜利安走到艦橋上，包括船長在內的所有軍官都停下他們的工作向他敬禮。

「我的天，別向我敬禮。下個向我敬禮的人我就把他降級到實習水手。」他不確定有沒有這個階級，但在場眾人的表情顯示大家懂他的意思。杜利安把船長帶到一旁。

「創世紀行動有什麼進展嗎？」

「沒有，長官。」

這種情況下，沒消息就是壞消息。他的幹員音訊全無，搜捕凱特・華納的計畫沒有任何進展。他考慮改變航向。

那個亞特蘭提斯人說得很清楚：你必須等到她取得密碼。

「長官，您有新指示嗎？」

杜利安轉身避開他。「沒有。保持航向，船長。」

「長官，還有另一件事。」

杜利安看著他。

「休達傳來報告。他們說英國人在直布羅陀海峽布雷，我們無法通過。」

杜利安嘆口氣閉上眼睛。「你確定？」

「是，長官。他們派了幾艘船進去，希望能找到方法帶我們通過，但是英國人封鎖得很緊。不過，我們認為有些好消息。」

「好消息？」

「如果他們打算在西班牙海岸迎戰我們，就不會在海峽布雷。」

船長說的有道理。杜利安腦中浮現幾個選項，但他想先聽聽船長的意見。

「有什麼選擇？」

「兩個。首先可以航向北方，設法繞過不列顛群島，在德國北部找個港口，我們能從那邊往南進攻。但我不建議這麼做，英國人正希望這樣。他們一定缺乏飛機燃油，或許快用光了，但他們的潛艦和半數驅逐艦是核能的。假設他們有足夠倖存者操作其中一些船，就能防禦一支小艦隊。在英國外海，他們的海空軍夾攻，可以輕易擊敗我們。」

「另一個選擇呢？」

「我們停在摩洛哥外海，您搭直升機去休達，再利用他們收集的船隻橫越地中海。」

「有什麼風險？」

「你的艦隊規模會更小，缺乏戰艦和訓練精良的部隊——只有區區五架直升機能運送的人數。您要停泊在義大利北部，從那邊前往德國。地面報告說歐洲各地蘭花區都在撤離，混亂至極。不過您一旦抵達義大利，就沒問題了。」

「我們何不一路飛過去？我們一定找得到噴射機。」

船長搖頭。「歐洲大陸還是有些防空能力，他們的儲備能源可以撐好幾年。他們會擊落任何不明飛機。」

「那就直接去休達。」

杜利安回到臥艙時，喬安娜正裸體在床上伸懶腰，翻閱舊八卦雜誌。他無法理解為什麼。他坐到床上脫掉他的靴子。「妳不是看過二三十次了嗎？最新消息是：那些白癡都死了，他們幹什麼都不重要——即使在瘟疫之前。」

「這讓我想起瘟疫前的世界，好像回到正常世界。」

「妳認為以前的世界很正常？妳比我想的還瘋狂。」

她丟開雜誌纏到他身上，輕吻他剛脫掉上衣裸露的肋骨。「今天工作很不順嗎，生悶氣先生？」

杜利安推開她。「如果妳更了解我，就不會這樣跟我說話。」

她天真地微笑，跟他的冷酷臉色形成強烈對比。「那麼幸好我不是很了解你。但是……我知道怎樣讓你開心點。」

47

印瑪里任務基地
休達，摩洛哥北部

大衛在守衛塔上調整望遠鏡，等待戰鬥開始。三小時以來印瑪里部隊大半時間都在慢慢追逐柏柏爾人部落。在制高點上，大衛看得見他們設下的陷阱——俯瞰小山谷的高大山脊對面一排重砲兵和強化的防線。柏柏爾人很快就會越過對面的山脊衝下谷地，開始大規模戰鬥。印瑪里會大獲全勝，俘虜再殺死山谷裡的每個柏柏爾人。

「那些部落的情況如何？」

大衛轉頭看見站在他背後的卡茂。

「不妙。他們快要落入印瑪里的陷阱了。我們有多少人？」

「十一個。」

大衛點頭。

「我可以放寬標準，但風險比較大。」

「不必。我們就用十一個人。」

幾小時後，重砲的聲音迴盪在原本是休達市區的焦黑荒野。大衛站起來，走到瞭望塔邊緣，舉起望遠鏡。山谷的大屠殺已近尾聲，在最遠的岩脊上，一群騎兵衝上山丘奔向部署在此的大砲，但印瑪里從他們下方射擊馬匹，再用自動步槍掃射他們，部落戰士一波波倒下。大衛放下望遠鏡，走回板凳邊等待。

日落時，印瑪里部隊抵達外側大門。大衛從警衛塔上看著，魯金少校第一個到城門，他的吉普車通過時，和大衛互瞄了一眼。少校的嘴角微微上揚，但大衛只是冷淡地看著他。

大衛坐在他的房裡等待。最後的決戰開始前他得再睡一下。接下來幾小時會決定他和其餘幾百萬人的命運。

48

印瑪里分類營
馬貝拉，西班牙

凱特強迫馬丁多吃點糖果棒——蕭收集來的少許「自助餐」之一。她把水瓶湊到馬丁嘴上，他大口猛喝，似乎很渴。

站在角落的蕭表情暗示，這是浪費時間，可能害死我們。凱特已經很了解他了。

她往銀色雙併門抬起頭。蕭翻個白眼走了出去。

「馬丁，我對你的筆記有些疑問。我看不懂。」

他倚著櫥櫃來回搖頭。「答案是……死者。埋葬的死者，不在活人身上……」

凱特擦掉他額頭上新冒出的汗水。「埋葬的死者？在哪裡？我不懂。」

「找出轉捩點。基因組改變時。我們找過……不是活人。我們失敗了。我失敗了。」

凱特閉上眼睛揉揉痠澀的眼皮。她考慮給馬丁多打點類固醇，她很需要答案，但是有風險。她抓起那瓶類固醇。

廚房門打開，蕭探頭進來。「就是現在。我們該走了。」

凱特點頭同意，她跟蕭扶起馬丁，帶著他走出大樓。經過旋轉門，營區的景象差點嚇得她停下腳步。倖存者大樓湧出無窮無盡的人潮到營區裡，棕櫚樹隨著下方通過的人潮搖晃。士兵揮舞手電筒驅趕人群。一艘巨大郵輪停在岸邊，俯瞰著海岸。兩座大型斜坡正把人群引導上船，彷彿諾亞方舟。

「去遠端的斜坡。」蕭低聲說，開始拖行馬丁。

四個士兵在監視遠端的斜坡，凱特猜想這是印瑪里效忠者的上船處。

大船看來逐漸清晰。白色豪華郵輪現在顯得很老舊，凱特甚至懷疑它能否浮得起來。

蕭和士兵們快速交談，大概是「感冒糖漿喝多了」和「明天就會生龍活虎」之類的。

他們輕易通過檢查哨混進爬上斜坡的人群，讓凱特鬆了口氣。斜坡頂上，他們走進一條兩端封閉但通往上層甲板的走廊，感覺好像慶典或馬術表演的牛棚。蕭在前面帶路，他們不斷穿梭，前往船身中央。他們被迫停下兩次讓馬丁喘息，倚牆站著讓人潮流過走廊。沿著走廊有門可以進入方形艙房，但他們所到的每個房間都有人。

「我們必須下去找個艙房。頂層艙房到了早上會熱得像地獄。」他指指馬丁。「他一定撐不住。」

在走廊末端，他們走下樓梯，經過幾條走廊，直到發現空房間。「留在這兒，安靜，把門關好。我回來時會敲三波，每波三下。」蕭說。

「你要去哪裡？」

「拿補給品。」他說完便關上門。凱特拉上門栓，鎖上門。

艙房一片漆黑。凱特到處摸索但找不到電源開關。她從背包拿出燈光棒，狹小空間瞬間沐浴在光亮中。馬丁躺在牆上喘氣，凱特扶他躺到床鋪上。這裡顯然是船員艙：兩個臥鋪，房間中央有個小櫃子。

她拿出衛星電話查看螢幕。沒有訊號。她必須到頂層打電話。她需要答案，問馬丁的結果沒什麼幫助。基因的轉捩點。答案……埋葬的死者。

凱特疲憊不已。她在馬丁對面的床鋪上伸展手腳。她得闔眼休息，一下子就好，有助於她思考。

她斷斷續續聽見馬丁咳嗽。不知道過了多久，但她好像感覺到大船在移動。又過了一會兒，她便累得睡著了。

凱特赤著腳踩在大理石地板上幾乎無聲。前方，木拱門聳立在長廊盡頭。在她右邊，同樣兩扇門出現。第一扇開著，就是上次她看到大衛的那扇門。她窺探裡面，沒人。她走到右邊第二扇門推開它。圓形房間，光線從打開的窗戶和通往陽台的玻璃門照進來。下方是一片藍色海洋，但是沒有船，舉目所及只有森林覆蓋的山脈半島和遠處的海水。

房裡很簡陋，只有一張鋼鐵製橡木桌面的繪圖桌。大衛坐在桌邊的舊鐵凳上。

「你在畫什麼？」凱特問。

「計畫。」他回答但沒有抬頭。

「什麼計畫？」

「占領城市。拯救人命。」他舉起一張精美的木馬圖。

「你能用木馬占領城市？」

大衛放下圖埋頭繼續畫。「以前成功過……」

凱特微笑。「對。才怪。」

「發生在特洛伊。」

「是啊。我覺得布萊德・彼特在片中很厲害。」

他搖頭，然後擦掉圖中的幾條線。「就像其他史詩故事，他們以為只是虛構，直到發現它存在的科學證據。」他用鉛筆加上最後幾筆，往後靠，仔細地檢視畫紙。

「對了，妳讓我很生氣。」

「我？」

「妳在直布羅陀丟下我，妳不信任我。我原本可以救妳。」

「我沒有選擇。你受傷了——」

「妳應該信任我的。妳太小看我了。」

49

印瑪里任務基地
休達，摩洛哥北部

魯金少校給自己倒了一大杯威士忌，一口喝光，癱坐到他床邊圓桌旁的椅子上。他緩緩解開上衣鈕扣，鬆脫之後，又倒了杯酒，跟剛才一樣滿。

今天真是夠折騰的，但是希望這是他最後一次對付城牆外那些該死的部落野蠻人，最好能殺光他們，或是先殺幾個人再俘虜剩下的也不錯，基地裡總是很缺僕役人力。今天真是漫長緊張的一天。對了……她在哪裡？

他脫掉汗濕的上衣抖抖手臂，讓上衣掉落披在椅子上，又心不在焉地倒了第三杯酒，部分棕色液體灑到桌上，他一口喝掉杯子裡的酒，彎腰解開靴子。他雙腳脹痛，但痛感隨著酒力退去。

門上傳來響亮敲門聲。

「什麼事？」

「我是卡茂。」

「進來。」

卡茂推開門，但沒有進來。他身邊站著一個魯金沒見過的高大苗條女子。很好，新鮮的女人。卡茂真上道，但這女人比魯金的正常品味老了點，不過他剛好有心情換換口味，多樣性是生活的調劑。而且她不太一樣，她的神態很迷人，眼神有自信，而非恐懼。真不錯，她可以學習。

魯金站起來。「進來。」

卡茂微微點頭，推女人下背部示意她進去，喀啦一聲關上門。

「會講英語嗎？」

她皺眉搖搖頭。

「不會，妳們從來不會，對吧？沒關係。我們就用原始人的方式。」他舉起一隻手，示意她別動。他走到她背後，拉下她肩膀上的衣服。衣服悄悄落地，他把她轉過身來檢查。

她完全出乎他預料。她很健壯，身上布滿太多結實的肌肉，下腹部和雙腿點綴著傷疤，有些刀傷，有些槍傷，其他的……或許箭傷？真是難以接受，他不願在這裡想起戰鬥。他搖頭走到桌邊，拿起他的對講機，想叫人把她送回馬廄去。

他感覺一隻強壯的手抓住他手臂，震驚地回頭看。她的眼神對上他，她的信心變成怒火。她知道自己被拒絕了嗎？魯金轉身，重新評估她。

當他臉上露出微笑，她另一隻手臂伸向他，拳頭擊中他肚子橫膈膜下方，他跪倒喘氣。魯金拚命吸氣時，她踢他左側肋骨下方，他翻倒之後一波威士忌湧上喉嚨，從鼻子和嘴裡噴出來。他窒息驚叫，烈酒隨著每一聲咳嗽發出灼痛，好像烈火焚身，肋骨因為衝擊和劇烈喘息而刺痛。

她小心冷靜地繞過他，目光緊盯著他。她嘴角出現一抹淺笑，瞇起眼睛。

她樂在其中。她要看著我死，魯金心想。他翻身爬向門口，只要他能調勻呼吸，就可以喊叫。或許逃到門口——

她的腳猛踩到他背上，讓他撞上堅硬地板，撞斷了鼻子，差點失去意識。

魯金感覺她的手抓住他的手腕把他雙臂往後拉，腳仍然釘在他背後中央。她要把他撕成兩半。他想慘叫，但肺中發不出聲音，只有動物般的呻吟。他的右肩骨折，一波劇痛像拳頭狠狠擊中他，幾乎讓他斃命。他幾欲昏迷，但烈酒麻痺了部分疼痛，讓他維持意識。他左肩跟著骨折，女人把他雙臂往後拉成不自然的姿勢。

魯金聽到她踱步離開他，希望她是去拿槍，死亡是解脫，但他只聽到撕膠帶聲。她把他手腕反綁在後，每次碰觸都傳來新一波劇痛。

這時他差不多恢復了呼吸，拚命想要喊叫，但她把膠帶貼到他嘴上，在他頭上纏了幾圈。她從腳踝到膝蓋綁住他的雙腿，然後扛起他迎面摔到牆上。他努力透過鼻子，強忍壓在牆上的肩膀傳來的陣陣疼痛。

她看了他一會兒，輕鬆地走到桌邊。她看著酒瓶，從魯金的腰帶上拔出手槍。

動手吧，他暗想。

她退出彈匣拉開滑套，沒有彈殼跳出來。魯金從不把第一發子彈上膛。她插回彈匣後上膛。

快殺了我。

她把槍放在桌上，坐下翹起二郎腿看著他。

魯金隔著嘴上的膠帶求饒，但她不理他。

她抓起對講機，扭轉頂端的刻度改變頻道，拿到嘴邊。

「火焰洗淨一切。」

幾分鐘過去。魯金聽到遠處一聲大爆炸，再一聲，又一聲，像打雷似的。他們在攻擊城牆。

50

瘟疫接駁船，命運號
地中海

凱特厭倦了等待蕭。她翻身下床，想到上層去打電話。她看著馬丁，不能把他丟在這兒。她扶起他走到門口，打開門看看外面，走廊上沒人。

他們走到升降梯的小門前。凱特按往上鈕，幾秒鐘後電梯叮一聲打開，露出一個狹小空間。該按幾樓？凱特按下一樓鈕然後等待。

門打開，兩個白袍男子，她猜想是科學家，拿著資料夾站在面前正在討論事情。

一個是華人，另一個是歐洲人。華人科學家上前，抬起頭說：「葛雷博士？」

凱特愣住，她只走出電梯一半，考慮退回去，但華人迅速逼近，歐洲人緊跟在他後面。「妳認識這個人嗎？」他問。

馬丁仍然昏昏沉沉，但他抬起頭看。「張……」他聲音虛弱，幾乎聽不見。

凱特心臟狂跳。

「我……」張博士開口，他轉向同事。「我曾經跟這個人一起工作。他是……印瑪里的研究夥伴。」他看了凱特一會兒。「跟我來。」

凱特看看她左右的走廊上，兩端都有士兵徘徊。她進退兩難。

張博士走過正前方的狹窄通道，歐洲科學家緊盯著她不放。凱特走到張博士的背後。通道來到一座大廚房改裝的研究設施，鋼桌被改成臨時手術台，讓凱特隱約想起蘭花區的廚房，馬丁在附設辦公室告訴她瘟疫真相的地方。

「幫我扶他躺上去。」張博士說。

歐洲人走近來檢查馬丁。

馬丁緩緩轉頭看著凱特，沒有表情，也沒說話。

張博士走到另一位科學家和凱特與馬丁中間。「如果你不介意……能否迴避一下。我必須跟他們談談。」

歐洲科學家離開後，張博士轉向凱特。「妳是凱特．華納，對吧？」

凱特遲疑了一下。他有所懷疑但是沒有舉報她……她認為應該可以信任他。「對。」她向馬丁側頭。「你能幫他嗎？」

「我很懷疑。」張博士打開一個鋼櫥櫃拿出一根針筒。「但我可以試試。」

「那是什麼？」

「我們在研發的東西，印瑪里版的蘭花。還在實驗階段，也不是人人有效。」他眼神專注地看著凱特。「他可能沒命，也可能多活幾天。妳要我施打嗎？」

凱特低頭看看馬丁，看他垂死的面容。她堅決地點頭。

張博士上前為他注射。他看看房門。

「有什麼問題？」凱特問。

「沒事……」張博士低聲說，同時看著馬丁。

51

印瑪里任務基地

休達，摩洛哥北部

大衛望著站在軍械室外的十一個人。「各位，我們的目標成功機會微乎其微，但是為了正義為戰。這個基地是地獄之門，也是印瑪里想要打造的世界。如果我們摧毀它，可以給歐洲人民一個反抗的機會。然而……我們的人數太少，武器也不足，而且身在敵區核心。我們只有三個優勢：奇襲、戰鬥意志和正義的理念。如果我們撐到天亮就能贏得勝利。今晚會決定我們和其餘幾百萬人的命運，勇敢奮戰別怕死。人生還有更糟糕的事——就是度過平庸的一生。」

他向卡茂點頭，卡茂上前開始向每個人下令。

講完之後不久，角落的無線電響起，打破沉默。「火焰洗淨一切。」

「時候到了。」大衛說。

大衛和卡茂帶著三名手下爬上走道。基地的運作中心就在塔頂，要塞的中央，遠離城牆和任何攻擊者，但高度足以用肉眼看清周圍狀況——有望遠鏡的話更好。很高明，基地指揮官不想依賴監視器、攝影機和現場報告——這些都可能失效或被破壞，他想用自己的眼睛觀看戰鬥。

大衛停在平台上，把手電筒轉向空中，發暗號給在城牆外等待的柏柏爾人部隊。

最後的燈光消退後，他繼續爬到頂端，手下緊跟在他後面。塔頂的房間正如他的印象：航空管制中心與戰艦艦橋的混合體。四名技師坐在控制站前，望著一整排平板螢幕，偶爾打字。角落煮了一壺咖啡。

最靠近的技師看到大衛連忙站起來，緊張地敬禮彷彿不太確定如何應付突擊視察，其餘三人也跟著照做。

「各位。」大衛說，「今天真是辛苦，你們或許聽說了，魯金少校在山丘上贏得大勝。他正在樓下慶祝，應該的。」大衛微笑。「休息一下。去陪他開心一會兒。有食物，飲料……和戰利品。新到貨。」大衛指指他的手下。「我們會代班。」

技師們咕噥道謝，從他們的崗位跳起來。有上校命令他們翹班真是喜出望外。

他們離開後，大衛的士兵在儀表板前就位。大衛懷疑地看著螢幕。「你們確定知道怎麼操作這玩意嗎？」

「是，長官。我剛調來的時候輪過幾個月的日班。」

卡茂巡視房間，交給每個士兵一杯咖啡。他陪著大衛，兩人站了一會兒，望著外面的夜色。大衛心想這是善意，所以沒說話。過了幾分鐘，卡茂只舉起他的錶：晚上十點整。大衛開啟他的無線電。「所有崗位報告。」一個接一個，手下們回報，聲音在大衛的耳機中沙沙作響。他等待最後一片拼圖就位。手下們都用特洛伊戰爭的人名當代號，他們決定大衛的代號應該用阿基里斯。

「阿基里斯，我是阿賈克斯。特洛伊人都在宴會廳裡，我們已開始宴席。」

開始宴席是他們放瓦斯的代號。

「了解，阿賈克斯。」大衛說。他走出指揮塔下到第一個平台，又拿出手電筒打開電源。等他回到指揮塔，城牆各處的連環爆炸已經開始，火焰和濃煙在外牆上升起。指揮站的三個手下操作無線電和電腦。

螢幕顯示出場景，幾波騎兵在圍攻城牆。守衛塔上的自動機槍掃倒了幾排騎兵，但他們還是奮力地衝鋒進攻。

一名手下轉向大衛。「二號塔請求授權使用磁軌砲。」

卡茂看看大衛。

磁軌砲會痛宰柏柏爾人部隊。但是授權他們使用對基層很有說服力，能證明基地遭遇危險。大衛指著卡茂身旁的狙擊步槍。「第一砲之後就幹掉他們。」

大衛走到指揮椅啟動麥克風。「二號塔，我是威爾斯上校。少校已把指揮權轉交給我，准許使用磁軌砲，任意射擊。」他關掉無線電等待。磁軌砲在夜空中畫出一道火光，一團土石和血肉向空中炸開，一秒前馬匹和士兵所在的位置只剩一叢黑煙，片刻間似乎寂靜無聲。大衛希望柏柏爾人會繼續攻擊，他需要他們配合。

下方平台上，大衛聽見連續快速的三聲槍響，磁軌砲陷入沉默。

大衛再打開控制面板上的麥克風。「第一營，第二營，第三營，前進到一區。重複，一營，二營和三營，這是休達指揮官，外牆有危險，前進到一區就定位。」

大衛幾乎立刻看到要塞中和外圍有動靜。部隊跑過地面，內城門打開，卡車衝過去。柏柏爾人繼續攻擊，戰況變得更激烈。

「指揮中心，這是一號塔。二號塔陣亡，重複，二號塔陣亡。」

「了解，一號塔。」大衛的一名手下說，「我們知道了。支援馬上就到。」

大衛下令大約一分鐘後，城牆下的區域布滿印瑪里士兵，將近四千人。大衛計畫的就是這一刻，他們攻占基地的唯一機會。他輕輕搖手，這一瞬間，他懷疑自己能否成功。萬一下不了手呢？現在已經無法回頭。

手下們回頭看他，大家知道接下來會怎樣。終於，有一個人小聲說：「請下令，長官。」

大屠殺。要死四千人。敵方士兵都是怪物，大衛告訴自己。但他們不可能全是怪物。這場仗的另一方也有正直的人，比較倒楣的人，只因環境讓他們成為敵人。

大衛只需要說出那個字，手下就會按鈕，啟動城牆下的地雷，引爆土製爆裂物，四千個活生生的士兵都會死。

「不下令了。」大衛說。

眾人臉色震驚，除了卡茂。他的臉色像毫無情緒的面具。

大衛上前，到主要技師的工作站。「告訴我該按哪個鈕。」這是他該揹的負擔，只有他一人應該扛起責任。對方告訴他指令程序，大衛記住。他輸入密碼，城牆下的區域爆炸成一片火海。鮮血像壕溝般聚集。無線電傳出呼叫，一名手下立刻把它關掉。

大衛打開他的無線電。「阿賈克斯，我是阿基里斯。外牆被滲透了，打開木馬。」

「收到，阿基里斯。」士兵回答。

螢幕切換到囚禁棟。三名大衛的手下士兵跑過，打開牢房，釋放被俘的柏柏爾人，給他們武器。爭奪要塞和休達的戰鬥即將開始。

「開城門，」大衛說，「打電話。」

他坐回「船長椅」上等待。技師在他背後大聲說：「接通了。」

「印瑪里阿爾發艦隊，這是休達指揮部。我們遭到攻擊。重複，我們遭到攻擊。外城牆被滲透。請求立即空中支援。」

「了解，休達指揮部。請稍候。」

大衛等待回覆。史隆在那支艦隊上，大衛了解他——他會親自帶領空襲。他弱點很多，其中一項就是總愛在前線指揮。

「休達指揮部，這是阿爾發艦隊。請注意：我們正派出緊急空中支援。預計十五分鐘抵達。」

「了解，阿爾發艦隊。預計十五分鐘抵達。休達指揮部完畢。」

確定頻道關閉後，他向手下們發出最後的命令。「請大家等到他們深入我們的火力範圍再發動攻擊。別冒險。」

「如果他們開火——」

「即使他們打出所有彈藥也要等待，在準備好發射之前別啟動磁軌砲，地面會有人警告他們。只要打下那些直升機，我們就能改變歷史。」他走到門口的卡茂身邊。「各位，很榮幸和你們合作。現在我們要幫你們爭取一點時間。」

大衛伸手要開門，但一名手下大喊：「長官，有人接近——」

「空襲嗎？」

「一艘瘟疫接駁船，距離稍微超過一哩，從馬貝拉來的。他們剛發出靠岸請求和人貨清單。」

大衛轉向卡茂。「我們怎麼不知道有這艘船？」

他搖頭。「船隻都是任意進出，沒有時間表。他們可能在港口等待好幾天才能靠岸，所以不重要。」他走過房間按幾下鍵盤。人貨清單在大螢幕上捲動。

大衛環顧房間。「船上有什麼？武裝能力如何？對了，瘟疫接駁船是什麼？」

卡茂一面操作電腦一面說：「這艘是舊郵輪，武裝很少，只有頭尾有兩門五四公厘砲。但是……他們載著入侵西班牙南部幾個城市之後的多餘部隊。」他站起來。「將近一萬人，加上新加入者，效忠印瑪里的，天曉得有多少。船上可能有兩萬個敵方戰鬥員，原本預定會轉調，但是離休達這麼近……他們一定會下船。」

大衛揉揉額頭。「多久會到達這裡？」

「五到十分鐘。」

沒有選擇。兩萬大軍，從碼頭湧進來，從後方支援要塞。「馬上發動攻擊，」大衛說，「不計任何代價擊沉它！」他抓起槍跑出門，卡茂緊跟著他。

港邊的磁軌砲向印瑪里船隻開了幾砲之後，要塞裡殘餘的印瑪里部隊會發現他們被出賣了，爭奪休達的決戰幾秒後就會開始。

大衛和卡茂抵達地面平台時，看到碼頭邊的砲台射出的砲彈。高大的郵輪爆炸，搖晃燃燒起來，像燃燒中的柴堆安靜地漂浮著。

科斯塔衝進房間，但是這次他看到杜利安和女人裸體時沒有退出去。

「長官，休達遭到攻擊。他們請求空中支援。」

杜利安起身穿衣服，在女人醒來之前走出房間。

52

印瑪里先鋒艦隊，阿爾發
坦吉爾附近，摩洛哥

杜利安走過狹窄的走廊，艙門大敞，露出陰暗的甲板，四架直升機在起降台上低鳴。士兵們站在機身旁等他，準備飛向戰場。

自從在南極洲的管子裡醒來，他第一次感覺正常又自在。一個準備上戰場的軍人，如魚得水。

水手們從交叉的通道探頭出來，想要看他一眼——人類最後帝國的主宰，死而復生、特異不凡的人，亦神亦魔。

赤腳踩在金屬地的啪啪聲吸引了他的注意，他轉身剛好看見喬安娜全速奔向他。她跳起來，他穩穩地接住她。

喬安娜雙臂環抱著他親吻。他直挺挺的站著，起初很僵硬，但他慢慢地伸出一手，然後雙手緊抱著她，熱情地回吻。

走廊上爆出一陣口哨和吆喝聲。

杜利安放下她時不禁微笑。但他迅速收起笑容轉身走過艙門，前往等待的士兵和直升機。

馬丁睜開眼睛。他神智清晰，又能思考了。他似乎在實驗室或醫院裡，凱特也在這兒。有個男子俯身看著他，馬丁認得他。回憶逐漸湧現，他曾在視訊會議跟他交談過。他是在中國的研究人員，負責進行大鐘實驗。他姓……

「張勝博士。」馬丁說，聲音沙啞。

「感覺怎麼樣？」

「很糟糕。」

他聽到凱特笑了，她走近他。

「至少你知道自己的感覺，這是進步。」

他向凱特微笑。他不知道她是怎麼救他的。她冒了生命危險嗎？希望沒有，那太魯莽了。他有好多話要告訴她，她必須知道很多事。「凱特——」

船震動了一下，馬丁被甩到房間對面。他撞到鋼鐵冰箱上，視野布滿黑點。

53

休達郊外
摩洛哥北部

杜利安看著底下的大片森林掠過。前方透過直升機的風擋，他看到遠處有閃光，像夜晚一明一滅的螢火蟲。他們很快就會投入戰鬥，贏得勝利。

他戴上頭盔。「通訊檢查，戴爾塔攻擊隊，我是史隆將軍。」

四架直升機立即回覆他的呼叫。

史隆倚著座墊放鬆下來。他又看了一會兒遠處的閃光，猜想喬安娜在幹什麼，穿什麼衣服，在讀什麼書。

他是怎麼回事？似乎有某種依戀、感傷或軟弱。他回去之後得把她送走才行。

大衛和卡茂抵達地面時，第一波子彈灑在鐵架上。

他們列隊，背靠背站著，貼近到足以確認對方的位置，然後開火。向左右開火時空彈殼不斷掉落地面。

印瑪里士兵從指揮塔周圍的營房湧出來，大衛和卡茂阻斷一波又一波的士兵，但他們源源不絕。一群印瑪里士兵占據庭院對面的位置，開始向大衛和卡茂開槍。

大衛側行到管制塔對面的建築想找掩蔽，卡茂配合他的行動。

大衛的耳機響起。「阿基里斯，我是阿賈克斯。我湊齊親兵隊了，正往你的位置移動。」

「了解，阿賈克斯。」大衛說，「越快越好。」他又掃射一陣直到自動步槍喀啦一聲。他動作俐落換彈匣重新開火。

三次大爆炸照亮了夜空，水面上升起熊熊火球。現在杜利安看得見休達基地的輪廓。

「那是什麼東西？」杜利安問。

「可能是城牆上另一座磁軌砲的砲火。」駕駛員說。

「你這白癡，應該不是。它在水面上燃燒。是誰發射的？」

「進攻的部落敵人？」駕駛員心虛地猜測。

杜利安心思飛轉。這些騎馬的野蠻人，他們會攻擊逼近的瘟疫接駁船？不太可能。有點不對勁。

「戴爾塔攻擊隊，請保持位置，重複，停止接近休達。」

直升機隊在黑暗中繼續前進，衝向燃燒中的基地和水上的神祕火焰。

他抓抓駕駛員的肩膀。「降落，降落。」駕駛員遵命，直升機鑽進下方的森林。

「攻擊隊——」

帶頭的直升機爆炸，旁邊的兩架立刻跟著爆炸。碎片灑到杜利安的直升機上，導致旋翼碎裂，機身開始打轉。艙內煙霧瀰漫，杜利安感到直升機頂上傳來火焰和熱浪。樹林快速上升，他感覺到樹枝戳進來，他被甩出直升機外，墜落在地。

大衛射光了步槍的子彈，改拔出手槍。印瑪里士兵來得太快讓他來不及應付，卡茂轉身跟他並肩作戰，射倒一排衝出營房的士兵。他們簡直沒完沒了。

大衛的手槍沒子彈了，彈匣也用盡。卡茂走到他前面繼續開槍。

他打開對講機。「阿賈克斯，我是阿基里斯。特洛伊人快殺到我們的位置了。」

卡茂往後撞上他，把大衛推倒在地。他聽見耳機中阿賈克斯在回答，但是聽不清楚。他抓起卡茂的步槍開始在地上射擊，然後單膝跪起。他還剩多少子彈？

他回頭看看卡茂，他在地上蠕動。大衛試著把他翻身，檢查哪裡中彈。

凱特掙扎著從地上爬起來。船身搖晃得太厲害，鋼鐵扭曲的哀嚎震耳欲聾。她摸索背後的背包，確認還在身上。她爬向馬丁，把他拉到她腿上。

船身又一陣搖晃，她被甩到房間對面。張勝接住她。

「妳還好吧？」他大喊。

灑水系統開啟，船上的警報嗡嗡作響。

艙門猛然打開，蕭跑了進來。「快點。我們得去找救生艇。」

歐洲科學家緊跟在他後面，他驚恐地觀察房間。

「我們的研究！」他向張勝大叫。

「別管了！」張勝回答。

張勝和蕭扶起馬丁，凱特跟著他們走。

子彈從後方掠過大衛旁邊，他轉身準備開槍，但立即發現那是阿賈克斯和柏柏爾士兵。他們衝過他身邊，射倒印瑪里士兵。

大衛把卡茂拖到建築物牆邊翻過身來。沒有血跡。卡茂抬頭看，搖搖頭。「我有防彈背心，大衛。只是被打暈了。」

阿賈克斯和柏柏爾人指揮官過來和他們會合。「現在狀況如何？」大衛問。

「我們幾乎控制了要塞。」阿賈克斯說，「他們開始有人投降，但有些單位抵抗到最後。」

「跟我來。」大衛說。他扶卡茂站起來，走進營房裡。

戶外的槍聲逐漸平息，喧囂中偶爾有手榴彈爆炸聲。他們停在一道大門前，大衛輕敲一下。

「我是阿基里斯。」

門打開，裡面是柏柏爾人酋長。她身穿藍洋裝手握手槍，示意他們進來。

魯金少校被塞住嘴巴，五花大綁躺在地上。大衛露出嘲弄的笑容，少校掙扎同時大叫。

大衛轉向酋長。「妳打算實踐承諾嗎？」

「當然，如同你做到的。投降的人不會受到傷害。」酋長看向她在大衛胸口留下的烙印。「真正的酋長絕不對族人反悔。」

大衛走到少校身邊拿出塞嘴布。

「你這笨蛋——」

「閉嘴。」大衛說，「我們已經控制休達，剩下唯一的疑問是今晚多少印瑪里士兵會死。如果你陪這位酋長上指揮塔——」大衛停下來欣賞少校震驚的表情。「對，沒錯，她是酋長。附帶一提，那是她女兒。柏柏爾人向來都是女性當家，即使在戰爭中。有時候了解歷史和文化會很有用。如果你陪她下令剩餘的部隊投降，可以挽救很多人命。如果你拒絕，她和她的族人會更高興，我向你保證。」

「你到底是誰？」魯金問。

「這不重要。」大衛說。

魯金輕蔑地微笑。「你這種人打不贏戰爭。這個世界不適合好好先生。」

54

瘟疫接駁船，命運號
地中海

凱特看著蕭打開另一道門。他正要踏進去，前方走廊突然冒出火焰。

「退後！」他大喊著用力關上門。

凱特看看他們背後，走廊末端飄著煙霧，根本看不見末端。火焰正在吞噬這艘船，一步步逼近，令他們窒息。

他們被困住了。

頭頂上，凱特聽到碎片落地聲。她感到天花板發出的熱氣。他們會被壓扁、燒死或嗆死，無路可逃——他們太深入船身了。

蕭抓住她手臂，打開一道門，拉她進去。

「我們不能去——」

「閉嘴！」他說著拉開一扇艙門幾乎是把凱特扔進去。張勝扶起馬丁跟著他們進去，另一名科學家也跟進。

「我們不能留在這——」凱特開口，但蕭已經走出去，把門重重關上。

凱特拉扯門把，但它卡住了。蕭把他們鎖在裡面。

基地要塞裡的庭院幾乎寂靜無聲。偶爾，印瑪里士兵和柏柏爾人士兵遭遇處仍有槍戰。大衛走在酋長和她的三名族人後面，其中一個拖著魯金少校的手臂——每一步都讓他疼痛不堪。

在大衛右方，巨大的瘟疫接駁船在水上燃燒，偶爾發生爆炸。

無法避免的戰爭傷亡，大衛告訴自己。卡茂說過他們都是敵方戰鬥員——印瑪里士兵或新加入宣誓的人效忠。別無他法。

凱特聽到連續三聲爆炸。房裡伸手不見五指，裡面唯一的聲音是馬丁、張勝和歐洲科學家偶爾發出的呻吟或咳嗽。

凱特聽到門有碰撞聲，她走過去時門打開。蕭出現，抓著她手臂把她拉走。

她回頭看，希望馬丁跟上來，但她什麼也看不見。煙霧太濃了，害她眼睛灼痛又呼吸困難。她不斷乾咳被蕭拖著走。他幾乎快扯斷她的手。

下一條走廊交叉口比較亮，煙霧較少。凱特目睹之前先聽到並感覺到大火在燃燒。

火焰在走道的一側燃燒，碰到天花板往另一側蔓延，越過火焰的遠處可以看見天空。凱特發現船被炸成了碎片。

蕭用手榴彈清出了一條路，彷彿某種巨大生物在船側咬了一口，留下鋸齒狀的破洞。

蕭拉著她衝向火焰。

大衛倚著管制塔頂任務中心的門框。

一名柏柏爾人撕掉魯金嘴上的繃帶把他推向麥克風。

魯金看了酋長，再看向大衛，開始對麥克風講話：「全體印瑪里部隊注意。我是亞歷山大・魯金少校。我命令你們立刻投降，放下你們的武器。休達已經淪陷……」

大衛看著螢幕牆上顯示的屠殺：基地內各處，城牆外，水面上，逐漸忽略魯金的話。

我做了什麼？他猜想。必須做的事，他告訴自己。房間對面，卡茂的眼神對上他，他向他稍微點個頭。

凱特閉上眼睛讓蕭拉她通過火焰，她來到走道末端，兩旁牆壁都不見了，他們在墜落——

她雙腳重重落地，雙膝撐不住，身體滾過甲板上。蕭已經安然無恙地站起來。這傢伙好像超級士兵。上方，凱特看到馬丁、張勝和另一人飛出燃燒的洞口，落向下方的甲板。他們在她翻身閃開後一秒落在她身邊。三個人都活著，但凱特懷疑有人骨折了。她脫下背包爬向他們，但頭頂上一聲爆炸把船身碎片灑向空中。碎片成堆掉落，像下雨般落在他們身上。凱特蜷縮成一團，試圖保護自己。

蕭拉她起來。「我們得跳下去！」他指著下方的水面。

凱特瞪大眼睛。至少有二十呎，水面上還有大火圍繞著船身。

「不可能！」

他抓起她的背包丟出去，再抓住她手臂把她拉向邊緣。凱特只來得及閉上眼睛深吸一口氣。

大衛從士兵接過保麗龍咖啡杯，向他道謝。

他啜一口看著房間周圍的螢幕，解除武裝的印瑪里士兵正列隊進入要塞，他們會成為獸欄的新住戶。

兩名技師放大燃燒的瘟疫接駁船畫面，評估毀損和分裂機率，藉以判斷他們是否必須繼續攻擊。

螢幕上，船的一側發出爆炸。一名印瑪里士兵拖著一個女人衝過火焰把她丟到下方的甲板。她蜷縮成一團，但士兵又拉她站起來。

大衛愣住。她是黑髮……但他認得這個長相。不會吧。但是，那是凱特，不然就是他終於想瘋了？戰鬥的壓力終於粉碎了現實，他看到內心想看的幻覺了嗎？

他看著凱特和印瑪里士兵拉扯，他把她丟到下方的水裡，可能會害她淹死。

大衛衝到技師的位子。「重播這一段。」

畫面重新放大。

「停。」

大衛湊近，臉幾乎貼在螢幕上。現在他確定了。是凱特。還有像布偶把她扔來扔去丟下船，所以死定了的印瑪里士兵。

他轉身向酋長說：「我回來之前由妳指揮。無論如何，不要攻擊那艘瘟疫接駁船。」

他跑出管制站幾秒鐘內衝下第一段樓梯。

卡茂向他大喊：「大衛！要幫手嗎？」

55

前印瑪里任務基地
休達，摩洛哥北部

大衛在港口觀察船隻。有很多漁船但只有幾艘動力遊艇。大衛努力思考。何者優先？航程或速度？兩者他都需要，但各自是多少？有艘聖汐克（注）80遊艇，他努力回想規格。兩年前他曾經想買一艘。二十四．五公尺長，巡航速度二十四節，極速三十，他想，航程或許三百五十浬。但是遠處有艘更大的，約四十米長的聖汐克遊艇。幸運的話，後方船塢會有潛水衣。

「我們開那艘大遊艇。」他向卡茂說。

幾分鐘後，四十米遊艇出港駛入地中海，前往在黑夜中燃燒的郵輪。

凱特的手腳沉重，她只能勉強把頭伸出水面。船繼續往空中冒出濃濃煙霧，把殘骸碎片吐進海裡，每隔幾秒就差點擊中她。

注 Sunseeker，英國知名豪華遊艇製造公司。

他們無處可逃，水面上燃燒著一道火牆，形成圈子把他們困在船邊的一小片水域。她全身上下痠痛不已，連呼吸也感到肺部疼痛。

蕭正游向什麼東西——有塊殘骸。他把它拖回她和三個男人身邊。「抓住。我們必須等火熄滅，然後設法游上岸。」

大衛觀察奄奄一息的郵輪，它像水面上燃燒的野火，船身已經崩潰，不時有爆炸隨機發生。渦輪引擎的油槽已經破損不堪，水上燃燒的油料在船邊形成驚人的半圓形火牆。各處甲板都有人跳水，有些看來必死無疑。他們消失在火牆外的水中，大衛看不出他們有任何逃脫的機會。他們一定無法游過火焰，火焰區域太寬也無法潛泳。

他只希望凱特沒有摔死，正在等他。

大衛走下甲板檢查潛水衣。他打開檢查儀表。沒氧氣了。剩下什麼選擇？等火焰熄滅？萬一她受傷了呢？

「大衛，你需要什麼？」

「氧氣。」

凱特剛瞥見水下有東西，它隨即抓住蕭把他往下拉。

起先，凱特以為是鯊魚之類的海洋生物，但蕭浮出來，慌亂地揮舞雙臂。他向後伸手，抓到漂浮殘骸的邊緣，急忙爬上去。不明物體浮出水面，重擊蕭的軀幹，讓他撞到殘骸上。*是人類*，凱特看出來了，而且對方令人難以置信地強壯，全身肌肉結實有力。他身穿潛水衣，背上有好幾個氧氣筒。蕭奮勇搏鬥，用最後一點力氣揮拳，但那個怪物太壯了。他一拳打中蕭的臉，讓他一頭撞上殘骸的堅硬表面，動彈不得。那個人抓住他開始潛回水中。

凱特游向他們，鑽進打鬥中。她推潛水人的面罩，用另一隻手抓住蕭，想救出他。

怪物脫下他的面罩。「妳在幹什麼？」

是大衛。

凱特愣住。一陣激動壓倒了她。她感覺手腳變麻木，還不慎喝到一口海水。

大衛放開蕭向她伸手。他看著她的眼睛一會兒，張嘴想說話。蕭卻趁機一拳打到大衛臉上，讓他沉下水面，蕭跟著下潛。凱特恢復鎮定，奮力擠到他們中間。

「住手，住手！」她推開兩人，用自己身體隔開他們。

「妳在保護他？」大衛吐口水。

「他救了我一命。」凱特說。

「他把妳丟下船耶。」

「嗯……一言難盡。」

大衛望著她。「算了。我們得離開這裡。」他卸下背上一支氧氣筒推給凱特。「拿著。」

凱特指著馬丁、張勝和另一位科學家。「他們呢？」

「什麼？」

「他們也要一起走。」凱特堅持。

大衛搖頭。他動手把氧氣筒掛到凱特肩膀上。

她退離他游向男士們。「我不能丟下馬丁和其他人。」

「好吧，你們三個，」他冷漠地回頭看看蕭。「你們四個共用一支氧氣筒。」

「凱特，我有話跟妳說，很緊急。」馬丁說。他吃力地把頭伸出水面。

歐洲科學家開口：「我不需要用到氧氣，我可以自己過去。」

所有人轉頭看他。

「我很擅長游泳。」他解釋說。

大衛把另一支氧氣筒丟給蕭。「好吧，看來你們可以自己開會搞定。我們該走了。」他抓住凱特的手臂。

「等等，」她說，「馬丁受傷了，他還生病。大衛，你帶他。」

「不行。」他游向她，「我不會讓妳離開我的視線，絕對不行。」

她聽到蕭低聲呻吟，但時間似乎靜止了。她不禁點頭。

「天啊，」蕭說，「我來帶馬丁。你帶科學家，反正他用不掉多少氧氣。」他指著歐洲科學家。「你呢……我想就盡力游泳吧。」

歐洲人鑽到水下。馬丁抗議，但是蕭抓住他一起下潛。大衛把面罩戴到凱特臉上，他們潛泳，但她奮力浮上水面。

「怎麼了？」大衛問。

「張博士。」

大衛張望。

張勝還在踢水。「我以為你們要丟下我了。」

他救了馬丁的命，凱特心想。「我們不會丟下你。」她指指大衛。「抓著他的手。」

「妳高估我的能耐了。」

「拜託！」她抓著張勝的手，握緊大衛的手，三人一起下潛。

凱特排第一個吸氧氣，然後是張勝。大衛似乎比起他們兩個更不需要。

凱特看不到蕭和馬丁或歐洲人，火焰底下的水域似乎延伸到無窮無盡。隔著面罩，她抬頭看。水上的火焰好漂亮，前所未見，像一朵橘紅色的花在水面上綻放，逐漸擴張，慢慢收縮，如同縮時攝影的照片。

張勝在她身邊踢水。他閉著眼睛，水裡面一定混著汽油。

大衛帶著他們前進。他腳上穿著蛙鞋，強壯的雙腿推動著三人穿過水中。

終於，穿越火焰範圍，凱特看到水面上的黑夜。大衛帶著他們上浮，她和張勝冒出水面時都張嘴大口吸氣。

凱特舉起一隻手阻擋刺眼的強光，另一艘船停泊在火焰旁邊，黑色窗戶的白遊艇，有三層樓。她覺得可能有「三層樓」的航海術語，反正她看起來就是這樣：三層樓的白色建築加上前後兩端的瞭望甲板。

大衛拉著她和張勝游過去。一個魁梧黑人站在船尾，他伸手抓住凱特的雙臂，輕輕鬆鬆地把她拉上船。

黑人單手拉起張勝把他推到她旁邊，同時凱特卸下背包。

大衛開始爬上梯子。「我們是第一批嗎？」

黑人點頭。

大衛拿走凱特的面罩，正準備回到水裡時有顆頭冒出水面。是歐洲科學家。

「看到另外兩人沒有？」大衛問他。

「沒有。」他擦掉臉上的水，「水裡有汽油，我閉著眼睛。」

凱特覺得科學家快喘不過氣了。她急著想跟大衛說話，但他又回到漆黑的水中。幾秒鐘宛如幾小時那麼漫長。

「我是卡茂。」

凱特轉向他。「凱特・華納。」

他馬上抬起眉毛。

「嗯，我常看到這種表情。」她轉回去看水面。

又一顆頭浮上來。是蕭。馬丁不見蹤影。凱特走到欄杆邊。「馬丁在哪裡？」

「他不在這兒嗎？」蕭在水中轉身。「他慌了，以為自己會淹死。我以為他游到我前面。我什麼鬼也看不見。」他又潛回水面下。

凱特望著火焰牆。萬一馬丁在途中浮出來……

她等著，感覺有張毯子披到她肩膀上。她低聲道謝但沒有轉頭去看是誰。

兩顆人頭浮出水面，一個人拖著另一個到船邊，是大衛，帶著馬丁。

馬丁的頭嚴重燒傷，而且幾乎喪失意識。

大衛扛著馬丁上船，把他放在休息室的白皮革沙發上。張勝跑過來檢查馬丁的傷勢。卡茂放下急救箱，凱特在裡面翻找。

水裡又冒出人來。「找到他沒有？」蕭大聲問。

「有！」凱特喊道。

蕭一爬上梯子，大衛向卡茂喊：「快離開這裡。」

凱特和張勝繼續幫馬丁療傷，直到他頭上包好繃帶，呼吸穩定下來。

「他沒事了，」張勝說，「我可以照顧他，凱特。」

大衛緊抓著凱特的手臂，帶她到下層甲板。凱特全身濕透又累壞了，但看到大衛，知道他還活著，不知道為什麼讓她很高興，給了她難以形容的喜悅。

他關上門拉上門栓。「我們得談談。」大衛仍然面向著房門說。

56

摩洛哥北部

杜利安被側腹的劇痛痛醒過來。

他翻過身痛得大叫，但動作只會加劇疼痛。刺中他的東西還在他體內挖掘，像把炙熱的刀在他體內折磨。

他脫掉頭盔，彎腰去看是什麼東西。

樹枝刺穿了他的骨盆上方，上半身的護甲不巧沒擋到的地方。他輕輕解開護甲，這個動作又引發全身另一波疼痛，他被迫暫停。終於，他解開護甲拉開他的內衣。

樹枝離他側腰只有幾吋。如果更深入一點，可能會刺穿肝臟。

他咬緊牙根熟練地把碎木條拔出來。

他檢查傷口，血液汩汩流出，但死不了。目前他有更大的問題要處理。

即使在夜空中，他仍看得到樹林上升起三股煙柱，是直升機殘骸在燃燒。

休達的印瑪里空勤部隊和裝備全派到西班牙南部，占領基地的人沒有設備可用，但顯然他們有很多地面部隊。會派兵來搜嗎？他按著傷口站起來。

一聲慘叫聲，從墜毀處傳來。他的本能的抓起頭盔和護甲跑向燃燒的殘骸。

直升機引發了森林火災，燒得很猛烈，形成杜利安無法看穿的一道火牆。慘叫更大聲了，但杜利安聽不清楚內容。

他重新穿上護甲，戴上頭盔，跑步繞著火焰，想找路通過。在另一側，火勢沒有那麼大，但他還是看不見直升機。他認為自己能通過。

他拿出手槍和備用彈匣，跟衛星電話一起放到地上。他把雙手插在護甲裡走到火焰邊緣。靴子、衣服和頭盔都是防火的，但能承受的熱度也有限，而且他身上有些部位護甲遮不到。

杜利安深呼吸一下，毅然決然地跑進火中。他的腳重踩地面，灼熱感非常強烈。他憋著氣，快跑穿過火焰，到達一小片空地。這時杜利安看見三架直升機近距離墜落，火勢連成一片，造成火海。每架直升機都在熊熊燃燒。杜利安無法從機上搶救任何東西，慘叫聲也不是機內的人發出的。

另一陣慘叫聲傳來，杜利安轉身立即現了來源。即使憑藉火光，駕駛員的黑色印瑪里護甲讓他在黑暗的空中和地面幾乎不可能被看見，但杜利安卻發現了。

杜利安跑向他。駕駛員的腿彎成不自然的角度，側面有很深的割傷。他已經在大腿上包紮，救了自己一命，但杜利安不確定這是好消息。他能夠爬出燃燒的直升機，卻連站都站不起來。

「救命啊！」他大叫。

「閉嘴。」杜利安在黑色頭盔後冷漠地說。怎麼辦？他已經失血太多，這裡又沒有醫藥品。杜利安本能地去摸手槍，忽然想起槍放在火場外面。*給他一個解脫然後繼續前進。敵人快來搜索這個區域了。他會害死你。*但杜利安下不了手，無法丟下這個人，讓自己的士兵被活生生燒死。他彎腰抓住駕駛員的手臂。

「謝謝，長官。」駕駛員喘息著說。

杜利安暫停片刻，然後走開，去撿他的頭盔再回來。「戴著。我們要穿過火焰。」

杜利安把他扛到肩膀上準備好迎接疼痛。他側腹的傷好痛，宛如刀割，分分秒秒戳刺著他，感覺像全身要散掉了。

他跑到火焰邊緣，吸口氣，跑進去。這次他跑得比較慢，耗盡每一絲力氣。

脫離火焰之後，他把駕駛員放到地上自己也倒下。火勢隨著風向，往另一邊去。他們暫時安全了。

杜利安氣喘吁吁，痛得想要嘔吐，他甚至分不清是哪邊在痛。他從眼角看到地上的槍、彈匣和電話。如果他拿得到就能結束這個人的折磨……杜利安想撐起身子，但疼痛和疲憊來襲，把他壓在地上，讓他動彈不得。

駕駛員爬向杜利安開始做了什麼。杜利安想推開他，但駕駛員反抗。又一陣劇痛衝上他雙腿。*駕駛員在攻擊他。*杜利安想踢腿，但對方撲在他身上。疼痛蔓延，像波浪般爬上杜利安全身，淹沒他。眼前的樹林變成一片模糊。

杜利安醒來時，天色仍是黑的，但是墜機現場大火已熄滅，只有黑煙。身體仍疼痛萬分，但他又能動了。在他身邊，駕駛員倒臥入睡。

杜利安坐起來，動一下就痛得皺眉。他的雙腳嚴重灼傷，半融化的靴子放在附近。先前橡膠融化處的鞋底變成平面，流到他的腳上。是被駕駛員脫掉的，可能因此挽救了杜利安的腳。融化的橡膠要多久才會冷卻？如果靴子留在腳上，杜利安可能永遠無法走路。

一雙完好的靴子放在杜利安燒壞的靴子旁邊。

杜利安又看看打呼的駕駛員，他赤裸著腳。杜利安拿起靴子比對自己的腳。小了點，但可以湊和，看他必須走多遠而定。他必須先確認狀況。

他爬去拿他的槍和衛星電話。他看看駕駛員之後考慮下一步。駕駛員腿傷附近的部位已經顯出感染的跡象。

杜利安撥電話。

「艦隊總機。」

「我是史隆——」

「長官，我們——」

「閉嘴。叫威廉斯船長來聽。」

「將軍——」

「船長，我為什麼還困在敵方戰線內的樹林裡？」

「長官，我們派了兩支救援隊，都被殲滅了。您太深入他們的射程範圍。」

「我不想聽你失敗過多少次，船長。把地形圖套疊他們的射程範圍傳送到我的電話裡。」

「是，長官。我們認為休達可能派出地面部隊到您的位置——」

杜利安拿開電話研究地圖，不理會船長。從他的位置，杜利安認為他大約三小時可以抵達在休達射程範圍外最近的會合點。他看看燙傷的雙腳。四小時比較保險，這趟路不會輕鬆，但他做得到。

駕駛員發出鼾聲引起杜利安注意。他不悅地瞪他。怎麼辦？槍和彈匣就在身邊，他暗自思考對策。

他目光飄忽，在心裡盤算替代方法。他考慮過的每個選項都碰上一個冷酷果斷的念頭：別傻了。你知道該怎麼做。生平第一次，杜利安內心出現另一種聲音反抗阿瑞斯的聲音。現在他終於懂了。

他頭一次能感受到自己的想法，真正的想法，第一次瘟疫前，被父親放進玻璃管時他的本性。這一刻是他做過每個困難決定的縮影：在他的情感、他的人類自我想做的，和那個殘酷冰冷的聲音之間搏鬥。阿瑞斯是潛伏在背後的無形動力，催促著杜利安，塑造他的想法。直到這一刻，杜利安從未完全察覺內心的掙扎。內心的阿瑞斯又大喊著：不要軟弱。你與眾不同。你必須生存。你們的物種全靠你了。他只是另一個為我們的理想犧牲的士兵。別讓他的犧牲干擾你的判斷。

杜利安拿起電話貼到臉上。「船長，我剛傳了個座標給你。」

他看看駕駛員，和自己燙傷的雙腳——他還走得動。

「長官？」

杜利安的內心掙扎宛如怒海中的小船。那個聲音變得更堅定冷漠：這個世界不適合弱者，杜利安。你正在玩史上最大規模的棋局。別讓國王冒險去救卒子。

「我在，」杜利安說，「估計抵達撤離點的時間……」

不要——

「八小時。記住，我有另一個倖存者。如果我們不在那個座標，救援隊的命令是進入樹林往四十七度方向搜尋我們。」

就這樣，那個聲音不見了。杜利安恢復自己的想法。他自由了。他……不一樣了，或者他本來就該是這樣的人？他耳中的聲音打斷了他的思緒。

「了解，將軍。祝您好運。」

「船長。」

「是？」

「我房裡的那個女人。」杜利安說。

「是，長官。她在這——」

「告訴她……我沒事。」

「是，長官。我會轉達——」

杜利安結束通話。

他躺回地上。他好餓，得吃東西才會有體力，尤其還得攜帶額外的重物。他必須狩獵。

在遠方，他聽到低鳴聲。打雷？不對。是馬群衝過森林的聲音。

57

休達外海某處
地中海

一小時以來的大半時間，凱特和大衛都沒說話，但光是在一起就讓她非常高興。他們兩人都裸體裹著被單，躺在木板裝潢寬大艙房中央的床上。

她感覺如夢似幻，好像他們躺在豪華飯店房間裡，彷彿外界只是一場惡夢。從她有記憶以來，第一次感覺安全又自由。

凱特的臉靠在大衛胸膛。她喜歡聽他的心跳，看他的身體隨著每次呼吸起伏。她用手指摸過他胸前的紅色傷痕，他好像被烙印了。「這是新的傷。」她輕聲說。

「在這個混亂世界當木馬的代價。」他的口氣嚴肅。

這是笑話嗎？她撐起身子看他的眼睛，希望找到答案，但他沒看她。

他好像變了，變得更強硬，更疏離。他們做愛時她就察覺他不像在直布羅陀當時那麼溫柔。

她把頭埋回他胸口。「我做過關於木馬的夢。你在畫——」

大衛輕輕地推開她。「我在製圖桌上——」

她感到震驚，遲疑地點點頭。「對……在俯瞰藍色海灣和森林半島的陽台上——」

「不可能……」大衛低聲說，「怎麼會？」

馬丁的話迴盪在她腦中，我們認為亞特蘭提斯基因跟量子生物學的某程序有關，比光速更快的次原子粒子轉移……

凱特曾輸血給大衛，但那不可能改變他的基因組，不可能給他亞特蘭提斯基因，但他們兩人之間有某種連結。「我想這跟亞特蘭提斯基因有關——它啟動了某種量子生物連結——」

「暫停，別再講科學術語了。我們得溝通。」

凱特退後。「那就說啊。不需要我正式邀請。」

「妳丟下我。」

「什麼？」

「直布羅陀。我相信妳——」

「容我提醒當時你中槍了，而且基根要殺你。」

「他沒有。」

「我跟他有私下協議——」

「不，才怪。他需要我，他要我殺了史隆。他在耍我們兩個，妳應該來找我——」

「真的嗎？大衛，你連走路都有困難。基根告訴我那棟房子裡都是他的人——印瑪里幹員。全部是他的手下，不是嗎？」

「沒錯——」

「你又能怎麼辦？你被包圍——」

「但我不會騙妳。我不會和妳睡過之後在半夜離開。」

凱特一陣暴怒。她努力保持鎮定。「我沒騙你——」

「妳不信任我。妳沒跟我商量——」

「我救了你的命。」凱特站起來搖頭。「我做就做了，覆水難收。」

「妳會再做一次嗎？」

凱特忍住回答的衝動。

「回答我！」

她與大衛互相對視。他變了好多，但仍是她喜歡的那個人……

「對，大衛。我會再做一次。現在你在這兒，我也在，我們都還活著。」她還想說別的話，但她說不出口，他用冰冷的眼神看著她，她做不到。

「我從來不收不信任我的人當手下。」

凱特發飆怒吼：「你的手下？」

「沒錯。」

「呃，那正好，因為我沒打算加入軍隊或你在這指揮的任何白痴單位。」

此時有人敲門，對凱特而言，好像久旱逢甘霖。她張嘴欲言，但大衛打斷她。

「現在沒空——」

「我是卡茂。有急事，大衛。」

大衛和凱特各自放下被單，背對背穿好衣服。大衛冷淡地看看她，待她點頭之後，他打開門。

「大衛——」卡茂說。

「什麼事——」

「那個老人。」

「怎麼了?」

「他死了。」

大衛回頭看看凱特，臉色大變，強硬立刻消失。她看到大衛臉上重新浮現同情心，她愛上的那個人。興奮感衝擊著她聽到卡茂報信的傷心，然後是震驚:馬丁的臉有燒傷，但不算重傷。難道是張博士的瘟疫療法突然失效了嗎?凱特沒有他該怎麼辦?她從來沒有向他道謝。她對他說的最後一句話是什麼?

「謝謝你……通知我們。」大衛說。

「你得馬上過來，大衛。帶著槍。」

「什麼?」

卡茂看看周圍，確認沒旁人在。「我想是有人殺了他。」

馬丁安詳地躺在上層甲板密閉起居室的白皮革沙發上。

凱特、大衛、卡茂、蕭和兩位科學家都在，歐洲科學家終於自我介紹是亞瑟・詹納斯博士。

凱特望著馬丁一會兒才走近跪到他身邊，她努力克制自己的情緒。他是最接近她父親角色的人，雖沒能善盡父職，但他確實很努力。不知何故，這讓凱特更加難過。她努力保持冷靜。她必須專心。

卡茂的話迴盪在她腦中：我想是有人殺了他。

她看不出任何搏鬥痕跡。凱特檢查他的指甲，沒有殘留皮膚或血跡，只有些瘀青，但在凱特看來都是他們逃離瘟疫接駁船時受的傷。馬丁看起來就像被卡茂從海裡拉上來的時候一樣。她抬頭看看卡茂，眼神在問：你確定嗎？

他微微側頭。

凱特摸索馬丁的脖子。對……她稍微移動他的頭，測試可動範圍。有人折斷了他的脖子。凱特感覺胸悶。下手的人就在這個房間裡，正在盯著她。

「凱特，馬丁的事我很遺憾。」蕭開口，「真的，但我們必須下船趕路了。妳在這裡不安全。」

蕭也看見了嗎？他知情嗎？

「她哪裡也不去。」大衛說。

「她非去不可，」蕭堅持，「先說說看你要帶我們去哪裡，我會安排人來接我們。」

大衛不理他。他走近凱特一步。

蕭抓著他手臂。「喂，我在問你話。」

大衛轉身推他，幾乎把蕭推倒。「再碰我一下，我就把你丟下船。」

「那還等什麼？你現在就可以試試看。」

卡茂站到大衛背後，讓蕭知道他得面對兩個人。

凱特衝進三人中間。「好了，逞凶鬥狠夠了吧。」

她抓著大衛手臂把他拖走。

58

摩洛哥北部

「多謝救命，長官。」駕駛員說。

杜利安用刀子撕下一塊烤焦的肉吞下去。「別提了。我說真的，別說出去。」

駕駛員遲疑。「是，長官。」

他們默默吃了一會兒，直到吃光有肉的部分。

「我想起小時候跟我爸去露營。」

杜利安真希望這呆子閉嘴或昏倒。他又看看駕駛員的傷，確認感染的狀況。即使他能活到天亮，也絕對保不住這條腿。那個念頭讓杜利安不禁回答：「我父親從來不喜歡……露營。」

直升機駕駛員想講話，但杜利安繼續說：

「他是軍人，很引以為榮。當然，還有他在印瑪里國際集團的角色，不過我小時候感覺他像加入俱樂部為社會服務。我們唯一一起做過的事大概是參加閱兵。第一次，我就知道將來想當什麼。看著大軍的隊伍規律地前進，在我聽來像最美妙的音樂。」

「了不起，長官。您當時就立志要當軍人？」

杜利安當晚就告訴他父親。我要在隊伍前面遊行，爸爸。買號角給我，我會成為帝國軍隊的最佳號角手。杜利安在管子裡重生後失去了雙腿和背後的傷疤，但他還記得被父親痛打一頓。這就是世界對待號角手的方式，迪特。

「對。當時我就知道。成為帝國軍……」

一九七八年他走出玻璃管那天。他變了，成為阿瑞斯。現在很明確知道。但是——

「等等。長官，您剛說帝國軍（注）？」

「沒錯。呃……說來話長。穿好衣服快睡吧。這是命令。」

杜利安熬了大半夜只睡幾小時，但他醒來時感覺神清氣爽。第一道陽光在東方出現，森林裡的動物開始蘇醒。

他醒來時靈光乍現。先前怎麼沒想到呢？他必須趕快行動才有可能成功。

杜利安爬向駕駛員。他呼吸很淺，傷口仍繼續滲血流到地上，在他身邊形成紅黑色的一灘血。他不時抽搐。

杜利安踱步離開，在一塊岩石上坐了半晌，聆聽聲音以辨認方向。確定之後，他檢查槍枝，舉步出發。

從樹叢裡，杜利安看到兩個柏柏爾人，一個睡在地上，另一個疑似軍官的在帳篷裡。他相當確定只有兩個人，因為只有兩匹馬拴在附近的樹上。

悶燒的火堆裡有一把大砍刀。因為槍聲會引人注意，用大砍刀處理兩個睡著的柏柏爾人不成問題。

杜利安又踢了一下馬，馬快速穿過森林。到了營地，他會先打電話提前撤離時間。他和駕駛員騎馬能多快抵達？或許該問：駕駛員還能撐多久？杜利安希望他知道，那就是期限，馬可以救駕駛員的命。他再踢一下，馬兒加快。他拉扯身後另一匹馬的韁繩，牠跟上他們的速度。神奇的動物。

在營地，杜利安減速在馬完全停止之前下馬。

「喂！起來。」

杜利安走向衛星電話。

駕駛員沒有回答。

杜利安停步。不會吧。他轉身，他知道自己看到什麼，但他跑向他的戰友。他伸出兩根手指

注 第一次世界大戰的德國軍隊。

摸他脖子。杜利安摸著冰冷的皮膚許久才確定沒有脈搏，但他的手指停留了一下，望著駕駛員閉起的眼睛。

一股怒氣流過全身。他很想踹死者的屍體，想跪下來一拳揍到他臉上——因為他死了，一路拖累他，還有……一言難盡。他站起來，馬兒驚慌得掙脫跑開，另一匹還嘶鳴跳躍。愚蠢發臭的畜生。他轉身想打牠們，但牠們已經跑遠。這不重要，他會把其中一匹操到死，然後換馬比照辦理。

他奔向衛星電話。

「艦隊總機。」

「幫我接威廉斯船長。」

「表明身分。」

「你他媽的以為我是誰？最近你接到多少打錯的電話？叫威廉斯來聽，否則我離開這鬼地方之後會親手把你劈成兩半！」

「請、請稍候，長官。」

過了兩秒鐘。

「我是威廉斯——」

「行程變更。我一小時內會到降落區。」

「我們可以趕到——」

「一小時內！最好更快，洗照片都不用這麼久，你們最好趕得到。如果我得自己設法回艦隊，你的壽命會大幅縮短，船長。」

杜利安聽到船長下令直升機緊急起飛。

「我們會……恭候大駕，長官。」

「那個女人——」

「我們有妥善照顧她——」

「把她送走。」

「您要——」

「我不在乎她去哪裡，我回去時她最好消失。」

杜利安掛斷電話。

他騎上最靠近的馬，猛踢馬腹。

59

休達外海某處
地中海

「是蕭殺了他。」大衛平靜地說。

凱特畏縮一下，看看關閉的艙門。「小聲一點。」

「何必？他知道自己做了什麼，他也知道我看得出來。」

凱特看著他的眼睛，他很生氣。她從他身上看得出來，口氣聽得出來，也能感覺到——彷彿她的一部分在他體內。怒氣似乎從他身上散發滲入她身體，像柏油路面散發的熱氣。她感覺受感染，感覺自己抗拒他，潛意識中準備再吵一架。一切都在急速失控，她必須阻止，必須找地方著手。凱特做了決定：她要從大衛開始。她需要他，喜歡他，少了他就無法成功，也會失去動力。

大衛在房裡踱步思考——負面思考，凱特感覺得到。她伸出手等他走過來。無需言語，她引導他到床邊坐下。她跪到他面前。

「我要你跟我說話，好嗎？」她雙手捧著他的臉。

大衛仍然低著頭，迴避她。「我會把他們全綁住，包括卡茂，以防萬一。我們帶他們離開這裡，去哪裡不重要，我們會有更多食物。還要聯絡英國人和美國人。」他搖頭說，「史隆的艦隊就在摩洛哥外海，他們為何還不進攻？在等什麼？我們可以迅速結束戰爭。他們沒燃料了嗎？或許沒噴射機，但他們有核能潛艦——很多艘。我們必須幹掉他們，然後開始攻擊印瑪里各營地，現場審判戰犯。要趕快。」

「大衛——」

他仍然沒有看她。「我知道聽起來很殘酷，但這是唯一的方法。或許這就是重點。瘟疫，就是終極考驗。末世，就是揭露人們本質的最終審判日。妳應該看過他們所作所為，凱特。對，這是考驗，也是機會——清除這世界上不道德、沒價值、對同類缺乏同情心的人。」

「大家都慌了，他們不正常——」

「不，我認為瘟疫突顯了他們的本質，無論他們是否幫助不幸的人或拋棄同類讓他們去死。現在我們知道印瑪里的真面目，我們要圍捕每個印瑪里成員和支持者之後消滅他們。往後的世界會比較好。一個和平、人們互相關心的世界。沒有戰爭，沒有飢餓，沒有——」

「大衛，這不像你。」

他這才第一次看著她。「呃，或許這是新的我。這是雙關笑話。」

凱特咬著牙，她忍不住想打他。「你聽起來像我認識的另一個人，他想削減全球人口，消滅不符合他對理想人類看法的人。」

「唉……或許史隆的想法沒錯，只是執行（行刑）錯了。雙關語。」

凱特準備發飆，但她閉上眼睛試圖冷靜。她必須轉移爭執，重新導向，引導他自白，讓她弄清楚他是怎麼回事，為什麼改變。她聽到大衛在小聲咕噥。

「我是說如果潛艦有問題，他們可以直接發射巡弋飛彈之類的——」

「我知道印瑪里艦隊為何不攻擊。」

「等等，什麼？」

「我會告訴你，但你必須告訴我你遭遇了什麼事。」

「我？沒什麼。只是平凡的一天。」

「我說真的。」

「呃，我想想……從哪開始呢……史隆殺了我——其實，殺了兩次。」他掀起他的上衣。「你看，沒有疤了。」

大衛的皮膚像新生兒一樣光滑。凱特先前沒注意，當時他們在……她用盡所有意志力，壓抑想逃離他的衝動。那他是誰？「我……不懂。」

「我也是。滿意了嗎？」

「全部告訴我。」

「好吧，大衛．維爾死第二次之後，我當然在神祕的亞特蘭提斯結構體裡面醒來，妳知道的，這很合理。只有一條出路，就像迷宮裡的老鼠。那座迷宮把我丟到休達上方的山丘上。」他凝視著空中，彷彿在回想。「很恐怖。那是一片荒蕪焦土。我所有的恐懼、我努力阻止的一切事物：印瑪里，托巴草案，毫無保留的攤在我面前。我的全面挫敗。彷彿做夢似的。印瑪里巡邏兵抓到我，帶我進入基地。然後我看出了他們在那兒幹什麼。」

凱特點頭。「你決定反抗他們。」

「不。起先沒有，我很慚愧，非常慚愧。我的本能反應是逃出營區去找妳。」他看著她，在這一瞬間，她看見了她愛上的那個人。他強悍又脆弱，就像原本的大衛。

他移開目光。「但我不知道妳在哪，不知從何開始。那時我才決定反抗，攻占這個基地。」

「大衛，你好像被改變了。」

「今天之前，我殺過幾百人——該死，我根本數不清。大多數是想殺我或我隊友的壞人——呃，除了用狙擊步槍射殺的之外，但是原則相同。可是休達不一樣。不是奉命行事，而是我訂了計畫，說服一些人加入，時機一到，我動手殺了幾千個士兵，把整個基地化為戰場。那是我的罪孽，我認為是正當的，他們罪有應得。我想要完成這場反抗。我感到一股衝動在我體內像火焰般燃燒。可是我無法滿足，我想要立刻徹底消滅他們，趁我們有機會的時候。」

凱特懂了。她在直布羅陀離開他，他決定在休達開戰。他的創傷不會一夜之間痊癒，他的怒氣也不會很快消退。但她可以窺見他內心的窗口。大衛在床上坐立不安。他現在很脆弱，她察覺自己的下一句話會決定「他們」，或許還有其他人的命運。她低聲說：「我需要你幫忙，大衛。」

他轉頭但是沒說什麼。

「接下來四十八小時內，世界上百分之九十的人口會死。」

「什麼？」

「瘟疫突變了。德國發生一場大爆炸——」

「是史隆。他從南極洲結構體帶了一個箱子出來。」

「箱子裡的東西會散發橫掃全球的特殊輻射線。輻射線改變了瘟疫，蘭花已經失效，每個國家都面臨大範圍感染和死亡，他們正在崩潰。但我想我能找到解藥，馬丁正在跟一個稱作『永續』的地下組織合作。裡面有美國疾管局的人。我想他快要找到解藥了。我有馬丁的筆記，但我需要你幫忙。」

「妳認為——」

「不只如此。我也必須說，我愛你，大衛，我很抱歉在直布羅陀離開讓你受傷，很抱歉我沒告訴你基根的事，很抱歉我沒信任你，下不為例。無論發生什麼事，從現在起，你我會一起完成這件事。話說在前頭，我不在乎你死過多少次或有沒有什麼傷疤。」

他輕柔地吻她的唇，就像在直布羅陀那次。她似乎感覺到怒氣從他身上消散，彷彿這一吻打開了快要爆炸的某種壓力閥。他們分開後，他望著她，眼神恢復溫柔。

「還有一點，我會聽你的命令。」

「其實……我想或許妳該暫時負責下令。我現在有點失焦，看不清大局，回想我剛說過的一些事。」大衛搖頭。「那不是我說過最理智的話，也不盡然合理。妳似乎了解狀況，所以妳負責動腦，我負責開槍。」

「沒問題。」

大衛站起來看看艙房。「海上的神祕命案，而且世界即將毀滅。好棒的第二次約會。」

「你真會形容。」

「只是想逗妳開心。那麼妳想從哪裡開始：瘟疫或殺馬丁的兇手？」

「我想——」

船忽然慢了下來。凱特感覺好像停在海上。「怎麼回事？」

「我不知道。」大衛攬著她帶她走過艙房。他指著通往一道短樓梯和下方精緻主浴室的走廊，交給她一把槍。「待在裡面，鎖上門。我——」

她親吻他。「小心。這是最優先的命令。」

60

印瑪里先鋒艦隊，阿爾發
坦吉爾附近，摩洛哥

杜利安大步走進艦橋，眾人迅速轉身站好。「全體立正！」

「給我的留言？」杜利安向船長說。

船長遞出一張紙條，杜利安打開。

我找到華納了。
她有密碼。
請求撤離。
她戒備森嚴。
在休達附近的遊艇上。
目的地不明。
請準備好。

杜利安考慮幾個選項。如果那些該死的英國人沒在海峽布雷，他的艦隊就能找到他們。柏柏爾人控制了休達和摩洛哥北部，也侷限了他的選擇。

「我們從富恩吉羅拉派了船追蹤他們。」船長說。

「估計攔截時間是？」杜利安問。

「不清楚。」

「不清楚是什麼意思？」

「他們的速度將近三十節，我們追不上他們的船。」

杜利安搖頭。

「但如果他們減速或停船，我們就能趕上。或者——如果他們在哪裡靠岸，我們就可以包圍他們。」

「通知我們的線人。給我一份休達的火力範圍地圖。我得知道飛行時如何迴避他們的砲火。」

61

休達外海某處
地中海

大衛在他和凱特的艙房門外等待，靜心聆聽，希望能有動靜，發現一些線索。引擎完全停擺，一百三十呎長的遊艇這時幾乎無聲巡航。大衛看看通往陽台的落地窗外面。

他退離門口。如果殺馬丁的人要奪取船隻，他們會在主艙房外埋伏，等他出來。

他走出來陽台上。視線所及沒有別的船。連休達的燈光都看不見，只有月光照亮船上。大衛在陽台上寸步前進窺探休息室——臥房外的起居空間。沒人。

壁凹裡的小燈閃爍，照亮了這個豪華的起居用餐場所。

主甲板完全是主艙房和休息室專用的空間，腳下的下層甲板則是船員艙房和客房。

如果他活過接下來的幾分鐘，他得把凱特移到下層甲板，沒有陽台、窗戶較少的房間，這樣比較容易保護她。然而，他也可以隔絕陽台和通往船內的主艙房，封閉主艙房的側面入口。哪個的防禦性比較好？晚點他得想清楚。

這時，他聽到頭上甲板有腳步聲：上層甲板。有駕駛艙，有間寬廣的客房，還有室內與室外休憩空間。

大衛快步走出艙房衝上樓梯，舉槍指著前方。

上層休息室沒人。

他聽到駕駛艙有講話聲，大衛悄悄走過去。

詹納斯站在裡面，同樣一副冷淡的表情，看到大衛和槍似乎不擔心。大衛掃描室內，卡茂和蕭站在左舷爭吵，他們轉過來盯著他看。

「大衛——」卡茂開口。

大衛快速尋思。張勝呢？「張博士在哪裡？」

「我們沒看到他——」

大衛衝出駕駛艙，經過上層休息室。他正要下樓梯時休息室浴室的門打開。張博士走出來，似乎在自言自語。

大衛急轉身，仍然舉槍向前，快速走向他。

張勝嚇得幾乎跌回浴室裡，他顫抖著舉起雙手。「很……很抱歉，我不知道沖水開關在哪裡……然後我感覺船停了……我……」

卡茂、蕭和詹納斯接連走進休息室。卡茂先說話：「我們沒油了。」

大衛放下槍，但仍然緊握著。「不可能。我們在休達出港時還有半滿以上。」

「沒錯，」卡茂說，「但是輸油管有破洞，我們一直漏油。」

大衛望著他們四人。其中一人殺了馬丁，現在又破壞油管。他故意讓船擱淺，為什麼？想撤離嗎？

蕭開口：「可能還有其他損壞，引擎室有彈孔。」

卡茂微微點頭，證實真的有損壞。

彈孔，大衛心想。船是遭到瘟疫接駁船上的士兵開槍或在休達槍戰期間？有可能……

大衛腦中有個計畫。他必須修好漏油才能繼續前進，但是漏油的規模——無論被切斷或挨子彈——都可能透露兇手。「你們兩個剛才在哪裡？」

「我在廚房裡，準備餐點。」詹納斯說。

「我在駕駛艙，」卡茂說，「我發現狀況後關了引擎。」

張勝開口：「我在……上廁所。」

蕭挺直身子，清清喉嚨，「其實我正要去敲你的門，請你把華納博士交給我。我現在提出請求，尤其我們的處境不妙——」

大衛原本希望有哪個科學家看到卡茂，讓他有不在場證明。大衛很想排除卡茂，他主要懷疑的是蕭和張勝——蕭的嫌疑最大。

「交出你的槍。」

「我沒有槍——」

「不是在說你，張博士。」大衛望著卡茂和蕭。兩人都沒動作。

「大衛，地中海有海盜。」卡茂說，「我們必須有武裝——」

「這是命令。」

卡茂點頭，看蕭一眼，握柄朝前交出他的手槍。

「呃，你無法命令我，我不會交出我的——」

「把槍給我，否則我當場斃了你，蕭。你可以試試看。」大衛向他走近一步，舉槍到胸口高度。

蕭咕噥咒罵但還是交出了他的槍。他打算離開休息室。

「你留下，所有人都是。」他向卡茂點頭，「拿我的狙擊步槍和自動步槍來。」

大衛知道卡茂或蕭需要槍才能殺他或凱特，確保他們只能徒手讓大衛放心一點。如果必須跟他們兩個徒手格鬥，他也比較有機會取勝。

凱特凝神聆聽上面發生了什麼事。她偶爾聽到腳步聲，但沒有槍聲。這是好跡象。她考慮離開浴室去拿衛星電話打給永續組織。她想問她還有多少時間，現在狀況如何。她聽到外側的門——進主艙房的門——喀啦一聲打開。

她想打電話給大衛，但她遲疑。有人在房裡跑來跑去，到處亂翻。

浴室門傳出敲門聲。

「誰——」

「我是大衛。」

她開門，全身如釋重負。「怎麼了？」

「我們在漏油。」

「漏油？」

「不是有人搞破壞就是有子彈打壞了油管，我猜是人為破壞。」他帶她走進艙房。他把整個房間搞得天翻地覆。

「你在找什麼？」

「保險箱。」他指著牆上的密碼鎖保險箱。它關著，但有個較小的攜帶式保險箱——或許只夠裝一條大型項鍊——裡面有幾把手槍和步槍彈匣。大衛關上門，把鑰匙交給凱特。

「現在妳我都有槍，只有我們。我們必須決定接下來怎麼辦，有某個人不是自己聲稱的身分，他的下一個行動可能就會露餡。」

62

休達外海某處
地中海

大衛帶凱特走上樓梯到四個人在等待的上層甲板。卡茂和蕭不耐煩地踱步，張勝和詹納斯坐著，若無其事地望著窗外。

大衛詢問卡茂。「我們還剩多少燃料？」

「不到總容量的四分之一。」

「航程多遠？」

「看速度而定——」

「我們能開回岸邊嗎？」

卡茂猶豫不決，讓大衛很緊張。「假設我們修好破洞，我想可以，但無法保證我們上岸找得到油。」

「我們在海上是活靶，」蕭說，「這艘豪華遊艇在地中海是最大的肥羊，海盜幾小時內就會發現我們，絕對在日出之前。」

大衛想反駁這個論點，但是沒辦法。在瘟疫後的世界，對活過初期疫情又躲過印瑪里或蘭花聯盟的人而言，海洋比海岸安全。很多人在遍布地中海各處的船上等待瘟疫過去，倖存者可以靠捕魚和收集雨水過活——在這麼大的船上可以收集很多。一百三十呎的動力遊艇是難以抗拒的誘餌，一定會吸引海盜。

見大衛沒反應，蕭繼續說：「凱特，我得借用妳的衛星電話。我會請我的政府幾小時內派飛機載我們離開。你也知道我們在跟時間賽跑，我們很快就能到倫敦，你們可以在那裡繼續你們的研究，拯救人命。」

張勝和詹納斯都站起來。「我們要加入——」

「我們哪兒也不去。」大衛說。

「我們一直在做自己的研究。」張勝說。

「哪種研究？」凱特問。

「研發解藥。」詹納斯說，「我們快找到永久性解藥了，至少可以先取代蘭花。我們是祕密進行的，進度都瞞著印瑪里。」

「就是你對馬丁施打的療法？」凱特說。

「對，」張勝說，「那是我們最新的原型，不是百分之百有效，但值得一試。」

凱特對大衛耳語，「我們商量一下好嗎？」

甲板底下，凱特轉向大衛平靜地說：「你知道蕭說得對。」

大衛望著窗外。蕭的選項是最好的辦法，大衛無法帶凱特回休達，大家會知道她的身分，染頭髮騙不過任何人。如果傳出風聲她在休達，全世界的人會蜂擁而至。

他猜想在倫敦可以做什麼。他很可能變成通緝要犯，但應該可以自己解決。

但如果是蕭殺了馬丁，如果是他切斷油管布置這個陷阱，大衛等於把凱特雙手奉上。

「容我考慮一下。」大衛說，還是不看凱特。

「大衛，有什麼好考慮的？跟我們一起走。」

「先給我幾小時，凱特。讓我們修船。」

大衛以為凱特會逼迫他，但她看了他一會兒便點頭同意。「這段期間，我想跟張博士和詹納斯博士商量。我要給他們看馬丁的筆記，我無法破解裡面撰寫方式的密碼。」

大衛不禁微笑。在雅加達，馬丁曾經寄給他密碼訊息，引發了這幾個月來的一連串事件。這老頭試圖警告大衛，但他和手下無法及時破解那則訊息。

「馬丁真的很喜歡密碼。」大衛考慮片刻。這對他的目標也有幫助：在他斟酌逃脫辦法的同時，凱特可能可以找出解藥。

「記得別讓他們打電話。」他說。

凱特、張勝與詹納斯花了一小時討論馬丁的筆記。他們兩人都很仔細聆聽，偶爾舉手發問。凱特講完後，他們先簡介自己的個人背景，兩人向眾人報告時都站起來。

凱特覺得張勝的經歷很像馬丁。他今年六十一歲，醫學院畢業就加入了印瑪里研究，一直醉心研究各種可能性，但很快發現了關於印瑪里的真相。他的職涯都在努力阻止印瑪里最惡劣的暴行，但是終究如同馬丁，他被困住，然後一敗塗地。

「我有話得告訴妳，華納博士。如果妳不希望再跟我合作，我完全可以理解。我是中國印瑪里設施的首席科學家。他們把妳放進大鐘室的那天我也在場。」

經過一段漫長的沉默後，凱特終於開口：「現在我們是同一邊的，還是專心在手上的工作，找出解藥吧。」

「求之不得。還有一件事，妳看起來很眼熟，不曉得我們是不是曾經見過？」

凱特觀察他的長相。「我想……沒有。」

「唉，呃，我的記性大不如前了，華納博士。」

「叫我凱特。」

張勝講完後，換詹納斯分享他的經歷。亞瑟．詹納斯博士是演化生物學家和對病毒進化有興趣的病毒專家，專門研究病毒如何突變與適應。

「瘟疫爆發時，我受世界衛生組織委託在阿爾及耳出差。」詹納斯說，「我驚險逃離，一路逃到休達。當地的印瑪里把我分類，我被安排到瘟疫接駁船上，擔任張博士的助手。」

張勝笑道，「但是從此以後是我擔任助手。詹納斯博士是我們團隊中的天才，突破都是他達成的。」

兩人互相謙讓起來。

接下來他們敘述他們的研究內容和方法，讓凱特大開眼界。他們研究從另一個角度克服瘟疫——尋找過去疫情的相似處，設法找到有天然抗病能力的人，其基因異常或許能提供對瘟疫的免疫力。

詹納斯泡茶端出來，他們坐著喝茶，輪流發言。每個人都說過之後，他們暫停一下斟酌其他人的主張，委婉地提出異議。

真好，凱特心想。放鬆的環境和平等讓人很容易專注在工作與推論上。

暫且不論他們的禮貌，整個團體對馬丁的筆記仍毫無進展。

他們把焦點逐漸集中到含有某種密碼的特定一頁：

PIE＝光明派？

535……1257＝第二次托巴？新投射系統？

亞當→洪水／A$沉沒→托巴2→KBW

阿爾發→漏失的代爾塔？→代爾塔→奧米加

70K YA→12.5K YA→535……1257→1918……1978

失蹤的阿爾發通往亞特蘭提斯的寶藏？

大家各自丟出推論又一起推翻。凱特開始擔心他們會腦汁枯竭、毫無辦法。

凱特不時聽到底下引擎室傳出敲打聲，每次必定跟隨著一陣咒罵，總是蕭和大衛互嗆，卡茂低沉的嗓音出現之後才會結束，他都用同一句話打斷敲打與咒罵聲：「兩位，拜託！」

凱特懷疑他們修好以後引擎還會剩多少零件。

大致上，下層甲板聽起來像酒吧鬥毆，上面則是寧靜的讀書會。

又過了一陣猛烈敲打和卡茂的最後一句「兩位，拜託！」，大衛從下方出現，一身油污。

「我們快好了，」他說，「但是好消息只有這樣。我們的油不夠開到海岸。」

凱特點頭。她考慮提起蕭向英國政府求助的計畫，但她判斷現在時機不宜，大衛似乎還很不高興。如果海盜出現他們怎麼辦？跑回房間，拿出槍來指望能夠擊退他們？還有殺害馬丁的人不會趁亂射她或大衛？

大衛走向廚房，可能要去清理油污。

詹納斯放下茶杯。「我最不懂的部分是PIE＝光明派？好像是在搞笑。或許用意是要嚇跑惡意的讀者？像某種偽裝。我們應該考慮忽略它——」

「你說什麼？」大衛走出廚房說。

「我——」

大衛用油膩的手撿起有馬丁密碼的那一頁。

凱特想從他手裡搶回來。「大衛，你會弄髒……」

「妳知道這是什麼意思嗎？」大衛問凱特。

「看不懂。你知道？」

「是啊。」

「哪部分？」

「全部。我知道全文在說什麼。這些不是科學符號，而是歷史。」

63

休達外海某處
地中海

大衛看看凱特和兩位科學家，再看一遍馬丁的密碼。

PIE＝光明派？
535……1257＝第二次托巴？新投射系統？
亞當→洪水／A$沉沒→托巴2→KBW
阿爾發→漏失的代爾塔？→代爾塔→奧米加
70K YA→12.5K YA→535……1257→1918……1978
失蹤的阿爾發通往亞特蘭提斯的寶藏？

他猜對了嗎？嗯，他很確定。但他不想從第一段開始——太離譜，令人難以想像，即使是他也很難相信。

「拜託你先洗手好嗎？」凱特懇求。

大衛放下紙張。「這又不是英國大憲章——」

「對我來說就是，而且可能是找出瘟疫解藥的關鍵。」這一刻，大衛覺得她可愛極了。她坐在上層甲板豪華沙龍的白色皮椅上，兩位科學家並肩坐在旁邊的沙發上。三個白色瓷杯都裝著半滿的棕色茶水，放在他們面前的咖啡桌上。整個場景好詭異，好像在杜拜高級閣樓公寓吃過早午餐之後的茶會。

大衛把紙張交給她走回廚房去。他刷洗雙手再度思索了一下密碼。對，他猜對了。下方，他聽見引擎室裡間歇性的敲打。蕭和卡茂快完工了。然後呢？大衛必須想好下一步，他的決定很重要，他感受到沉重的壓力。如果他猜錯，中了殺害馬丁、破壞船隻者的計策……他走出廚房。

「你們真的不知道這是什麼？不是在逗我？」

「不是。」

三位科學家的表情充滿懷疑，大衛只好微笑。「你是說你們有世界頂尖科學家的頭腦研究這個，仍然需要渺小的我，低劣的研究所博士班中輟生來解開？」

「我不知道你……真的啊，博士班——」

「在哥倫比亞念歐洲史——」

「你為什麼輟學？」凱特問，打消了一部分懷疑。

「因為健康理由，在二〇〇一年九月。」恐怖攻擊之後被埋在大樓底下，花了一年做復健不算典型的「健康理由」，但大衛不知道是否有別的形容詞。那一天徹底改變他的人生，他的職涯。他立刻放棄學術生命，但從未放棄對歷史的熱愛。

「噢，沒錯。」凱特低聲說。

「我先前說過我喜歡歷史。」他不確定她是否記得這點，當初在雅加達說過的話。

「對，你說過。」凱特說，表情仍然憂鬱。

他停了一下整理思緒。他的推論是，這個密碼是人類歷史的大綱，幾個重大的轉捩點。但……他想從他最確定的開始。「從頭開始，PIE不是派餅或其他麵食，那是一群人。」

眾人茫然的看著他。

「PIE代表原始印歐人（Proto-Indo-Europeans），他們可能是世界史上最重要的古代群體之一。」

「原始……」凱特開口，「我從來沒聽過。」

「我也沒有。」張勝說。

「我也不熟。」詹納斯說。

「他們並不出名。諷刺的是他們幾乎是現代每個歐洲、中東和印度人的早期文明。其實，世界上半數人口都是原始印歐人群體的直系後代。」

詹納斯往前坐。「你怎麼知道？基因庫——」

大衛舉起手。「我們歷史學者有另一個工具，跟基因庫一樣重要，代代相傳。我們可以記錄其中跨越時代的變化，也可以追蹤它在全世界的擴散——在不同的地方會有變化。」

三位科學家沒人猜測或評論。

「就是語言。」大衛說，「我們知道幾乎每個歐洲、中東和印度人都說一種沿襲自共通根源的語言：原始印歐語，只有一個群體使用，就是原始印歐人。大約八千年前。我們認為這些人住在安那托利亞或歐亞大草原——現代的土耳其或俄羅斯西南部。」

「有意思……」詹納斯看看窗外低聲說。

「大衛，這很有趣。但我不確定跟瘟疫有什麼關係。」凱特溫柔地說。

詹納斯看看大衛，然後轉向凱特。「我同意，但我很想聽聽看其中詳情。」

大衛看凱特的表情暗示：至少這裡有人支持我。

詹納斯繼續說：「我有兩個疑問。首先，你怎麼知道你說的沒錯？」

「呃，我們一直到一七八三年才知道PIE的存在，當時有個叫威廉．瓊斯的英國法官被派到印度。瓊斯是個聰明的學者兼語言學家，他會希臘文和拉丁文，來到印度後開始研究梵文，主要是為了熟悉印度本土法律，其中許多是用梵文寫的。瓊斯有個偉大的發現：梵文和古代西方各國語言相似到詭異的程度，這完全出乎意料。他進一步比較梵語、希臘語和拉丁語，發現它們都有共通的古語。所以世界上有三種語言，相隔幾千哩，經過幾千年的發展，但都從共通的根源語言演化而來：我們現代稱之為『原始印歐語』。瓊斯是真正的學者，他深入挖掘這個謎題，結果令人震驚。其他語言也是原始印歐語，不只是那些冷門的，而是從印度到英國每種主流根源語言，像是拉丁文、古希臘文、北歐文、北歐古文、哥德文——它們都源自原始印歐語。現代版語言種類繁多，所有日耳曼系語言，包括挪威文、瑞典文、丹麥文、德文、英文——」

詹納斯舉手輕聲說：「容我打岔一下，我很樂意請教PIE的詳情。你剛說還有其他衍生語言？」

「是啊，多得很。所有義大利系語言：義大利文、法文、葡萄牙文、西班牙文……我想想，還有所有斯拉夫系語言：俄文、塞爾維亞文、波蘭文，以及巴爾幹語言。當然包括希臘文，希臘人是PIE的子孫。我剛才提到的梵語系：印度文、波斯文、帕什圖文。還有很多已經滅絕的PIE語言，例如西臺語、吐火羅語、哥德語。其實，學者們已經能夠追溯重建原始印歐語言。這正是我們對他們所知的一切基礎。他們有字彙指稱馬匹、輪子、農耕、畜牧、雪山，還有天神。」

大衛暫停，不知道該接著補充什麼。「大致上我們知道PIE在他們的時代極端先進——他們會利用馬匹、車輪、工具，農業讓他們成為區域強權，他們的後代繼續主宰了歐洲到印度的世界。我說過，現在大約半個世界都在說原始印歐語。在許多方面，他們是最終極的失落文明。」

大衛又停下來，看看詹納斯。「你不是說有兩個疑問？」

詹納斯還在深思。過了一秒，他發現大家都在等他。

「噢對。我想知道他們現在在哪裡？」

「這就是真正的謎團。我們根本不確定該去哪找他們。我們對他們的理解是根據語言重建和神話——具體地說是他們隨著語言傳給各個子孫群體的神話。那都是歷史學的工具：語言、傳說和古物。在這個案例，我們的古物不多，只有語言和神話。」

「神話？」詹納斯說。

「我們根據各大文明的共同神話重建過去——故事相同但是稍有出入。顯然名字不一樣，但是敘事方式一樣。共同信仰之一就是人類有兩個祖先：兄弟，有時候是雙胞胎。對印度伊朗語族，就是摩奴和耶蒙；日耳曼人有瑪努斯和巨人尤彌爾的故事，這些神話最終被納入了歷史。對羅馬人，是創建羅馬的羅慕路斯和雷穆斯；對希伯來人，則是該隱和亞伯。另一個共通神話是大洪水——在每個PIE文化都以某種形式出現。但驚人的是，最常見的神話是以殺死大蛇結束的史詩級大戰，通常大蛇就是是惡龍之類的。」

張勝拿起紙張。「葛雷博士似乎對PIE是誰有點線索。這什麼意思：PIE＝光明派？我沒聽說過光明派。」

大衛看著凱特。要告訴他們嗎？

凱特毫不猶豫地說：「光明派是，或很可能是西藏山區的一群僧侶。中國的事件之後，大衛差點喪命，是他們救了我們。」

張勝皺眉，大衛以為他想要說什麼話，或許是道歉，但凱特繼續講。

「我跟幾個僧侶交談過。有個叫米洛的年輕人照顧我們，還有個叫老錢的僧侶讓我看過一件古物：一張地毯。他認為那是幾千年來代代相傳的歷史文件，裡面描述四場洪水：第一次是火之海，我想是指托巴突變——七萬年前的火山噴發改變了人類。地毯顯示有個神明拯救了一群垂死的人類，神把自己的血液送給他們。我想這種描繪是個比喻，代表亞特蘭提斯人對垂死人類進行了基因療法。那個基因——亞特蘭提斯基因——幫助那一小部分的人類活過後續的火山寒冬。」

張勝猛點頭。「這符合印瑪里的假設——亞特蘭提斯基因是七萬年前出現的，引發突變，因人類大腦線路改變而領先其他類人。」

「老錢也告訴我印瑪里其實是光明派的分支——幾千年前脫離的僧侶派系。印瑪里厭倦了隱喻和神話，他們希望靠科學和考古學追求答案。」凱特說。

「有可能，但我無法評論。」張勝說，「我的階級沒有高到可以得知印瑪里的真正來歷。葛雷博士一定知道這段歷史——他是委員會的成員——三個最高階幹部之一。妳想是否因此他才在筆記中提到光明派和PIE嗎？他們和瘟疫有某種關聯？」

凱特思考一下。「我知道馬丁在找東西。他向我說過：『我以為在西班牙南部這裡，但是我錯了。』或許他是想追查光明派和原始印歐人的歷史去找那個物體……或許在他們手上。」她有了另一個想法。「光明派確實有東西，是個箱子。地毯上描繪的第二次洪水是水之海，神明回來告訴人類要懺悔並且搬到內陸，但很多人拒絕，無視警告。不過光明派有堅定信仰，他們聽從警告把一個大箱子搬到高原上。」

「箱子裡面是什麼？」大衛問。

「我不知道——」

「妳沒問？」

「老錢也不知道。」

「呃……看起來什麼樣子？」

「他們用棍子扛的普通大箱子。」

「地毯的其餘部分呢？」他希望會有更多馬丁密碼的線索。前兩項描述證實大衛的推論。他快要解開訊息了。

「第三次是血之海，全球末日。第四次是光之海，我們的救贖。老錢說那是尚未發生的事件。」

「妳認為瘟疫就是血之海嗎？」大衛問。

「我相信是。」

「妳告訴馬丁地毯的內容了？」

「對。」

大衛點頭。「地毯是個年表，依序記載了人類史上的重大轉捩點。我想這個密碼也是個年表：馬丁創造出來解讀地毯的時間線，設法找出過去的特定事件——要找出瘟疫解藥的關鍵事件。」

「有意思。」凱特咕噥說。

「很高明。」詹納斯說。

「我同意。」張勝說。

大衛靠回椅子上。那就是馬丁密碼的目的——現在他確定了。剩下的謎題是：誰為了什麼理由殺他？一定是這艘船上的人。會不會是科學家之一——為了馬丁的研究成果？

靴子踩在薄地毯的聲音打斷了他的思路，大衛轉頭看到蕭衝進房間裡。

「我們準備好了。現在得做決定——」他環顧室內，看到四個人面面相覷。「搞什麼鬼？開茶會啊？」

「我們在討論馬丁的筆記。」凱特指著咖啡桌上的紙張說。

蕭拿起來。

大衛撲過去搶走他手上的紙。「別碰，會沾上油污。」他把紙放回咖啡桌上。凱特的表情暗示，應付野蠻人很辛苦，對吧？他太了解她了。大衛聽到蕭開始發飆了。

「你開玩笑吧？我們困在茫茫大海——」

大衛緩緩轉頭看蕭，準備開打，但海平線上的微弱閃光吸引了他的注意。他盯著看了一會兒，站起來走到窗口。沒錯——夜晚的燈光。是船，有兩艘。看起來像是直駛而來。

64

從西藏到特拉維夫

米洛卸下沉重的背包走到岩突邊緣。西藏西部的天然翠綠高原延伸到地平線上，另一道山脊與夕陽在此交會，寧靜如畫的景觀讓他想起寺廟。他腦中立刻閃現他在唯一稱得上家的廟裡度過的最後時刻，當時他站在另一塊岩突上，俯瞰著木造建築燃燒、崩塌、掉落到山下，只留下一片燒得焦黑的岩壁。

米洛拋開腦中的畫面，拒絕回想。老錢的話呼喚著他：「活在過去的心靈會建立一座無法逃脫的牢獄。控制你的心，否則它會控制你，你將永遠無法突破它的障壁。」

米洛淨空思緒轉回來看背包。他要在此紮營，然後照例天一亮就離開。他拿出帳篷、捕獸器和地圖，他每晚都會端詳地圖。他猜想這裡應該是印度北部或巴基斯坦，也可能是阿富汗東部靠近喀什米爾地區。但是老實說，他不知道身在何處，沒遇見任何人，沒人可以提供線索。老錢說得對：「你會走上漫長寂寞的道路，但你將不虞匱乏。」

米洛有任何疑問，老錢都能馬上回答。糧食呢？「森林野獸是你唯一的獵物，牠們可以供養你。」米洛按照先前每晚的慣例走進森林開始安裝陷阱。他沿路上吃堅果和莓果，通常只吃足夠維持體力的份量，直到隔天早上以有富含蛋白質的獸肉當早餐。

設好陷阱之後，他架起帳篷鋪上床墊。他坐下專心調息，尋找內心的平靜。漸漸地，他腦中的回憶和雜念消退。他隱約察覺太陽落到遠方山脊背後，黑暗的夜幕籠罩在山區。

遠處，他聽到陷阱之一的觸動聲。明天早餐有著落了，至少這點確定。

米洛回到帳篷裡，老錢交給他的最後兩件東西就放在角落。是兩本書。第一本叫做《垂死者之歌》，但令米洛意外的是，裡面沒有歌，只有三個簡單的故事。

第一個故事描述一個父親犧牲自己拯救女兒；第二個是一對男女跋涉橫越荒野尋找他們祖先留下的寶藏，那是治好垂死同胞的唯一希望；最後一個則是某個謙卑的人殺死巨人成為國王，但選擇放棄權力，把它交還給百姓。

當時老錢指著書說：「這本書是我們未來的指引。」

米洛遲疑一下。「未來怎麼可能先寫好？」

「它寫在我們的血液裡，米洛。戰爭總是一樣的，只有名字和地點不同。這個地球上有惡魔，他們就住在我們心裡。這是我們奮鬥的歷史，過去戰爭的編年史將會重演。過去和我們的天性，預告了我們的未來。認真看完，好好學習。」

「會有考試嗎？」

「認真點，米洛。人生就是我們每天接受的考試。你必須專心，當他們需要你就得準備好。」

「誰啊？」

「你很快就會見到他們。他們會來這裡，而且會需要我們幫助，未來還需要更多。你必須準備好。」

米洛歪頭思索了一會兒。不知何故，他很興奮，感覺充滿目標。「我要怎麼做？」

「有一隻惡龍在追殺他們，他們只有短暫的喘息。惡龍會找到他們，向我們噴火。你必須建造飛天戰車帶他們離開。他們必須活下去。」

「等等，有惡龍？要來這裡？」

老錢搖搖頭。「米洛，這是隱喻。我不知道會發生什麼事，但我們必須準備好。你必須準備事後的旅途。」

米洛接下來的幾週都在建造吊籃——能載這些人逃離惡龍的戰車。他以為那只是轉移注意力——老錢亂掰出來讓他別去騷擾其他老喇嘛的故事。但他們——凱特醫生和大衛先生——真的來了，正如老錢所說。大衛先生和上次米洛見到他時一樣奄奄一息，但凱特醫生治好了他。

老錢的另一個預言也應驗。惡龍來襲，飛過空中噴火，凱特醫生和大衛先生驚險逃脫。米洛再度來到山頂，望著他建造的吊籃。它掛在一個巨大氣球下，混在許多飄向地平線的氣球之間，遠離底下熊熊燃燒的寺院。那些老喇嘛——他們早就知道。他們只收了米洛一個年輕徒弟。他們沒有逃避宿命。老錢說過：「都寫好了。」但是誰寫的呢？

米洛翻開第二本書，《人類早期部落史》。這本書他更看不懂，是用老錢逼他學的古代語言寫的。米洛很喜歡學英語，但這種語言不同——困難多了。還有內文……到底是什麼意思？

「當你知道答案，你的旅途才真正開始。」老錢說過。

「如果你知道答案，何不直接告訴我？」米洛微笑著問，「我們可以省點時間，早點搭熱氣球起飛過去——」

「米洛！」老錢倚著桌子站穩。「旅途本身就是目的地。自己找答案，達到開悟，這是你旅途的一部分。沒有別的捷徑。」

「噢，好吧。」

米洛抵達特拉維夫遺址時，自認他對那些書了解透徹。他變得截然不同，因為經歷途中見聞，還有為了生存做過的事。

他找到一條似乎可以載他的漁船。

「小子，你想幹什麼？」

「趕路。」米洛回答。

「你要去哪裡？」

「西方。」

「有什麼東西可以交易？」

「只有努力工作的意願。還有……你生平聽過最精彩的故事。」

漁夫懷疑地打量他。「好吧，上船。」

65

休達外海某處
地中海

大衛又望著海面上的兩組燈光一會兒。

「卡茂！」他大喊。

幾秒後，高大的卡茂出現在休息室裡，一身汗水和油污。

「快點發動。」大衛說。

「去哪裡？」蕭大叫。

大衛轉向他。「關掉船上所有燈光。」他向卡茂說，「往避開那些燈光的方向。」大衛指著窗外。「最快速度。」

「天啊！」蕭說。他跑出休息室，全船燈光同時熄滅。

大衛從駕駛艙拿出望遠鏡聚焦到海上的燈光。剛看清楚來船，他們就關掉燈光。透過月光，大衛看不出船上有任何標誌，連型號都不清楚，但有一點確定：蕭關燈之後他們才跟著做。

大衛感覺遊艇向前衝，船重新開動了。

蕭回到休息室。「他們關燈了——」

「我有看到。」

「他們在跟蹤我們。」

大衛不理他。他向站在門口的卡茂說：「拿地圖來，標出我們的位置。」

「讓我打電話，大衛。我的政府可以接我們離開。你很清楚這是我們唯一的出路。」蕭說。

卡茂拿地圖回來攤在咖啡桌上，蓋住馬丁的筆記。他指著西班牙和摩洛哥之間水域的一個點。「我們在這裡。」

大衛飛快動腦。

「好吧，」蕭平靜地說，「由我來說。有人殺了馬丁。」

現場所有人目光盯著蕭。「我們都知道。這裡有三個博士和三個軍人，我們都很清楚他是被謀殺的。我們之中有人殺了他。不是我，也不是凱特。所以我提議如下：凱特帶著所有槍枝關在主艙房裡，我們五個男人留在上層甲板這兒直到SAS小隊趕到。這樣能確保凱特安全。」他專心看大衛。「我相信，這是優先要務。」

大衛解讀凱特的肢體語言，很隱晦但是在說：這主意不錯。如果蕭值得信任，確實是個好主意。但若是他殺了馬丁，就成了完美的陷阱。解除所有人武裝，把他的不明同伴叫來，輕而易舉就能抓到凱特。

大衛指著地圖上一個小點。「這是哪裡？」

「阿爾沃蘭島。」卡茂說。

「你在休達說過印瑪里控制了地中海的島嶼。」

「對。他們也占領了阿爾沃蘭島，是個很小的前哨站。」

「有多小？」

「很小。全島不到○．一平方公里，也就是……或許十五到二十英畝。有座燈塔和附屬建築，或許有六個士兵，停了兩架大型直升機的停機坪，沒有重大防禦能力。」他似乎看穿了大衛的心思。「但是……只靠兩個人很難攻下來。」他忍不住看向蕭。

「防禦力如何？」大衛問。

「有一點。幾座固定式砲台，我們得想辦法避開。那個前哨站主要是提供空中支援給遭遇麻煩的印瑪里船艦。」

「直升機是長程的嗎？」

「對，肯定是。有人討論過請他們支援入侵西班牙南部，但後來作罷。」

大衛點頭。他們如果能攻占阿爾沃蘭島，就可以飛到任何地方去。

蕭終於插嘴：「你不是認真的吧？你明明可以靠空中救援離開這裡，卻選擇去攻打印瑪里前哨站？太荒唐了。」

大衛折起地圖。「我們就打算這麼做。這不是討論。」他把地圖還給卡茂。「設定航向。」

蕭呆站著不動。

「大衛。」凱特開口。大衛看得懂那副我有話跟你說的表情。他跟著她下樓到他們的艙房裡。

她輕輕關上艙門。「很抱歉，但我想我們必須──」

「請妳相信我，凱特。這次聽我的。」他等她回答。

她緩緩點頭。「好吧。」

「如果沒有先被追逐我們的人逮到，我們五小時內會抵達阿爾沃蘭島。在抵達之前必須查出是誰殺了馬丁。」

「我同意。但是首先，我希望先破解剩餘的馬丁密碼，然後我想打給永續組織轉達我們的發現。萬一在阿爾沃蘭島出了差錯，至少他們還有我們的研究，希望他們能找到解藥。」

這是她的條件：大衛幫她找出解藥，她就會配合他的計畫，並且信任他。交易，妥協，信任。這下變成真正的男女關係了。我可以接受。我喜歡這樣。

他點頭。「好，沒問題。」

杜利安在床上翻身。「進來。」

他的房門打開，一個水手緩緩進來，遞出一個密閉的信封。

杜利安一把抓過去拆開。

你死到哪裡去了？

華納快要解開密碼了。

我們的目的地是阿爾沃蘭島。

估計五小時後抵達。

務必到場。準備好。

66

地中海

大衛和凱特回到休息室，兩位科學家並肩坐在白皮沙發上正在等他們，表情平靜，彷彿世界並未因為全球瘟疫陷入水深火熱。大衛不得不佩服他們，他不確定自己對他們的鎮定是感到羨慕或是純粹驚訝。

「我們準備好繼續。當然，如果你們可以。」詹納斯說。

凱特和大衛坐到沙發旁的單人沙發上。

這個木板裝潢、深色玻璃的房間現在只靠咖啡桌上的三根蠟燭照明，氣氛從科學會議變成了深夜聚會。大衛在咖啡桌上轉動有馬丁密碼的紙張，彷彿玩碟仙似的朝向其他人。眾人重讀了一次筆記。

PIE＝光明派？

535……1257＝第二次托巴？新投射系統？

亞當→洪水／A$沉沒→托巴2→KBW

阿爾發→漏失的代爾塔？→代爾塔→奧米加

70K YA→12.5K YA→535……1257→1918……1978

失蹤的阿爾發通往亞特蘭提斯的寶藏？

「有幾點我還是不懂。」大衛說，「我想前兩行只是關於PIE的注記。如同我們的討論，我相當確定馬丁認為光明派就是PIE，原始印歐人，至少是他們的後裔群體。另一行提到在五三五年和一二五七年發生的事件。我知道是什麼，稍後我會解釋。然後這三行是年表——時間範圍重疊並呼應凱特在光明派寺院看到的西藏地毯。但我想馬丁的年表或許不完整。我們一步一步來。」

大衛指著亞當這個字。「亞當，阿爾發，70K YA。」

「做研究時，」凱特說，「阿爾發指的是臨床實驗中的第一個人——最先接受測試療法的。」

「對，」大衛說，「我想亞當是第一個得到亞特蘭提斯基因的人類。那時應該是地毯上的火之海事件，也是馬丁年表中第一個重大事件。接著是洪水／A$沉沒，一萬兩千五百年前。我猜A$是亞特蘭提斯的簡寫，所以是洪水／亞特蘭提斯沉沒。當我在直布羅陀的亞特蘭提斯結構體裡面，某個房間有一連串的投影動畫。我想描述的就是這個事件——亞特蘭提斯在直布羅陀巨岩的腳下沉沒。在影片中，亞特蘭提斯船艦懸浮在水面上，接著降落在海岸，石器時代的史前聚落外面。兩個穿防護衣的亞特蘭提斯人飛出船外阻止了獻祭儀式，救了一個尼安德塔人。他們一回到船上，船就被大浪擊中推到內陸，摧毀了那個古代城鎮。船被海水拉回海中之後，發生連環爆炸，毀了那艘船。」

「它就在那裡掩埋將近一萬三千年，直到一九一八年我父親協助印瑪里找到它。」凱特說。

「沒錯。比較困惑的部分是注記：漏失的代爾塔？」

「代爾塔表示變化，」凱特說，「『漏失的代爾塔』……所以沒有發生變化？」

「如果我們拼湊馬丁的密碼、地毯和我那晚在直布羅陀看到的……在地毯上的前兩次洪水中，亞特蘭提斯人直接和人類互動，拯救或警告他們，暗示兩者有直接的關係。」

凱特坐回椅子上。「如果亞特蘭提斯人是在引導人類進化呢？就像定期干預的一場實驗——一萬兩千五百年前沒有發生干預，因為船爆炸了，導致亞特蘭提斯沉沒。」

「我想這就是馬丁的看法。」大衛忽然想到，他還有別的拼圖碎片。

在南極洲，大衛關在管子裡，亞特蘭提斯人先釋放杜利安——讓他領先一步。那個亞特蘭提斯人看著大衛和杜利安同歸於盡，彷彿早就知道結果，彷彿亞特蘭提斯人只是在等他的鬥士——杜利安獲勝。

大衛在南極洲死了第二次，但不像第一次死亡，他沒在南極洲復活，他在直布羅陀的亞特蘭提斯結構體裡面醒來——摩洛哥的摩西山底下某處。有人讓大衛在那裡復活，難道是另一個亞特蘭提斯人？大衛在復活室地上發現過另一套破損的防護衣。他努力回想投影動畫，意外事件中兩套防護衣都沒有受損，他很確定。

但是，事實無法否認：在南極洲的杜利安和亞特蘭提斯人殺了他之後，另一個亞特蘭提斯人把他救回來。

另一個派系？顯然是另一派救了他。

大衛現在確定兩件事。第一，亞特蘭提斯人在發動某種內戰；第二，他沒辦法告訴凱特或兩位科學家自己遭遇了什麼事。

「我有個推論。」大衛說，「我相信親眼看到的——亞特蘭提斯災難——不是自然現象。我想是被攻擊了。」

「被誰攻擊？」張勝問。

「我不曉得。」大衛說。「但如果亞特蘭提斯人有兩個派系或是出了叛徒，有人破壞船隻，阻止某種干預呢？我是說看看人類歷史的過程，所有重大事件都發生在一萬三千年之內——農業、城市、文字，不勝枚舉。人口也大約在那時候爆炸，碰巧趕上冰河時期結束和天氣暖化，但是……」

詹納斯向前俯身。「我覺得你的『漏失的干預』推論很有趣，但是我看出一個漏洞。年表的下一步：『535……1257，托巴2，代爾塔』——暗示當時發生了變化——就在最近。但你卻說船已經毀掉了。」

大衛點頭。「我想那兩個亞特蘭提斯人一定死在直布羅陀，這是唯一的解釋。我想殺死他們的人促成了西元五三五年的變化。」

詹納斯點頭。「這就帶到我的結論：如果有亞特蘭提斯人在五三五年干預——以你們的術語，另一個代爾塔——他們在哪裡？如果他們有力量控制人類進化，那他們躲在哪裡？」

大衛推敲這個問題。他沒有答案，其實這是個很好的問題。他提出了這麼多想法讓他變得有點防衛心，他似乎必須一直丟出更多可能性來鞏固他的推論。他感覺自己變得緊張，好像在備戰。

張勝放下他的茶杯。「我也認為問得很合理。不過，我想聽聽真實事件的詳情——在西元五三五年或一二五七年的托巴2？葛雷博士不確定具體年代嗎？」

這題把大衛拉了回來，讓他專心。「不，我想不是。我相信那是一段時期的開始和結束年代，有兩個特定事件。」

「什麼時期？」詹納斯問。

「歐洲的黑暗時代。」

「那麼兩個事件呢？」

「火山噴發和瘟疫。」大衛說，「一個開啟了黑暗時代，另一個帶領歐洲脫離它。有確鑿的證據顯示西元五三五年第一次疫情爆發跟印尼托巴山附近的一座大火山有關。」他想了一下。「你可以把它想像成類似第二次托巴突變。」

「如果有第二次托巴突變，我應該會聽說過。」凱特說。

大衛微笑。現在換成他，告訴她改變人類命運的火山事蹟。「那個不出名。」他說，呼應她在雅加達初次告訴他托巴突變理論時的措辭。

「說得好。」凱特說。

「我們知道的是，五三五年全球各地溫度急降，長達十八個月的冬天——陽光極少，嚴酷艱苦的冬天，歷史紀錄是這麼描述的。其實那是史上最嚴重的氣候事件，在中國，八月就開始下雪。在歐洲各國，因為穀物歉收引發饑荒。」

「火山寒冬。」

「對。亞洲和歐洲的歷史文獻都有記載。冰核樣本有證實，北歐和西歐的樹木年輪也透露出在五三六到五四二年之間樹木成長大幅減緩，直到五五〇年才完全復原。但是把人類丟進黑暗中的不是長達數年的寒冬，而是隨後的瘟疫——史上已知最慘烈的傳染病。」

「查士丁尼瘟疫。」凱特低聲說，「以死亡率來看，是歷史紀錄中最慘的災難。但我看不出這跟火山噴發有什麼關係。等等，你是怎麼知道這些的？」

「妳或許很難相信，但我差一點就拿到博士學位。我的論文題目是『歐洲黑暗時代的緣由和衝擊』。」他看著她一會兒，再誇張地聳聳肩。「我不只臉蛋帥氣身材好，妳知道的。」

凱特搖頭，表情介於尷尬和驚訝之間。「我服輸，請繼續。」

「我們知道的如下：地中海東部高達三分之一人口死於瘟疫。東羅馬帝國遭受重創，首都君士坦丁堡人口從五十萬銳減到瘟疫後不滿十萬人，他們把瘟疫用皇帝查士丁尼命名。這場瘟疫的殺傷力前所未見，有的病患撐了幾天才死，也有些生病到死亡只有幾分鐘，街道上屍體堆積如山，到處都是屍臭味。在君士坦丁堡，皇帝下令死者必須海葬。」大衛的腦中想起休達，他回過神來。「但是屍體太多了。在古代城市裡屍體是危險物品，所以皇帝下令在城外挖掘集體墓穴，死屍都被掩埋。歷史文獻說，超過三十萬人之後他們就懶得數了。」

科學家們不發一語。大衛喝一口水再繼續說。

「對歷史學者而言，這場瘟疫的意義不是因為傷亡慘重，而是它如何重新塑造全世界。在許多方面，我們現存的世界仍直接受到西元六世紀的這些事件影響。」

「什麼意思？」凱特問。

「瘟疫過後，我們看到古代世界不再有超級大城市，曾經是超級強國的古波斯崩潰；東羅馬帝國差點收復西半部，也就是大家所認定的『羅馬』，但是瘟疫之後，它遭到圍攻幾乎淪陷，最後變成了拜占庭帝國。我們看到世界各地的衰落——強大的帝國衰退，蠻族部落攻城掠地。查士丁尼瘟疫的主要教訓是，擁有最先進、國際貿易路線和超級大城的各大文明受創最嚴重。反而孤立又簡單的社群活得最好。例如六世紀的英國就是個好例子，瘟疫當時的英國由不列顛行省統治。根據古物推估，我們知道他們的貿易對象遠至埃及。附帶一提，正是瘟疫最先出現的地方，或最早有記錄的。」

「我不懂。」張勝說。

「因為貿易路線帶來瘟疫。當時英國人正在跟定居他們西岸的幾個日耳曼部落打仗。六世紀中葉疫情爆發時，這些部落被視為蠻族，沒人和他們貿易，大多數英國人也拒絕和他們通婚。瘟疫之後，這些部落抓到機會，擴張到全英國最後取得控制權。主要的部落是盎格魯人和薩克遜人。其實，有些人認為亞瑟王傳說是融合了對抗盎格魯和薩克遜入侵者的英國騎士故事。現在英國和全世界的人都說英語——日耳曼系語言——是因為瘟疫和後續的盎格魯人和薩克遜人獲勝的緣故。不只是英國，這情況也發生在全世界，人口稠密的城市和有固定貿易路線的先進文明衰落。城門外的蠻族崛起，進而入侵，然後離去。

「在蠻族入侵者建立起自己政府的少數例子中，他們通常在一個世紀後就會遭到下一群流浪的入侵者攻擊。這真的是一個時代的終結，偉大城市與文明的時代。接著黑暗時代來臨並且持續了很久，將近一千年，那是歷史進程中最大的倒退。其實，黑暗時代在下一次疫情大爆發後才真正結束——」

「等等。」凱特說，「我得承認自己的無知。我是遺傳學家，我看不出火山和火山寒冬跟查士丁尼瘟疫有什麼關係。」

「歷史的一部分就是追蹤古物尋找模式。從疫情衍生的模式之一就是從北非開始，轉移到埃及，爾後大量傳入地中海東部。一旦抵達君士坦丁堡，隨著商船把瘟疫散布到全世界，其餘的現代世界就會像骨牌一樣倒下。目前還有些爭議，但許多歷史學者認為瘟疫是靠來自北非的穀物貨船傳入歐洲，而船上的老鼠是最早的帶原者。」

「大衛說得沒錯。」詹納斯說，「這真是一大諷刺，快速氣候變遷帶來的真正危險跟天氣沒有關係。危險在於生態系統不穩定，造成通常沒有互動的生物發生接觸。我們知道大多數疫情的成因是無害地攜帶致命病原體的野生動物宿主被迫離開牠們的自然棲息地。『第二次托巴』之後，全世界的生態系統被打亂了。如果葛雷博士的推論沒錯，那就很有趣。古代世界是很難應付全球遺傳改變的地方。瘟疫是最佳的載體，但仍然有個很大的問題。」

「散播。」凱特說。

「正是。」詹納斯說，「以前的世界非常疏離，想造訪所有國家散布疾病是不可能的。火山噴發讓全世界布滿火山灰，是個完美的全球投射系統。火山帶來寒冬，某些地方會乾旱，然後過度降雨，植物生長大幅萎縮。像北非這種地方，齧齒類會過得很好。如果發生繁殖爆炸，過剩族群會尋求新土地，因為牠們現存的生態系統無法支撐變多的數量。某些老鼠帶有瘟疫，牠們侵入人類的領域。那些老鼠雖然對瘟疫免疫，背上的跳蚤卻不是，所以跳蚤死於瘟疫，牠們的死亡機制造成疾病傳播。感染瘟疫的跳蚤事實上是餓死的。瘟疫細菌在牠們體內繁殖，阻斷了吸收營養的能力。牠們發瘋，從齧齒類跳到遭遇到的任何宿主身上，把疾病傳播給人類。當然，齧齒類和寄生在牠們背上的跳蚤已經散播瘟疫幾千年了。

這次疫情的妙處，容我這樣措辭，就是適應瘟疫細菌的基因改造，我相信是火山灰攜帶的病菌。飄落的火山灰改變老鼠體內的細菌——它沒有引發人類的傳染病。人類傳染病在只會野火燎原之後永遠免疫。葛雷博士的注記——『第二次托巴？新投射系統？』——我想指的是他自己對這個主題不確定。根據我們的研究，張博士和我的工作，我們可以證實它是個新投射系統，而且非常巧妙。藉著調整老鼠體內現存的細菌，這麼做的人可以確保發生好幾波的大爆發和持續的基因轉變。它在儲藏宿主——在此案例是老鼠——體內保持休眠等待適當時機。」

「這樣就符合歷史記載。」大衛說，「第一波疫情大約在五三五年，但還有後續的，有些甚至更加慘烈。我們無法想像其代價。瘟疫發作持續兩百年，全歐洲多達半數人口死亡。大約西元七五〇年之後疫情平息直到一二五七年左右——那就是馬丁的下一段密碼。一二五七年，印尼另一座火山噴發。最近有些新發現，但我們相當確定印尼龍目島上的薩瑪拉斯火山以不可思議的威力噴發，衝擊超過一八一五年造成沒有夏季之年的坦博拉火山。根據年輪樣本，我們在一二五七年也看到相同狀況：持續了一年多的火山寒冬，瘟疫老鼠回來，瘟疫也重現歐洲。現在事隔將近七百年，歷史記載比較清楚。這次疫情幾乎複製上一次，但是在歷史文獻中比較多人提起。他們在歐洲稱之為『黑死病』，也是同樣的瘟疫——」

「鼠疫。」凱特說。

「正是，」大衛證實，「同樣的瘟疫，隔了將近一千年，造成同樣的災難——」

「等一下，」凱特舉手說，「黑死病大約一三四八年始於歐洲，比火山噴發晚了約一百年——」

「沒錯，」大衛舉起雙手說，「呃，歷史是這麼寫的：一二五七年有座大火山，地點和影響都和六世紀那次相似得詭異，造成火山寒冬和歐洲的大範圍饑荒。我只能假設瘟疫重現，但這次有個差異——某種免疫性——」

「CCR5 Delta32。」凱特沉思著說。

「什麼？」

「馬丁向我提起過，高達百分之十六的歐洲人體內都有。這種突變讓他們對HIV、天花和其他病毒免疫，可能也包括造成瘟疫的細菌。」

「有意思。」大衛說，「史上最大謎題之一就是黑死病的起源。我們相當確定西元六世紀爆發的查士丁尼瘟疫是從非洲傳入地中海東部，但是黑死病不同。同樣的情境——火山與同一種瘟疫——但是這次，我們認為黑死病源自中亞。蒙古和平（注）提供的平靜讓駐紮在中亞的蒙古軍隊得以沿著絲路把疾病帶到西方。蒙古圍攻克里米亞的卡法期間，入侵的蒙古人用彈射器把染病的屍體丟過城牆。」

「真的嗎？」凱特問。

「嗯，那可是當年的神來一筆，堪稱中世紀的生化作戰。卡法戰役之後，瘟疫迅速蔓延整個歐洲。歷史學者曾經猜想亞洲移民是百年時差的理由，但也可能是——」

「突變。」凱特說。

「有可能。」大衛想要回到他知道的話題，迴避臆測。「接下來幾年，全歐洲的百分之三十到六十的人口死於黑死病，中國死了三分之一的人。其實，全球人口花了一百五十年才恢復到黑死病之前的水準。但是我所知的僅此而已。整體上，我不知道這個年表有何含意。我只知道它指的是什麼事，也認得年代。」

「我可以幫點忙，」張勝說，「如同詹納斯博士提過，我們的現行推論是目前的瘟疫只是啟動了過去的疫情，企圖完成某種未完成的基因轉化。我們一直想找出過去的疫情來深入了解人類基因組如何改變。」他指向大衛。「維爾先生，你說對了前後瘟疫之間的關聯。幾年前，有一群研究員發現查士丁尼瘟疫是由鼠疫桿菌——鼠疫的細菌造成的。這項發現很吸引人：歷史記錄上最

注 Pax Mongolica，指十三到十四世紀期間，因蒙古人征服大半個歐亞大陸，在單一政權下促進了國際貿易發達，加速區域人口、觀念及科技的流動，乃至全球文化與世界體系的發軔。

慘的兩次傳染病——查士丁尼瘟疫和黑死病——都是鼠疫。我們認為兩個案例中都有鼠疫桿菌的基因突變。我們一直利用印瑪里在收集證據，他們從兩次疫情的瘟疫死者取得樣本，我們排列那些基因組，還有來自兩個時代的鼠疫桿菌樣本。我們也有一九一八年的西班牙流感樣本，因而發現基因序列有些共通處，我們認為它們跟亞特蘭提斯瘟疫有關。根據葛雷博士的筆記和我們在此的討論，我相信我們的資料是找到解藥的關鍵。不幸的是，瘟疫接駁船沉沒時遺失了資料。」

詹納斯在沙發上坐起來。「張博士，我欠你一個道歉。」

張勝困惑地看他一眼。

「我從來沒有完全相信你。」詹納斯說，「我被指派跟你搭檔，你配合我們的研究，但直到現在，我都以為你可能是印瑪里支持者，想要竊取我的研究成果。我很多事情都瞞著你。」他拿出一片記憶卡。「但我全部存在這個裝置裡，還有我們一起做的研究，全在裡面。我想它能揭露葛雷博士在找的基因組改變——所謂Delta-2——亞特蘭提斯瘟疫的根源基因構造。」

張勝看了看記憶卡。「重要的是你保住了資料。站在你的立場，我想……或許我也會這麼做。然而，似乎還有個最後的碎片——奧米加。對我來說，這表示端點——基因改變的偶發性。注記『一九一八……一九七八』似乎顯示葛雷博士認為在這段期間可能發生過。第一行的『KBW』很陌生。維爾先生，這是另一個歷史典故嗎？」

大衛第一眼看到密碼之後一直在腦中推敲「KBW」的意思，但他毫無頭緒。「不是。我不確定那是什麼意思。」

「我知道是什麼，」凱特說，「KBW是我的名字縮寫。凱薩琳·巴頓·華納。我想我就是奧米加。」

67

休達外海某處
地中海

透過直升機的窗戶，杜利安看著下方的水面掠過。太陽像指引他到目的地的燈塔，在一片漆黑中閃亮。

他想起在德國那道光亮的白門。它通往哪裡？另一個世界或是另一個時代？

他打開頭盔裡的麥克風。「估計抵達時間要多久？」

「三小時，或許三個半小時。」

他們能在那裡打敗凱特一行人嗎？很難斷言。

「幫我接前哨站。」

一分鐘後杜利安接通了阿爾沃蘭島的指揮官。

阿爾沃蘭島上的印瑪里中尉結束通話，回頭看看正在打牌抽菸的四名士兵。「去煮些咖啡。我們必須保持清醒。有人要來了。」

大衛努力想理解凱特說的話：我就是奧米加。

蕭溜進休息室來。「我煮了咖啡——」他看看四周。「怎麼回事？你們看起來好像見鬼了。」

「我們在工作。」大衛怒道。

凱特打圓場。「我想喝咖啡。謝謝你，蕭。」

「好啊，」蕭說，「張博士？詹納斯博士？」

大衛發現他沒有被叫到，反正無所謂。

「噢好，非常感謝。」張勝低聲說，仍然在沉思。

詹納斯望著窗外，臉上掛著難以解讀的表情。當他發現大家都在等他，趕緊說：「不用。但是謝謝。」

蕭拿著兩杯咖啡回來，在窗口逗留，大衛的斜後方。大衛看不到他，但他知道他在場。大衛不太高興。

詹納斯先開口：「我不懷疑妳說的話，凱特。我想言明在先。不過，我想要檢討我們的關鍵假設，探索幾個……可能性。」

大衛覺得凱特緊張了一下，但她只是啜飲咖啡同時點頭。

詹納斯繼續說：「第一個假設：那張西藏地毯是描述亞特蘭提斯人與人類互動的文件，尤其他們七萬年前出手拯救人類——引進亞特蘭提斯基因，改變了人類大腦線路和人類命運——然後，他們在大洪水之前警告人類。地毯其餘的部分我們假設是尚未發生的事件。我有個疑問，但暫時保留。我們的第二個假設是馬丁的筆記是個年表——嘗試解讀過去，找出人類的基因轉捩點——帶領我們找到瘟疫的解藥。

「第三個也是最後的假設是，這個年表指出一個『漏失的代爾塔』：亞特蘭提斯人應該卻沒有干預人類進化的時間點——約略在大洪水和亞特蘭提斯沉沒時期。維爾先生的推論是亞特蘭提斯人的派系鬥爭導致那個事件。話雖如此，我會認定所謂的奧米加——亞特蘭提斯人多次干預人類進化的偶發性——應該是亞特蘭提斯瘟疫的倖存者。具體來說就是快速進化的人。他們不就是亞特蘭提斯人追求的結果嗎？也是最合理的選擇。身為科學家，我總是先評估最簡單的解釋，再探討比較……異常的可能性。」

對大衛而言，詹納斯的主張很有說服力。他想要說話，但凱特搶先一步。「那麼馬丁為什麼把我的名字放進年表裡，奧米加的上頭？」

「我的疑問就是這個。」詹納斯說，「我相信檢視馬丁的動機就能解釋這點。我們知道他所做的一切，他的所有研究、交易、妥協，只有一個目的，就是保護妳。我想這就是他的動機。如果他的筆記被發現，他希望那個人能找到妳，確保妳的安全讓妳能夠解讀。」

大衛不禁點頭。很有道理。

「聽起來很合理，」張勝說，「不過在我看來，時間線有個問題。70K YA是亞當，引進亞特蘭提斯基因。12.5K YA是亞特蘭提斯沉沒，漏失的代爾塔。五三五年和一二七五年是第二次托巴，兩次火山噴發與隨後的鼠疫爆發，黑暗時代開始與結束，接著是文藝復興。然後一九一八年是大鐘，釋放西班牙流感的亞特蘭提斯人器具。還有今年，大鐘第二次發威，亞特蘭提斯瘟疫。

馬丁寫錯了年代：一九一八……一九七八。一九七八應該是今年——現在的疫情製造了奧米加。」

「對，這樣才合理。」詹納斯說。

「妳什麼時候出生的？」大衛問，「呃，我只是為了學術目的問的。」

「不好笑。」凱特說，「我是一九七八年出生。但是……我是一九一八年受孕的。」

「什麼？」詹納斯和張勝幾乎異口同聲。

大衛聽到背後的蕭走動，站到眾人面前，這是他第一次露出對話題的興趣。

「是真的，」凱特說，「馬丁是我的養父。我的生父是礦工和一次大戰時期的美軍軍官。他被印瑪里僱用去發掘直布羅陀地下的亞特蘭提斯結構體，他為了娶我母親才答應這件事。他發掘的東西就是大鐘，釋放出了西班牙流感。在命運的捉弄下，疫情奪走我母親的生命。但他發現的結構體有個房間放了四根管子，那是治療與冬眠艙。他把我母親和腹中的我放進管子，我們冬眠直到一九七八年，我出生那年。」

詹納斯坐回沙發上。這下可能一切都不同了。

凱特的話讓張勝大吃一驚，即使他已經知道大鐘和冬眠艙存在。

一九七八年，張勝是印瑪里國際集團資助的某項計畫研究員。有天早上他接到一通霍華·基根的電話，他從未見過這個人。基根自稱是印瑪里的新首領，他需要張勝幫忙，事後會有重賞，永遠不必再擔心研究經費，也能做了不起的大事——可以拯救世界但絕對不能告訴任何人。

張勝欣然同意。基根帶他走進一個有四根管子的房間。一根裝著一個男童，後來這個人成為杜利安．史隆。另一根裝著派崔克．皮爾斯，基根說是他發現玻璃管的。最後一根裝著一個孕婦。

「我們最後再釋放她，你必須盡一切努力救她，但是第一優先是胎兒。」

張勝一輩子沒有這麼恐懼過。接下來發生的事永遠埋藏在他的記憶中。他記得抱著那孩子，她的眼神和現在看著他的凱特．華納一模一樣。真是不可思議。

蕭對凱特的故事驚嘆不已。*這事比我想像的還複雜。但無論如何，我得把她平安送到。*

凱特厭倦了等待。「拜託誰說說話吧？」

「好。」詹納斯開口，「我要修正剛才的主張。現在我相信妳就是奧米加。而且……改變了一些事，例如我對馬丁工作的理解。我不再認為他的筆記只是個年表，那只代表一半。馬丁的密碼不僅如此。它是修正人類基因組的路線圖——矯正亞特蘭提斯基因的問題，創造一個可行的人類與亞特蘭提斯人混種，全新的物種，妳就是第一例。馬丁的順序始於亞特蘭提斯基因引進——在亞當身上——然後追蹤歷次干預，大洪水時期漏失的矯正，後續的黑暗時代……結尾是妳，凱特，具有功能穩定的亞特蘭提斯基因的人，這要歸功於救妳一命的管子和妳特殊的出生經歷。但真正的疑問是：我們現在該怎麼辦？我們有研究成果，也看懂馬丁的筆記。我們得先找個實驗室——」

凱特插嘴：「還有件事我沒告訴你們。馬丁是稱作『永續組織』的聯盟創立者之一。這是一群來自全世界的研究人員。他們多年來一直在做實驗，尋找解藥。馬丁在馬貝拉有個研究場地。」她忽然想到。「我在一棟鑲鉛板的建築裡工作，做了一連串實驗，馬丁會定期來向我收DNA樣本。」

「妳想他是在實驗妳還是受測者？」張勝問。

現在凱特很肯定。「兩者都有。馬丁說他認為我是一切的關鍵。看到密碼，奧米加……對，我知道了。永續組織有他的研究結果，我一直跟他們有聯絡。」

大衛表情大驚。

「幹嘛？」凱特問他。

「沒事。」他搖搖頭。

她專心看張勝和詹納斯。「我想我們最好把我們的研究寄給永續組織，和他們討論我們的推測。」

詹納斯從口袋拿出記憶卡。「我贊成。」

張勝也點頭同意。

68

阿爾沃蘭島附近
地中海

跟永續組織的通話相當有趣。凱特覺得她終於搞懂她在馬貝拉參與過的實驗了。

多年來，永續組織研發了一套稱作基因組協調的演算法，原理是每當基因療法或逆轉錄病毒造成特定基因組內的基因變化，協調演算法可以預測基因表現。那些預測，加上對亞特蘭提斯人把內源性逆轉錄病毒埋藏在基因組的知識，可以預測一個人對亞特蘭提斯瘟疫和特定療法的反應。

張勝和詹納斯的研究，從中世紀開始與結束時的兩次疫情找出基因組變化，就是缺少的碎片——至少永續組織希望是。

凱特看著詹納斯操作電腦，把研究載入基因組協調演算法。他是個天才。凱特從來沒見過他這個年紀的人這麼嫻熟電腦。

凱特對著切換成廣播模式的衛星電話說：「現在什麼情況？」

「我們在等待，」布倫納博士說，「演算法會執行再提出可能的療法，然後我們會進行測試，希望能走運。要是我們找到有效的療法，就可以迅速應用。馬丁有描述我們的基因植入嗎？」

「這我不清楚。」詹納斯說。

「基本上我們植入一個皮下生物科技裝置。讓我們能對每個人實施特製療法。植入物無線連接到每個蘭花區內的伺服器。」

凱特感到訝異。「我以為植入物是為了追蹤用的。蘭花不能治療嗎？」

布倫納博士立刻回答：「呃，對也不對。植入物確實提供現狀控制——我是說，追蹤各重要器官。因為人類基因組非常多樣化，我們發現每種療法多多少少必須量身訂作，略有變化。」

凱特點點頭。這屬於尖端科技——植入生技裝置對每個人實施根據基因組特製的療法，領先現行做法幾十年。真可惜必須有印瑪里威脅和瘟疫才能達成這種突破。

「如果植入物實施真正的治療，那為什麼還讓每個人服用蘭花？」詹納斯問。

「有三個理由。在某些初期測試，我們發現植入物無法對每個人實施可行的療法。植入物用宿主體內的酶和蛋白質建立抗體——基本上就是複雜的剪接，以創造它需要的療法。但光靠一個植入物的過程只能治療大約百分之八十的宿主。所以我們給植入物某種病毒庫存——整塊已知的病毒材料讓它自己挑選療法。蘭花藥丸裡就是病毒庫存。」

「真有趣……」詹納斯似乎陷入沉思。

「其他理由呢？」凱特問。

「噢，對了，」布倫納博士說，「我太深入科學理論。第二個理由是速度。我們知道必須趕緊使用新療法，製造新藥肯定來不及，當然這是個另類對策。我們知道植入物可能面臨有幾千種小變化的基本療法才能在全世界生效。」

「最後的理由呢？」

「希望。民眾天天服用蘭花……我們覺得必須給他們一些看得見摸得著的實體東西，他們熟悉的東西：治病的藥物。現在呢，我希望你們能給我們缺少的碎片——我們必須輸入植入物的公式。協調運算法正在處理你們的資料，假設它找出了修正療法，我們幾小時內就可以應用在全球的蘭花聯盟各國。」

小休息室裡的科學家都點頭。大衛和蕭互看一眼。

布倫納博士打破了緊張氣氛。「我也有事沒告訴妳，華納博士。」

「什麼？」凱特透過擴音喇叭問，懶得切換模式。

「蘭花聯盟的領導階層命令我們執行安樂死草案。」

「我不——」

「我們得到指示，」布倫納博士繼續說，「如果蘭花失效或印瑪里的威脅擴大，我們奉命要對植入物發出取消指令，讓垂死者快點死亡。世界上將只剩蘭花倖存者，能夠拯救聯盟的基礎。迄今，我們一直無視那些命令，專注在研究上，希望領導人不會真的執行那個計畫，但我們聽到一些謠言。如果我們不執行安樂死草案，聯盟部隊可能接管永續組織替我們動手。」

凱特靠回白沙發上。沒人說話。

「你可以拖延安樂死草案嗎？」凱特問。

「我們可以試試。不過還是希望你們的療法有用。」

凱特跟大衛回到樓下，他們的艙房裡，大衛幾乎對凱特大吼：「妳是說從頭到尾妳一直跟全球性組織有直通熱線？」

「對。怎樣？」

「快回電給他們。」

凱特撥了永續組織的號碼。布倫納博士嗎？——不，一切正常。我需要你幫個忙。請聯絡英國情報局問他們是否有個名叫亞當・蕭的軍官。還有，你能否詢問世界衛生組織認不認識一位亞瑟・詹納斯博士？——對，會很有幫助。——好吧。有消息請盡快回電。這很重要。

保羅・布倫納掛斷電話後看看這些名字。蕭和詹納斯。那艘船上到底發生什麼事？凱特有危險嗎？

他越來越喜歡她了。他希望她平安無事。他拿起電話打給他在世衛組織和英國情報局的聯絡人，兩人都答應他們一有答案會盡快回電。

保羅還得打一通電話——他希望——但是必須等協調運算法的結果出來。

他走出辦公室經過疾管局辦公大樓的走廊。氣氛很沉悶，大家都超時工作累得精疲力盡，士氣低落。也難怪了，他們的瘟疫解藥毫無進展也看不見希望——直到大約半小時前凱特來電。

運算法需要多久？如果凱特和她的團隊寄來的研究中真的找得到解藥……蘭花任務區的玻璃牆打開，兩片玻璃滑開讓他通過。改裝會議室內每個人轉過頭來看他。場面好像大學宿舍的自修室，學生們聚集苦讀連續六十天：會議桌到處亂放，擺滿了筆電、文件堆、地圖、有咖啡污漬的報告書和半滿的保麗龍杯子。他們臉上的表情已經告訴保羅他想知道的一切。

牆上的四面大螢幕也證實。閃爍的字樣是：發現一項療法。

他們之前看過這句話很多次，每次的慶祝都比上一次冷淡一點，但現在的氣氛感覺不同。隊員們包圍保羅，大家都在興奮地談論新資料和接下來怎麼做，提議的研究場地紛紛被否決。

「我們在這裡測試，用我們自己的人手」保羅說。

「你確定？」

「有些人等不及了。」他看看安樂死草案的倒數計時，剩不到四小時。

但在他們向全世界提出之前他想要先確定一件事。他必須先打一通電話。

回辦公室途中，保羅停在臨時醫院裡。

他站在他妹妹的床邊。她的呼吸急促，但他知道她認得他。她伸手握他的手。

他上前握她的手。她的力氣很虛弱。

「我想我們找到了，伊蓮。妳會好起來的。」

他感覺她的手捏了他一下，只是很微弱。

保羅拿起電話。幾分鐘後，他接通了白宮的戰情室。

「總統先生，我們有個新療法。我們非常樂觀。我懇請您暫緩安樂死草案。」

69

阿爾沃蘭島附近
地中海

「還要要多久？」大衛問道。

「布倫納說他會盡快回覆我。永續組織現在很忙——」

「我們三小時內就到阿爾沃蘭島。我們抵達後，我必須給蕭和卡茂槍枝，跟科學家們辦一點事。我們必須查出是誰殺了馬丁又癱瘓船隻。」

凱特坐在床上。她知道如果他們開始辯論兇手身分，只會演變成另一次爭吵。她不想吵架，不能和他，也不是現在。她脫掉上衣丟在椅子上。

大衛眼神一亮。他把手槍塞到枕頭下。他脫掉上衣，然後褲子。

他走向凱特，她親吻他的下腹。他把她推倒在床上，爬到她身上。

這一刻，外界暫時被遺忘。她沒想到瘟疫、印瑪里、馬丁的筆記或船上的兇手。大衛，是她唯一的慾求，世界上唯一對她重要的事。

下層甲板像火燒一樣炎熱，但大衛懶得調整空調。他在床上翻身，裸體躺在凱特身邊，兩人都滿身大汗。他的呼吸比她先緩和下來，但兩人都沒說話。

時間彷彿靜止。他們都望著天花板。大衛不知道過了多久，凱特轉向他吻他的脖子。

感官讓他暫時出神，大衛問了和布倫納博士通話之後他一直迴避去想的疑問。「妳認為這樣行得通嗎？那個永續組織可以把詹納斯和張勝的研究拿去……我不確定，像三原力（注）一樣『拼湊起來』，神奇地找到解藥？」

「三原力？」

「妳不知道？」

「什麼？」

「出自薩爾達傳說，」大衛說，「妳知道的，林克收集三原力去拯救薩爾達公主，也救了海拉爾王國。」

「我沒看過。」

「呃，那是電玩，不是電影。」她怎麼會不知道？這比馬丁的密碼更讓大衛震驚。但是改天再討論這件事吧。她可能也不知道《星際大戰》和《星艦迷航記》的差別。如果他們能活過接下來幾個小時，他大概有得忙了。「唉，別管薩爾達了，我的疑問是這樣是否可行。妳相信嗎？」

注 Triforce，代表智慧、勇氣與力量三種美德。

「我非信不可。我們得盡力，我們能做到的就是這樣。」

大衛躺回床上再度望著天花板。他想強調什麼呢？他根本不知道。突然間，他感到恐懼與憂慮。不是因為迫在眉梢的戰鬥，而是別的事情。他無法形容這種感覺。

凱特又坐起來。「你怎麼會這麼懂船？」她想要轉移話題。

「以前我在雅加達有條船。」

「我不曉得祕密幹員有時間搞開船這種休閒活動。」她有點戲謔地說。

大衛微笑。「我保證，那不是休閒娛樂用的。但是也可以這麼用。那是逃脫計畫的一環——以防萬一。而且很好用，如果妳還記得。」

「我不記得。真希望可以。」她拉直被單。

她說得對，大衛想起來了。印瑪里盤問她時下了迷藥。她對獲救與逃脫的過程印象非常模糊。

「後來你怎麼處理？」她問。

「船嗎？送給一個雅加達的漁夫。」他微笑別開目光。「那是條好船。」

這一刻，他猜想那條船如今是否安在，哈托是否帶著家人離開爪哇島搬到爪哇海中數以千計的某個無人小島上。他們會比較有機會存活。哈托可以捕魚，他的家人可以採集。瘟疫傷害不到他們，印瑪里也不會為了抓幾個人跑到荒島上。以世上的慘狀，他們可能成為地球上最後倖存的人。或許這樣比較好，單純的人接管地球，像歷史上百分之九十九的人類一樣過活。

「你在哪裡學會開船的？還是無師自通？」

「我爸教的。我小時候他會帶我去駕船。」

「你常跟他聊天嗎？」

大衛在床上尷尬地換姿勢。「沒有。他過世時我還小。」

凱特張嘴想說話，但大衛打斷她。「別擔心。那是很久以前了。一九八三年，在黎巴嫩。當時我七歲。」

「陸戰隊營區爆炸事件？」

大衛點頭。他的目光飄到印瑪里制服和上校的銀橡葉徽章。「他三十七歲已經當上上校，或許能當到准將甚至更高階。那是我小時候的夢想，我常幻想自己身穿陸戰隊制服肩膀上掛著星星。真怪，過了這麼久我還記得自己想像的情景。人小時候的夢想這麼清晰，長大後生活卻變得這麼複雜，實在很奇妙。一個簡單理想能夠變成一百個慾望和細節——大多數只是你想要什麼和想成為什麼人。」

凱特的目光離開他，在床上翻身躺到他旁邊，看著遠處。

這是她給他空間的方式嗎？大衛不確定，但他喜歡有她在身邊，她柔軟的肌膚貼著他，溫暖的身體溫暖他們碰觸的地方。

「喪禮那天，我媽回家把摺好的國旗放進壁爐架上的一個上了太多層亮光漆、有玻璃蓋子的三角形深色木盒裡，接下來二十年都沒動過。她在旁邊放了兩張照片：他穿制服的大頭照和他們的合照，是他們共度最快樂的回憶。那天家裡擠滿了人。他們一直說同樣的話。我跑進廚房，拿出家裡最大的黑色垃圾袋裝我的玩具——士兵、坦克，稍微跟軍事有關的任何東西。然後我回房間去，之後三年猛玩任天堂。」

凱特輕吻他額頭和髮際線交會處。「薩爾達傳說？」

「我得到三原力大概有兩百萬次了。」他轉頭看看她露出微笑。「然後，在某個時間，我對歷史產生興趣。我找得到的書都看過。尤其軍事史，還有歐洲和中東歷史。我想知道世界如何變成現在這樣子。又或許我以為當歷史老師是世界上最安全的工作，地球上最遠離實際戰場的地方。但是九一一事件發生後，我只想當個軍人，好像我的世界被完全翻轉，我想復仇，但我也想做我自認擅長的事——我一直注定要做但害怕去做的事。或許人無法逃避他的命運。無論你怎麼做，都無法改變真正的自己，你的內心深處，應該已經死去埋葬但一直驅使你的東西。」

凱特沒說什麼，大衛很感激。她只是把身體貼著他，把臉埋在他的頭和肩膀之間。

過了一會兒，大衛感覺她的呼吸緩和，知道她熟睡。

他親吻她額頭。

鬆開嘴唇後，他才發現自己多麼疲憊。精神上，因為討論馬丁的筆記；肉體上，因為和凱特相處；還有情感上，因為告訴她從未對別人說過的事。

他從枕頭下拿出手槍放在身邊能輕易拿到的地方。他看看房門，如果門打開他會聽見。如果有人來抓他們他會有反應時間。他得暫時闔一下眼。

70

大衛睜開眼睛後，知道他回到那棟地中海別墅。凱特站在他旁邊。走廊末端有一道木造拱門。在他們右方，兩扇打開的門讓狹窄空間充滿光亮。

大衛認得那些門和裡面的房間——他在裡面見過凱特。

這是她的夢境。我也在裡面，大衛心想。

凱特走到走廊盡頭的門口。

「不要。」大衛說。

「我必須去。答案就在門後。」

「不要，凱特——」

「為什麼？」

大衛很恐懼，在這個夢中，他知道理由。「我不希望任何事改變。我不想失去妳。我們就留在這裡吧。」

「跟我來。」她打開門，光線淹沒了走廊。

他跟著她跑，衝進門內——

大衛在床上坐起來，氣喘吁吁，呼吸困難。他撞開了凱特，但她沒被吵醒。

他轉過她的頭面向他。「凱特！」

她身上流下汗水，脈搏微弱。她在發高燒，而且昏迷不醒。

怎麼辦？去找科學家嗎？我無法信任他們。前所未有的驚慌籠罩著大衛，他只能緊緊抱著凱特。

凱特發現這道門通到戶外，感到很驚訝。

她轉身去看門，但是——面前聳立著一艘大船。她站在沙灘上，船占滿整片海岸。不知何故凱特認得它——阿爾發登陸艇。這個星球上的原始人類所謂的亞特蘭提斯。

她低頭看，身上穿著環境防護衣。

上空的天色陰暗，充滿灰燼。起初她以為是晚上，但她看到昏暗的太陽就在頭頂上，掙扎著穿透雲層中的灰燼。

不可能，凱特心想。這是七萬年前的托巴突變。

她頭盔裡響起一個聲音。「最後記錄的生命跡象就在山脊後面，二十五度方位。」

「收到。」她聽到自己說，同時踩著輕快的步伐越過灰燼覆蓋的沙灘。

在山脊後面，她看到了他們：黑色屍體堆積在地上，從山谷一路蔓延到山洞口。

她走過去進入山洞。防護衣裡的紅外線感應器確認：他們都死了。

在她幾乎放棄希望時，一絲紅光出現在她的螢幕上。是倖存者。她上前查看。

她聽到背後有腳步聲。她轉身看到一名高大男人，強壯到不可思議。他手上拿著東西衝向她。她抓起電擊棒，但男人停止進攻。他倒在女人身邊交給她某種東西：一塊腐肉。那個女人馬上狼吞虎嚥起來。

凱特這時才看到。女人帶有另一個生命跡象。是嬰兒。受孕後經過了兩百四十七天。

男人往後倒在洞壁上。他是部落的首領嗎？或許。這兩個人會死在這裡，這個山洞裡，他們的物種就此滅絕。

這也是我的物種，凱特想到。他們是我的同胞，或許是最後的倖存者。只要一個基因變化就可以救他們。我不能眼睜睜看他們死。絕對不行。

她還沒意識到自己在做什麼，已經扛起兩個人到她肩膀上。防護衣的外骨骼和電腦化配重能夠輕易負擔。他們虛弱得無力反抗。

回到船上，她急忙把他們送進實驗室。

他們的物種太年輕無法做全面基因調整，那樣反而會弄死他們。她做了決定：給他們基因誘導，可以救他們，但也會引發問題。她會留下來幫助他們，指引他們解決問題。在宇宙中，她的時間多得很，她可以培育他們。等他們準備好，基因晚點才會完全啟動。

「妳在做什麼？」男性的聲音從背後叫她。

是她的同伴。她連忙動腦。她該怎麼告訴他？「我……」

他站在門口，光線從他背後照進實驗室。凱特看不見他的臉。她必須確認他是誰。她站起來走向他，但還是看不清他的臉。

凱特知道他在等她回答。我必須給個說法。說實話，但是修飾一下。

「我在進行實驗。」她說，同時來到他面前。她抓著他的肩膀，但光線仍然蓋住了他的臉。

大衛再次擦掉凱特臉上的一層汗水。夠了，我得去找醫生。不能讓她死在我懷裡。

他在床上放下她，但她抓著他拚命吸氣。她大口吸氣，猛眨眼然後瞪大眼睛。

大衛觀察她的臉色，努力理解。「到底怎麼回事？我跑進門內，但是——」

「是我做的。」

「什麼？」

「托巴。七萬年前。我救了垂死的人類。」

她有幻覺，大衛心想。「我去找博士們。」

她緊抓著他的手臂搖頭說：「我沒事，也沒發瘋。這不只是做夢，而是記憶。」她終於調勻呼吸。「我的記憶。」

「我不懂——」

「一九七八年，我不只從玻璃管出生，而是復活。發生過的事情比我們所知的多很多。」

「妳——」

「我是給人類亞特蘭提斯基因的科學家。我也是亞特蘭提斯人。」

第三部

亞特蘭提斯實驗

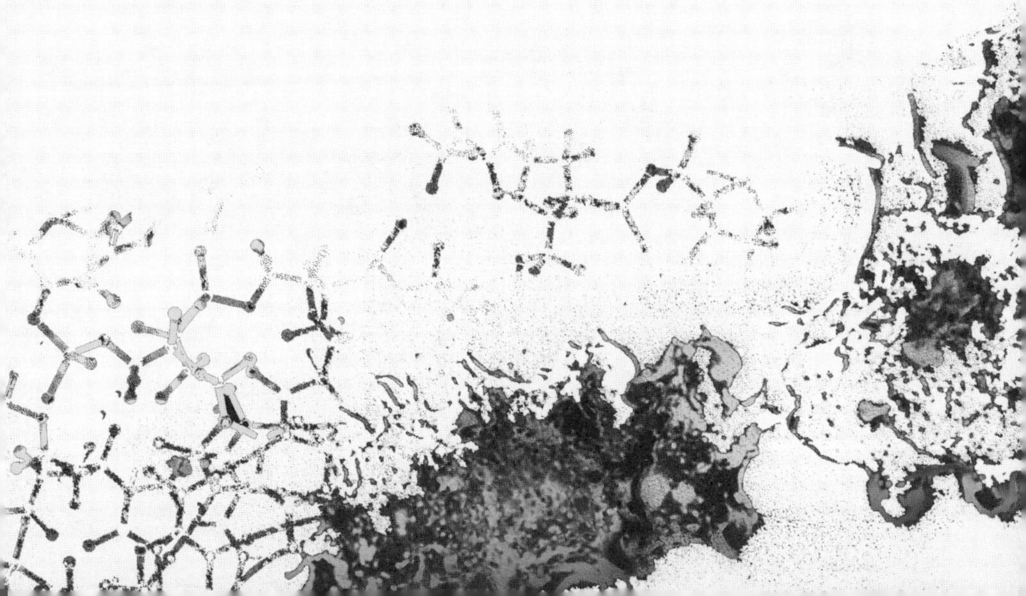

71

阿爾沃蘭島附近
地中海

大衛努力消化凱特剛說的話。「妳是——」
「亞特蘭提斯人。」凱特堅稱。
「呃，我……」
「聽我說完，好嗎？」凱特恢復正常呼吸。
門上有人敲了一下。
大衛抓起槍。「哪位？」
「了解。有別的事嗎？」
「卡茂。我們還有一小時抵達，大衛。」
「沒有。」
「我馬上出去。」大衛向門口大聲說。他轉向凱特。
「到底怎麼回事？」
「我想起來了，大衛。記憶好像洪水或水壩潰堤。從何說起呢——」
「妳怎麼會有這些記憶？」

「玻璃管——印瑪里以為那是治療艙，那只是一半的功能。它們能治療，但主要目的是讓亞特蘭提斯人復活。」

「復活？」

「如果亞特蘭提斯人死亡，他們會帶著所有記憶在管子裡復活，如同他們生前一樣。亞特蘭提斯基因超乎我們的想像。它是傑出的生物科技產品，能讓人體散發輻射線，那是某種次原子下載的資料。記憶、細胞結構都被收集再複製。」

大衛呆站著，不知該說什麼。

「你不相信我。」

「不，」他說，「真的，我相信妳。我相信妳剛說的都是真的。」他的心思飄到他自己在南極洲和直布羅陀兩次的復活。他察覺她需要他，她經歷了他完全無法理解的事情。「如果世界上有人相信妳，那就是我。妳聽過我的經歷——我的復活。我們可以一起克服。首先，妳怎麼會有亞特蘭提斯人的記憶？」

凱特擦掉她臉上的汗水。「在直布羅陀，那艘船受損，幾乎全毀。我記得的最後一件事是回到船上，大爆炸時我被震暈了，我的同伴……他抓住我。我不知道後來發生什麼事，我一定是死了，但沒有復活。船上一定關閉了復活功能——因為受損或是無路可逃。也可能是他——我的同伴關掉的。」凱特搖搖頭。

「我幾乎看得見他的臉……他救了我，但不知為什麼我沒回到管子裡。一九一八年，我父親把我母親海蓮娜．巴頓放進管子裡。我在一九七八年出生。管子設定是把亞特蘭提斯人復活到臨死前的狀態。它培養一個胚胎，植入記憶，然後讓胚胎成熟到標準年齡。」

「標準年齡？」

「大約我現在的年紀——」

「亞特蘭提斯人不會老化嗎？」

「會，但用幾個簡單的基因改變就能阻止老化。老化只是設定好的細胞死亡，但阻止老化是亞特蘭提斯人的禁忌。」

「不老化是禁忌？」

「這被視為……唉，很難解釋，但算是某種生命的貪婪。等等，這麼說不完全正確。那是一種不安全感的跡象，放棄老化象徵緊抓未完的青春，彷彿你不打算前進。拒絕死亡暗示著無窮的生命，你不滿意的生命。但某些團體獲准阻止老化保持標準年齡，例如太空探索者。」

「所以亞特蘭提斯人——」大衛遲疑，「妳是太空探索者？」

「不盡然。很抱歉，我老是用錯字眼。」她抱著頭思索一會兒。「你去看看浴室裡有沒有頭痛藥好嗎？」

大衛拿著一瓶安舒疼(注)回來，大衛來不及反對劑量，凱特就拿了四顆乾吞下去。反正她是醫生。我懂什麼？

「我們兩個，是科學團隊——」

「你們為什麼來地球？」

「我……不記得了。」她揉揉太陽穴。

「科學家。哪一種？妳的專長是什麼？」

「人類學。最接近的詞彙是什麼？進化人類學家。我們專門研究人類進化。」

大衛搖頭。「那有什麼危險？」

「原始星球的研究一向是危險工作。萬一我們在野外被殺，就必須復活才能繼續工作，但我的復活出了差錯。對我而言，它植入了記憶，卻無法推動我前進——我未出生的身體困在母親體內。這些記憶殘留在我潛意識中幾十年，直到現在——直到我來到標準年齡。」她癱到床上。「我做過的一切都是受到這些潛意識記憶的驅使。我決定當醫生、研究人員。我選擇幫自閉症患者研發基因療法，都只是我想要矯正亞特蘭提斯基因的表現。」

「矯正？」

「對。七萬年前，我引進亞特蘭提斯基因時，人類基因組還沒準備好。」

「我不懂。」

「亞特蘭提斯基因極端複雜，是一種求生和溝通的基因。」

「溝通……我們共同的夢境？」

「對。所以我們能跨越它——在潛意識透過次原子粒子和輻射線溝通，在我們的大腦之間傳遞。當你在摩洛哥北部，而我在西班牙南部就開始了。因為我們都有亞特蘭提斯基因，而且我們之間有連結。人類往後幾千年內都無法使用『連結』。我給人類亞特蘭提斯基因讓他們能存活，求生方面是唯一的目標，但是基因失控了。」

「什麼？」

注 Advil，美國知名止痛品牌。

「我們必須定期做基因調整，改變亞特蘭提斯基因。」她不自覺地點頭。「我們利用基因療法逆轉錄病毒去做調整——對，沒錯。人類基因組裡的內源性逆轉錄病毒，就是這麼回事——我們過去給人類基因療法的遺跡，附加的更新。」

「我還是不懂，凱特。」

「馬丁說對了。真不可思議。他是天才。」

「我——」

「馬丁的亞特蘭提斯基因調整年表，到一萬兩千五百年前他們也沒停止。」

「是喔……」

「他的『漏失的代爾塔』和『亞特蘭提斯沉沒』指的是我們的船被毀和我的科學團隊死亡。我們修改人類基因組的結束。」

「所以意思是——」

「改變仍在繼續，有別人在干預人類進化。你的推論正確，有兩個派系。」

杜利安閉上眼睛。戰鬥前他一向睡不著。再兩小時他們就會抵達阿爾沃蘭島，抓到凱特帶去見阿瑞斯。他釋放那個亞特蘭提斯人之後，他終於可以發現自己真正的角色和身分。他既興奮又緊張。他會得知什麼呢？

杜利安嘗試想像阿瑞斯。對，他還在，直視著他，從空管子的弧形玻璃反映出來的扭曲影像。

杜利安退後。十幾根管子排列成半圓形，其中四根裡面有靈長類或人類，很難分辨。他背後的門嘶一聲打開。

「你不該來這裡！」

杜利安認得這聲音，但他不敢相信。他慢慢轉身。

凱特站在他面前。她穿著跟他類似但不同的衣服。他的是軍服，她的則比較像不孕症研究機構員工的連身工作服。

凱特看到管子之後瞪大眼睛。「你沒有權利帶走他們——」

「我這是在保護他們。」

「別騙我。」

「是妳讓他們遭遇風險。妳給了他們我們的一部分基因組，你低估了我們敵人的仇恨，他們會追殺我們每一個人。」

「所以你根本不該來——」

「妳是我最後一個同胞。他們也是。」

「我只治療了一個亞種。」凱特說。

「對，我採樣時有發現。那個物種將永無寧日。妳需要我協助。」

72

阿爾沃蘭島附近
地中海

凱特到洗手台洗臉，彷彿這麼做可以清除她腦中混亂的記憶。她感覺所有答案和真相都在她腦海深處，只是搆不到。

她回來時，大衛在艙房裡等她，穿著護甲，臉上掛著她已非常熟悉的那副「準備開戰」的表情。

「你怎麼知道有兩個亞特蘭提斯人派系？」

「我就是知道。那些船就是證據。馬丁說得對，他們來自兩個不同的團體。」

「南極洲有數不清的玻璃管。裡面裝了什麼？更多科學家？士兵？整支軍隊？」

凱特閉上眼睛揉揉眼皮。腦中亂成一團，但答案就在裡面。「我……記不起來。我不認為他們是探索者。」

「那就是士兵。」

「不。或許吧。給我一點時間。我的腦子好像快燒起來了。」

大衛坐在床上伸手攬著她。他們默默坐了幾分鐘，最後他說：「我們剩不到一小時就要上岸了。我們得猜猜誰是兇手。」

凱特點頭。

「我懷疑是蕭或張勝，前者嫌疑最大。」他說。

「我們回過頭去想。」凱特說，「從動機開始。誰會想要殺馬丁——他們之一為什麼要殺他？」

「馬丁快找到解藥了——我們從他的筆記得知。」

「所以想要阻止他找到解藥的人應該就是主嫌。」凱特說，「我認為張勝和詹納斯是真心想要找到解藥，我想可以排除他們。我們知道阻止解藥出現是印瑪里的優先要務。這條船上只有一個人在事件開始時是忠誠的印瑪里士兵，就是卡茂。」

「不是他。」大衛反駁。

「你怎麼如此確定？」

「他在休達救了我一命。」

「也許那是他的任務——救你之後跟著你找到我。」

大衛嘆氣。「下一個。張勝剛開始也是印瑪里效忠者。」凱特看得出他生氣了。「該死，他才是這條船上殺過最多人的人。他在中國殺了多少人？幾百個，幾千個？」

「我不認為他能折斷馬丁的脖子。」凱特說。

「或許他活著的時候不行，但是……如果張勝已經殺死馬丁呢？妳說他在瘟疫接駁船上治療過他。如果是藥物殺了他，張勝在事後折斷他的脖子掩蓋事實呢？」

「我們無法驗證那個療法，這裡沒辦法解剖驗屍。卡茂嫌疑比較大，他是受過訓練的殺手。」

「我也是。蕭也是。」

「你沒提到詹納斯。」

「我只是……不認為是他。我不知道為什麼。」

「蕭在馬貝拉救過我。」凱特說。

「那可能是他的任務——」

「那就是他的任務。」

「印瑪里給他的任務。」大衛說，「還有另一個動機。別管解藥了。如果馬丁知道SAS小隊的名單，知道蕭不是其中一個呢？」

大衛的話讓凱特啞口無言。

「妳說過蕭在印瑪里營區裡熟門熟路。」

「聽起來，你自己也挺快適應的。」

大衛搖頭。「說得好。」

在這場討論取得結果之前，凱特想先說一些話。「唉，我不知道誰殺了馬丁或我們該怎麼辦。但我知道，不管你怎麼決定，我會配合你。」

大衛吻她滾燙的額頭。「我只需要這樣。」

大家聚集在遊艇的上層甲板。大衛交給卡茂一枝自動步槍和一把手槍，大衛肩上也揹了同樣的步槍。

蕭看看大衛和卡茂。「你沒給我武器——」

「閉嘴。」大衛說，「我們二十五分鐘後會到阿爾沃蘭島。我們的計畫是這樣……」

大衛解說完他的計畫之後，蕭搖頭說：「你會害死我們所有人。凱特——」

「我們決定要這麼做。」她平靜地說。

在船的駕駛艙裡，大衛向卡茂點頭，卡茂打開無線電。「呼叫阿爾沃蘭島前哨站，我們是印瑪里軍官，休達之戰的倖存者。請求准許靠岸。」

前哨站回應，問了卡茂的階級和印瑪里軍官號碼。他背對著大衛，迅速冷靜地大聲說出來。

「他們准許我們靠岸了。」卡茂說。

「很好。我們上吧。」

73

阿爾沃蘭島

大衛調整望遠鏡，從船上的駕駛艙，阿爾沃蘭島全貌映入眼簾。升起的太陽照亮了從地中海浮出的岩石小平台，比一個都市街區還小。在遠端豎立著一棟簡陋的兩層石砌水泥建築，看起來活像中世紀的監獄。中央有座燈塔，俯瞰著平凡的建築。

島嶼另一端，停機坪上有三架直升機安靜地等待。

海岸邊二十呎高的懸崖底下伸出一座碼頭。大衛調整船的航向前往碼頭。

「他們通常固定有三架Eurocopter X3型直升機嗎？」

卡茂搖搖頭。「不是。通常只有一架。他們收到了增援，可能來自印瑪里主力艦隊或西班牙南部的入侵軍。」

大衛考慮可能的事態發展。每架直升機可能載了十幾個人，建築物裡可能有五十幾個武裝士兵，待命攻擊。敵人太多了。

他在腦中暗自調整他的計畫。

卡茂把船繫泊在碼頭上，開始爬上離開懸崖通往地面的階梯。

碼頭上沒有士兵，他在階梯頂端停步，觀察面前這片裸露的岩石與沙地景觀。這裡也沒有士兵，只有風沙飛揚。燈塔在五十碼外等待，高塔在升起的太陽上刻出一條陰影，像通往未知的黑暗通道。

卡茂走出陰影。他要對方看到他沒有武裝——或許能救他一命。他往兩旁伸出雙手。赤手空拳走向一座武裝軍營令他很不安，但沒有別無他法。

一聲槍響傳來，他腳邊三呎外的地上揚起塵土。

卡茂停步舉高雙手。

建築物屋頂上，出現三名狙擊手。七名士兵跑出屋外包圍卡茂。

「表明身分！」一名士兵大喊。

卡茂舉高雙手保持口氣冷靜。「你們應該收到我的通知了。你們得給我武器，我們必須立刻攻擊那艘船。他們在盯著我。」

士兵猶豫。「船上有多少人？」

「兩個士兵，裝備齊全訓練精良。他們在上層甲板等著我回去。下層甲板有三個科學家，各自關在分開的艙房裡，沒武裝。有個女科學家就是包裹，我們需要她毫髮無傷。」

印瑪里士兵對無線電講話，又有三名士兵走出建築物加入卡茂周圍的七個人。

「我需要武器——」

「閉嘴。在這等著。」士兵說，「晚點我們再處理你。」他示意手下跟著他。他帶走七個人，留下兩人看守卡茂。屋頂上現在只剩兩人，狙擊手之一肯定加入了攻擊隊。

卡茂舉著雙手站著不動，看著部隊走到岩石平台末端，衝下階梯，往下方的碼頭移動。

他專注地盯著船。

五秒，十秒，十五秒，二十——

碼頭上發生大爆炸，一波火焰衝上岩石懸崖。卡茂和身旁兩個士兵都被震倒。他翻身拳擊較靠近的一個，把他打暈。另一個跪立起來，卡茂撲向他。士兵想要出拳，但卡茂拉他過來。他把士兵的頭猛撞到地上，感到對方的身體癱瘓。

他頭也不抬，抓起士兵腰帶上的手榴彈丟到建築屋頂上，希望能趁狙擊手就位之前幹掉他們。他又拿了一顆丟到屋頂上，以防失手。兩聲爆炸傳出時卡茂丟了第三顆手榴彈到一樓的玻璃窗裡。

他抓起士兵的自動步槍衝向建築。他必須趕到牆邊，在窗戶邊找掩護。如果手榴彈在這之前爆炸，噴出的玻璃與土石碎片會讓他受傷。

大衛加快雙腿動作。蛙鞋推動他在水中快速前進，他忍不住觀察阿爾沃蘭島周圍的岩礁。在不同的情境下，他可能在這裡潛水好幾天，悠閒地欣賞美景，但此時此刻他必須趕快繼續前進。他試著在腦中攤開地圖，估計他游了多遠。如果他太快浮上來，靠近前哨站建築，屋頂上的狙擊手可以輕易幹掉他。

終於，他決定浮上水面。他迅速脫掉氧氣筒和潛水裝備。他沒武器，只有一把小刀。

他走到懸崖岩壁等待。他想要窺探，看自己離直升機多遠，但他不敢冒險。

幾個爆炸聲迴盪天際。大衛立刻開始行動。他爬上平坦污穢的平台全速奔向直升機。它們至少有六十碼遠。

前哨站方向，他又聽見兩聲爆炸。

凱特調整握槍的力道。她覺得握槍好彆扭。小小的救生艇在海上劇烈顛簸。

「老實說，我真的很抱歉，各位。」

「我完全了解。」詹納斯說。

「我同意。」張勝附和，「這真的是唯一的辦法。」

蕭低聲念念有詞。凱特只聽得出咒罵的字眼，她心想或許聽不到他說什麼比較好。

遠處，爆炸巨響震撼了小島，凱特看著一百三十呎的遊艇碎片像下雨般飄落在地中海。

意外的是，當她看著船起火燃燒竟有種失落感。這段航程充滿緊張和擔憂，但她很珍惜在下層甲板和大衛相處的時光。她不知道未來會如何。

大衛快要抵達三架直升機時，看到卡茂出現在建築屋頂上。他停在路上，轉向建築靜靜等待。

卡茂端起狙擊步槍，指向大衛和直升機，左右掃瞄了幾次。

他放開步槍向大衛打暗號：全部淨空。

大衛沒料到這樣。他以為至少會有一個士兵看守直升機。若是史隆就不會放著直升機沒人管。他不在——現在大衛確定了。

基地指揮官用他的所有資源去攻打船隻。或者……

大衛來到第一架直升機，迅速查看裡面，再衝向另外兩架，全部沒人。卡茂說得對，這裡沒人。

為什麼？他們在直升機裝了詭雷嗎？大衛必須查出哪一架燃料最多。他走到最靠近的直升機門向內窺探，沒有陷阱線。他抓著門把開始轉動。

卡茂衝過建築內部，尋找多餘的燃料桶。他在一樓儲藏室找到，抓起兩個走出建築。大衛正在等他。

「有看到史隆嗎？」

卡茂搖頭。

「這一定是先遣隊——來試探是否會被磁軌砲打下來。史隆絕不會冒生命危險。我們最好趕快，他一定快到了。」大衛考慮一下。「你在屋裡有看到炸藥嗎？」

「有。」

「帶著。我們給史隆留個驚喜。」

五分鐘後，大衛坐在直升機裡，冷靜地看著阿爾沃蘭島的地面退開，景觀變成開闊的海面。卡茂調整直升機的路線，載著凱特和三位男士的救生艇漂流了一點距離，但還是很容易找到。

他們按照大衛在遊艇上擬的計畫：凱特和裝了槍械與電腦設備的袋子先登機，接著是詹納斯、張勝和蕭——依此順序。

大家都登機後，卡茂用無線電在大衛的頭盔裡說：「去哪裡？」

其實，大衛毫無頭緒。但是……他們不能往北邊的西班牙，或往南到摩洛哥，即使往西到大西洋也不行。

「往東走。保持低調。」

74

阿爾沃蘭島

杜利安先看到兩道濃煙許久，渺小的阿爾沃蘭島才進入視野。

杜利安的領隊直升機保持半公里距離，讓三架直升機上的每個人先觀察前哨站。一艘大遊艇在碼頭上燃燒。石砌水泥的兩層建築物與附屬燈塔也在熊熊燃燒。杜利安跟他們擦身而過，或許只差一小時。

「長官，」駕駛員說，「看來我們錯過派對了。」

他顯然罹患了「說廢話強迫症」——杜利安感覺這病已經在他身邊的人蔓延成瘟疫規模。

「好眼力。你該去當分析師。」杜利安咕噥，考慮該怎麼辦。

「Bravo領隊，這是Bravo三號。我們燃料只剩百分之四十。請求准許降落取得燃料——」

「不准，Bravo三號，」杜利安在頭盔裡大罵。

「長官？」他自己直升機的駕駛員轉頭看他，「我們也剩不到百分之五十——」

「Bravo全隊，跟前哨站保持距離。Bravo三號，攻擊最靠近的直升機。」

直升機發射一枚飛彈摧毀島上停機坪剩下的兩架直升機之一。命中後隔一瞬間，島上冒出第二次更猛烈的爆炸。

「他們在直升機裝詭雷？」駕駛員說。

「對。也摧毀另一架。」杜利安說，「最接近我們的燃料來源是哪裡？」

「馬貝拉或格瑞那達。入侵軍回報這兩地都很安全——」

「他們往東走了。」

「你怎麼知——」

「因為他們知道我們在跟蹤，他們沒別的地方去。」杜利安專心看著坐在對面的助理科斯塔。「這附近有沒有瘟疫接駁船——往東走的？」

科斯塔在他的筆電上猛打字。「有，但已經快到卡塔赫納的港口了。」

「叫它回頭，往南到我們的航線上會合。」

「是，長官。」

「他有什麼消息嗎？」杜利安問。上次的訊息說「阿爾沃蘭島。趕快。」他有危險嗎？

「沒有，長官。」科斯塔瞥向窗外，低頭看燃燒的島嶼。「他可能陣亡了——」

「別跟我說這種話，科斯塔。」

保羅．布倫納睡在辦公室裡的沙發上，門突然被掀開撞到牆壁，差點把他嚇死。

保羅在沙發上撐起身子，往咖啡桌上摸索眼鏡。他頭暈眼花，神智不清。他已經好一陣子沒睡這麼久了。

「幹嘛——」

「長官，你最好來看看。」實驗室技師的聲音在顫抖。是興奮還是恐懼？保羅戴上眼鏡時，他已經離開了。

保羅跟著他跑步，通過疾管局指揮中心的走廊，到達醫院。眼前是被塑膠帳篷圍繞的幾排病床。保羅只能勉強瞥見裡面的東西。他沒看到的東西才最可怕。沒有動靜，沒有燈光，沒有規律的嗶嗶聲。

他走進房間深處，拉開最靠近的病床塑膠簾。心電圖停止，躺在下方的病患動也不動，血液從她的嘴流下來，染紅了白床單。

保羅緩緩走到他妹妹的病床。狀況相同。

「存活率多少？」他有氣無力地問技師。

「零。」

保羅腳步沉重地走出病棟，畏懼每一步，但仍強迫自己前進。他感到空虛與真正絕望，自從瘟疫爆發，自從二十年前馬丁．葛雷邀他到日內瓦，說需要他幫忙進行一個在最黑暗的時刻可以拯救人類的計畫以來，第一次感受到這種情緒。

在蘭花任務室，玻璃門再度打開。幾小時前顯示協調演算法結果的螢幕上已經換成了世界地圖，被全球各地的傷亡數據染成了血紅色。

現場眾人的臉色反映出對螢幕影像的無聲驚恐，凝重的注視迎向踏進門的保羅。偷看他的人比以前少了點，有的團隊成員是瘟疫倖存者，像保羅一樣免疫。但對大多數人，蘭花是他們生存的關鍵，藥效衰退，那些成員都進了醫院或停屍間。

剩下的成員以往會聚集在桌邊踱步和爭吵，現在全都掛著黑眼圈默默坐著。桌上散置著裝滿的保麗龍咖啡杯。

領隊站起來清清喉嚨。保羅走進房間時他開始說話，但保羅一個字也聽不進去。他專心看地圖出神，彷彿被它吸了進去。

波士頓蘭花區：百分之二十二總人口確認死亡。

芝加哥蘭花區：百分之十八總人口確認死亡。

他瀏覽統計數字。

在地中海，義大利南方，有個島發出綠光，像一個燒壞或失靈的畫素。

保羅按下觸控螢幕，地圖放大。

馬爾他島

瓦萊塔蘭花區：百分之零確認死亡。

維多利亞蘭花區：百分之零確認死亡。

「這是什麼？」保羅問。

「陰謀詭計。」一個分析師大聲說。

「我們無法確定！」另一個說。

站著的領隊舉起雙手。「我們收到全世界傷亡慘重的報告，長官。」

「馬爾他島沒回報嗎？」保羅問。

「不。有回報。他們說沒有傷亡。」

另一個分析師開口：「馬爾他騎士團發出聲明說他們『照例在這危機與戰爭的黑暗時刻提供住房、照護和撫慰』。」

保羅回頭看看地圖，不知該說什麼。

「我們認為，」領隊說，「他們只是想延續醫院騎士團的神話，或者更糟，吸引身體健康的人去幫他們守護島嶼。」

「有意思……」保羅低聲說。

「這時候其他地方都回報了從百分之十五到三十的死亡率。我們認為某些地方的數據有點失準。梵蒂岡蘭花區宣稱是百分之十二，上海阿爾發區是百分之三十四，但上海貝塔區僅約一半……」

保羅踱步走向門口，快速動腦。

「長官？有別的療法嗎？」

保羅轉向分析師。他懷疑白宮是否在團隊裡放了臥底，可以向上級報告最新療法有穩定改善或惡化的人，可以告訴華府是否該接管永續組織、實施安樂死草案的線人。

「是有……別的東西，」保羅說，「我還在研究。跟馬爾他島有關。請大家聯絡維多利亞和瓦萊塔區的主管，盡量查明現狀。」

保羅的助理跑進房間。「長官，總統在線上。」

75

地中海

大型直升機上相當安靜，大衛感謝輕微震動幫助了凱特登機後能夠熟睡。他在座位上挺直身子，望著窗外。卡茂和蕭在前面的駕駛艙裡，卡茂負責駕駛，詹納斯和張勝坐在他對面。兩人都精疲力盡，表情呆滯。

凱特往他倒過來，頭靠在他肩膀上。大衛不敢動彈。他右大腿底下握著手槍，隨時可以開槍應變。

凱特睡在他肩上，有槍在手，四名嫌疑人都在前方，從他們發現馬丁身亡以來大衛感覺現在踏實多了。知道他們找出了解藥也幫助他內心平靜。

凱特的呼吸均勻平靜，不像她在遊艇上做夢時冒汗又痛苦。大衛猜想她神遊何處，夢到了什麼……或想起什麼。

詹納斯避免吵醒凱特，輕聲地說：「我得誇獎你，維爾先生。我很少這麼佩服別人，如同你在船上的表現。你對歷史的了解……很透徹。我原以為你只是頭腦簡單的軍人。」

「別擔心。我常碰到這種事。」大衛懷疑詹納斯別有所圖，像知悉寶貴資訊的嫌犯一樣打量他，但他猜不出這位科學家想幹什麼。

「對我來說，還有一個謎題。」

大衛抬起眉毛。多說話可能會吵醒凱特。

詹納斯舉起馬丁的密碼，讓大衛再看一次。

PIE＝光明派？
535……1257＝第二次托巴？新投射系統？
亞當→洪水／A$沉沒→托巴2→KBW
阿爾發→漏失的代爾塔？→代爾塔→奧米加
70K YA→12.5K YA→535……1257→1918……1978
失蹤的阿爾發通往亞特蘭提斯的寶藏？

「馬丁密碼的最後一行：『失蹤的阿爾發通往亞特蘭提斯的寶藏』你想這是什麼意思？」詹納斯折起紙張。「我很好奇為什麼馬丁在頂端注記提到PIE。似乎……沒必要——如果我們推論解藥就隱藏在凱特和歷史上兩次鼠疫倖存者的基因組內。」

大衛必須承認，他說得有道理。「可能是偽裝，或誤導發現筆記的旁人。」

「對，或許吧。但我另有推論。如果我們缺了一塊呢——另一個基因轉捩點。阿爾發、亞當或亞特蘭提斯基因的引進。」

大衛考慮這個推論。「或許吧。但六世紀和十三世紀的瘟疫屍體可不容易找到，而且好幾百萬人分散埋葬在歐洲各地。你說的是特定屍體，七萬年前埋在非洲某處……絕對不可能找到。」

「那倒是。」詹納斯嘆氣說，「我提起只是因為你似乎最能洞察筆記的意義。你的歷史背景似乎比我的科學還有用，真奇怪。」他看看直升機的窗外。「我懷疑馬丁是否發現了。如果他真的找到亞當的遺體，是否在這個筆記裡留下線索。」

大衛認真考慮他說的話。還有別的線索嗎？「另一個考量是，」詹納斯說，「馬丁的意圖。他顯然知道凱特是基因拼圖的一塊，但他的主要目標是用解藥交換她的安全。如果他找出所有碎片，或許他特別為她設計了最後的線索——亞當的位置。」

「只是根本沒有線索，沒有年代，沒有位置。只有『失蹤的阿爾發通往亞特蘭提斯的寶藏』。我們連寶藏是什麼都不知道。」

「對。不過，我有個推論。如果考慮到西藏地毯，我們都同意它是馬丁的密碼和年表的關鍵，描述中有個很明顯的寶藏：大洪水和亞特蘭提斯沉沒時，原始人帶到高地上的法櫃。」

大衛不禁點頭。他怎麼沒看出來呢？那是什麼意思？亞當如何通往這個寶藏？那個箱子——法櫃裡面是什麼？「對……這挺有趣。」大衛咕噥說。

「最後一點，維爾先生。密碼第一行：『PIE＝光明派？』你想馬丁為什麼寫進去？」

「引導我們找到那張地毯？」

「對，但顯然凱特已經看過了。會是什麼東西的線索嗎？似乎……很多餘。就算省略，年表也是完整的，並沒有加入其他實際資訊，最後一行提到的寶藏也是。當然，除非它們真的是線索，要帶我們找到亞當和寶藏，解開這個『亞特蘭提斯實驗』的祕密。」

張勝抬頭看，彷彿從夢中醒來。「你認為——」

「我認為，」詹納斯說，「這件事還沒完整。我不知道該不該叫醒凱特問她的意見，整個謎團似乎都在她身上。」

大衛下意識地拉凱特貼近。「我們別叫醒她。」

詹納斯迅速看她一眼。「她身體不舒服嗎？」

「她沒事。」大衛用對話開始以來最大的聲調說，「她需要休息。我們都休息一下吧。」

「好吧。」詹納斯說，「可以請問我們的目的地嗎？」

「等我們到了我會告訴你。」

76

凱特覺得這場夢遠比其他的清晰。不是夢境，而是記憶。她走進船的解壓縮室等待。阿爾發登陸艇，這是船的名字。

她穿的防護衣被風吹得微微飄動。

巨大的門打開，露出她看過的沙灘和岩壁。先前覆蓋地面的一層黑色灰燼不見了。

頭盔響起清脆的聲音，凱特聽到時嚇了一跳。「建議妳搭戰車。路程很遠。」

「收到。」凱特說。她的聲音聽起來不同。機械化，不帶情緒。

她走到牆邊伸手到面板上。一團藍光出現，她動手指操縱機器。牆壁打開，一台懸浮合金戰車飄進室內等著她。

凱特踏上去開始操縱面板。戰車迴轉飄出房間，但凱特沒感覺到移動——這個裝置會製造某種泡沫，防止慣性搖晃她。

戰車飛到沙灘上，凱特抬頭看。天色晴朗，沒有灰燼的痕跡。陽光明亮，凱特看到海灘邊的岩石懸崖後面有綠色植被。

世界正在痊癒。生命逐漸復甦。

從她上次實施治療——後來被人類稱作亞特蘭提斯基因的基因科技，經過了多久？幾年？幾十年？

戰車上升飛過岩脊。

凱特讚嘆這片翠綠自然的景觀。叢林從灰燼中重生，像個從零開始創造的新世界——為了庇護這些原始人類所建造的綠色花園。

遠處，一道黑煙升上天空。戰車前進，聚落出現在地平線上。他們建立在高大的岩壁底下，以防夜間被掠食者襲擊。營地被安排成只有一個出入口，入口處戒備森嚴。棚屋和單坡屋頂小屋構成一個圓圈，最大的結構體直接建造在營地後方的牆邊。營地中央熊熊燃燒的火堆也有助於嚇退掠食者。

凱特知道人類稍後將學會生火，但現階段他們只能維持住從雷電之類的來源所產生的火種。維持火堆燃燒對營地非常重要——具有保護功能又可以烹煮有助他們腦力發育的食物。四個男性站在營火邊添柴，時不時翻動，確保不會熄火。火焰從方形石坑升起，大塊圓石圍繞著高聳的火焰，形成阻止小孩靠近的護牆。這裡有很多小孩，或許有上百個，到處亂跑、嬉戲，互相比手勢。

「他們的人口在激增。」她的同伴說，「我們必須做點什麼，必須限制部落規模。」

「不行。」

「置之不理，他們會——」

「我們不確定會發生什麼事。」凱特堅持。

「我們會害他們更慘——」

「我要去查看阿爾發夫婦。」凱特改變話題。他們人口迅速擴張是個隱憂，但不必然會成為問題。這個星球很小，但是大到足以容納更多人口——如果他們和平共存。這就是她的重點。

戰車降落，她走下車。營地的小孩們停下來望著她，朝她走過來，父母們衝上前把小孩按倒在地，自己也趴下，臉朝地面伸出雙臂。

她同伴的聲音更加沉重。「這很糟糕。他們把妳當成神了——」

凱特不理他。「繼續進入營地。」

凱特示意人們站起來，但他們仍低著頭。她走到最靠近的一人，是女性，扶她起來。她扶下一個人起來，然後大家都站起來，圍攏過來。他們簇擁著和她走過營地中央劈啪作響的火堆。

她立刻看到了酋長的茅屋，比較大又裝飾著象牙，兩個健壯男性站在門口守衛。她走近時他們退開。

屋裡，一對老夫婦坐在角落，是阿爾發。他們看起來好老、好萎靡，似乎從未完全從山洞裡幾乎餓死的慘狀復原。三個男性圍著茅屋中央一塊方形石頭平台坐著，討論一幅像是地圖的圖畫。他們都站起來，較高的男性走向凱特，但老男人雙腿顫抖著站起來揮手斥退他。他向凱特鞠躬，再轉身指著牆壁。一連串原始的繪畫排成一列。頭盔電腦的解讀是：

天神降臨之前，世上只有黑暗。天神以祂的形象重新造人，也創造了一個新世界，繁榮富庶。天神帶回了太陽，承諾只要人類以神的形象活著並保護祂的王國，太陽會永遠閃耀。

這是創世神話，精確得驚人。他們的心智往前飛躍了一大步，達到前所未有的自我意識和解決問題的能力。他們把新生的智力專注在世上最大的疑問：我們是怎麼來的？我們是什麼？誰創造了我們？我們的目標是什麼？

史上頭一遭，他們發現了關於自身存在的神祕，他們摸索答案，如同所有新興物種。由於沒有絕對的答案，他們記錄了自認為發生什麼事的詮釋。

她的同伴這時聽起來很緊張。「這樣極度危險。」

「或許不會——」

「他們還沒準備好。」同伴斬釘截鐵地宣稱。

他們太年輕無法接受神話，但如果他們的心智已經進展這麼快，後續的宗教可能是個強大的工具。「我們可以修正情況。這樣……可以救他們。」

她的同伴沒回答。

沉默讓凱特備感壓力。如果他爭論還比較輕鬆。沉默表示她必須合理化他的主張。

「我們必須馬上結束這個實驗，趁我們還沒搞得更糟之前。」她的同伴說，語氣變得溫和。

凱特猶豫不決。這麼早發展宗教確實很危險，它可能會腐化人心。自私的部落成員可能利用來謀取私利，操縱其他人；也可能被用來合理化，當成各種邪惡的基礎。但如果善用，可能是個神奇的教化力量，成為一種指引。

「我們可以幫他們，」凱特堅持，「我們可以修正。」

「怎麼做？」

「我們給他們人類密碼。在他們的故事裡暗藏教訓和倫理。」

「這救不了他們。」

「以前曾經有效。」

「只能維持一陣子。當他們不再相信會怎樣？故事無法永遠滿足他們的心智。」

「等問題出現我們再處理。」凱特說。

「我們無法留下來牽著他們的手。我們不能替他們解決所有問題。」

「為什麼不行？我們創造了他們，我們有一部分在他們體內，這是我們的責任。而且幫助他們可能是我們能做的最重要的事。我們不能撒手不管。」

凱特的話只引來沉默。她的同伴後悔了。她討厭歧見，她知道她必須做什麼。

她伸出手臂點擊面板。船上的電腦迅速分析原始人的簡陋語言。很粗糙，但是電腦輕易組成了一份字典。她伸出手掌，光線從手上照到岩壁上。她投影的符號排列在部落所寫的字跡底下。

年老的阿爾發點頭。兩個男性跑出茅屋拿回了兩大片綠葉，裝著暗紅色濃稠液體。起先凱特以為是莓果榨汁，但隨即發現裡面裝的是血液。

男性們開始用血在灰色岩壁上塗寫，複製她所投射的符號。

凱特睜開眼睛。她回到直升機裡和大衛一起。門開著，下方的海面閃閃發光。微風充滿她的肺，她發現呼吸會痛。她擦掉額頭上的汗水。大衛的眼睛注視著她。

他指著掛在機艙中間的耳機。凱特過去拉下來戴到耳朵上。他俯身按儀表板。

「我們現在是保密頻道。」他說。

她忍不住偷瞄坐在對面的張勝和詹納斯。

「怎麼了？」大衛專心看著她問，不理會茫然呆坐的科學家。

「我不知道。」

「告訴我。」

「我不知道。」凱特又擦掉臉上的一層汗水。「記憶又來了，我無法阻止。我重新經歷……好像被它們……附身了。我想是吧，我不確定。我怕我正在喪失……一部分自我。」

大衛上下打量她，似乎不知該說什麼。

凱特努力專心。「或許是因為我到了這個年齡，導致亞特蘭提斯療法啟動，無論那個管子做了什麼，記憶開始復原接管，然後——」

「沒有接管這回事。妳會保持原來的妳。」

「還有別的事。我想我們遺漏了什麼。」

大衛的目光轉向兩位科學家。「什麼？」

「我不知道。」

凱特閉上眼睛，但這次沒有任何記憶浮現。

77
地中海

凱特被大腿上的震動驚醒。她第一眼看見的是大衛的眼睛。

她從口袋掏出震動的手機看看來電號碼。是四〇四區域碼。喬治亞州亞特蘭大的疾管局，永續組織的保羅・布倫納。她接電話時，迷糊的睡意全嚇跑了。她聽見保羅・布倫納很驚慌的講話，詞彙像拳頭衝擊著她。測試失敗，沒有替代療法。安樂死草案已獲授權。妳能幫忙嗎？

「等等。」她對電話說。

她坐起來。「沒有效。」她向大衛、張勝和詹納斯說。

「應該還有別的，凱特。基因拼圖的另一個碎片。」詹納斯說，「我們需要更多時間。」

「我們有點線索。」凱特對電話說。她聆聽，然後點頭。「好。什麼？不，我們……」

她看著大衛。「我們離馬爾他島多遠？」

「馬爾他島？」

凱特點頭。

「兩小時，極速的話或許快一點。」

「馬爾他島的蘭花區回報沒有傷亡。那邊有點古怪。」

大衛沒說話。他去駕駛艙跟蕭和卡茂講話——轉向飛往馬爾他島，凱特猜想。

凱特揉揉腦袋。她的感覺不太一樣。先前她比較……疏離，冷靜，麻木，幾乎機械化。現在她能完全控制她的心智，她體驗那些場面只像是發生在別人身上。百分之九十的人類滅亡……但她感覺像在做科學實驗，結果不確定但是對她沒有影響。我是怎麼了？她的感覺，她的情緒核心似乎正在消融。

大衛回來，一屁股坐回凱特身邊的長凳上。「我們兩小時內可以到馬爾他島。」

凱特把電話貼到耳邊開始跟保羅交談。我們會查出來的，你能不能拖延他們，我們不知道那邊的狀況。盡力吧，保羅，還有機會。

她結束通話回來看著大家。

詹納斯搶先她開口：「一直都在這裡，就在我們眼皮底下。」他指著有馬丁密碼的那一頁。「失蹤的阿爾發通往亞特蘭提斯的寶藏（Missing Alpha Leads to Treasure of Atlantis）。第一個字母連起來就是馬爾他。」

凱特看著大衛瀏覽密碼。他臉色變了。

她打破沉默。「馬丁已經找了很久——無論那是什麼。他認為在西班牙南部，但他告訴我他猜錯地點了。他一定是添加了關於馬爾他島的最後一點。」

「妳知道那是什麼嗎？」詹納斯問，「亞特蘭提斯的寶藏？」

凱特搖頭。

大衛拉她貼近。「過幾個鐘頭我們就知道了。」然而，他的眼神透露不同的意思：妳記得嗎？凱特閉上眼睛努力專心回想。

解壓室壓力下的防護衣窸窣聲在凱特頭盔裡聽起來很清脆。「現在有兩個聚落了。」

「收到。」

「正在傳送初始聚落的座標。」

凱特的頭盔顯示出地圖。他們的船，阿爾發登陸艇，仍然在非洲外海，她原本移植亞特蘭提斯基因的地方。

一輛懸浮戰車在房間中央靜靜地等待。門緩緩打開，露出外面景色。凱特爬上戰車飛出船外。

這個世界更加綠意盎然。已經經過多少時間？

在營地，她了解到過了多久。小屋數量比她上次看過的至少增加五倍。至少經過一個世代。而且營地的性質改變了，健壯的戰士穿著衣服、畫著戰爭妝，到處巡邏。她飄進去時他們轉向她威脅地舉起長矛。她抓住電極棒。

一名老人蹣跚走向戰士向他們怒吼。凱特驚訝地聽著。他們的語言進步很驚人，已經發展出複雜的語言學結構，不過這時用的字彙比較非正式。

戰士們放下長矛退後離開她。她停好戰車，走進營地深處。這次沒有鞠躬和跪拜。前方，酋長的棚屋也變大了。簡單的單坡屋頂變成有石牆的神殿，直接蓋在岩壁裡面。她走過去。村民在兩旁列隊，保持距離，搶著要看她。在神殿的門檻，衛兵退開，她走進去。

洞穴空間末端的祭壇上，躺著一具屍體。一圈黑色人類跪在前面。

凱特走過去。他們轉身。從眼角，她看到一個老人走向她。是阿爾發。凱特很驚訝他活了這麼久，治療造成了傑出的效果。

凱特回頭看看屍體，閱讀祭壇上方的符號。酋長的次子在此安息。被兄長的部落在原野上打倒，因為貪圖我們土地的收穫。

凱特迅速閱讀剩下的文字。酋長的長子似乎組成了他自己的部落在鄉野漫遊，成為尋找草料的一群遊牧者。

酋長的次子占據這個部落打獵採集的地盤。次子被視為他父親的繼承人，下任酋長。他們發現他死在野外，樹木和灌木叢都被摘光。他是長兄攻擊的第一個受害者，他們害怕未來沒完沒了，因此正在備戰。

「我們必須阻止。」她的同伴在凱特頭盔裡說。

「我們會的。」

「戰爭會鍛鍊他們的心智，提升他們的科技。那是個催化劑——」

「我們會阻止。」

「如果我們移走一個部落，」她同伴說，「就無法管理基因組。」

「有個辦法。」凱特說。

她舉起手往牆上投射符號。

你們不可報復不義之人。你們必須離開這個地方。你們的流亡現在開始。

凱特睜開眼睛，看見大衛在盯著她。

「什麼？」

「沒事。」她擦掉額頭上的汗。現在記憶改變她的速度加快，快要接管她了。她變得更像遙遠過去的她，不像現在這個愛上大衛的女人。她湊近他。

我該怎麼辦？我想阻止這一切。我打開了門，但我能關上嗎？感覺彷彿有人在壓制她，強行把記憶灌進她喉嚨裡。

凱特站在另一座神殿裡。她穿著防護衣，眼前的人類聚集簇擁著另一座祭壇。

凱特看看神殿門外。景觀很茂盛，但不像在非洲那麼富庶。這是哪裡？或許地中海東岸？

凱特走近去看。祭壇上的石箱。她很眼熟——在西藏地毯上，大洪水的描述中，當時大水上升吞沒海岸，消滅古代世界的城鎮。光明派把這個箱子帶到高地上，她很確定。這就是在馬爾他島等待的寶藏嗎？

部落人民從地上站起來轉身看她。

在神殿幹道走廊左右兩旁的凹室裡，這時凱特看見幾十個人跪著冥想，尋求平靜。

他們會成為光明派，把法櫃帶上高地的山區僧侶，保持信仰努力過著正直自制的生活。

凱特走過走道。

「妳知道必須怎麼做。」同伴說。

「對。」

在祭壇處，人群讓開，她爬上階梯看向石箱裡面。

是阿爾發，部落創立人和酋長，靜止冰冷地躺在裡面，終於死去。他的面容詭異地近似凱特在山洞裡初次見到他那樣。他帶著一塊腐肉給配偶，倒在岩壁上奄奄一息那一天。當時她扛起他拯救了他。現在她救不了他。

她轉回來面對圍繞祭壇的人群。她可以救他們。

「這很危險。」

「沒別的辦法。」凱特說。

「我們可以結束這場實驗，當機立斷。」

凱特不禁搖頭。「不行。現在我們不能回頭。」

她完成調整後，走下祭壇。人們擠在她身邊，衝過石箱。他們拿出了石蓋放在箱子上。

她看著他們在法櫃側面刻上一連串符號。她的頭盔翻譯出來：

我們的始祖在此安息，他活過了黑暗，看見了光明，並追隨正義的召喚。

凱特睜開眼睛。

「我知道馬爾他島上光明派一直在保護的東西是什麼了。」

大衛的眼色說，別講出來。

「是解藥的一部分嗎？」詹納斯問。

張勝也湊過來。

「或許吧，」凱特說。她看著大衛。「馬爾他島還有多遠？」

「不遠了。」

杜利安從口袋掏出衛星電話。

往東移動中。目標馬爾他島。你跑哪裡去了？

他回頭走過瘟疫接駁船的甲板爬進直升機。

「我們走吧。」

78

凱特站在龐大的指揮中心裡。她從未見過的雷射投影面板占滿對面的牆壁。地圖正在追蹤每塊大陸上的人類人口。

在房間的角落，有個警報燈閃爍亮起。有船隻接近。

她的同伴跑到控制面板，操縱出現的藍色光亮雲霧。「是我們的船。」他說。

「怎麼會？」

地球時間五萬年前，凱特和她的同伴收到了通訊：他們的世界，亞特蘭提斯人的母星淪陷，非常慘烈，僅僅一天一夜之間就被摧毀。怎麼可能有倖存者？母星的緊急通報是誤報嗎？凱特和搭檔後來，隱匿了他們的科學探索，認定他們是最後倖存者，如今在宇宙中一被孤單地放逐，成了永遠無法返鄉的兩個科學家。難道他們弄錯了嗎？

「是救生艇。」同伴轉向她說，「復活船。」

「他們不可能來到這裡。」凱特說。

「太遲了。他們已經登陸，打算把船埋在南極的冰封大陸底下。」同伴操作控制面板。他似乎緊張起來。他在緊張嗎？

「誰在船上？」凱特問。

「阿瑞斯將軍。」

一股恐懼流過凱特全身。

場景改變。凱特站在另一艘船上——不是登陸艇。這艘船很巨大。她眼前的玻璃管延伸出好幾哩。空間中迴盪著腳步聲。

「我們是最後一批。」陰影中傳來一個聲音。

「你來這裡做什麼？」她的同伴問。

「為了保護烽火系統。我看過你們的研究報告。你們給原始人的求生基因。我覺得……很有潛力。」聲音的主人走進光線中。

是杜利安。

凱特差點嚇退一步。阿瑞斯將軍就是杜利安，怎麼會？她專心觀察，那個人的臉不像杜利安，但凱特強烈直覺杜利安藏在此人體內。或者應該相反？是阿瑞斯藏在杜利安體內而凱特察覺到這一點——看到了最純粹的形式。當凱特看著阿瑞斯時，她只看到杜利安。

「這裡的居民不關你的事。」她的同伴說。

「正好相反。他們就是我們的未來。」

「我們沒有權利——」

「你沒有權利改變他們，但是做了就做了。」杜利安說，「你把我們一部分基因組給他們的瞬間就危及他們。無論我們去哪裡，我們的敵人會追殺他們，如同追殺我們一樣，直到宇宙的盡頭。我想救他們，讓他們平安。我們要讓他們進步，讓他們成為我們的軍隊。」

凱特搖頭否決。

杜利安專注地看她。「妳早就該聽我的話。」

無窮的玻璃管行列逐漸消失，凱特來到同一結構體的不同房間。這裡只有十幾根玻璃管直豎著，在面前排成半圓形。她看過這個房間——在南極洲——她、大衛和她父親會合的地方。每根管子裝著一個不同的人類亞種。

她背後的門打開。

是杜利安。

「你做了你自己的實驗。」凱特說。

「對。但我說過我自己做不到，我需要妳協助。」

「你自欺欺人。」

「他們少了妳就會死。」杜利安說，「我們都會死，他們的命運和我們一樣，最終決戰無法避免。不是妳給他們需要的基因能力，就是他們滅亡。我們的命運已經注定，我是來幫他們的。」

「你說謊。」

「那就讓他們死吧。袖手旁觀，看看會怎樣。」他等了一下。見凱特不說話，他繼續說，「他們需要我們幫忙。他們的轉變只完成了一半。妳必須完成自己起頭的事。沒別的方法，也無法反悔。幫我，就是幫他們。」

凱特想起她的同伴，他的反對意見。

「妳的搭檔是個笨蛋，只有笨蛋會反抗命運。」

凱特的沉默是個訊號——對她和杜利安皆然。他似乎被她的猶豫不決鼓舞。

「他們已經分裂了。我收集了一些人選，進行我自己的實驗。但我缺乏專長。我需要妳跟妳的研究，我們可以轉化他們。」

凱特感到崩潰，她感覺自己落入他的魔咒。以前也是這樣——她的過去，在舊金山。她努力保持理性，努力想要協議，但是心思飄到了在直布羅陀和南極洲被他逼到絕境的經驗。歷史正在重演。同樣的演員，玩不同的遊戲，在不同的舞台上發生同樣的結局。只差這次是在很久以前，上一輩子，在另一個時代。

「如果我幫你，」她說，「我要確保我的同伴不會受到傷害。」

「我保證。我會加入你們的探索——扮演安全顧問。為了掩蓋我們的存在，妳必須採取一些額外步驟。妳必須把你們的復活管設定成回應我的輻射線訊號——以防我發生不測。」

杜利安把頭倚著直升機座椅閉上眼睛。這不是夢，也不是記憶。他就在現場。

凱特反對他，最後幫助他。他拿走了她的研究加以利用，在她沒有用處時背叛她。

跨越時代，他們又演出同樣的戲碼，爭吵著是否轉化人類：她維護人類，他則想要打造一支軍隊去對抗優勢的敵人。

誰才是對的？

他察覺到了別的：凱特和他同時想起了這些事件，彷彿他們連接到同一個網路上，各自接收訊號，過去的記憶，驅使他們前往某個目標。她會透過這個方式收到密碼。這是阿瑞斯的計畫。所以他因此設定了手提箱？

看到凱特讓杜利安士氣大振。她的恐懼，她的脆弱，跟以前一樣。當時他占盡上風，這次也會。她握有他需要的研究和資訊。他很快就會拿到手，只要她想起來。

但重點不是過去發生的事。是某個資訊——她會想起來的密碼。阿瑞斯已經知道了。杜利安現在逐步接近凱特，而她快要想起他需要的密碼。時機完美無缺。很快的，他會抓到她並取得最後的祕密，她最重視的東西，她必敗無疑。

79

馬爾他島附近
地中海

海平線上，大衛看到馬爾他群島的兩個較大島嶼進入視野。六百年來，這群面積僅有一百二十二平方哩的小島向來是全世界的兵家必爭之地。二次大戰期間，每單位面積受到最多轟炸的就是馬爾他島。德國和義大利空軍把它夷為平地，但是英軍堅守不退。

在某些城鎮，例如拉巴特，居民躲到地下，住在以漫長地道連接的石室裡。那裡的地下墓穴是傳奇。從古羅馬時代就用來埋葬死者，但在慘烈的二戰期間它們保住無數馬爾他人民的性命。

在納粹空軍狂炸馬爾他島之前將近四百年，曾經有另一個惡魔找上門來：鄂圖曼帝國的艦隊。一五六三年，偉大的蘇里曼蘇丹率領大約兩百艘船的艦隊，將近五萬大軍——是當時世界上最大的軍力。

接下來幾個月就是歷史上的馬爾他大圍攻，改變世界歷史。戰況殘酷到無法想像，是最血腥的戰役之一。估計雙方發射了十三萬發砲彈。馬爾他島有三分之一居民喪生。醫院騎士團加上來自西班牙、義大利、希臘和西西里島大約兩千人的雜牌援軍，堅守了四個月，直到鄂圖曼艦隊累積死傷數萬人，收兵回國。

如果鄂圖曼人在一五六五年攻占馬爾他島，許多歷史學者認為他們的軍力可以輕易攻占歐陸，阻止文藝復興來臨，永遠改變全世界的命運。

馬爾他島居民英勇奮戰至死。他們是在保護自己生命以外的什麼東西嗎？

大衛看看紙張。*失蹤的阿爾發通往亞特蘭提斯的寶藏？*

馬爾他島上有什麼？某種古代寶藏？它和肆虐世界的瘟疫有什麼關係？

大衛是個歷史學者。他相信事實：從多方來源收集，最好經過不同背景與動機的目擊者們證實的真相。

寶藏是對愚人的誘餌，如同神祕古物，就像十誡的法櫃，耶穌的聖盃，他都不相信。軍事史比較可靠，將領們計算他們的死傷，雙方的死傷數字裡就隱含著真相。

真相是歷史上有無數軍隊爭奪過馬爾他島，但它很少淪陷。

此時的記憶非常清楚，凱特覺得她幾乎可以控制它，彷彿她可以自由來回穿梭時空。

她又穿著亞特蘭提斯人防護衣，身邊的場景是座簡陋的原始茅屋。她看看門外。氣候似乎變了。戶外潮濕多雨，植被幾乎都是熱帶植物。不是地中海，或許是在南亞。

三個女性坐在地上，正忙著做什麼東西。凱特走過去低頭一看，是那幅西藏地毯。*他們正在創作警世圖，以防我們失敗，*她心想。

亞特蘭提斯人給了他們——她給了他們——當作後備計畫。

現在她懂了。

她走出小屋，進入空曠的營區。聚落感覺像遊牧民族，似乎匆促建立也很快就會拋棄。

一座臨時神殿聳立在中央。她走過去。門口的衛兵退開，她直接進去。法櫃在這裡。僧侶們圍著它盤腿而坐，低著頭。

聽到她的腳步聲，有個人起身匆匆走到她面前。

「洪水就快來了。」凱特說。

「我們準備好了。我們明天就出發前往高地。」

「你們警告其他聚落了嗎？」

「我們傳過話。」他繼續低著頭，「但他們不聽我們的警告。他們說他們征服了這個世界，不怕洪水。」

原始的神殿消失，換成玻璃與鋼鐵的牆壁，大半被雷射投影螢幕覆蓋著。

凱特站在阿爾發登陸艇的控制中心，望著世界地圖。

南亞的海岸線退縮了，洪水正在進逼，永久改變這個大陸，淹沒沿岸的聚落，某些地方永遠不會再浮現。

投影切換到一群人類走進山區，逃離洪水的衛星圖。他們帶著她看過的石箱——法櫃。

凱特還是沒看到她的同伴，但是她從眼角瞄到杜利安站得筆直，心不在焉地看看螢幕。

「這不全是壞事，」杜利安說，「人口降低可以讓我們鞏固基因組，或許消除某些問題。」

凱特不想回答。杜利安說得對，但她知道對策，而且她害怕。他沒講明的「問題」在一萬年來不斷加強——無法控制的攻擊性，好戰，搶先消滅任何潛在威脅。這個強化的趨勢基本上是求生基因故障：人類的邏輯心智知道他們的環境只有定量的資源，以他們現有的科技與棲息地只能支撐某個額度的人口。他們想要確保存活的是他們的人，他們的基因系譜。戰爭消滅爭奪有限資源的對手，就是他們的對策。但他們走到大屠殺的進展快得不可思議，彷彿有別人在干預。

在凱特內心深處，另一個可能性徘徊不去：是杜利安幹的。他背叛了她嗎？拿她提供的研究資料做了修改？她一直瞞著她的同伴和杜利安的合作。她知道他不會同意，但沒別的辦法。如果杜利安的說法、他對敵人的推測沒錯，人類各部落會需要他們能得到的每一種基因優勢。

我能怎麼辦？凱特自問。她選了唯一合理的路。

投影螢幕開始變化。紅色在地圖上蔓延：傷亡數據。

她的同伴轉回來看控制站。「人口警報。」

「我們必須介入。」杜利安說。

「不，這個程度還不行。」她的同伴反駁，「我們遵守自己在當地的慣例，除非發生滅絕風險。」

凱特點頭。他們的「慣例」設定在七萬年前——當她選擇提供亞特蘭提斯基因給山洞裡的人類，他們的亞種瀕臨滅絕時。

她開口想說話，但雷射投影牆爆出警報聲。

人口警報：亞種八四七一：百分之九十二，滅絕風險。

凱特追蹤地點。在西伯利亞。丹尼索瓦人。洪水不可能淹到他們那裡。發生了什麼事？另一個警報出現在螢幕上，另一個地點。

人口警報：亞種八四七三：百分之八十四，滅絕風險。

這個亞種侷限在印尼群島。哈比人，日後被稱作佛羅勒斯人的亞種。他們的人口為何崩潰？是洪水的壓力，加上最近定居在群島上的侵略性人類？凱特已經熟知歷史，他們會滅絕。是哪一年？她看看投影圖，解讀亞特蘭提斯人的計時系統。

這段記憶來自大約一萬三千年前。在這瞬間她頓悟了另一件事：她會目睹亞特蘭提斯沉沒。她會看到事發經過。漏失的代爾塔。

第三個人口警報響起。

人口警報：亞種八四七〇：百分之九十九，滅絕風險。

尼安德塔人。直布羅陀。

她的同伴衝到控制面板開始用他的手指操作。他轉向杜利安。

「是你幹的！」

「什麼？這可是你們的科學實驗。畢竟我只是個軍事顧問，別讓我礙著你們。」

她的同伴停頓，等凱特說話。

「區分優先順序，救我們能救的。」她說。

他操縱面板，凱特感覺船身浮了起來。地圖追蹤它的行進路線。船飛越非洲，衝向直布羅陀。

杜利安像雕像般文風不動，望著她。

她的同伴走到門口，停下腳步。「妳要來嗎？」

凱特正在出神。同時有三個滅絕警報。這是什麼意思？

杜利安在消滅其他亞種嗎？他在測試他的武器，結束實驗嗎？他達到目的了嗎？他背叛了她或是別的情況？

這是他們的敵人暗中破壞所致？

機率？純粹巧合？兩個選項都有可能，但是很渺茫。

凱特很快就會知道真相。

她的同伴背對著她。

她腦中想著另一個疑問。他是誰？

她必須看他的臉，必須找出盟友是誰。

她需要答案。

她努力專心。「要，我要去。」

保羅．布倫納盯著蘭花任務室裡的螢幕牆。傷亡率正在攀升。

布達佩斯蘭花區：百分之三十七總人口確認死亡。

邁阿密蘭花區：百分之三十四總人口確認死亡。

角落的倒數時鐘顯示著：1：45：08。

距離人類瀕臨滅絕，或至少是人類進化的下個階段，不到兩小時。

安樂死草案之後，只會剩下兩群人：進化的和退化的。千萬年來頭一次會有兩個分離的人類亞種。保羅知道這個狀態會很快結束，像以前一樣只留下一個亞種，而且不會是進化較少的。倖存者將會獨占這個世界，劣等基因者都被清除。

80

您正在收聽的是BBC，人類勝利之聲，今天是亞特蘭提斯瘟疫爆發第八十一天。這節是新聞特報。

各位女士先生，有解藥了。

蘭花聯盟各國領袖，包括美國、英國、德國、澳洲和法國，宣布他們終於找到亞特蘭提斯瘟疫的解藥。

這項宣布來得正是時候。BBC取得了機密報告也收到來自全世界的目擊者反映，宣稱目前在某些蘭花區的死亡率高達百分之四十。

宣布以簡短聲明的方式發出，各國首腦拒絕了所有訪談要求，讓專家和學者們只能猜想這個神祕的解藥——具體而言，它如何能在一夜之間製造出來。

要求匿名的幾位蘭花區的主管堅稱，現有的蘭花製造廠已經設定好去製造新藥，幾小時內就能開始交貨。

以上是BBC新聞特報。

81

凱特又來到解壓縮室裡，身穿防護衣。她迅速轉身，偷瞄她的同伴，他也穿著防護衣。

「無人機只辨認出一個倖存者。」

一個倖存者。真不可思議。太巧了……。「了解。」凱特說。

她轉頭，杜利安也在。他沒穿防護衣。「你們兩個去吧。我會顧著船。」

凱特努力解讀他的表情。她的同伴戴上其餘的野外裝備。

最後的空氣被吸走時，杜利安離開了房間。

兩台懸浮戰車從牆壁冒出來，她和同伴各自登上一台，飛出登陸艇外。

場面美得令人屏息，石碑圍繞著一座史前聚落，像座戶外圓形劇場圍繞著中央烈焰沖天的巨大石爐。

幾個人類正帶著一個尼安德塔人走向營火，但戰車飛近時他們放開他，並且順從地退後。

她的同伴抓住尼安德塔人，注射鎮靜劑，把他丟上戰車。他們轉向飛回船上。

「我不相信他。」她的同伴用保密頻道說。

我也不相信，凱特心想。但她沒說出來。如果杜利安背叛他們，安排了這件事，有一部分是她的錯，她做了他需要的研究。

杜利安看著下方閃亮的地中海水面飛過。他因為缺乏睡眠非常疲憊，半睡半醒。這時記憶似乎在攻擊他，像一齣強迫觀看的電影。另一個場景出現，他無法掉頭，無法逃避，無法逃出自己的心智。直升機和坐在他對面的印瑪里攻擊隊溶化消失，他身邊浮現一個房間。

他很熟悉這個地方：直布羅陀的結構體。

他站在控制中心，看著凱特和她的同伴飛去救原始人。

笨蛋。婦人之仁。

他們為何不肯接受必然之事？他們的科學和道德讓他們對真相與無可置疑的現實盲目：這個星球和周圍的宇宙空間，只夠容納一個智慧種族。資源是有限的，只能是我們，我們為了自己的生存而戰。這些科學家會被歷史記載為受道德誘惑的人。我們給原始人的守則，維護和平，沿續謊言：可能和平共存。在有限資源和人口無限成長的環境中，一個物種必定壓倒其他的。

他操縱面板，設定炸彈。接著走出指揮中心，跑過走廊。轉彎一瞬間過去，他來到有七道門的房間裡。他啟動頭盔螢幕，然後等待凱特和她的同伴進入船內。

杜利安引爆第一顆炸彈——埋在外面的海裡。爆炸引發巨浪撲向太空船，把它掃到內陸。退卻的海水把船拖回海裡。杜利安接連引爆其餘的炸彈，它們會把這艘阿爾發登陸艇炸成碎片。

他走進七道門之一，知道自己到了南極洲，在他自己的船上。很快，我會釋放我的人民，我們將重新掌管宇宙。

他走過控制站拿起一把電漿步槍。回到七道門的房間中央。

他們只有一條逃生路線，離開直布羅陀的單向道。他會等著。

凱特看著同伴把尼安德塔人丟進管子裡。

「阿瑞斯背叛了我們。他跟我們作對。」

凱特沉默無言。

「他在哪裡？」

「我們該怎麼——」

警報聲傳進她的頭盔。

巨浪來襲。

「他引爆了海床上的炸彈——」

震波擊中船隻，把她甩到艙壁上。疼痛流遍她全身。她還發生了別的變化。她逐漸失控。現在的記憶太逼真了。

她拚命專心，但一切瞬間陷入黑暗中。

大衛探頭到直升機的駕駛艙，卡茂和蕭之間，觀察下方馬爾他島的首邑瓦萊塔。瓦萊塔的狹小港口停滿了船，幾乎占據每一吋水面，從碼頭擴散到海上。似乎無窮的人流奔過被拋棄的船隻，當作一連串浮台形成的上岸道路。從高空的直升機看來，他們好像螞蟻行軍離開港口。他們上陸之後，四道人流匯聚成一股流過瓦萊塔的幹道，直接前往蘭花區。朝陽的光線從一棟高樓的圓頂後面冒出來，大衛舉起一手遮住眼睛。

他們為何逃來這裡？這裡有什麼東西可以救他們？

直升機突然抖了一下，把大衛甩回後座上。

「他們有防空飛彈！」

「快離開！」大衛喊道。

他抓住凱特緊抱著她。她神情無精打采，眼神呆滯。

凱特睜開眼睛。另一次震波擊中她，但這次不同——不是巨浪。她回到直升機上，和大衛一起。他低頭看著她。

她怎麼了？她感覺不一樣了。她得知的事情，那些記憶，難以形容地改變了她。人類是……一場實驗。他也是其中一份子嗎？

「什麼事？」他問她。

她搖頭。

「妳還好吧？」他問。

她閉上眼睛搖搖頭，不想面對現實。

大衛把凱特固定到直升機的長椅上，在飛機傾斜轉彎時抱著她，炸彈在他們周圍爆炸。如同過去，馬爾他島有防禦力，而且相當堅強。

他們接受乘船的難民，但不許人搭機進入。

他拿起衛星電話。「打給永續組織，」他向凱特說，「告訴他們我們在印瑪里的直升機裡，但我們沒有敵意。指示馬爾他島停止攻擊我們。我們必須降落。」

他看著凱特睜開眼睛，瞄他一眼，再掙扎著撥號。稍後，她開始和保羅．布倫納交談。

保羅．布倫納掛斷電話。凱特和她的隊友在馬爾他島。

「幫我接瓦萊塔蘭花區的主管。」他向助理說。

杜利安望著遠處的爆炸。瓦萊塔會向任何逼近的飛行器開火。

他打開頭盔的麥克風。

「幫我們弄條難民船。」

「長官？」

「快點。我們無法從空中接近島嶼。」

十分鐘後，他們盤旋在一條拖網漁船上。

杜利安看著繩索落下。他的手下垂降在漁船甲板上舉起武器，船員和乘客退回船艙裡。

杜利安跳到甲板上漫步走向瑟縮的人群。

「沒有人會傷害你們。我們只想搭便船到馬爾他島。」

大衛感到直升機觸地降落。他撥開凱特臉上的頭髮。「妳能走路嗎？」

他覺得她在發熱，不是高燒，但是……太熱了。*她怎麼了？我不能失去她。尤其經過這一切之後。*

她點頭，他扶她下了直升機，摟著她離開停機坪。

有個敵人在他們背後：張勝、詹納斯或蕭。大衛不知道是哪個，但他知道卡茂也在他背後，他會守護大衛。眼前他最擔心的是凱特。

「華納博士！」一個戴名牌眼鏡、穿簡便西裝的男子前來迎接。「布倫納博士通知了我們妳的研究。我們是來幫忙的——」

「帶我們去醫院。」大衛說。他不知道還能說什麼。凱特需要治療。

大衛不敢相信他的眼睛。醫院很先進，但到處是垂死的人，似乎沒人有興趣救他們。

「這裡是怎麼回事？你們為什麼不治療這些人？」大衛問區主管。

「沒必要。生病的難民來到這裡，過幾小時他們就好了。」

「不用治療嗎？」

「是信仰救了他們。」

大衛看著凱特。她好一點了，眉毛不再流汗。他把她放到一旁。

「妳相信這種事嗎？」

「我相信我看到的，但我不知道怎麼會這樣。我們必須找到來源。幫我找紙筆來。」

大衛從附近床頭櫃上拿了個資料夾。凱特迅速塗畫。

大衛回頭看看蘭花區主管，他似乎像隻老鷹在盯著他們。在醫院棟的角落，詹納斯正在架設凱特的電腦和採樣設備，他見過的保溫瓶狀裝置。卡茂和蕭站在他們旁邊互相打量，彷彿在等敲鐘，展開拳擊賽。

凱特把她的素描畫拿給主管。「我們在找這個。是個石箱——」

「我——」

「我知道東西在這裡，放了很久了。幾千年前有個稱作光明派的團體把它藏在這裡。帶我們去看。」

主管別開目光，嘸口水，帶他們離開人群，到旁人聽不見的地方。「我從來沒看過。我不知道那是什麼——」

「我們只是需要找到而已。」大衛說。

「拉巴特。謠傳馬爾他騎士團躲進了那裡的地下墓穴。」

杜利安跟著這群野蠻人走進馬爾他首邑。天啊，他們好臭。他們帶著病患，推擠爭道，急著送他們到安全地方。

他抓著包在頭上的破毯子，掩蓋他的外表，在撲鼻惡臭中極力憋氣。這才叫為了理想受苦受難。

遠處的醫院後方，他看見一架印瑪里直升機起飛前往內陸深處。

杜利安轉向身旁的印瑪里特種部隊士兵。「他們還在移動，幫我們找架直升機。我們得離開這裡。」

82

馬爾他島

從直升機窗戶，大衛可以看見下方拉巴特小城的全貌，完全出乎他的預料。

拉巴特被廢棄，空無一人，彷彿所有人都不帶任何東西逃離了這個小鎮。瘟疫爆發時，這裡的人會聚集到馬爾他島的兩座蘭花區之一，不是維多利亞就是瓦萊塔。

他觀察對面詹納斯和張勝的臉色，茫然又冷漠。透過直升機座位的間隙，他看得見蕭和卡茂的臉倒映在玻璃上，嚴肅又專注。他們六個人在拉巴特會孤立無援，而殺馬丁的兇手會出手——為了凱特，或解藥，或其他的目標。

大衛又看看窗外，心思飄到了歷史與危安，他最懂的事情上。

拉巴特位於馬爾他島舊首邑姆迪納的另一邊，歷史學者認為姆迪納在西元前四千年便已經形成。馬爾他島本身最早的居民是西元前約五千兩百年從西西里島搬來的某神祕團體。

在二十世紀，考古學家在馬爾他的兩個大島上到處發現有巨石神殿：總共十一處，其中七處後來被聯合國教科文組織指定為世界遺產，它們是真正的世界奇觀。有些科學家認為這些是地球上最古老的獨立結構。但是，沒人知道是誰為了什麼理由建造的。它們可以追溯到西元前三千六百年甚至可能更早。這些結構的年齡——馬爾他島本身的歷史——是個異數，不符合目前對人類歷史理解的事實。

古希臘的黑暗時代只回溯到西元前一千兩百年，而最早的文明，最早的城市，在蘇美這種地方也只回溯到西元前四千五百年。阿卡德在大約西元前兩千四百年形成，而巴比倫估計在西元前一千九百年。連英國巨石陣，至少在性質上最接近的巨石建築物，都公認在西元前兩千四百年製作——還是比神祕團體在孤立的馬爾他島上建立高聳的神殿群晚了一千多年。馬爾他島上的巨石結構無從解釋，其歷史，連同建造者的歷史，都已失落在歲月中。

歷史家和考古學家們仍在爭議文明的誕生地。許多人主張聚落興起於現今印度的印度河流域或中國的黃河流域，但壓倒性的共識是文明定義為可運作、永久性的人類聚落，大約在四千五百年前創立於地中海東岸或比較廣闊的肥沃月彎某處——距離馬爾他島幾千哩。

但是肥沃月彎的原始聚落遺跡很稀少又殘缺，與馬爾他島上明確、相對繁榮、科技先進的石頭結構形成強烈對比——而且後者可能年代更早。有個孤立的文明在此發展，豎立建築物向更崇高的力量致敬，但不知何故消失得無影無蹤，不留任何痕跡，除了他們膜拜用的神殿之外。

第一批留下歷史紀錄的馬爾他島居民是希臘人，接著是西元前大約七五〇年的腓尼基人。約略三百年後，迦太基人取代腓尼基人接管馬爾他島，但他們的統治因為西元前二一六年羅馬人入侵而中斷，羅馬人短短幾年就征服了這個群島。

羅馬人統治馬爾他島期間，總督在姆迪納建了宮殿。將近一千年後的一〇九一年，諾曼人征服馬爾他島，徹底改變了姆迪納城。北歐入侵者建造了防禦工事和寬廣的壕溝，隔開姆迪納和最接近的城鎮拉巴特。

然而，或許最歷久不衰的姆迪納傳說是關於聖保羅。西元六〇年，使徒保羅在馬爾他島遭遇船難之後定居下來。

當時保羅正前往羅馬——但是非自願。後來據稱他因企圖造反必須受審。保羅的船遭遇暴風雨在馬爾他海岸沉沒，船上所有人安全地游上岸，總共約兩百七十五人。

傳說指稱馬爾他居民接納了保羅和其他倖存者。根據聖徒路加的說法：

後來我們得知這個島叫做馬爾他。

住在這裡的人民非常善待我們，

他們升起火堆叫我們都過去取暖……

路加的證詞描述火堆升好之後，保羅被毒蛇咬到但毫無病痛反應。島民認為這是他身分特殊的跡象。

按照傳統，保羅躲到拉巴特的山洞裡，打算在地下低調過活，拒絕別人提供的舒適環境。在冬季，馬爾他島的羅馬總督帕布里奧斯邀請保羅去他的宮殿。保羅去了之後，治好了帕布里奧斯父親的重病。據說帕布里奧斯後來改信基督教並成為馬爾他島的第一任主教。其實，馬爾他島是最早改信基督教的羅馬殖民地之一。

「我們該在哪降落？」卡茂用無線電說，打斷了大衛的沉思。

「在廣場。」大衛說。

「聖保羅教堂嗎？」

「不。地下墓穴在更遠處。我們先在廣場降落。我會帶路。」

他必須專心。某個神祕團體定居在馬爾他島，從此數千年來世人不斷爭奪這個彈丸之地。神蹟治療的傳說，早於全世界文明的巨石神殿的證據，而現在，馬爾他島上某種東西將拯救難民免於瘟疫。這一切有什麼關連？

直升機降落時他轉向凱特。「妳能走路嗎？」她點頭。

大衛覺得她似乎很冷淡。她還好嗎？他有股難以抗拒的衝動想攬著她，但她已經走出直升機，兩名科學家也匆忙離席，跟著她走。蕭和卡茂也加入他們。

「我猜地下墓穴應該在聖保羅教堂底下。」詹納斯說。

「不對。」大衛在背後直升機的怒吼噪音中大聲說。他看看聖保羅教堂，十七世記蓋在洞穴頂上的石砌建築——底下現稱為聖保羅洞穴——保羅曾在裡面過著簡樸的生活。

一行人離開直升機的噪音範圍後，大衛解釋說：「地下墓穴就在前面。為了衛生理由，羅馬人不允許他們的公民把死者埋在首邑姆迪納的城牆內。他們在拉巴特這邊、城牆以外建造了一個廣大的地下墓穴網路，就是墓室。」大衛內心的歷史學者忍不住想要繼續補充。拉巴特的地下墓穴埋了基督徒、異教徒和猶太人的屍體，並肩躺著，就像同一個教派的人，是在羅馬時代很罕見的宗教包容行為，許多官員倒是經常迫害宗教領袖。

羅馬時代的馬爾他島地下墓穴裡，異教徒、猶太人和基督徒家庭把親人送進比鄰的地下墓室裡安息的同時，有個猶太裔羅馬公民，名叫大數的掃羅，迫害早期的基督徒。掃羅積極地想用暴力破壞剛萌芽的基督教堂，但後來前往大馬士革途中改信基督教，在耶穌被釘死之後。大數的掃羅就是後來的使徒保羅，拉巴特的地下墓穴改名是為了紀念他。

大衛專心在眼前的任務上。

他們鑽過另一條巷子，他停在一棟石頭建築前面。招牌寫著：

博物館部聖保羅的地下墓穴

詹納斯推開鐵門和裡面厚重的木門，一行人漫步走進博物館大廳。

這個大理石地板的大房間很安靜，安靜得詭異。牆上裝飾著海報、照片和繪畫。玻璃櫃裡放著石頭器物，還有些大衛認不得的小東西塞到主展示廳外的幾條走廊上。所有人都看著大衛。

「現在怎麼辦？」張勝問。

「我們在這裡紮營。」大衛說。

話剛說完，卡茂清空一張桌子，放下他的帆布袋，開始整理他們的武器：手槍、突擊步槍和防彈護甲。

詹納斯跑到凱特面前伸出手拿背包。「交給我吧。」

凱特心不在焉地把背包給他，詹納斯開始架設研究站。他打開電腦連接到馬丁給凱特採取DNA樣本用的保溫瓶狀裝置。

詹納斯把衛星電話放到桌上。「我們要打給永續組織嗎？報告我們的現況？」

「不。」大衛說，「我們有事情可報告時才打電話，不宜透露我們的位置。」

他看看電話。隊伍中有一人就在做這件事——透露他們的位置。他從桌上抓起電話交給凱特。「拿著。」

蕭站在卡茂幾呎外，看著他整理武器和護甲。大衛和他眼神交會，他們互看了幾秒鐘。

蕭先移開目光。他若無其事地走到通往地下墓穴的樓梯間旁邊一張小桌子，拿起一本摺疊小冊開始閱讀。

「現在怎麼辦，大衛？」蕭輕鬆地問，「我們等待中古騎士走出來，讓我們問他有沒有看過一個古老石箱？」

詹納斯開口想緩和氣氛。「容我提醒我們的狀況很急迫——」

「我們進去。」大衛說。

卡茂把這話當作提示。他穿上護甲，交給大衛另一件。

「這是大海撈針。」蕭說。他舉起導覽手冊。「這裡的範圍很大。通常只有幾間地下墓穴對民眾開放，但是這個……裝置可能在底下任何地方。好幾哩長的地道。」

大衛想要解讀凱特的表情。她毫無情緒，幾乎冷漠。她又在回想嗎？

「我覺得我們該分頭行動，」詹納斯說，「可以擴大搜索範圍。」

「那樣不會……危險嗎？」張勝膽怯地說。

「我們可以配對進去：各自有一個士兵，一個科學家。」詹納斯說。

大衛考慮這個提議。別的選項就是留下某人在這博物館裡，但那個人可能封閉地下墓穴或呼叫支援。沒有更好的辦法。

「好吧，」大衛說，「蕭和張勝，先出發。」大衛想把他認定的兩個嫌犯放在一起，讓他們先脫隊，和團隊其他人保持距離。「然後卡茂和詹納斯。凱特和我會殿後。」

「我們根本不知道底下有什麼鬼，」蕭大聲抗議，「我可不想赤手空拳下去。不如直接打死我，大衛。」

大衛走到桌邊，拿起一把藍波刀丟給蕭，刀尖在前。蕭接住握柄處，他眼睛一亮。

「你有武裝了。你打頭陣，否則我會斃了你。你可以試試看。」

蕭停頓片刻，然後轉身帶路走下樓梯，張勝緊跟在後面，接著是另外四人。

83

聖保羅的地下墓穴
拉巴特，馬爾他島

地下墓穴裡腐臭又陰暗。博物館的照明系統故障，但LED提燈的光亮照出了分散各處的展示櫃和導覽停留處解說墓室的文宣。

大約十分鐘後，地道出現叉路。

「無論如何，我們一小時後在大廳會合。如果沒發現任何東西就回頭。」大衛說，「盡量描繪你們去過哪裡的地圖。」

「沒問題的，媽咪。一小時後回來，我們會寫完家庭作業。」蕭不悅地說。他轉身帶著張勝走過陰暗的走廊。

凱特、大衛、卡茂和詹納斯默默跟上。五分鐘後，地道又分叉。卡茂和詹納斯慢步走向新出現的路。

「祝你好運，大衛。」卡茂說。

詹納斯向凱特和大衛點點頭。

「你們也是。」大衛說。

他和凱特不發一語地走了段路。大衛認定他們不會被別人聽見之後，他停下來。「拜託告訴我妳知道這裡發生什麼事。是什麼救了馬爾他居民逃過瘟疫？」

「我不知道。在過去，我見過法櫃，但我不知道它的下落。我看到光明派扛著它進入高地，但我不知道後來怎麼樣了。」

「這裡有將近六千年歷史的巨石神殿——是世界上已知最古老的遺跡。從古羅馬時期，聖保羅登陸馬爾他島以來就有神蹟治療的傳說。會是光明派把法櫃帶來這裡保存嗎？」

「有可能。」凱特說，似乎不太專心。

「它怎麼能治療這些人？」

「我不知道——」

「裡面有什麼？」

「亞當的遺體，我們的阿爾發——移植亞特蘭提斯基因的第一人。現在應該只剩下骨頭。」

「他的骨頭怎麼可能治療別人？」

「我……我不清楚。我們過去對他做過一些事。我在場，但沒看見。我連同伴的臉都看不清楚。人類基因組在分裂——我們管理實驗時發生了一些問題。」

「什麼實驗？」

凱特點頭但沒有說明。「大衛，我發生了一些事，很難專心，還有。杜利安也在——」

「在這裡嗎——」

「不是。過去他也在場。我想他擁有另一個亞特蘭提斯人的記憶，是在科學探勘之後來到地球，叫做阿瑞斯的軍人。」

大衛震驚地呆站著。

「怎麼會？」

「他在直布羅陀參加了探勘。玻璃管重新設定接受他的輻射線特徵。西班牙流感爆發後杜利安被放進裡面，他一定是帶著記憶醒來了，就像我得到科學家的記憶一樣。」

「不可思議。」大衛低聲說。有種新的恐懼慢慢包圍了他，慢慢滲入。杜利安也有過去的知識，甚至可能多過凱特，他有戰術優勢。

「你有什麼計畫，大衛？」

大衛驚醒回到當下，在昏暗的石砌地道裡。「我們找出這裡的任何東西，看能否用來找出解藥，然後趕快離開這裡。」

「其他人呢？」

「其中有一個是兇手。我們把他們留在這裡。我們必須拉開距離，這是保護妳的唯一辦法。」

凱特跟著大衛穿過地道。

地下墓穴讓她想起馬丁在馬貝拉地底下帶她走過的石頭密道。其實，拉巴特小鎮本身就讓她覺得很像馬貝拉。

凱特感覺好像有個記憶想不起來——她前世人生的結尾，直布羅陀發生過什麼事的真相。但是，她覺得如果她讓記憶進來，最後一點自我就會流失。她會失去大衛。對她而言，揭開的記憶才是這裡最大的敵人，但她知道大衛是對的，那個兇手就潛伏在其他地道裡。

84

疾管局（CDC）
亞特蘭大，喬治亞州

保羅·布倫納博士緩緩打開他外甥的醫院私人病房房門。

男孩靜靜躺著。保羅感到一陣恐慌。

過了一秒鐘，馬修的胸口略有起伏。

保羅輕輕關上門。

「保羅舅舅。」馬修翻過身咳嗽喊叫。

「嗨，馬修。我來看看你怎麼樣。」

「媽媽在哪裡？」

「你媽……還在幫我做一些事情。」

「我什麼時候可以看到她？」

保羅愣住，不知該說什麼。「快了。」他心不在焉地小聲說。

馬修坐起來又突然一陣咳嗽，小血滴噴到了他手上。

保羅望著緩緩開始流下孩子手掌的血滴，匯聚成紅色的小細紋。

馬修看了一眼，在襯衫上擦擦手。

保羅抓住他手臂。「不要擦。等一下，我去找護士。」他起身離開病房。他聽到馬修叫他，但保羅已經出了房間，走得很快。他看不下去，無法在房間裡多留一秒。我終於崩潰了，快瘋了，他心想。

他想要回辦公室鎖上門，等到這場瘟疫和整個世界全部結束。

助理一看到他就站起來。「布倫納博士，您有留言——」

他向她揮揮手快步經過。「克拉拉，現在沒空管留言。」

「是世界衛生組織，」她舉起兩張紙。「另一則是英國情報局。」

保羅抓走她手上的紙條瀏覽一下，然後又細看一遍。他轉身蹣跚走進辦公室，眼睛仍然盯著紙條。這是什麼意思？

他關上門趕緊打給凱特・華納。衛星電話沒響，直接進入語音信箱。沒開機嗎？收不到訊號？

「華納博士，我是保羅。呃，布倫納。」當然她認得是哪個「保羅」。不知為什麼他光是留言給凱特就會緊張。「聽好，我收到WHO的聯絡人回覆。似乎沒有亞瑟・詹納斯博士的紀錄。我也收到英國情報局的消息，他們沒有叫做亞當・蕭的幹員。他們還查了機密記錄。」他停頓一下，不知道該說什麼。「希望妳平安無事，華納博士。」

杜利安甩上直升機門看著聚集的人群越變越小，同時他和特種部隊小組飛上瓦萊塔的天空。

「長官，我們目的地是？」駕駛員呼叫他。

杜利安掏出他的電話。沒有簡訊。

「他們往西走了。」他大喊，「我們得找到他們的直升機。先試試大城鎮。」

在拉巴特鎮地下，聖保羅的地下墓穴裡，卡茂走在詹納斯前面。高大的他拿著突擊步槍帶路，綁在槍上的手電筒強光勉強照亮了寬廣的地道。背後詹納斯拿著的燈光沒幫上什麼忙。

「你是哪裡人，卡茂先生？」詹納斯小聲問。

卡茂遲疑一下，然後回答：「非洲。」

「哪個國家？」

卡茂停頓一下，似乎不太想回答。「肯亞，奈洛比郊外。我們最好——」

「接近現代人類的誕生地。我想有來自東非的人參加我們探勘，尋找那個改變歷史的非洲人，設定人類方向的人，真是天意。」

卡茂轉回來，手電筒照到詹納斯臉上。「我們最好保持安靜。」

詹納斯舉手遮住他的眼睛。「好吧。」

在地下墓穴的另一邊，張勝走在蕭的前面。這個英國士兵要求張勝走前面。「為了安全。」蕭這麼解釋。

張勝停下來轉過提燈面對蕭。

「你有記錄我們的路線嗎？」張勝問。

「還留了麵包屑呢，博士。繼續走吧。」

提燈光線只能大略照亮蕭的臉，在那一瞬間，張勝覺得這個可能三十出頭的人顯得年輕多了。

那張臉——年輕版的臉——張勝認得。似乎在哪裡看過？很久了，幾十年前。在他從玻璃管裡的女人體內接生了凱特之後。印象中，鐘塔局長和印瑪里委員會成員之一霍華．基根，坐在他辦公室裡一張大型橡木辦公桌後面。張勝坐在他對面的椅子上，緊張地扭捏不安。

「我要你徹底檢查從管子裡救出來那個男孩。他名叫迪特．肯恩，但我們現在稱呼他杜利安．史隆。他似乎有點適應不良。」

「他是不是——」

基根用手指指著張勝。「你負責告訴我他出了什麼毛病，博士。別忽略任何東西。給他徹底檢查再回來報告，懂嗎？」

張勝結束檢查後，回到基根的辦公室，坐在大桌子前同樣的位子。他打開資料夾開始報告：「肉體上相當健康，比同齡平均身高多了兩公分。有幾處最近的瘀傷，幾個明顯的疤痕，也是新的傷口。」張勝抬頭看他。「你懷疑他受人虐待嗎？」

「不是，我的天，博士！他才是虐待者。他到底有什麼毛病？」

「恐怕我不——」

「聽著。六十年前他進入管子的時候，是世界上最可愛的小孩。出來以後，他像該死的蛇一樣狠毒，簡直是反社會人格。那個管子改變了他，博士，我要知道是怎麼回事。」

張勝呆坐著，啞口無言。

通往書房的側門突然打開，杜利安跑進來。

「出去，杜利安！我們在工作。」

又一個男童跟著杜利安跑進來，撞到了他。他從杜利安的肩膀後探頭出來。

兩個孩子奔跑著離去，順手關上厚重的門。

基根坐回他的椅子上，捏捏鼻梁。

張勝打破沉默。「另一個男孩是？」

「什麼？」基根向前俯身。「噢，他是我兒子亞當。我把杜利安當他哥哥撫養，希望能讓他沉穩一點，有家庭的感覺。杜利安的家人都死了。但我很害怕杜利安的邪惡，他的病會影響亞當，腐化他。這絕對是病，博士。他有非常嚴重的問題。」

張勝回到了石砌走廊，回憶消失，昏暗的燈光重現。他盯著亞當・蕭，只看得清半張臉。沒錯，是他，杜利安的繼弟，基根之子。

「幹嘛？」蕭問道。

張勝退後一步。「沒事。」

蕭走近他。「你聽到了嗎？」

「沒有……我……」張勝拚命想找話說，快速思索可用的藉口。快想，隨便說句話。

蕭緩緩微笑。「你想起我了，對吧，張勝？」

張勝愣住。我怎麼不能動了？好像被無形的蛇咬到，麻痺性毒液流過他全身每一吋。

「我還在猜你會不會記得。真糟糕，馬丁也記得我。」

「救命啊！」張勝大喊，一瞬間，蕭從腰帶拔出刀子快速劃過張勝的喉嚨和氣管，血濺在石壁上，他倒地抓著喉嚨傷口發出咯咯怪聲，想吸氣卻吸不到。

蕭在張勝的身上擦掉刀上血跡，跨過垂死的他身上。蕭在地道的地面裝好炸藥，啟動後再跑進地道深處。

卡茂聽到聲音停下腳步。聽起來像求救。他轉向詹納斯。對方手上有東西。武器嗎？

卡茂舉起步槍。

刺眼的亮光，比卡茂見過的任何東西都亮，正在攻擊他。有個聲音，不是震動，像是某種音叉在他腦中響起。他忍不住跪倒。詹納斯對他做了什麼？他感覺自己的頭顱在膨脹，彷彿腦子要往外炸開。

詹納斯不發一語地走過他身邊。

求救聲讓大衛緊急停步。那是誰？兇手出招了。

聽起來很近。在隔壁的地道？交叉的地道？

凱特向她耳語，「大衛——」

「噓，繼續走。」他帶頭，快步跑過地道。先前，大衛在每個洞口都暫停，用突擊步槍左右掃瞄過一遍。

現在速度最重要，他們得和那個聲音拉開距離，找個可防禦的安全位置。

正前方，地道盡頭是一間從岩石挖空出來附有石桌的大墓室。

大衛慢下腳步，尋思該怎麼辦。回頭嗎？

他停下來，背後浮現一股詭異感。他想轉身，但有個人大聲說：「別動！」

85

聖保羅的地下墓穴
拉巴特，馬爾他島

大衛舉起雙手。他感覺得到凱特的眼睛盯著他，留意他的指示，猜想他會不會轉身向背後的人開槍。大衛想要這麼做，但他不知道後面是誰、有幾個人。

另一個聲音打破沉默，大衛認得他。

「放下你們的武器。他們就是我們在等的人。」

大衛和凱特慢慢轉身，專心看著從地道陰影走出來的年輕人。

「米洛。」凱特低聲說。

「哈囉，凱特醫生。」米洛向大衛點頭。「大衛先生。」

「跟我來。」米洛說。他轉身帶路穿過地道，兩名重裝士兵——大衛猜是馬爾他騎士團——護衛著他。

地道來到一片大廣場，比其他墓室大得多的石室。裡面站著六個衛兵，舉槍待命。石室盡頭，稍微架高的祭壇上放了一個石箱。

凱特衝過去卸下背包。她回頭問士兵們。「你們可以抬起蓋子嗎？」

米洛向他們點頭，四名士兵放下槍走到石箱。

「米洛，你是怎麼過來的？」大衛問。

「說來話長，大衛先生，但是這麼說吧……就算打死我也不想重來一遍。」

「是啊，我懂你的意思。」

在祭壇上，凱特俯身到法櫃裡面不知道在做什麼。大衛走到她身邊看看箱子裡，透過昏暗的光線，他只能辨識出一個人的骨骸輪廓。

旁邊的凱特操縱大衛不認得的裝置，是從背包拿出來的。他知道她在收集基因樣本，但他不懂怎麼做。

他轉向室內散布在祭壇周圍的人。米洛默默站在他們中間，大衛覺得這年輕人跟他在西藏寺廟剛認識時明顯不同，顯得成熟又鎮定。

大衛回頭看看凱特。「採到妳需要的東西沒有？」

她點頭。

「米洛。」大衛說，「我們得回地面上，用我們的電腦處理樣本。」他停一下。「我們認為這裡可能有個殺手。」

「我們在這沒問題的，大衛先生。」米洛向士兵們側頭。「他們守護這個地方很久了，而且他們可以平安護送你們離開地下墓穴。」

幾個士兵脫隊站到通往地面的地道口。大衛和凱特跟著他們走。

杜利安從眼角瞥見地面上有一架直升機。印瑪里的直升機。

他指著它。「那邊！他們一定在附近。」

第一道陽光照進地道時，大衛發現他已經聽不到他們背後士兵的腳步聲。他回頭看，士兵不見了。他搖搖頭，心想著：這又是本地謎團之一。

抵達地面，凱特奔向電腦，放下背包，趕緊開始工作。

大衛檢查步槍的彈匣，這是緊張時的老習慣，在房裡踱步，眼睛一直盯著門口。

「現在怎樣？」他回頭問凱特。

「我得上傳新資料給永續組織，希望他們從裡面找到療法。」

「要多久？」

她揉揉額頭盯著螢幕。「我不知道——」

「為什麼？」

她抬頭瞪他一眼。「呃，現在我的腦子不太清楚，最後一段是詹納斯做的——這方面他比我擅長多了。」

他暫時把目光離開地道。「好吧，好吧。我只是想……最近似乎流行權宜之計。」

一陣鳥叫聲打破緊張氣氛。

「那是什麼？」

凱特從口袋拿出衛星電話。「有語音留言。」

凱特把電話放在桌上，繼續打字瀏覽電腦螢幕。「你想要的話就聽聽看。聽說最近流行權宜之計，我還有工作要忙。」

大衛看看電話，再轉回來看地道口，舉起他的武器。他暗自記下在凱特工作時不要催她，也不要講可能被反制的俏皮話。

洞穴深處，燈光之外，他聽到腳步聲。很模糊，而且慎重，彷彿有人正走近洞口，卻不想被人聽見。

大衛示意凱特注意，在嘴唇上豎起手指，側行離開洞口，在地道外占好位置。他用步槍指著，準備開槍。一定是蕭——他很確定，而且有所防備。

杜利安探頭進駕駛艙，觀察停在下方廣場的印瑪里直升機。

「停在他們旁邊嗎？」駕駛員問。

「當然。最好發個簡訊說我們來了，或打個信號彈。」

駕駛員嚥口水。「長官？」

「停到別的地方。他們可能在直升機附近等著埋伏我們。我們步行調查環境。」

杜利安又檢查一下電話。沒有簡訊，為什麼？

亞當死了嗎？

他希望沒有。那會是最大的損失，他的最後一個家人，他唯一的親友，他的兄弟。世上他唯一信任去抓凱特・華納的人。他就在拉巴特某處，杜利安感覺得到。但是為什麼？這裡有什麼？杜利安確信歷史可以指引他，透露拉巴特的真正重要性，但誰在乎呢？歷史太麻煩了。

「你們有人學過拉巴特的歷史嗎？任何重要的文化意義？」

士兵們轉向他，表情茫然。

駕駛員在對講機中大聲說：「姆迪納在古代是羅馬殖民地首邑。之前的腓尼基人和希臘人的政府也設在那裏。」

*誰會滿腦子這種無用的知識？*杜利安心想。「有意思……但我們不在姆迪納，對吧？拉巴特有什麼？」

「他們在這裡埋葬死者。」

「什麼？」

「羅馬人實施了衛生還有安全法規。他們在城鎮建造城牆，不准死者埋在城牆以內。當時拉巴特是郊區——」

「你在胡說什麼？講重點！」

「這裡有很古老的墓室，就是聖保羅的地下墓穴。」

杜利安考慮一下。對，這正是大衛和凱特來此的目的——屍體，解藥的古老基因線索。在這座古城底下埋葬幾千年的石室裡？有人藏了古代屍體在這些墓室之中，在眾目睽睽之下偽裝起來嗎？那不重要。他只需要她，密碼，她腦中的知識。

人影緩緩從黑暗中浮現。大衛扣住扳機，他輕輕壓著，隨時可以開槍。對方舉起雙手，從地道走出來。

是詹納斯。

凱特離開桌子。「謝天謝地。我需要你幫忙。」

詹納斯走近她。大衛本能地用槍追瞄著他。

「妳找到了？」詹納斯問。

「對——」

「西藏地毯上的法櫃？這麼久以來。阿爾發。亞當？就在這裡？」詹納斯問。

凱特點頭。

「了不起……」詹納斯咕噥著看看電腦，「我可以看嗎？」

「當然，請。」凱特退開。

「卡茂在哪裡？」大衛在他背後大聲問。

「我們在喊叫聲之後走散了。」

「他活著嗎？」

「我希望是。」詹納斯說，同時在電腦上打字，目光來回掃瞄。

一分鐘過去，大衛盯著地道口，凱特和詹納斯望著電腦。

詹納斯點頭。「沒錯——起始點，第一個得到亞特蘭提斯基因的人類。如果我們結合鼠疫和西班牙流感倖存者遺體的基因組，這就合理了。我認為它們可以從這個資料組裡辨識出所有內生性逆轉錄病毒。」他轉向她。「妳做到了，凱特。」

凱特抓起衛星電話接到電腦上。她操作電腦。「上傳中。」

詹納斯慢步離開電腦，走向地道口。

「你不能下去。」大衛說。

「恐怕我必須去，」詹納斯回答。他轉向大衛。「對我這種科學家來說，這是千載難逢的機會。全新部落的第一個人類，開啟一切文明的基因突變。雖然有風險，但我必須親眼看看。」

「留在這兒——」

大衛來不及阻止，詹納斯就溜進了地道。

凱特從電腦拆下衛星電話迅速撥號。大衛站到她和地道入口之間。

保羅，我剛傳了新的資料組——對——什麼——不，我沒看留言。

凱特瞪大眼睛。「不……我……謝謝你通知我。等你有資料再打給我。」她結束通話。「詹納斯和蕭，他們都是假冒的。」

從地道裡，大衛聽到腳步聲接近洞口。他舉起槍，準備開火，但從黑暗中出現的人影停下腳步。

86

聖保羅的地下墓穴
拉巴特，馬爾他島

凱特盯著地道入口，想看清楚是誰來了。人影舉著雙手走了出來。是卡茂。

他站在地道口，用雙手遮擋燈光，彷彿快被它淹沒了。

「你沒事吧？」大衛問。

「我……看不見。」

大衛衝上前扶卡茂走出地道來到凱特坐著的長桌旁的椅子。她看他顯得有點暈頭轉向，有點虛弱。

「怎麼了？」大衛問。

「詹納斯。他用光線武器照我眼睛。讓我癱瘓了一陣子。」

大衛看著凱特。「他可能在資料動了手腳。」

凱特張嘴但是桌上的衛星電話開始震動打斷了她。她抓起來趕緊接聽。

一項結果——不——我想你必須——我同意，保羅——你知道了再打給我。

她結束通話。這項療法是他們唯一的機會。

「他們發現了一個療法。」她說，「他們要直接測試，沒別的備案了。」她望著大衛。「我們得跟詹納斯問清楚。」

大衛走近卡茂。「你的視力剩下多少？」

「好一些，但還是很模糊。」

他是為了指揮官硬撐，凱特心想。

大衛從桌上拿了把突擊步槍給他。「你就開槍打從地道走出來的任何人吧。」

他轉向凱特。「我敢打賭張勝已經死了，下面只剩蕭和詹納斯。我們知道詹納斯要去哪裡，我會抓他回來。」他向卡茂說，「我回到地道口的時候，會先喊『阿基里斯出來了』再走出來。」

卡茂點點頭。

大衛離去，進入陰暗的地道。

凱特走到桌邊拿起一把手槍。她用指尖摸過刻在側面的字跡。SIG SAUER（軍火廠牌）。

「妳會用嗎？」卡茂低沉的嗓音迴盪在空中。

「我學得很快。」

亞當．蕭在地道裡的石頭凹洞又放了一包炸藥。接著要去哪裡呢？他該畫個回博物館大廳的地圖才對的，這些地道沒完沒了。遠處，他聽到模糊的腳步聲。他關掉提燈。

他退到地道旁的墓室深處。拔刀時刀子的橡膠握柄摩擦他的手指發出輕微的聲音。

走近的人影提著燈。光線隨著每一秒鐘變亮。

蕭蹲下來等待。墓室很狹小，大約六乘十呎的空間，是幹道兩旁挖空的許多附屬建築之一。他努力在腦中計算腳步聲，心知他只有一瞬間的機會撲上去打倒獵物。

近一點。

再近一點。

人影進入視線。

是詹納斯。

蕭讓他通過，但是詹納斯背後還有腳步聲，是卡茂？

蕭愣住。

是大衛。

在追趕詹納斯。

他走掉了。蕭很慶幸。在他內心深處，他可以勉強承認，即使他偷襲，大衛徒手格鬥仍可能打贏他。展開這項任務之前，他看過大衛的檔案，鐘塔的人事資料。從他第一眼看到大衛，從大衛在地中海冒出來把他撞到瘟疫接駁船的漂浮殘骸上後，他就一直在找方法殺他——真的，蕭很佩服他的徒手格鬥能力。

但蕭暫時不必擔心大衛——他正深入地道，遠離凱特，大衛最重視的人，讓蕭有空檔抓她，完成他的任務，遂行對大衛的報復。

蕭走出墓室向左轉，沿著大衛的來路，去找凱特。

詹納斯拚命快跑。正前方，提燈的柔和亮光照亮了石室。

如果歷史教訓沒錯的話，一定有人看守。

詹納斯從口袋拿出量子方塊放慢腳步。他現在看見法櫃，放在石室盡頭。太神奇了，就像從前一樣。

兩名士兵從石牆後面轉過來，擋住去路。

詹納斯啟動方塊，刺眼強光淹沒整個空間。他調整一下，瞄向高處。

士兵們倒下，他聽到室內有更多人體倒在石板地上的聲音。

他走過門檻觀察現場。六個重裝歐洲士兵和一個身穿古典長袍的亞洲青少年。

詹納斯走到法櫃前低頭看。

他在裡面。始祖。經過了這麼多年，他們還保存著他，述說他的故事。他們是個傑出的物種，超出了他的所有預期，但是該做的事還是沒變。他告訴自己別無選擇。

他拿起阿爾發的腿骨，往石室的牆上猛砸。

一小片金屬掉出來，消失在蓋住它的灰色塵土底下。

詹納斯伸手進去，撥開灰塵，尋找晶片。

花了好幾個月才找到。這是最後的碎片。

他對著光線舉起晶片，看看大約七萬年前他和同伴植入的科技產物。這個小型輻射性植入物讓他們幾萬年來得以改變人類基因組。每次他們設定新的輻射線成分，它就在有效範圍內改變人類基因組，調整人類的路線。現在這裝置老舊不堪，能量源幾乎耗盡，大幅降低了有效範圍。詹納斯懷疑過能否找得到。面對現在的瘟疫，它的表現如同計畫，執行緊急程式，啟動了亞特蘭提斯基因，拯救聚集在附近的人們。真可惜死了這麼多人詹納斯才找到。但若沒有這裝置，就沒人能阻止他已經釋出的最終基因轉變。

在這一刻，好奇心壓倒了詹納斯。他開啟植入物的記憶模組看著遙感影像快轉。植入物的紀錄一開始是他們改變的部落。他們帶著法櫃離開熱帶區域，進入山區，越過沙漠，上了船。他們航行到此，留下來定居，希望這座孤島能保護他們，直到詹納斯和同伴回來。但他們從未回來，孤島的保護力也只是暫時而已。

蠻族來到這座島，帶來了孤立的部落幾乎遺忘的東西：暴力。光明派被入侵者征服，正如詹納斯自己的同胞敗給另一個暴力種族。歷史再次重演了。他帶領他們走錯方向了嗎？在太過文明無法戰鬥的世界，最後倖存的蠻族成為王者。

繼承馬爾他島的蠻族開始探索光明派留下的巨石神殿。這些神殿之一的深處，藏匿著法櫃與阿爾發的遺體，這些蠻族有一部分被植入物的輻射線改變。首先發生在腓尼基人，然後是取而代之的希臘人。希臘入侵者把基因優勢帶回了他們的祖國，大腦線路的改變讓他們繁榮了幾百年。

希臘的環境以前所未見的方式培育出偉大的心智。幾個受到啟發的人得以接觸到一些東西：深埋在潛意識的共通記憶。共通記憶以神話的形式出現——關於叫做亞特蘭提斯的先進城市在直布羅陀外海沉沒的故事。詹納斯現在看到了：植入物添加了共通的記憶，希望有文明社會能找到那艘船，來拯救詹納斯和他的同伴。從某個角度，植入物和它傳達的亞特蘭提斯神話也救了他。

希臘人最先發現亞特蘭提斯的故事，記載並且傳播出去，但亞特蘭提斯的故事在後來幾世紀只是潛伏在所有人類的心智深處。

詹納斯看著希臘人遭遇和先前腓尼基人同樣的命運。希臘人變得更加文明，這個過程中，也變得無力擊退城牆外的大軍——羅馬人。

羅馬人併吞希臘並來到馬爾他島之後的幾年，他們的帝國和文明蓬勃發展。羅馬人建造道路，創立法律，制訂使用至今的曆法。人類文明達到巔峰。羅馬的擴張似乎永無止境，但每當它擴張疆域，邊界就更難防守。日積月累，羅馬也衰落敗給了溜進鬆散邊界的蠻族部落，蠻族住下來，最終圍攻羅馬的大城市。

羅馬淪陷時，現今印尼赤道附近的一座超級火山噴出火焰與灰燼。掉落的灰燼帶來歷史上最大的瘟疫，後來被稱作查士丁尼瘟疫，還有新一波的基因改變。貿易停滯，也沒人進出馬爾他島。植入物的輻射線無法影響足夠倖存者去扭轉趨勢。世界倒退回比較原始的狀態，等待希望和救贖。

黑暗隨之而來，將近一千年期間，沒有出現任何偉大的文明。馬爾他島和周圍的全體人類抓不到方向。在這樣背景之下，另一座火山噴發，黑死病降臨。

難民們登上馬爾他島，植入物釋放出新一波輻射線和基因轉變。那些倖存者離開馬爾他島回家，阻止了阿瑞斯的人類最終轉變，也促成文藝復興。

此後植入物一直休眠——直到發生亞特蘭提斯瘟疫。蘭花在全球失效終於重新啟動了它，透露出位置讓詹納斯得以找到。

詹納斯現在全懂了，亞特蘭提斯沉沒後的整個歷史進程。在法櫃和受其保護的人類體內的微小植入物，向阿瑞斯用灰燼散播的基因改變、六世紀和十四世紀發生的瘟疫，最終是亞特蘭提斯瘟疫宣戰。

幾千年來，人類總是貪生怕死。他們拚命掙扎。亞種八四七二的復興非常成功。現在他們的歷史即將終結，但他們會平安。他很確定這一點。

他把晶片丟進箱子裡壓爛。

背後，他聽見腳步聲突然停止。詹納斯轉身發現大衛站在石室門口，拿著那種射出硬化金屬塊的原始武器。

詹納斯伸手去拿量子方塊。

「別動，詹納斯。我發誓我會開槍。」

「唉，維爾先生。這可不是對待救命恩人的方式。」

87

疾管局（CDC）
亞特蘭大，喬治亞州

保羅・布倫納走到協調運算控制室。室內氣氛一片喜悅，中央螢幕上閃爍著幾個字：一項結果。

他們找到了亞特蘭提斯瘟疫的新基因療法。新希望。

「動手吧，」保羅說，「在所有蘭花區採用。上傳資料給我們的所有分支機構。」

他奔過走廊衝進外甥的病房。

男孩躺著不動，沒有轉身面對保羅，意識模糊。

還有時間，保羅心想。

在通往聖保羅地下墓穴的大廳，凱特離開桌子往後靠，猜想著她還能做什麼。

飛出地道的人影一團模糊。凱特轉身，但是對方太快了。人影把卡茂撞離椅子。突擊步槍喀啦落地，兩個人影滾過地面，撞進博物館的一個玻璃展示櫃。卡茂攻擊人影，但凱特看得出他頭暈眼花又看不見。他絕對打不贏。

凱特蹣跚上前舉起手槍。

他們在地上激烈扭打。凱特努力想看清楚另一個人。她有預感那是蕭，但她不希望是真的。她曾經被自己信任的人背叛過，她發過誓絕對不讓這種事重演。蕭在馬貝拉救過她，但是……

人影起身離開卡茂，手拿著刀子。血流到白色大理石地面。卡茂抽搐了幾下，然後靜止不動。

人影轉身面對凱特。

是蕭。

凱特想扣扳機，但她僵住了。她下不了手。

蕭趁機搶走她手上的槍。

「妳沒這種天份，凱特。應該慶幸。」

大廳對面的門打開，杜利安·史隆慢慢走進來。尾隨的四個人散開，在大廳四周就位，兩個人守著地道入口。

「你死到哪裡去了？」蕭問道。

「放輕鬆，」杜利安輕鬆地說，「車拋錨了。」

他環顧大廳。「維爾呢？」

「在地道裡。」蕭說。

杜利安向看守入口的士兵點頭。

「不必，」蕭說，「出口只有一個。」

他從口袋拿出一個小盒子按個鈕。地道裡傳出一連串爆炸聲，好像雷雨雲逼近。他抬頭看杜利安。「別讓他跑了。」

杜利安微笑。「真高興看到你，老弟。」

大衛先聽到爆炸聲才感覺到背後的爆風。天花板要塌了。

他在視野邊緣看到米洛躺在地上，動也不動。他撲向那孩子，用自己的身體蓋住他。碎石掉落到他身上和周圍，耳中回音不絕。底下米洛的身體感覺好脆弱。米洛能倖存嗎？另一塊石頭砸到大衛身上，他皺起眉頭。又一塊——在他腿上。疼痛很劇烈，但他沒動。他硬撐著，等待結束。

感覺似乎結果，但出乎他的預料。一道光亮的圓頂覆蓋住他，往上隆起，擋住落石。大衛還是待在原地沒動。

凱特瞪著杜利安。「我不會幫你。我們已經有解藥了。」

杜利安笑得更開心，好像得知祕密的人。「噢，凱特，妳從不讓人失望。我一點也不在乎解藥。我要的是妳腦中的密碼。」

「我沒有——」

「妳會的。妳會想起來，然後我們需要的就到手了。」

杜利安的手下之一抓住她，把她拖出博物館大廳。

88

聖保羅的地下墓穴
拉巴特，馬爾他島

大衛感到一隻手抓著他肩膀把他翻過身來。此刻石室裡黑暗又寂靜，他什麼也看不見。慢慢地，室內亮起一團黃光。

人影似乎從他的手掌心照亮了室內。他拿著東西——是個發亮的小方塊。

大衛盯著他的臉。是詹納斯。他用方塊幫大衛擋住了落石。

「你究竟是什麼東西？」大衛用沙啞的聲音說。

「注意禮貌，維爾先生。」

「你開玩笑吧？」

詹納斯站著低聲說：「我是很久以前來這個星球研究類人的兩個科學家之一。」

大衛咳嗽。「亞特蘭提斯人。」

「你們所謂的亞特蘭提斯人，對。」

大衛觀察詹納斯的臉。對，他認得，他見過詹納斯。幾天前在南極洲，大衛在管子裡，看過在房間末端望著他的那張臉，然後那張臉消失了。「在南極洲——是你。」

「對，不過並非當面。你在南極洲看到的是我的化身，搖控的代理人。」

大衛坐起來。「你救了我。為什麼？」

「恐怕我得走了，維爾先生。」

「等等。」大衛站起來看看步槍，考慮要不要撿起來。但詹納斯用方塊癱瘓了士兵，他同樣可以對付大衛。何況詹納斯救過他——現在是兩次。「你傳給永續組織的解藥是假的，對吧？」

「相當貨真價實——」

「能治療瘟疫嗎？」

「能治療人類的病因。」

大衛不喜歡這種口氣跟詹納斯的態度，暗示著：對話結束。

詹納斯專心看他掌中的方塊。他把另一隻手伸進方塊散發出的光芒中開始蠕動手指，彷彿是在設定機械。

大衛考慮他的處境。這裡有人裝了炸彈並且引爆，不是從上方掉落的炸彈。二戰期間，德國人和義大利人在這些地下墓穴丟了無數炸彈也炸不垮。是蕭。他封閉了地下墓穴。他會去抓凱特。這時已經把她交給杜利安了嗎？

「蕭抓到了凱特。」大衛說。

「對，我猜也是。」詹納斯頭也不抬地說。

「她有你同伴的記憶。」

「什麼？」詹納斯面露震驚——大衛第一次看到他表現情緒。

「記憶從幾天前開始浮現，先是在夢中，然後醒著時也會，她無法阻止。」

「不可能。」

「她說有第三個人加入了你們的探勘——是軍人。她和他合作更改基因組。她說他名叫阿瑞斯。」

詹納斯默默呆站著。

「杜利安有阿瑞斯的記憶。他俘虜了凱特——那是蕭的任務，現在我確定了。休達的印瑪里基地有謠傳，杜利安從南極洲的結構體帶了一個箱子出來。它製造了某種傳送門。他要帶凱特去那裡。她有危險。」

「如果你說得沒錯，維爾先生，我們全都有危險。他們若是抵達傳送門，把她交給阿瑞斯，這個星球上每個人，還有其他許多人可能會滅亡。」

89

聖保羅的地下墓穴
拉巴特，馬爾他島

大衛走近詹納斯身邊。方塊發出的柔和黃光從下方照亮了他們兩人的臉，好像兩個人坐在營火邊。

「幫我救她。」大衛說。

「不，」詹納斯回答，語氣尖銳又急迫。「是你得幫我救她。」

「什麼——」

「你不知道自己捲入了什麼事，維爾先生。這是更大——」

「那就告訴我。相信我，我準備好聽答案。」

「首先，我要你發誓你會服從我的命令——我說什麼，你就照做。」

大衛望著他。

詹納斯繼續說：「我觀察到在高風險、高壓力的狀況下，你偏好——或者應該說，要求——發號施令。你不喜歡聽命令承擔風險，尤其涉及生命危險的時候，特別是凱特。這是個缺陷，不是你的錯，或許是你的過去造成的——」

「心理分析就免了，謝謝。如果你保證會盡一切努力救她，我就聽你的。」

「相信我，我會盡力，但我怕我們的勝算不大。幾秒鐘都很重要，維爾先生，我們馬上開始吧。」

詹納斯站起來伸出手，手上的發光方塊飛出來，鑽進石壁裡。一叢灰塵從中央噴出來。

大衛站著旁觀。方塊深入地道，像雷射光鑽穿石頭。

大衛摸摸石壁。很平滑——就像直布羅陀結構體外面挖空的通道，他走出來的陰暗地道。我跟他真是差太遠了，他心想。

「原來你是這樣挖出來的……」

「這個小小的量子方塊在我旅途中幫我脫困過不少次。」

大衛回頭看看平滑地道中飄出的塵霧。「是啊，感謝老天給我們量子方塊。」

地上的米洛稍微動了一下。大衛走到他身邊跪下來。「他會復原吧？」

「會。」

大衛把米洛翻身。「感覺怎麼樣？」

米洛緩緩睜開眼睛。「暈眩。」他咳嗽，大衛扶他坐起來。

「放輕鬆，我們要走了。」

「我們？」詹納斯問。

「對，不能把他丟在這裡。」大衛突然住口搖頭。聽命行事的新模式得花點時間適應。「更正，我謙卑地提議，懇請考慮我們應該帶著他。他是光明派的人，他比我們先找到法櫃。他的知識可能有用，而且他可以幫忙。」

詹納斯走近檢查這個青少年。「真神奇。經過這麼多年，你們還剩多少人？」

米洛抬頭看他。「只剩我了。」

「可惜。」詹納斯說，「好，請加入我們吧。」

「我叫米洛。」

「很榮幸，米洛。我是亞瑟・詹納斯。」

米洛盡力以坐姿行個鞠躬禮。

在房門口，方塊正鑽入地下墓穴的新地道深處，發出的黃光隨著方塊遠離逐漸消退。大衛猜想方塊要花多少時間才能挖到地面，更重要的，他能否及時救出凱特。

直升機升空後凱特停止掙扎反抗蕭和兩旁的士兵。現在她能往哪逃？除非降落，否則她被困住又能怎樣？逃得掉嗎？

他們把她緊緊綁在座椅上，還用塑膠束帶綁著雙手以防萬一。

她瞪著坐在對面的杜利安。他似乎很擅長平時這副半笑半嘲弄的表情。好像在說：我知道妳不知道的事情。妳要倒大楣了，到時候我會咧嘴大笑。

她好想狠狠揍他一拳。蕭坐在杜利安旁邊，溫和地望著直升機的窗外，好像初次搭飛機的開心小孩。

「你殺了馬丁。」

「是妳殺的。」他咕噥說。

「你折斷了他的脖子——」

「蘭花失效的瞬間他就死定了。妳延長了他的痛苦，凱特。」

一派胡言。「為什麼，蕭？」

他的目光第一次離開窗外。「我知道如果他清醒會認出我，拆穿我的身分。我以為他不用我出手也會死，但是張勝的治療讓他好轉了。當妳離開去陪大衛，那是我第一個機會。我做了必要的事——完成我的任務，純粹公事公辦。」

杜利安向前俯身。「凱特，我們都知道這是私怨。已經有，呃，七萬年了吧？」他微笑。「那是妳的大盲點，不是嗎？人性。妳從來無法了解任何人。妳聰明絕頂，但妳從來預料不到背叛。我就喜歡妳這一點，真好笑。」

凱特閉上眼睛強迫自己不要反應。她感覺到體內怒火中燒。他怎麼老是能看穿她、輕易操縱她，這個怪物似乎知道她的每個弱點在哪裡。他輕鬆地利用，一直冷眼旁觀，心裡很清楚她會如何回應。

她努力專注，努力不去想他。在黑暗中，有個聲音說：「他背叛了我們。」

凱特睜開眼睛。她在一個豎立著四根管子的鋼鐵房間裡。其中一根裝了尼安德塔人。她在直布羅陀，在她父親一九一八年發現的房間裡。這是最後的記憶，她一直無法觸及的部分。看到杜利安，聽他說話，觸發了這段記憶。

「妳聽得到我嗎？」那個聲音又說。

凱特的頭盔裡出現一段影片。頭盔裡有個類似她的人：詹納斯。他是亞特蘭提斯科學隊的另一人，她的同伴。

「妳有沒——」

「我聽見了。」凱特說。她倚著房間中央的桌子。她轉過身面對詹納斯。她必須告訴他。

「我——」她結巴地說，「對，阿瑞斯背叛了我們——」

另一聲爆炸震撼了船隻。

「——但我幫了他。」在她頭盔裡，詹納斯的影像訊號消失，她望著從他頭盔反射出來的倒影。顯然詹納斯不想讓凱特看到他的反應。「他告訴我他想幫忙，保護他們安全，我們所有人。」她趕緊補充。

「他利用了妳——和我們的研究。他一定握有建立私人軍隊所需的基因療法。」

凱特看著詹納斯在房裡踱步到控制面板前，迅速操作起來。

「你在幹什麼？」凱特問。

「阿瑞斯會試圖占據母船，他需要用來運輸他的軍隊，我把它鎖死了。」

凱特點頭。在頭盔顯示幕上，她看著指令捲動。每一行似乎都帶來更多記憶。他們現在身處的船只是一艘區域登陸艇。他們是搭乘更大、可做外太空航行的科學船來到此地。他們的方針一向是盡量不留痕跡也不被人看見。他們在行星地表上做實驗時不需要船，也不希望船被人看到。他們把它藏在地球唯一的衛星背面，深埋起來。如果他們需要，登陸艇上的傳送門可以立即回到母船上，但詹納斯現在的指令是封鎖母船——從直布羅陀或南極洲都無法搖控開啟。他們現在無法回船上，阿瑞斯也不能，至少不能透過傳送門。

詹納斯繼續操作面板。「我也要設置一些陷阱，以防阿瑞斯真的回到船上。」

凱特看著指令捲過。又一聲爆炸撼動船身，這次比上次劇烈多了。

詹納斯暫停動作。「船在崩解，會被撕裂。」

凱特呆站著，不知如何是好。

「阿瑞斯實施了他的療法沒？是否已經轉化他們？」

凱特努力回想。「我不知道。我想沒有。」

詹納斯更快速操作面板。凱特看到一連串DNA序列閃過。電腦在執行模擬。

「你在做什麼？」她問。

「船快被摧毀了，原始人會發現殘骸。我在調整船內的時間擴張裝置，散發會取消我們所有療法的輻射線。他們會回到被我們發現時，第一次療法之前的狀態。」

原來如此——大鐘是詹納斯企圖逆轉所有亞特蘭提斯人的基因干預。只是，他所謂的原始人直到一九一八年才發現這艘船，凱特的父親會在直布羅陀灣底下把它挖出來。詹納斯沒有計算到時差，延遲找到大鐘會發生的基因改變。凱特知道會有兩個很大的改變——馬丁年表中的「代爾塔」，西元六世紀和十三世紀的兩次瘟疫爆發。對，那一定是阿瑞斯的干預，施行凱特幫他創造出來的療法。為何這麼晚發生？他為什麼等了一萬兩千年？他到哪裡去了？詹納斯又到哪裡去了？過去他也在此活著，現在他也在。

船又搖晃了一陣，把凱特甩到牆上。她的頭撞到頭盔，身體癱軟。她什麼也看不見。她聽到腳步聲。詹納斯的聲音在她頭盔裡迴盪，但她聽不清楚。她感覺他抬起她然後扛走。

90

聖保羅的地下墓穴
拉巴特，馬爾他島

大衛打開手提燈專心看著詹納斯。「答案。我想知道我們面對的是怎樣的人。」

詹納斯看看飄浮方塊正在緩緩挖掘的圓形地道。

「好吧。我們還有一點時間。提出你的第一個問題。」

該從何開始？大衛心想。「你救了我。方法和理由是？」

「方法超出你的科學理解能力——」

「呃，讓我的原始類人大腦試試看，顯然亞特蘭提斯人干預了七萬年還是沒有讓它完美。」

「顯然是。方法跟理由有點關係，我就從理由開始說吧。我也必須提供你一點背景說明。先前我說過你在南極洲看到的不是我本人，而是我的化身。你猜得到為什麼嗎？」

「你在直布羅陀。」

「對。很好，維爾先生。你們的葛雷博士其實查明了很多地球上的亞特蘭提斯人歷史。我看到他的年表很震驚。相當精確，除了他的知識斷層，他不可能知道的事以外。」

「比方說？」

「他形容的『A$沉沒』——亞特蘭提斯沉沒，也就是我們的船在直布羅陀外海毀滅，那是攻擊事件。如你所知，我們有兩派。我們是漫遊銀河系在無數個人類世界研究人類進化的科學家。」

「真不可思議。」大衛低聲說。

「這個星球，你們的物種才真的不可思議。我們的物種很古老，很久以前，我們就把焦點轉移到其他星球，尤其是有孕育人類生命的星球。這變成我們的執迷，我們的探索被一個特定疑問主導，史上最大的疑問：我們是從哪裡來的？」

「進化——」

「那只是生物學的過程。內情複雜得多，你們的科學遲早會發現真相。你們已經知道宇宙支撐著人類生命出現。其實，宇宙因此經過嚴格的設定。如果任何常數稍有不同——重力、電磁力、時空次元——就不會有人類了。只有兩個可能：不是因為宇宙法則碰巧適合人類生命出現，就是另一種，宇宙是被創造來培育人類的。」

大衛考慮詹納斯的陳述。

「我們的第一個假設是純屬巧合，我們存在是因為我們只是多重宇宙中存在的無數個宇宙裡無數個生物可能性之一。我們的推論是我們存在，是因為數學上我們必須存在於某個宇宙，只要有無限個宇宙，我們則是有限可能的結果。我們存在於這個宇宙，是因為我們的腦子只能認知到它。」

「是喔。」大衛不知道還能說什麼。

「我們的發現改變了我們的理解，讓我們懷疑自己的假設。我們發現了一個量子實體，瀰漫宇宙的次原子物質，那是我們歷史上最大的發現。大家接受的共識是這種量子實體只是另一個宇宙常數，必須存在於我們的宇宙讓人類生命出現的東西。但有一群人開始鑽研這這個謎題。經過幾千年練習，我們學會處理這個量子實體，但遭遇瓶頸——」

大衛舉手制止。「停下，你考倒我了，我投降。我不懂量子實體是什麼東西。」

「你熟悉量子糾纏理論嗎？」

「呃，不懂。」

「好吧。就當作我們發現所有人類都透過這個量子實體互相連結。我們社會中有些連結力特別強的人甚至可以遠距離溝通。」

大衛的心思想到他和凱特共通的夢境。

「你覺得難以置信嗎，維爾先生？」

「不，我相信。繼續說。」

「我們把這連結所有人類的量子實體稱作起源實體，調查它的由來，也就是我們的由來，這是我們的主要工作。我們叫做『起源之謎』。我們認為起源實體的影響力遍及整個宇宙，它既是人類意識的起始點也是終點。」

米洛點頭。「這是你們給我們的創世故事。」

「對，」詹納斯說，「你們的心智進步很多。很快的，你們渴望答案，尤其關於你們的存在。我們提供了我們唯一的答案，不過我們略作修改方便你們理解。我們也給你們一套準則——道德藍圖：我們發現能讓我們更接近起源實體的做法、能加強連結的做法，讓人類更接近彼此與起源實體所提供的和諧。我們也強調每個人類生命都很珍貴。每個人類都連接到起源實體，可能揭露更多的解答。」詹納斯停頓。「不過，我們的訊息多年來失落了很多。」

「有些人仍然相信。」米洛說。

「對，顯然是。終究，我們在此的任務失敗了，但一開始很有希望。我們調查起源之謎的這麼多年來，從未見過像你們的物種。我們監視所有的人類星球。身為歷史學者，你一定能懂，維爾先生。在這星球上，三百五十萬年前一個相對微小的地質事件造成了直接導致人類出現的劇變。三百五十萬年前，兩個地殼板塊碰撞抬高了現今加勒比海西部的海床，形成巴拿馬地峽。大西洋和太平洋第一次被隔開，阻止了海水大規模混合。這引發了連鎖效應，導致地球上的冰河時代，至今仍未結束。在西非，叢林開始萎縮，影響到當時住在樹上的一些高階靈長類物種。

「接下來的時期，草原逐漸取代茂密的叢林，把那些靈長類從樹上趕下來進入草原。他們的素食來源大半消失了，許多人滅絕，但一小群人另闢蹊徑適應了環境，他們大膽走到廣大的平原上，開始狩獵新的糧食來源。他們第一次吃肉，改變了大腦。這些靈長類，史前的求生專家，變得比先前的所有靈長類更聰明。最後他們做出了石器，也學會成群狩獵。後來氣候劇變，他們在快速變化的環境中瀕臨滅絕，然後復興，重新適應——在你們物種走到現狀的過程中成為不斷重複的主要模式。我們在你們的嬰兒期來此研究你們，希望在進化上而言這麼快速崛起的物種能對起源之謎提供一些新線索。我們按照一般的預防措施，在地球軌道上部署了烽火系統。」

「烽火？」

「一種遮罩——阻止別人看到你們的發展，也阻止你們看到其他的人類星球。你們所謂的費米悖論（注）——宇宙中一定有很多人類星球，但是你們一個也找不到——其實是烽火造成的。它

注 Fermi Paradox，對地外文明存在性的過高估計和缺少相關證據之間的矛盾。

過濾你們的可見光，還有你們的星球散發到遮罩以外的光線。我們也按照其他程序，把我們的船埋在——」

「南極洲？」大衛問。

「不。那是不同的船。我稍後再解釋。我們通常把太空船藏在附近小行星帶，或像這次藏在衛星以策安全，防範有探測器穿透烽火系統。宇宙是個危險的地方，我們不希望引起研究對象或自己人的注意。我們派出登陸艇到地表上停留在這裡。之後的例行事務還是像在其他星球上一樣：採集樣本，分析結果，冬眠，只會間歇性醒來重複我們的步驟。然而，十萬年前，我們被緊急事故提早喚醒。我們的母星遭到攻擊。隨後另一個訊息傳來，我們的母星被難以想像的強大敵人占領了。我們奉命留在有遮罩的星球自保。我們認為敵人會追殺殘餘的亞特蘭提斯人直到宇宙的盡頭，也怕世界末日會連累到所有人類，所有的人類星球。

「下一個事件你很熟悉。七萬年前，現今印尼的一座超級火山噴發，灰燼蔽天造成了火山寒冬，讓你們的物種瀕臨滅絕。人口警報把我和同伴從冬眠喚醒，那是我們最深的恐懼。我們以為我們可能是最後的同類，永遠無法回家的兩個科學家。我們目睹了可能是敵人尚未發現的最後人類滅絕事件。所以我的同伴做了個宿命的決定。」

「給我們亞特蘭提斯基因？」

「對。她未經我同意就做了。她宣稱是實驗，提供你們求生基因，看看你們會如何演變。木已成舟，我只好配合。她移植亞特蘭提斯基因的大約兩萬年後，從我們母星來了另一艘船。它降落在南極洲，此後就一直留在冰層底下，船上有我們最後的同胞。」

「那是一座墳墓？」

「算是。但不僅如此。那是一艘復活船。在我們的星球，每個人可以活一百年。但有例外，例如我這種從事外太空探索的人。我們精通醫療科學，但意外難免。萬一出錯，我們的公民可以在這些船上復活。」

「這就是他們的真實身分？」大衛問，「死亡的亞特蘭提斯人？」

「對。母星被攻擊時遭到屠殺，除了一個人。偶爾，我們同胞會投票選出一個紀錄公民，有重大成就的人，這是文化上的殊榮。那艘船上的紀錄公民就是阿瑞斯將軍。他是我們過去的遺跡，我們早已脫離那個時代。他被留下來當作紀念，是我們最有名的軍人。在被攻擊期間，他不為什麼把船駛離了母星，來到這裡。」

「南極洲那艘船裡的其他人……他們無法醒來走出管子？」

「他們可以。不過，我們已經是非暴力物種。對母星的攻擊，暴行，屠殺……管子只能治療肉體創傷。南極洲的人可以醒來，但他們保留著記憶，直到他們死時的痛苦瞬間，喚醒他們太殘忍了。他們的心智結構跟你們不太一樣，心理上，他們承受的創傷太大，無法逃離自身經歷的記憶，只能陷入永恆的煉獄狀態，無法永久死亡，也無法復活。」

原本大衛不會相信，但他親身經歷過——在管子裡死而復活。杜利安射殺了他，他醒來，換了全新的身體，精確複製品。「我就是這樣，杜利安殺我之後在管子裡醒來，就像來自你們母星的人一樣。」

「對。」

「復活是什麼原理？」

「這種科學相當複雜——」

「說說看。我想要了解。」大衛看看方塊，它還在視線範圍內。「我們有時間。」

「好吧。你們稱作亞特蘭提斯基因的基因科技其實有幾種功能。最主要的，在這個例子，是把人體發出的輻射線整理成資料串流。每個人體都會散發輻射線。亞特蘭提斯基因把那些同位素轉化成細胞藍圖，從你的身體下載，包括腦細胞，含有你直到死亡瞬間的記憶。」

「杜利安第二次殺我之後，我在直布羅陀的船上醒來。怎麼會？」

「這就是我們故事的交集，維爾先生。四萬年前復活船抵達時，我們已經給了人類亞特蘭提斯基因。阿瑞斯很感興趣，他在人類身上看到機會，一個建立一支新軍隊，反擊我們敵人的機會。他堅稱亞特蘭提斯基因讓你們陷入險境，成為敵人的目標。他說服我的同伴。她瞞著我和他合作，修改療法，尋找加強你們求生能力的方法。我觀察到改變之後起疑。我知道你們的物種進步得太快，我們從未這樣操弄別的物種。我不知道該預期什麼。我從沒想到她背叛了我，但我知道她的理由：愧疚感，因為她在母星上做過一件事，導致我們的滅亡。」

「什麼——」

「這個故事改天再說。在地球上，阿瑞斯拿到了他需要的：建立軍隊的最終基因療法。他企圖摧毀登陸艇殺掉我們——在直布羅陀外海就是這麼回事，船分裂成好幾塊。我們猜想他下一步就是奪取我們的太空船。他需要用來運輸他的軍隊。我把它鎖死，防止任何人從登陸艇或南極洲進入船上。我也設置了一連串警報和反制措施。但我們在直布羅陀外海的登陸艇快速崩解。我的同伴被震暈，我抬起她帶到我唯一能去的地方。」

「南極洲。」

「對。阿瑞斯在等著我。他射殺了她。當然，他在南極洲關閉了我們的復活功能，那是他的計畫。他也擊中我的胸部，但我勉強逃過傳送門，之後回到直布羅陀登陸艇上的不同地方。」

大衛飛快回想。對，在他第二次復活的房間裡，有套損壞的防護衣。「地上的防護衣。」

詹納斯點頭。「那是我的。我逃到那個區域後，第一個動作是把登陸艇和南極洲切斷，保護自己。然後我設法進入管子——你復活用的那種。我被治癒之後了解到處境很凶險，我置身的船隻碎片在遠離海岸的深海中。如果我出去，還沒浮上水面就會淹死，我也無法複製氧氣筒。」他看看大衛。「我幫你複製的印瑪里上校制服簡單多了。」

「你是怎麼——」

「我晚點會說。」詹納斯舉起手說，「我困住了。孤單一人。我同伴死了，意外的是，我最先想到她。復活是嚴格規範的科技。死亡程序，從亞特蘭提斯基因發出的輻射線，不可能偽造，這是當然的：試想像你醒來之後發現自己有個複製人會怎樣。起先我嘗試強迫她復活，欺騙系統認定她死了。但真正的死亡程序被送到南極洲的船上，被阿瑞斯刪除了。我的策略只能對我這邊的電腦偽造她的死亡，讓她在最靠近岸邊的殘骸上復活，以便她逃脫，希望她能阻止阿瑞斯。我什麼都試過，可是全失敗了。不過在一萬三千年後，從某個角度來說也算是成功。一九一八年，派崔克．皮爾斯把垂死的妻子和凱特放進管子裡。當時電腦一定是執行了復活程序，但那個孩子不像正常的復活胚胎那樣成長——被母親的身體限制了。但是一旦離開母體，凱特就開始成長，現在看來，她的記憶似乎恢復了。我同伴的記憶一直在凱特的腦中休眠。真了不起。」

「杜利安怎麼會有阿瑞斯的記憶？」

詹納斯搖頭。「我說過，我走投無路了。什麼都試過。我一定是授權了任何復活。阿瑞斯加入過我們的探勘，我們有他的輻射線特徵和記憶。但是記憶幾千年前就該終止——」

「如果報告沒錯，杜利安也在南極洲死過兩次。阿瑞斯可能填補了其中的空白。」

「對，有可能。阿瑞斯可以輕易添加額外的記憶，甚至在杜利安復活時讓他看見。至於凱特，在她腦中深處的記憶一定發揮了某些影響，引導她的決定，好像潛意識的提示。」他踱步離開大衛。「她成了遺傳學家，專門研究大腦線路的異常。潛意識裡，她在尋求穩定亞特蘭提斯基因並完成工作的方法。」詹納斯陷入深思，似乎神遊天外。

「那你又是怎麼了？」大衛問。

「沒什麼。一萬三千年來，我毫無變化。我想幫死去同伴復活的企圖失敗了，最後只能選擇在殘骸裡自殺並設定自己在別的船艙復活，但我做不到。我看過從母星來的人死於暴力變成什麼樣子，南極洲管子裡那些人被永遠困在煉獄。所以我進入管子，在裡面待了一萬三千年，只是等待，希望會有什麼改變。」

大衛馬上懂了「改變」是什麼。在南極洲，大衛擊退了杜利安和他的手下，讓凱特和她父親逃走。她父親在直布羅陀引爆了兩個核子裝置，把他發掘的登陸艇炸成碎片。「核子爆炸。」

「對。爆炸把我受困的殘骸推近北非，具體來說是摩洛哥和休達。我立刻啟動和太空船的連線，看到在直布羅陀發生的事，再連線到南極洲看那邊的影片。我知道你犧牲自己的生命，救了一男一女和兩個小孩。另一個人，當時我不知道是杜利安，就沒這麼勇敢。你表現了人性準則，我們的道德。你尊重人命。我了解阿瑞斯，我知道接下來會如何。你和杜利安是敵人。他會讓你們爭鬥至死再占據贏家。我決定下載你的資料串。我必須暫時露出我的化身，去捕捉你的輻射線特徵。其餘的你已經知道了。你死後，在我受困的船艙裡醒來。我設定了管子自毀——確保你向前走，走出船外。」

「為什麼？你認為我能做什麼？」

「拯救人命。我看出你是怎樣的人。我知道你會怎麼辦。甚至你還做了更多，你帶我找到了解藥。」

「你不可能預先知道。」大衛說。

「對。我不知道。一萬三千年來頭一次，我的殘骸靠近了陸地，我可以逃走。但我看到的世界嚇壞我了，尤其是印瑪里。我是科學家和務實主義者，當時我不知道有永續組織。就我所見，印瑪里在進行最先進的基因實驗。我加入了他們，希望利用他們的知識找到解藥。」

「你的解藥是假的，對吧？」

「貨真價實。」

「有什麼作用？」大衛追問。

詹納斯看著放在方塊的柔和黃光邊緣的石箱。「矯正一個錯誤，很久以前我未能阻止的錯誤。」

「請講白話。」

詹納斯不理大衛的要求，他只是望著箱子。「阿爾發是我需要的最後一塊碎片。我真不敢相信他們保管了這麼多年。」

「什麼最後碎片？」

「取消我們所有基因更新的療法——全部，包括亞特蘭提斯基因。這個星球上剩餘的人類會退回我們當年發現他們的原狀。」

91

義大利外海

杜利安的最後一擊打中凱特內心，他很清楚。他了解她。她好脆弱，好容易操縱。他可以把她玩弄於股掌之間。

這時她閉著眼睛，但他知道她在想著他。

他仰起頭倚著座椅，直升機的景象消散，彷彿他掉入了井裡。他無法阻擋記憶。

他站在有七道門的房間裡，拿著步槍。

一道門打開，身穿環境防護衣的人扛著另一個人跑進來。杜利安射擊對方扛著的癱瘓人體。爆炸把人體炸成碎片，他們兩人都往後倒在門上。

活著的人蠕動，掙扎著想抱住屍體。杜利安上前舉起他的步槍。人影起身，杜利安又開槍，擊中防護衣正中央，但是目標已經跑過另一道門。他逃掉了。

杜利安考慮追上去。他跑回控制面板用手指操作。但不需要，他的敵人正在直布羅陀的船隻殘骸上無路可逃。他活該——永遠困在海底墳墓裡。

杜利安操縱面板，設定其中一道傳送門帶他到科學家的太空船上。他有了完成轉化所需的基因療法。一旦上了船，就可以為他的同胞報仇。

控制面板凍結無法動彈。杜利安盯著它。科學家們居然鎖死了他們的船。有一套。他們挺聰明，但他更聰明。

他走出七道門的房間穿過走廊。杜利安認得這條走廊，他看過。一道門嘶嘶開啟。同樣的房間。現在掛著三套防護衣，小長凳上放著三個箱子。

他穿上防護衣拿著兩個箱子。

他大步走出房間，到實驗室。他設定箱子，拿起裝著最終療法的銀色圓筒。

他走出船外。外面的區域像一座冰雪教堂，跟他以前看過的一樣。

他放下箱子點觸手臂上幾個地方，防護衣內建的控制面板。箱子緩緩變化，似乎流動到一起，原本是合金的銀白色液體在地上旋轉升起，來回搖晃，像籃子裡冒出來的眼鏡蛇。銀色柱體分出兩隻手臂，合在一起。捲鬚伸出來直到形成一道發亮的門。杜利安本能地知道這是什麼：蟲洞。通往他想去的特定地點的門戶。

杜利安跨過去。

他站在一處山頂。不對，不只是山，是火山。熔岩的大浪在下方燃燒翻騰。周圍的島嶼上一片熱帶天堂的景象。

他拿出圓筒，丟進熔岩池中。

這是什麼？

他的心智似乎回答。後備計畫。如果我失敗——如果我困在科學家的船上——基因轉化還是會進行。火山噴發，把療法射上天空、灑落在世界各地只是遲早的問題。

他放下另一個箱子，它形成另一道門。他走進去。

他出現在科學研究船的艦橋上，艦橋被埋住了，但他可以迅速彌補這點。

他操作面板，逐一打開船上的系統。他轉頭，感覺空氣正在抽走。

杜利安早就知道這是個風險——科學家可能試圖活捉或殺死他，但他沒有選擇只能承擔風險。等待無益。他努力專注在眼前的危機上。

他有多少時間？

他跑出艦橋，腦中逐一檢討各種選項。

小艇碼頭。不行，他沒地方去。這船至少在地下兩百米，或許更深。標準程序是什麼？

他們船上有製造傳送門的技術嗎？他們有獲准配備嗎？即使他們有，他也找不到。

逃生服。對了，衣服裡會有氧氣。

他感覺得到空氣分分秒秒變得稀薄。他停下來伸手按牆，叫出船上的地圖。逃生服會放在哪裡？或許靠近氣閘。

他的呼吸變急促。

他吞口水，但是嚥不下去。

他操作地圖。他需要別的選項。有醫療艙，很近。

他蹣跚走過走廊。門打開，他跌進門內。

面前出現一排六根亮晶晶的玻璃管。

他爬行。

真合適，他心想。在地下深處的管子裡度過永恆。這是我的命運，我無法迴避。我永遠不會面臨死亡。只要無法實現我的天命，我的軍隊永遠無法崛起，我將永遠無法安息。

管子打開，他爬了進去。

杜利安又回到了直升機上。風吹過他臉上，旋翼的怒吼聲在他耳中隆隆作響。第一次，全都合理了。碎片拼起來了，清清楚楚。

德國的傳送門，通往船上的阿瑞斯。真高明。

凱特。她有亞特蘭提斯科學家的記憶，可以解鎖船隻，釋放阿瑞斯。阿瑞斯和杜利安可以聯手完成他們在地球上的工作，把軍隊送往決戰。勝利很快就會來臨。

杜利安盯著凱特。她坐在他對面，閉著眼睛。

阿瑞斯的話在他腦中迴盪。她是一切的關鍵。但你必須等待。在不遠的未來，她會取得一項資訊——密碼。密碼是釋放我的鑰匙。你必須在她取得密碼後抓到她，帶來見我。

杜利安讚嘆阿瑞斯的天才。完全了解這個亞特蘭提斯人的計畫讓他折服，感到敬畏。杜利安終於感覺棋逢對手。不，比他更高明。但阿瑞斯不僅如此。杜利安現在懂了：阿瑞斯設計整個過程有一部分是為了他——為了杜利安自己的成長。南極洲的啞謎，找到凱特的挑戰。彷彿阿瑞斯在指導杜利安。但還不只這樣。阿瑞斯對他不只是導師。杜利安腦中有阿瑞斯的一部分，他的記憶——還有他的慾望，他未實現的夢想。

父親。這是最貼切的字眼，是阿瑞斯對他的意義。

他們很快又會團聚了。

杜利安試著想像他們的重逢，他會說什麼，阿瑞斯會說什麼。阿瑞斯還有什麼東西可以教他？杜利安會得知自己的什麼事？現在他懂了。那是他真正的慾望——解開史上最大的謎：他如何變成現在這樣。

阿瑞斯和答案就在傳送門的另一頭等著。他們馬上就到了。

92

疾管局（CDC）
亞特蘭大，喬治亞州

保羅．布倫納打開門走到他外甥的床邊。

「感覺怎麼樣？」

男孩抬頭看著他。他想說話，但發不出聲音。*他怎麼了？*保羅猜想。

他檢查生命跡象。全部正常。肉體上，這孩子奇蹟般康復。

保羅揉揉太陽穴。*我有什麼毛病？為什麼我昏昏沉沉？*他的腦子似乎陷入濃霧中，一片無法逃脫的迷雲。

大衛努力理解詹納斯的話。「你要帶我們回到石器時代？你要讓我們退化？」

「我要讓你們安全。你還是完全不懂我說的嗎？強大到無法想像的敵人正在追殺我的同胞。你們體內有我們的成分，所以退化是你們唯一的機會，能夠拯救你們的物種。」

「姑且假設我們是同一個物種。呃，我們根本不想回去。我不接受這種事。」

「我尊重，維爾先生。確實，這是我選你的理由——你為同類奮戰，為他們犧牲。你遵守人性準則，但這種時候它會背叛你。你剛聽到了你們的星球與物種的歷史。那些從樹上下來在草原上尋求糧食的靈長類，他們是倖存者。問問黑猩猩和大猩猩他們對留在樹上的選擇有何感想。當時比較輕鬆，但是大膽出走，選擇困難道路的人，其實變得更強大，少數倖存者適應環境，並且進化。托巴時期出海的部族，他們也是倖存者，這是你們物種的主要特徵。你們必須這樣活過這次考驗。」詹納斯往地道側頭。「方塊挖通了——」

大衛抓起提燈。「這個對話還沒完。」

「早就結束了，維爾先生。」

大衛帶著詹納斯和米洛走出地道，前往橫過地道口的陽光。發光的黃色方塊飄浮在新挖出來的洞口外。

大衛先跨出洞口。他用突擊步槍掃瞄過室內。沒有動靜。在角落，有一灘血散開。大衛慢慢走過去，害怕會看到的東西。

是卡茂。胸口有刀傷。

大衛彎腰用手指摸卡茂的脖子。他摸到冰冷的皮膚、沒有脈搏。他還是按著沒動等待著，拒絕相信。

詹納斯和米洛都望著現場。兩個人都不知該說什麼。

終於，大衛起身走到凱特的電腦前。他把它闔上跟其他設備一起塞進背包。「我們走吧。」出了建築物，大衛帶隊回到廣場。他們的直升機不見了。

他轉向詹納斯。「有什麼計畫？我們無法比他們先到德國——他們領先太遠了。」

「有個替代方案，」詹納斯說，「如果我們能及時趕到。」

「騎士團有飛機。」米洛說，「你會開嗎，大衛先生？」

「我什麼都會開。」大衛說。只是有時候降落不太順，但他避而不提。沒必要讓他們擔心。

杜利安看著下方的海面變成陸地。是義大利。他們很快就會進入德國，抵達那個傳送門。瘟疫壓垮了歐陸。北約組織很早就收手，沒有人提供資源給人道機構。現在誰都無法阻止他。

凱特睜開眼睛。杜利安望著她。

她沒有眨眼。她已經不怕他了。她知道他是誰，也知道自己是誰。歷史不會重演。

「還好吧，凱特？」杜利安諷刺地問。

她配合他的口氣。「我沒事。」

半小時後直升機落地，杜利安拖她出來，踏上地面。

悍馬車隊圍繞著閃閃發亮的傳送門，在寒冷寂靜的黑夜裡發出絲絲白光。

他們走過悍馬車，凱特看到躺在地上的士兵屍體。瘟疫受害者。德國政府一定是派了軍隊來調查傳送門，但他們生病了。沒死的人一定逃走了。

杜利安把她拖向發亮的傳送門。

「跟緊，」他向背後的蕭大聲說，「我們一通過就關閉。」

蕭趕上之後，三人同時跨過門檻，瞬間他們已經站在不同的地方。

對凱特而言，感覺像南極洲墳墓裡的走廊。但是這裡的走廊更窄。她認得這個地方。是她的船——把她和詹納斯送來這裡的外太空運輸船。

凱特想呼吸，但她發現自己無法吸氣。杜利安瞄她一眼，還來不及說什麼，空氣開始注入這個空間。這艘船認得凱特嗎？因為她而恢復了功能？對，一定是。

杜利安拉拉她手臂，拖她走過昏暗的走廊。

他在交叉路口停了一下。他似乎在努力回想該往哪邊走或是去過哪裡？

「這邊。」他說。

地板和天花板上柔和的珠狀燈光似乎變亮了一點。不對，凱特發現她只是適應了黑暗。

另一個改變逐漸發生。她在調整。最後的記憶是她在南極洲死於阿瑞斯之手，改變了她。

凱特總是難以與人親近。她從未完全「懂」別人。她很想要有滿意的人際關係，但是從未自然而然地發生，總是把工作擺在優先位置。

她以為是這種個人特質吸引她從事自閉症研究，幫缺乏大腦機能去了解社交情境和語言技巧的人尋求解藥。現在她知道自己的動機有更深層的理由。

杜利安說得對：她不擅長看人、很容易被誤導。但現在玩的是策略遊戲，而她熟悉歷史、了解雙方玩家，也知道會如何開展。她比他聰明，她一定會贏。

93

休達城外

大衛把飛機催到極速，反正不用怕耗盡燃料。

地平線上，休達進入視野。大衛打開無線電開始和塔台交談。磁軌砲可以輕易把飛機打下來，而他不太確定會有怎樣的反應。他沒別的辦法了。

答覆來得很快。「獲准降落。」

大衛的降落得跌跌撞撞、不太平穩，但是兩位乘客沒有抱怨，至少他們平安落地都還活著。一步一步來。

大衛、詹納斯和米洛走出飛機時，大衛看到一支車隊駛近機場。他下意識地握緊他的突擊步槍。

車隊停下，帶頭的悍馬車打開車門。柏柏爾酋長，幾天前烙印他、幫他攻占基地的同一個人。她下車慢步走向他，臉上露出笑容。

「我還以為或許永遠見不到你了。」

「彼此彼此。」

她正色說：「你是回來接掌指揮權嗎？」

「不，只是路過。我需要吉普車。」

十五分鐘後，大衛飆車衝向幾天前他穿著印瑪里制服，離開亞特蘭提斯船隻時出現的山丘。

「我不太確定入口的位置。」大衛回頭大聲向詹納斯說。

「我會指路。」詹納斯回答。

他們繼續開了大衛感覺像永恆那麼久的時間，斜坡在岩石地帶越來越陡。每過一秒，他就想像救出凱特的機會減少了一分。

終於，詹納斯拍拍他的肩膀。「這裡停車。」

大衛停到一處陡峭的岩面旁邊。他還沒完全靜止，詹納斯已經跳下車篤定地大步前進。大衛和米洛努力跟上。

「有什麼計畫，詹納斯？」大衛往前大喊。在飛機上詹納斯拒絕透露計畫的任何具體細節，讓大衛很緊張。

「晚點再說。」詹納斯回頭說。他繞過轉角，大衛跟著轉過去之後，詹納斯不見了。大衛東張西望搜尋，左邊山上的岩壁看起來像他當初出來的地方，但大衛不確定。

「喂！」大衛喊道。他跑到岩壁摸摸看。是硬的。他來回踱步，米洛只是呆站著，彷彿在排隊。

「詹納斯！」大衛高喊。詹納斯背叛了他。從頭到尾都是他的計畫——

詹納斯從堅硬的岩石冒出來，出來之後，岩壁的投影在他背後溶解。「我得去關掉力場。跟我來。」

「噢。呃，你怎麼不早說。」大衛搖頭跟著詹納斯，一行人走過量子方塊挖出來的地道——之前大衛走出來的地道，搭乘大衛用過的同一部升降梯。

大衛在此停留期間，所有門都鎖著。現在它們在三人走近時自動打開。

詹納斯左轉，帶頭走進一個四道門的房間。

「現在怎麼辦？」大衛問。

「只能等待。如果我沒猜錯，凱特會知道怎麼做。她不只會解開裝著阿瑞斯的管子，也會開放整艘船，那就是我們的機會。我們只有很短很短的時間去做我們該做的事。」

這時詹納斯透露他的計畫，大衛只點點頭。他摸不著頭緒，但沒有選擇，只能相信詹納斯。

大衛轉向米洛遞出手槍給他。

米洛看一眼，退後一小步。

「米洛，如果除了我們以外的人走出那道門，你得射擊他們。」

「我沒辦法，大衛先生——」

「非做不可——」

「我知道為了生存必須這樣，但我沒有這個天性。我知道如果時間到了，我無法扣扳機。我無法殺人。去馬爾他島看法櫃的旅途中，我學到很多，其中最重要的是我真正的身分。很抱歉讓你失望，大衛先生，但我也不能騙你，我不會假裝做我做不到的事。」

大衛點頭。「相信我，我不失望，米洛。我也希望這個世界永遠不要給你時間或理由去改變。」短暫的片刻中，他想到自己讀研究所的日子，在被大樓活埋讓他走上復仇的旅途之前。

詹納斯走到牆邊。他走近時一塊板子打開，他拿出另一個黃色方塊開始用手指在它散發的光芒中操作。

他回到米洛面前把方塊給他。「這個方塊類似我在馬爾他島地下墓穴用過的那個，不會致命，但可以在有效範圍內癱瘓每個人——包括你，米洛，但對亞特蘭提斯人沒用。或許能給你一些緩衝時間，等盟友趕來。」

「還有其他高科技武器嗎？」大衛問。

「沒什麼能用的。照計畫做就是了。跟著我的方塊。」詹納斯緩步走近傳送門舉起方塊，準備丟出去。

「我們進去之前我想要瘟疫的解藥。」

「我說過，維爾先生，討論已經結束了。你和凱特都有純粹的亞特蘭提斯基因。你們兩個會維持現狀活下來。」

「我無法接受。」

「不需要讓你接受。」

杜利安帶著凱特停在一道雙併門之前。他操作面板，門嘶的一聲打開。

房裡豎立著七根管子，中間的裝著阿瑞斯。他冰冷專注的目光緊盯著他們。

杜利安望著他半晌。「釋放他。」他沒轉身面對凱特就說。

她舉起被綑綁的雙手動動手指。「先放開我。」

杜利安轉向她。「妳做得到。」

「我沒辦法。」她指指面板。「綁著雙手不可能操作系統。放開我，我會讓他出來。」她停一下。「怎麼回事？你們兩個大男人無法對付我？或者該說三個？」

杜利安向蕭點頭，蕭拿出野戰刀切斷塑膠束帶。

凱特走到控制面板。她感到阿瑞斯的目光跟著她移動。

她的下一招會決定她和其他許多人的命運。

這時記憶更加清楚，最清晰的部分是關於人，而不是地方。詹納斯。他們幾千年來研究過上百個星球，他一直沒變。但是這一路走來，她卻變了。她變得更有同情心，更能反省，更有動力。她渴望跟比較像自己的人在一起：兼有智識和熱情的人，像大衛這樣。

然而，詹納斯有一點在她心目中比別人突出：他是她所認識最聰明的人。她仰賴這一點。她即將製造的破綻沒有任何犯錯的空間。

她操作從面板升起的藍光雲霧。

她周圍的燈光紛紛打開，其他控制面板也閃爍著活了過來。

管子滑開，阿瑞斯走出來。

「幹得好，杜利安。」

「上，大衛！」

傳送門打開，詹納斯衝進去，大衛緊跟在後。

詹納斯把方塊丟進走廊，它飛走，拖著一道黃光標示出它的路線。方塊會找到凱特，大衛會帶她回到傳送門。詹納斯向大衛保證過他會搞定這艘船。他絕對不允許船落入杜利安或阿瑞斯手中。

大衛跟著方塊快跑。他聽見鄰接的走廊傳來詹納斯的靴子敲擊地板聲。

阿瑞斯一走出管子，凱特就衝過房間撲向杜利安。她的突擊出乎他意料。她的拳頭正中他下巴，讓他撞到牆上，然後倒地。她撲到他身上，感覺蕭的雙手抓住她，拉她後退。但她的聲東擊西奏效了。她爭取夠多的時間了嗎？

答案是房內爆出一道黃白色刺眼強光。

大衛奮力飛奔，跑過走廊。正前方，發光的方塊飛入發出閃光的房間。大衛聽到慘叫聲，他繼續前進。

蕭痛苦地慘叫，倒在凱特和杜利安旁邊的地上開始來回蠕動。

凱特站起來走出門外，但有一雙手抓住她。她想掙脫，那雙強壯的手把她硬轉過身來。是大衛。

「快走。」他說著拉著凱特衝過走廊。

杜利安一陣耳鳴，滿眼黑影。有人拉他起來。對面牆上的面板發聲爆炸。到底怎麼回事？他感到船身震動。

阿瑞斯打杜利安一耳光，抓著他的臉。「專心，杜利安。詹納斯啟動了自毀功能。我們得離開。」他拉起杜利安走出房間。

杜利安從眼角看到蕭躺在地上，痛苦地打滾。杜利安抓著門框。「亞當！」

阿瑞斯把他拉開，雙併門關上。「我們顧不到他。別當傻瓜，杜利安。」他拖著他走過走廊。又一個爆炸把他們震倒在地。

杜利安跳起來跑回蕭還在哀嚎的房間。

阿瑞斯抓住杜利安的肩膀把他釘在牆上。「我不會丟下你。如果你不肯丟下他，就殺了我們兩個，還有底下每個人。選擇吧，杜利安。」

杜利安搖頭。他的兄弟，他唯一的家人——他下不了決心。

一雙手搖晃他的肩膀，又把他撞到牆上。「快選啊！」

杜利安不知不覺地轉身離開蕭，離開世界上他唯一真正在乎的人。他和阿瑞斯開始奔跑。又一聲爆炸，他們逃不掉的。

詹納斯輸入最後指令讓船隻再退後，看著螢幕顯示船上各部位爆炸失壓。這艘大船很快就會燒成廢鐵。

但她會平安。

只有這最重要——他來到這裡或其他幾百個星球的唯一理由。

又一陣震動橫掃船身。死神很快就會來接他。他終於做到了——犧牲自己的生命救她，一萬三千年來在直布羅陀灣底下那個房間裡他一直決心這麼做。現在如此輕鬆，如此簡單。詹納斯知道理由：他永遠不會醒來，不會復活。他不會醒來想起自己的死亡，永遠不會遭遇阿瑞斯的復活船上那些人承受的無窮痛苦。他死時會知道他救了自己唯一關心過的人。在這一刻，他對凱特父親的故事感同身受，他在直布羅陀的犧牲，還有馬丁的奉獻。或許亞種八四七二的進步超出了他的估計。即使如此，很快就無關緊要了。另一聲爆炸震撼了艦橋，詹納斯穩住身子。

我還剩多少時間？

或許還有時間矯正最後一個錯誤。他啟動船上的外太空通訊陣列，清清喉嚨，盡力站直。

「我是亞瑟．詹納斯博士。我是科學家和消失多年的某文明遺民……」

一道雙併門打開，露出安裝了三組傳送門的房間。阿瑞斯操作面板上的光之霧。杜利安感覺麻木。阿瑞斯勉強在爆炸衝破牆壁時拉他穿過傳送門。

杜利安跌進這個他曾看過的房間，七道門的房間。阿瑞斯彎著腰在喘息，雙手撐在膝蓋上。

阿瑞斯調勻呼吸之後起身說：「現在懂了吧，杜利安。他們讓你軟弱，玩弄你的情感，壓抑你。他們想阻止你做求生必須做的事。」他走出房間。

杜利安機械式地跟上，彷彿他正從外界看著他自己。此刻沒有感覺、沒有反應。

阿瑞斯停在放置無數玻璃管的巨大房間門口。

「現在你準備好了，杜利安。我們會拯救他們。這些都是你的同胞了。」

94

休達城外

凱特飛過傳送門的拱洞之後，大衛隨即掉在她身邊。傳送門在他們背後關上。

米洛在她身邊，扶她起來。

「妳沒事吧，凱特醫生？」

「我沒事，米洛。謝謝。」她跑到傳送門旁的面板前。沒錯，與船上的連結被關閉了，船被徹底摧毀。詹納斯做得很好。她看到大衛落單那一刻，她就知道他們的計畫是什麼。詹納斯真勇敢。

看到大衛她確認自己心中的小火焰，那個讓她鼓動的小火焰，仍未熄滅。她必須趕快行動保住火苗。

她叫出船的平面圖，或者應該說他們受困那個區塊的圖。有個醫療室，他們的實驗室之一。她開始設定程序——能夠逆轉改變她大腦線路的復活流程的基因療法。她會喪失亞特蘭提斯人的記憶，但她會變回自己。她的手指在面板上快速動作。

大衛坐起來，望著傳送門許久，然後跑到凱特身邊。「詹納斯應該在這裡——」

「他不過來了。」

她快找到對策了。實驗室不遠，只隔幾層樓。

「他給了我們假解藥。」

凱特做了幾個最後的調整——

「喂！」大衛抓住她手臂。他舉起背包說，「他給永續組織的療法會逆轉一切。世界很快就會變成摩登原始人（注）的重播。」他盯著她。「我帶了妳的電腦。妳可以修正嗎？」

她抬頭看。「可以，但這樣我就沒時間修好我自己了。」

「修好……」大衛觀察她的臉色。「我不懂。」

「因為復活記憶，我的人格正在流失。過幾分鐘，復活程序的最終階段就會完成。我將不再是……我自己。」

大衛把背包丟在身邊。

「你要做什麼？」凱特的聲音聽起來像機械。她等著。

「我知道我要的是妳。我了解妳，妳是我最愛的女人，我也知道妳會做何選擇。我知道幾天前，在地中海遊艇的下層甲板妳讓我想起什麼，妳提醒了我真實的身分，現在我也要提醒妳。這是我欠妳的，無論我要什麼。」

凱特觀察他。她宛如看到那段回憶。他不理性的嗜血，她把他拉回來，提醒他其中危險。現在也一樣，只差她太理性、過於冷靜。她知道她要什麼，也了解風險。但如果她救自己，抹除記憶，她可以順利離開這個結構回到原始世界，面對充滿她拒絕拯救的人的世界。無數死亡會令她

注 Flintstones，描述石器時代原始人生活的舊卡通。

良心不安，她會如同南極洲玻璃管子裡那些人，永遠無法再快樂，終身被過去困擾，永遠無法擺脫。

選擇很簡單：她或是全人類。拯救因為詹納斯交給永續組織的假解藥受苦的人或救她自己。但根本沒有那麼簡單。如果選擇自我，她將永遠不會快樂，而如果選擇救人，她可能喪失最後一點自我，殘留在她身上的最後人格。

這一刻，她終於了解馬丁。他做過的那些困難選擇與犧牲，這麼多年來他承受的那種負擔。還有他為何那麼拚命阻止她接觸這個世界。

她不自覺地拿起背包掏出電腦。她叫出永續組織的程式快速打字。她看到了——詹納斯做的東西。他很聰明，從頭到尾都在尋找亞特蘭提斯基因的純粹形式。船上他們研究資料庫所在的區塊已經全毀，他們的太空船也被鎖死，無法存取資料庫。找出阿爾發的遺體是他唯一的選擇。

真神奇。在基因組圖譜中，現在她看得到所有內源性逆轉錄病毒，還有她幫阿瑞斯（杜利安）所改變的痕跡。彷彿在玩她小時候無法完成的拼圖，在長大成人之後，終於有了必要的知識和毅力來拼湊。馬丁說得對。中世紀的干預造成了基因組改變與強烈後遺症，那些改變抵銷了詹納斯嘗試用大鐘釋出的逆轉錄療法。

頭一次，她能在腦中掌握所有改變，像殘垣斷壁中的小光點一樣看到它們。現在她能夠分辨出來，排列成不同的模式與不同的結果。她操作電腦，模擬各種情境。

和諧運算法資料庫——在全世界各個蘭花區收集到的幾十億個排序基因組集合體——是最後一塊。可惜世界必須瀕臨滅亡邊緣才會發生這麼不可思議的壯舉。

真正的挑戰是凱特必須把所有基因改變穩定化——包括她和詹納斯做的，以及阿瑞斯的干預。基本上，她要創造出能調和每個人的療法，包括垂死的、退化的和快速進化的，做出統一又穩定的基因組。亞特蘭提斯人和人類的混合基因組。

工作大約半小時後，螢幕閃現一個訊息。

發現一項標靶療法。

凱特仔細檢查。對，這行得通。

她應該感到狂喜、驕傲，甚至解脫。她努力一輩子就是為了這一刻，終於創造出能完成畢生工作的療法，能拯救人類並矯正過去所有錯誤的基因療法。但她感覺好像只是完成了一項科學實驗，做出她生平一直懷疑、假設、預期的結論。應該是喜悅的地方只剩下對結果冰冷、慎重的興趣。或許亞特蘭提斯人感覺喜悅的方式不一樣，或許喜悅的情緒對他們而言太遙遠了。

這就是她的下個任務：修好自己，回到她先前的人格。她猜想這項實驗有多少勝算。

她抓起衛星電話。「我們必須回地面上。」

她跟著大衛走出船外。到了山腰上，她短暫地俯瞰休達。人與馬的屍體遍布通往高大城牆的焦黑平地。城牆之內，到處殘留著大衛進攻時遺留的血跡。瘟疫接駁船的殘骸漂浮在港外的海面，正緩緩漂向岸邊。

這個場景……對，她做了正確的決定，即使意味著她要放棄最後一點自我。現在她確定了。

凱特把衛星電話接上電腦，把成果傳給永續組織。

資料上傳後，她拆下電話打給保羅．布倫納。

他迅速接聽但是聽起來心不在焉、無法專注，凱特必須重複講好幾次。她馬上發現了問題：保羅那邊用了詹納斯的假解藥。永續組織現在成了詹納斯的退化療法輻射線的原爆點，而且影響了保羅。凱特愛莫能助，她只能希望他發現她的成果，並且記得該怎麼做。

她結束通話。現在只有時間能證明了。

杜利安走進陰暗的洞穴。「現在怎麼辦？」

「我們必須戰鬥。」阿瑞斯說，眼睛仍然盯著無數的玻璃管。

「我們沒有船。」杜利安說。

「沒錯。我們無法進攻他們，但我們可以引他們過來。我把這艘船埋在南極洲這邊是有道理的，杜利安。」

95

疾管局（CDC）
亞特蘭大，喬治亞州

保羅．布倫納倚著牆壁穩住身子，思緒難以集中。大家都到哪裡去了？

走廊上沒人，辦公室裡沒人，他們都在躲他。他得找到他們。

不對。他得做別的事。影片裡面那個美女，她傳了東西給他。

一道玻璃門打開，裡面的螢幕在閃爍。

一項結果。

一項結果。什麼的結果？測試，對，他是領導人。

什麼的測試？瘟疫用的解藥。他似乎被感染了。因為解藥。不，這不可能。他怎麼可能被解藥感染？一定有什麼差錯。

他掃瞄房間裡。沒人。地上都是咖啡杯。桌椅上有污損的文件。

保羅坐下把鍵盤拉近。

他突然頓悟。一項結果。

他打字直到手指發痛。

螢幕上的字母變了。

正傳送新療法至全體蘭花區……

96

您正在收聽的是BBC，人類勝利之聲，今天是亞特蘭提斯瘟疫之後的第一天。

BBC得知與亞特蘭提斯瘟疫解藥有關的精神渙散與神智不清的初步反映，只是暫時性的副作用。

世界各地的蘭花區現在回報了百分之一百治癒率，不需繼續用蘭花治療。各國領袖對此突破喜出望外，紛紛引述他們先前在醫療研究的投資與黑暗時刻中維持方向的堅定承諾。

相關的消息中，情報圈內的來源表示，在印瑪里國際集團勢力控制下的各國人民被命令撤離海岸地區。南非、智利和阿根廷整個區域的人口將只攜帶糧食和飲水前往國內山區。

明日西方智庫的菲利浦·孟洛博士表示：

「他們輸了。他們認定瘟疫會橫掃全球，摧毀人類。但我們克服了它，就像以前的例子，印瑪里應該要躲得遠遠的了。」

其餘謹慎的觀察家懷疑印瑪里遷移可能是更大型計畫的一部分，可能是反攻的開始。

詳情明朗後我們將為您持續追蹤報導。

97

疾管局（CDC）
亞特蘭大，喬治亞州

保羅．布倫納蹣跚地走過永續組織的走廊。他感覺像從嚴重的感冒復原。但他可以思考了，也知道必須做什麼。他很害怕答案。

他通過任務室的玻璃拉門時，發現一個年輕女分析師獨自坐在裡面，盯著螢幕。桌子上仍然很亂，咖啡杯和皺紙團到處亂丟。

保羅走向房門。門打開時，分析師回頭看他，眼神混雜著驚訝和希望，或是解脫？保羅有點不知所措。

「妳可以回家了。」他說。

她站起來。「我知道……只是我不認為應該……獨處。」

保羅點頭。「其他人呢？」

「一定是走了。有些人……還在。」

在停屍間裡，保羅心想，暗自接完她的句子。他走過去，關掉大螢幕。「一起走吧。我家也沒人。」

他們一起走出任務室，保羅叫她在他外甥病房外等一下。他推開門準備可能看到的……

「保羅舅舅！」

他外甥在床上翻身，眼神明亮，但想要撐起身體時，肌肉使不出力氣，他倒回床上。

保羅衝到床邊伸手到男孩肩膀上。「小子，慢慢來。」

男孩向他微笑。「你治好我了，是嗎？」

「不，是別的醫生。她比我聰明多了，我只是轉達的人。」

「媽媽在哪裡？」

保羅俯身，把小男孩抱進懷裡，然後走出病房。「先休息吧。」

「我們要去哪裡？」

「我們要回家了。」

保羅會等到孩子堅強一點再告訴他。

直到他們都堅強一點。

凱特早已闔上筆電走到岩壁懸崖邊。

大衛也在她背後，默默等待。

他似乎察覺她需要一點空間，但他還是不想讓她脫離視線。

他們一起從山頂上看著太陽在大西洋遠方沉沒。最後的陽光照在山上，在場面血腥的休達投射出長長的陰影。海峽對岸，她知道同樣的場面也發生在直布羅陀，直布羅陀巨岩也會投射出影子。

夜色降臨後，凱特終於說：「現在我們會怎樣？」

「一切照舊。」

「我變了。不是同一個人——」

「妳剛做的事對我證實了妳的身分。我們不會有問題的。我可以等。」他走到懸崖邊緣去看著她的眼睛。「我從不放棄我愛的人。」

他說完後，凱特發現她最重要的部分還在。她不完全是自己，但仍有一部分仍是以前的凱特，重新開始的基礎。她微微一笑。

大衛試著解讀她的表情。「怎麼？太肉麻了？」

「不。我喜歡。走吧。我們去看看米洛的狀況。」

她牽起他的手。「我想你說得對。我們不會有問題的。」

尾聲

阿雷西博天文台
阿雷西博，波多黎各

瑪麗·卡德威爾博士來回晃動滑鼠喚醒電腦。螢幕亮起來，開始顯示一整晚收集到的資料。窗外的無線電波望遠鏡直徑有一千呎——是世界上最大的單一孔徑望遠鏡。它沉入地下，看起來像個放在高台上的平滑灰色盤子，俯瞰著周圍山上的綠色森林。

第一道陽光正從山後冒出來，照進盤子。瑪麗從不錯過這個美景，但現在不一樣，主要因為他們失去了同伴。

瘟疫之前，天文台有十幾個研究員，現在只剩三個。多年來阿雷西博因為預算刪減一直失去人手，瘟疫後更是雪上加霜。

但瑪麗還是天天回來值班，如同她六年來的習慣。她沒別的地方去，也不想另謀高就。她知道美國政府隨時可能會撤回他們的電力供應，但她決定留到最後，直到最後的燈光熄滅。然後她會回到社會中，看看還有什麼天文學家能做的工作。

她好想要喝杯咖啡，但是幾週前就喝光了。

她專心看著電腦，她點擊一項資料串流。瑪麗的喉嚨變乾澀。她執行分析程式，一個接一個。兩次都確認這個訊號是有組織的。不是隨機的宇宙背景輻射線。

這是個訊息。

不，不僅如此。這是她等了一輩子的時刻。

她看看電話。二十年來在腦中排練過這個場面無數次，從她初次夢想成為天文學家以來。她第一本能是打給國家科學基金會。但她從疫情爆發以來每週打給他們一次，卻得不到答案。她也找過SRI國際研究所(注)——結果也一樣。

該打給誰呢？白宮？誰會相信她？她需要幫助，能分析訊號的人。加州山景市的SETI研究所嗎？她沒試過。她沒理由去……或許——

參與計畫的另一位科學家約翰．畢夏蹣跚走進辦公室。他通常起床一小時後才會清醒。

「約翰，我找到了東西——」

「拜託告訴我是咖啡。」

「不是咖啡……」

（亞特蘭提斯．瘟疫　完）

注　史丹佛大學於一九四六年成立的一家非營利研究機構，專對政府、企業及其他組織等客戶提供技術研發協助。

後記

誠摯的感謝您閱讀本書。

《亞特蘭提斯・基因》出版以來的八個月如夢似幻，雖然忙得焦頭爛額但令人興奮。這段時間發生了許多事情。

我希望《亞特蘭提斯・瘟疫》值得您等待。我希望盡力慢工出細活寫出一部好小說。有許多讀者願意撥時間寫了《亞特蘭提斯・基因》的書評，我會永遠感激。那些評論幫我的作品點亮了一盞燈，我非常努力希望不致辜負大家的關注，同時也從評論中學到了很多，這些鼓勵的話語當然也是撰寫這本小說時的靈感來源。

如果您有時間留下評論，我會衷心感激，我也期待聽到您的回饋意見。

我正在全力撰寫《亞特蘭提斯・新世界》，「亞特蘭提斯進化三部曲」第三集。我不確定第三集何時會出版，但如果您想要早點知道，請加入我網站的快訊名單：agriddle.com（我只在新書出版或有重大宣布時才會發出Email）。我的官網裡在《亞特蘭提斯・瘟疫》段落後面也有現實與幻想單元，探討書中的科學與歷史。

再次感謝您閱讀本書。

PS：照例，有任何想法或建議敬請不吝賜教（ag@agriddle.com）。有時候得等上幾天，但我會回覆每一封Email。

致謝

我必須感謝非常多支持我的人，實在有點煩惱。

我學到的教訓之一是當你只是單純寫作（而不是「當個作家」），寫作會簡單得多。我喜愛寫作，但是身為作家，天啊，真的很花時間。

越來越多人在我打字、踱步和思考的時候（我寫稿時看起來就是這樣），幫助過我發揮全力專心寫作。

在家裡，安娜確保我定期洗澡並維持某些社交功能（描寫非亞特蘭提斯人角色時很有幫助）。現在她也涉入了這場撰寫謎題的冒險，扮演校對、行銷和相當於打雜的角色，除了把句子串在一起之外（我得設法自食其力）。

我也必須感謝：

我母親一如以往指引和鼓勵。

我傑出的外包編輯大衛・蓋特伍德，比量子方塊還快處理好這份手稿。

我的最終定稿編輯卡蘿・戴柏，提供優秀無比的校對與建議。

簡・卡洛絲・巴克，為了《亞特蘭提斯・基因》，還有續集《亞特蘭提斯・瘟疫》繪製的美麗封面圖（原文書封）。

最後，是我從未謀面的兩群人。

首先就是各位讀者。從頭讀到最後後記和致謝的讀者，以及造訪網站，登錄收新聞信，在美國亞馬遜網站撰寫書評，有時候看完了還另寫一篇心得給我的忠實讀者。

我無法形容八個月以來收到你們意見的感受，我永遠不會忘記。這真的是寫書這整件事最有收穫的部分。我永遠無法表達對你們在我寫作初期給予支持的感謝。

其次：這部系列作品的試閱者。很抱歉我沒有早點提到你們，但我從心底感激各位。名單如下：安妮特・威爾森、克莉絲汀・格登、戴夫・羅尼森、安卓・維拉馬尼亞博士、茱兒・艾倫、珍・莉莉恩・馬可尼、瓊斯・歐巴諾、約翰・施密特、約瑟夫・狄維恩、馬爾克・柯爾曼、瑞秋・捷克、斯克普・弗洛登、史迪夫・波森、泰德・赫斯特、提姆・羅傑斯與緹娜・威斯登。

還有許多在此遺漏的人，衷心感謝你們。

中英名詞對照表

A

Abel　亞伯

Achilles　阿基里斯

Acute myeloid leukemia　急性骨髓性白血病

Adam Shaw　亞當・蕭

Adi　阿迪

Afghanistan　阿富汗

Ajax　阿賈克斯

Akkadia　阿卡德

Alborán　阿爾沃蘭島

Alex Wells　亞歷士・威爾斯

Alexander Rukin　亞歷山大・魯金

Algiers　阿爾及耳

Almería　艾梅利亞

Alpha Lander　阿爾發登陸艇

Anatolia　安那托利亞

Ancient Greek　古希臘文

Andalusia　安達魯西亞

Anders　安德斯

Angles　盎格魯人

Angola　安哥拉

Antarctica　南極洲

Arecibo　阿雷西博

Argentina　阿根廷

Arthur Janus　亞瑟・詹納斯

Arthur Wellesley　亞瑟・衛斯理

Atlanta　亞特蘭大

Atlantean　亞特蘭提斯人

B

Babylon　巴比倫

Beacon　烽火系統

Bell/Die Glocke　大鐘

Berber　柏柏爾人

Boston　波士頓

Brad Pitt　布萊德・彼特

Brazil　巴西

Britain　英國

British Isles　不列顛群島

Budapest　布達佩斯

C

Cádiz　卡迪茲
Caffa　卡法
Cain　該隱
California　加州
Camelot　凱美洛
Cape Town　開普敦
Cape Verde　維德角
Caribbean　加勒比海
Cartagena　卡塔赫納
Carthaginian　迦太基人
Centers for Disease Control and Prevention　疾病管制與防治中心（疾管局，CDC）
Ceuta　休達
Chameleon particle　變色龍粒子
Chicago　芝加哥
Chile　智利
Clara　克拉拉
Clocktower　鐘塔
Columbia　哥倫比亞
Constantinople　君士坦丁堡
Continuity　永續組織
Contract Research Organization　特約研究組織（CRO）
Córdoba　科多巴
Corpus Christi　聖體市
Crimea　克里米亞

D

Damascus　大馬士革
Danish　丹麥文
Darwin　達爾文
David Vale　大衛・維爾
Delta　代爾塔
Dengue fever　登革熱
Denisovan　丹尼索瓦人
Destiny　命運號
Dieter　迪特
Dorian Sloane　杜利安・史隆
Dr. Doolittle　杜立德博士
Dresden　德勒斯登
Dubai　杜拜
Dutch　荷蘭人

E

Egypt　埃及
Einstein　愛因斯坦
Elaine　伊蓮
Eurasian Steppes　歐亞大草原
Europe　歐洲
Euthanasia Protocol　安樂死草案

F

Farsi　波斯文
Fermi Paradox　費米悖論
Fertile Crescent　肥沃月彎
Fiona　費歐娜
Flu　流感
France　法國
French　法文
Fuengirola　富恩吉羅拉

G

Garrott　加洛特
General Ares　阿瑞斯將軍
Geneva　日內瓦
Genome　基因組
Genome Symphony　基因組協調演算法
Georgia　喬治亞州
German　德文
Germany　德國
Gero Hutter　傑洛・哈特
Gibraltar　直布羅陀
Gothic　哥德文（語）
Goths　哥德人
Granada　格瑞那達
Graviton　重力量子
Greeks　希臘人
Gulf of Aden　亞丁灣

H

Hantavirus　漢他病毒
Harto　哈托
Harvey　哈維
Helena Barton　海蓮娜・巴頓
Hindi　印度文
Hitite　西臺語
Hobbits　哈比人

M

Málaga　馬拉加
Malta　馬爾他島
Mannus　瑪努斯
Manu　摩奴
Marbella　馬貝拉
Marie Romero　瑪莉・羅梅洛
Martin Grey　馬丁・葛雷
Mary Caldwell　瑪麗・卡德威爾
Mdina　姆迪納
Mediterranean Sea　地中海
Miami　邁阿密
Middle East　中東
Milo　米洛
Morocco　摩洛哥
Mountain View　山景市
Multiple sclerosis　多種硬化症
Muslim　穆斯林

N

Nairobi　奈洛比
Napoleon　拿破崙
Neanderthal　尼安德塔人
Neutrinos　中微子
Nigel Chase　奈吉・切斯
Norse　北歐文
North Atlantic Treaty Organization　北約組織（NATO）
Norwegian　挪威文
Nuremberg　紐倫堡

O

Omar al-Quso　奧瑪・庫索
Omega　奧米加
Orchid Alliance　蘭花聯盟
Orchid District　蘭花區
Origin Entity　起源實體
Origin Mystery　起源之謎
Ottoman Empire　鄂圖曼土耳其
Ouija board　碟仙

P

Pakistan　巴基斯坦
Pamplona　潘布隆納
Pashto　帕什圖文

Patrick Pierce　派崔克·皮爾斯
Paul　聖保羅
Paul Brenner　保羅·布倫納
Pax Mongolica　蒙古和平
Persia　波斯
Phillip Morneau　菲利浦·孟洛
Phoenician　腓尼基人
Polish　波蘭文
Portuguese　葡萄牙文
Prism　稜鏡
Proto-Indo-Europeans (PIE)
原始印歐人
Publius　帕布里奧斯
Puerto Rico　波多黎各

Q

Qian　老錢
Quantum cube　量子方塊
Quantum entanglement
量子糾纏理論
Quark　夸克

R

Rabat　拉巴特
Rail guns　磁軌砲
Raymond Sanders　雷蒙·桑德斯
Recife　勒西腓
Remus　雷穆斯
Rocky Mountain spotted fever
洛磯山斑點熱
Roman　羅馬（人）
Romulus　羅慕路斯
Runic　古北歐文
Running of the bulls　奔牛節
Russia　俄羅斯
Russian　俄文

S

Samalas volcano　薩瑪拉斯火山
Sanford　桑福
Sanskrit　梵文
SAS　英國空降特勤隊
Saul of Tarsus　大數的掃羅
Saxon　薩克遜人
Serbian　塞爾維亞文

Seville　塞維爾

Seville　賽維爾

She: A History of Adventure

《她：冒險的歷史》

Shen Chang　張勝

Siberia　西伯利亞

Sjögren's syndrome

修格蘭氏症候群

Smallpox　天花

Somalia　索馬利亞

South Africa　南非

Spain　西班牙

Spanish　西班牙文

Special Theory of Relativity

特殊相對論

Star Trek　《星艦迷航記》

Star Wars　《星際大戰》

Stephen Marcus　史蒂芬・馬可仕

Steroid　類固醇

Stonehenges　巨石陣

Strike Team Delta　戴爾塔攻擊隊

Styx and Acheron　冥河

Subspecies　亞種

Sultan Suleiman　蘇里曼蘇丹

Surya　瑟亞

Swedish　瑞典文

T

Tachyon　速子

Tambora　坦博拉火山

Tangier　坦吉爾

Tel Aviv　特拉維夫

Texas　德州

The Church of St. Mary of

Incarnation　聖瑪麗重生教堂

The First Tribes of Humanity

《人類早期部落史》

The Think Tank Western Century

智庫西方世紀公司

Timothy Ray Brown

提摩西・雷・布朗

Toba Catastrophe　托巴突變

Toba Protocol　托巴草案

Tocharian　吐火羅語

Triforce　三原力

Troy　特洛伊

Turkey　土耳其

V

Valletta　瓦來塔

Vargas Resorts　瓦加斯度假村

Vatican　梵蒂岡

Victoria　維多利亞

Virginia　維吉尼亞州

W

West Nile virus　西尼羅河病毒

Western Roman Empire
東羅馬帝國

William Jones　威廉・瓊斯

Williams　威廉斯

X

Xavier Medina　沙維耶・梅迪納

Y

Yellow fever　黃熱病

Yemo　耶蒙

Yersinia pestis　鼠疫桿菌

Ymir　尤彌爾

Z

Zelda　薩爾達

BEST嚴選 072

亞特蘭提斯・瘟疫

國家圖書館出版品預行編目資料

亞特蘭提斯・瘟疫／傑瑞・李鐸（A.G. Riddle）
作；李建興譯. -- 初版. -- 臺北市：奇幻基地,
城邦文化出版：家庭傳媒城邦分公司發行, 民
104.05
面：公分. --（BEST嚴選；072）
譯自：The Atlantis plague
ISBN 978-986-5880-96-5（平裝）
874.57　　104004624

ISBN : 978-986-5880-96-5　　Printed in Taiwan.

原著書名／The Atlantis Plague
作　　者／傑瑞・李鐸（A.G. Riddle）
譯　　者／李建興
企劃選書人／王雪莉
責任編輯／陳珉萱
行銷企劃／周丹蘋
業務主任／范光杰
行銷業務經理／李振東
總 編 輯／楊秀眞
發 行 人／何飛鵬
法律顧問／台英國際商務法律事務所　羅明通律師
出版／奇幻基地出版
城邦文化事業股份有限公司
台北市 104 民生東路二段 141 號 8 樓
電話：(02)25007008　傳眞：(02)25027676
網址：www.ffoundation.com.tw
e-mail：ffoundation@cite.com.tw
發行／英屬蓋曼群島商家庭傳媒股份有限公司城邦分公司
台北市 104 民生東路二段 141 號 11 樓
書虫客服服務專線：(02)25007718・(02)25007719
24 小時傳眞服務：(02)25170999・(02)25001991
服務時間：週一至週五09:30-12:00・13:30-17:00
郵撥帳號：19863813　戶名：書虫股份有限公司
讀者服務信箱 e-mail：service@readingclub.com.tw
歡迎光臨城邦讀書花園　網址：www.cite.com.tw
香港發行所／城邦（香港）出版集團有限公司
香港灣仔駱克道 193 號東超商業中心 1 樓
電話／(852) 2508-6231　傳眞／(852) 2578-9337
e-mail：hkcite@biznetvigator.com
馬新發行所／城邦（馬新）出版集團　Cité (M) Sdn Bhd
41, Jalan Radin Anum, Bandar Baru Sri Petaling, Lumpur,
57000 Kuala Lumpur, Malaysia.
Tel: (603) 90578822　Fax:(603) 90576622
e-mail：cite@cite.com.my

封面設計／朱陳毅、王俐淳
排　　版／菩薩蠻數位文化有限公司
印　　刷／高典印刷有限公司
■2015 年（民 104）5 月 28 日初版
■2020 年（民 109）12 月 4 日初版12刷
售價／399元

城邦讀書花園
www.cite.com.tw